FANTASY

Von Terry Brooks sind bereits im
Goldmann Verlag erschienen:

Das Schwert von Shannara (23828)
Der Sohn von Shannara (23829)
Das Erbe von Shannara (23830)
Die Elfensteine von Shannara (23831)
Der Druide von Shannara (23832)
Die Dämonen von Shannara (23833)
Das Zauberlied von Shannara (23893)
Der König von Shannara (23894)
Die Erlösung von Shannara (23895)

Die erste, die zweite und die dritte Trilogie
sind in sich abgeschlossen,
wenn möglich sollten die Einzelbände
aber in der oben angegebenen
Reihenfolge gelesen werden.

Die zweite Trilogie (23831, 23832, 23833)
ist fortlaufend, kann also
nur in dieser Abfolge gelesen werden.

Die dritte Trilogie (23893, 23894, 23895)
ist ebenfalls fortlaufend.

FANTASY-ROMAN

TERRY BROOKS

KÖNIGREICH ZU VERKAUFEN

MAGIC KINGDOM
FOR SALE – SOLD!

Deutsche
Erstveröffentlichung

GOLDMANN VERLAG

Aus dem Amerikanischen übertragen von
Angelika Weidmann

Made in Germany · 9/87 · 1. Auflage

Umschlagentwurf: Design Team München
Umschlagillustration: Darrell K. Sweet
Satz: IBV Satz- und Datentechnik GmbH, Berlin
Druck: Elsnerdruck, Berlin
Verlagsnummer: 23914
Redaktion: Theodor Singer
Lektorat: CG
Herstellung: Peter Papenbrok
ISBN 3-442-23914-1

Die Hexe des Nordens sah nachdenklich zu Boden. Dann blickte sie auf und meinte: »Ich weiß nicht, wo Kansas liegt, ich habe noch nie davon gehört. Ist es denn ein zivilisiertes Land?«

»O ja«, erwiderte Dorothy eifrig.

»Ach so, das erklärt alles! In zivilisierten Ländern gibt es nämlich, wie ich glaube, keine Hexen mehr, und auch keine Magier oder Zauberer. Das Land von Oz ist dagegen nie zivilisiert worden, weil wir von der übrigen Welt abgeschnitten sind, verstehst du? Darum gibt es bei uns auch noch immer Zauberer und Hexen.«

L. Frank Baum: *Der Hexer von Oz*

NEBEL UND DIE ELFENREICHE
MELCHOR
Der Tiefe Schlund
RHYNDSWEHR
GRÜNLAND
Das Herz
SILBERSTERLING
SEEN-LAND
IRRYLYN
NEBEL UND DIE ELFENREICHE

NEBEL UND DIE ELFENREICHE
FEUER QUELLEN
ÖSTLICHE ÖDZONE
LANDOVER
LDERO
NEBEL UND DIE ELFENREICHE

Ben

Es war die Weihnachtsausgabe des Warenhauskatalogs von *Rosen*, das einmal im Jahr erscheinende Wunschbuch.

Es war an Annie adressiert.

Ben Holiday stand wie angewurzelt vor seinem Briefkasten und ließ seinen Blick über den buntverzierten Umschlag auf den weißen Adressenaufkleber mit dem Namen seiner verstorbenen Frau gleiten. Die Eingangshalle des Hochhauses war ungewöhnlich still in der grauen Spätnachmittagsdämmerung. Außer dem Hauswart und ihm war niemand da, und draußen, hinter den vom Boden bis zur Decke reichenden Glasfenstern, fegte der Herbstwind die belebte Michigan Avenue von Chicago entlang und ließ den bevorstehenden Winter ahnen.

Seine Finger strichen über die glatte Oberfläche des Katalogs. Annie hatte schrecklich gerne eingekauft, auch über Versandkataloge. Und *Rosen* war eines ihrer Lieblingsgeschäfte gewesen.

Ihm stiegen plötzlich Tränen in die Augen. Er hatte ihren Verlust nach zwei Jahren noch immer nicht verschmerzt. Manchmal hatte er das Gefühl, er bilde sich alles nur ein, und, wenn er nach Hause käme, wäre sie da wie immer.

Er holte tief Luft und unterdrückte die Gefühlswallung, die in ihm aufgestiegen war, nur weil er ihren Namen auf dem Katalogumschlag gelesen hatte. Es war albern von ihm. Nichts konnte sie ihm zurückbringen. Nichts konnte die Ereignisse ungeschehen machen.

Ben starrte in das dunkle Loch des leeren Briefkastens. Er dachte an den Augenblick, als er von ihrem Tod erfahren hatte. Er war gerade aus dem Gericht, wo die Vorverhandlung im Microlab-Fall mit Wilson Fink und seinen Söhnen stattgefunden hatte, nach Hause zurückgekehrt. Ben hatte in seinem Büro gesessen und darüber nachgedacht, wie er seinen Gegner, einen Rechtsanwalt namens Bates, überzeugen könnte, daß sein letztes Vergleichsangebot für alle Parteien die beste Lösung wäre, als der Anruf kam. Annie hatte auf der Kennedystraße einen Unfall gehabt. Sie war ins St.

Jude-Krankenhaus eingeliefert worden und ihr Zustand war kritisch. Ob er sofort kommen könne…?

Ben schüttelte sich. Ihm klang noch immer die Stimme des Arztes im Ohr, der ihm berichtet hatte, was geschehen war. Er hatte so nüchtern und ruhig geklungen. Ben war sofort klargewesen, daß Annie sterben würde. Als er im Krankenhaus ankam, war sie schon tot. Und das Baby auch. Annie war im dritten Monat schwanger gewesen.

»Mr. Holiday?«

Ben fuhr zusammen und sah sich um. George, der Hauswart, schaute ihn über den Eingangsthresen hinweg besorgt an.

»Ist alles in Ordnung, Sir?«

Ben nickte und zwang sich ein kurzes Lächeln ab. »Ja, ich war nur in Gedanken.«

Dann verschloß er seinen Briefkasten wieder, steckte alles, was er ihm entnommen hatte, in die Manteltasche, behielt nur den Katalog in der Hand und ging zum Fahrstuhl.

»Ziemlich kalt heute«, meinte George mit einem Blick auf die graue Straße. »Wird wohl ein harter Winter werden. Man sagt, es würde viel Schnee geben. Wie vor zwei Jahren.«

»Sieht ganz danach aus.« Ben hatte kaum zugehört und starrte wieder auf den Katalog. Annie hatte immer viel Freude an dem Weihnachts-Wunschbuch gehabt. Manchmal hatte sie ihm Beschreibungen der besonders ausgefallenen Artikel vorgelesen und sich ausgemalt, wer derlei wohl bestellen würde.

Ben betätigte den Fahrstuhlknopf und die Türen öffneten sich augenblicklich.

»Einen schönen Abend, Sir«, rief George ihm nach.

Er fuhr bis in seine Penthaus-Etage, legte den Mantel ab und ging ins Vorderzimmer. Den Katalog hielt er noch immer umklammert. Es war düster, doch er schaltete die Lampen nicht ein, sondern stand reglos vor der Fensterfront, von der aus man über das Sonnendach auf die Stadt hinunterblicken konnte. Lichter schimmerten durch das Abendgrau, fern und vereinzelt, jedes ein Symbol für ein eigenes, unabhängiges, gesondertes Leben, abseits von den Tausenden von anderen.

Warum sind wir so oft allein, dachte er. Ist das nicht seltsam?

Sein Blick fiel wieder auf den Katalog. Warum hatten sie ihn wohl an Annie geschickt? Warum schickten Unternehmen Werbeprospekte, Drucksachen, Broschüren und weiß-der-Himmelwas an Leute, die schon lange tot und begraben waren? Das war eine Verletzung ihrer Privatsphäre, ein Affront. Brachten diese Unternehmen denn ihre Adressenkartei nicht auf den neuesten Stand? Oder weigerten sie sich einfach nur, jemals einen Kunden aufzugeben?

Er unterdrückte seinen Ärger und machte Licht. Dann ging er an die Hausbar und goß sich einen Scotch ein, *Glenlivet on the Rocks*, mit ein wenig Wasser. In knapp zwei Stunden fand ein Treffen der Rechtsanwälte statt, und er hatte Miles versprochen, diesmal wirklich teilzunehmen. Miles Bennett war nicht nur sein Partner, sondern wohl auch der einzige wirkliche Freund, den er seit Annies Tod noch besaß. Alle anderen waren irgendwie in die Ferne gerückt, abgetrieben in den Gezeiten gesellschaftlichen Lebens. Er hatte auch keine Anstrengungen gemacht, die alten Freundschaften zu pflegen, sondern hatte sich in seine Arbeit und seinen privaten, untröstlichen Kummer verkrochen. Er war kein angenehmer Gesellschafter mehr, und nur Miles brachte genügend Geduld und Ausdauer auf, es mit ihm auszuhalten.

Ben trank einen Schluck Scotch und kehrte zum Fenster zurück. Die Lichter der Stadt blinkten ihm zu. Es war gar nicht so schlimm, allein zu sein, dachte er. Das war der Lauf des Lebens. Er runzelte die Stirn. Nun, seines Lebens jedenfalls. Es war seine freie Entscheidung, allein zu sein. Er hätte jederzeit und überall wieder Anschluß finden können. Er brachte die nötigen Voraussetzungen mit. Er war noch jung, er war erfolgreich, sogar wohlhabend – wenn Geld irgendeine Bedeutung hatte, und in dieser Welt hatte es eine. Nein, er war nicht gezwungen, allein zu sein.

Er dachte eine Weile darüber nach – zwang sich, darüber nachzudenken. Es war nicht nur seine freie Wahl, daß er alleine war, es war auch irgendwie ein Grundaspekt seiner Existenz. Das Gefühl, ein Außenseiter zu sein, hatte er schon immer gehabt. Als er Rechtsanwalt geworden war, hatte ihm das geholfen, mit dieser Empfindung zurechtzukommen, festen Boden unter den Füßen zu spüren. Dennoch war das Gefühl immer dagewesen, wenn auch weniger stark. Der Verlust von Annie hatte es aufs neue belebt und die Vergänglichkeit seiner Bindung an die Umwelt deutlich gemacht. Er fragte sich manchmal, ob andere auch so empfanden wie er. Er war überzeugt, daß jeder bis zu einem gewissen Grade dieses Gefühl des Nichtdazugehörens kennen müßte, wenn auch weniger ausgeprägt als er selber, ganz sicher weniger intensiv.

Er wußte, daß Miles etwas davon ahnte, auch wenn er selber natürlich ein ganz anderer Mensch war, sich immer in Gesellschaft befand und im Einklang mit sich und der Umwelt. Er wollte, daß Ben genauso sei wie er, wollte ihn aus seinem Schneckenhaus hervorholen und in den Strudel des Lebens zurückbringen. Das hatte er sich zur Aufgabe gestellt. Darum legte Miles auch so viel Wert auf diese Rechtsanwaltstreffen und darum drängte er Ben, Annie endlich zu vergessen und wieder sein eigenes Leben zu leben.

Er leerte sein Glas und goß sich noch einen Scotch ein. Ben trank in letzter Zeit ziemlich viel, mehr als wahrscheinlich gut für ihn war, das wußte er. Er sah auf die Uhr. Fünfundvierzig Minuten waren verstrichen. In weiteren fünfundvierzig Minuten würde Miles auftauchen und ihn dann für den Rest des Abends nicht mehr aus den Fängen lassen. Unwillig schüttelte Ben den Kopf. Miles verstand bei weitem nicht so viel von den Dingen, wie er zu verstehen meinte.

Mit dem Glas in der Hand ging Ben zum Fenster, starrte eine Weile hinaus und zog dann die Vorhänge zu. Er ließ sich auf die Couch fallen und überlegte, ob er den Anrufbeantworter abhören sollte. Da fiel sein Blick wieder auf den Katalog:

Rosens Weihnachts-Wunschbuch.

Er stellte sein Glas auf den Tisch und nahm die aufwendige Broschüre in die Hand. Es war die jährliche Spezialausgabe für die ganz Reichen im Lande.

Annie hatte immer ihren Spaß daran gehabt.

Gedankenlos begann er, darin zu blättern. Die Angebote waren eine Sammlung von Geschenken für die schwer Zufriedenzustellenden, eine Mischung von einmaligen und absonderlichen Dingen, die man nirgendwo anders als in dem Wunschbuch finden konnte: Ein Abendessen für zwei Personen in dem kalifornischen Privathaus eines Filmstars, Reise inbegriffen; eine zehntägige Kreuzfahrt auf einer vollbemannten und mit Verpflegung ausgerüsteten Luxusyacht; eine Woche auf einer in Privatbesitz befindlichen karibischen Insel, einschließlich der Benutzung des Weinkellers und der vollen Speisekammern; eine Flasche hundertundfünfzig Jahre alten Weines; handgeblasene Gläser und Diamantkreationen nach den Vorstellungen des Bestellers; goldene Zahnstocher; ein Nerzmantel für die Spielzeugpuppe; ein aus Ebenholz geschnitztes Schachspiel mit Science-fiction-Figuren; ein handgewebter Teppich mit den Unterschriften der Unabhängigkeitserklärung.

Die Liste war endlos und jedes Angebot exotischer und verrückter als das vorhergehende. Ben nahm einen großen Schluck Scotch und blätterte mit einer Mischung aus Widerwillen und Faszination weiter: eine transparente Badewanne mit lebenden Goldfischen in der hohlen Wand; silbernes Rasierzeug mit in Gold eingelegten Initialen... Warum in aller Welt würde jemand so etwas besitzen wollen?

Plötzlich blieb sein Blick an einem Bild hängen, das eines der Angebote illustrierte. Der Text dazu lautete:

MAGISCHES KÖNIGREICH
ZU VERKAUFEN

Landover: Reich der Magie, Reich der Abenteuer, Heimat von Rittern und Knappen, Drachen und Edelfräulein, Zauberern und Hexen; Land aus längst vergangener Zeit. Magie ist hier Wirklichkeit, und der wahre Held lebt nach den Gesetzen des Rittertums. Alle Ihre Phantasien werden wahr in diesem Königreich aus einer anderen Welt. Nur ein Element fehlt, um das Wunder vollständig zu machen: Sie, der Sie als König regieren. Entfliehen Sie in das Reich Ihrer Träume und werden Sie neugeboren.

Preis: $ 1 000 000
Persönliches Gespräch und Finanzierungsnachweis Bedingung
Näheres: Meeks, Privatbüro

Mehr stand nicht da. Das dazugehörige Bild zeigte einen Ritter zu Pferde im Kampf mit einem feuerspeienden Drachen, ein schönes, spärlich bekleidetes Edelfräulein, das sich ängstlich gegen eine Burgmauer drückte, und einen Magier, der mit erhobenen Händen einen fürchterlichen Fluch auszustoßen schien. Elfen oder Gnome lungerten im Hintergrund herum, und gewaltige Burgen und Befestigungen türmten sich vor Bergen, die sich im Dunst verloren.

Das Ganze sah aus wie die Welt von König Arthus und seinen Rittern der Tafelrunde.

»So was Absurdes«, murmelte Ben vor sich hin.

Ungläubig starrte er auf die Seite und war überzeugt, er müsse etwas falsch aufgefaßt haben. Er las es noch mal. Er las es ein drittes Mal. Es stand wirklich so geschrieben. Ben trank sein Glas in einem Zug leer und kaute auf dem Eiswürfel herum. Der Wahnwitz des Angebotes irritierte ihn. Eine Million Dollar für ein Märchenkönigreich? Das mußte irgendein seltsamer Scherz sein.

Er warf den Katalog auf den Tisch, sprang auf und begab sich zur Bar, um sich einen neuen Scotch einzugießen. Dann betrachtete er sich einen Augenblick lang im Spiegel des Schrankes – er war ein Mann mittlerer Größe, schlank, fit und sportlich, mit straffen Gesichtszügen, markanten Backenknochen, hoher Stirn und leicht zurückweichendem Haaransatz, einer Adlernase und durchdringenden blauen Augen. Er war ein Mann von neununddreißig, der allmählich auf die Fünfzig zuging, ein Mann, der zu jung war, die Grenze zum *mittleren Alter* zu überschreiten.

Entfliehen Sie in das Reich Ihrer Träume...

Ben setzte sich wieder auf die Couch, stellte sein Glas ab und las noch einmal das Angebot über Landover. Kopfschüttelnd sagte er sich, daß so ein Ort nicht existieren konnte. Das war ein Werbegag, eine Finte, Bluff. Die Wahrheit war hinter rhetorischen Kapriolen versteckt. Er kaute nachdenklich an seiner Unterlippe. Andererseits klang die Anzeige recht nüchtern, und *Rosen* war ein höchst respektables Unternehmen: Sie würden schwerlich etwas anbieten, das sie nicht liefern könnten, falls sich ein Käufer fände.

Er mußte lachen. Ein Käufer? Wer würde, sofern er alle Sinne beisammen hatte, auf die Idee kommen, so etwas überhaupt in Betracht zu ziehen? Und dann ertappte er sich dabei, selber derjenige zu sein. Er hatte ja dagestanden und an seinem Scotch genippt und darüber meditiert, wie er nirgendwo hingehörte. Und als er dann das Wunschbuch in die Hand genommen hatte, war ihm die Anzeige für Landover direkt ins Auge gesprungen. Er war derjenige, der sich in seiner eigenen Welt immer als Außenseiter gefühlt hatte und der ständig auf der Suche nach einer Möglichkeit war, sich selber zu entkommen.

Und da war seine Chance.

Sein Grinsen wurde noch breiter. Wahnwitz! Er zog tatsächlich in Betracht, was kein Mensch mit gesundem Verstand überhaupt für denkbar halten konnte!

Der Scotch begann zu wirken. Ben stand auf und ging im Zimmer auf und ab. Dann sah er auf die Uhr und dachte an Miles. Er hatte plötzlich nicht mehr die geringste Lust, zu diesem Treffen zu gehen.

Er wollte nirgendwo hingehen.

Er begab sich zum Telefon und wählte die Nummer seines Freundes.

»Bennett«, hörte er die vertraute Stimme.

»Miles, ich habe beschlossen, heute abend nicht mitzukommen. Nimm's mir nicht übel.«

»Ben, bist du's?«

»Ja, ich bin's. Hör zu, du mußt heute auf meine Teilnahme verzichten.«

»Kommt nicht in Frage!« Miles ließ sich nicht so leicht abwimmeln. »Du hast gesagt, du kommst mit, und du kommst mit. Du hast es versprochen.«

»Ich nehm's zurück. Rechtsanwälte tun das ständig, wie du weißt.«

»Ben, du darfst dich nicht drücken. Du mußt was von der Welt sehen, nicht nur deine Wohnung und dein Büro, auch wenn die noch so luxuriös sind. Und du mußt deinen Berufskollegen beweisen, daß du noch am Leben bist!«

»Erzähl du ihnen, daß ich noch lebe. Sag ihnen, daß ich beim nächsten Treffen dabeisein werde. Sag ihnen irgendwas, aber rechne heute nicht mit mir.«

Nach einer Pause fragte Miles: »Ist alles in Ordnung, Ben?«

»Klar. Ich bin nur gerade an einer Sache und möchte dranbleiben.«

»Du arbeitest zu viel, Ben.«

»Tun wir doch alle, oder? Tschüs, bis morgen.«

Er hängte ein, bevor Miles noch etwas erwidern konnte und starrte eine Weile auf das Telefon. Immerhin hatte er nicht gelogen. Er war gerade mit einer Sache beschäftigt und er wollte dranbleiben – auch wenn's noch so verrückt war. Er trank einen Schluck. Annie hätte das verstanden. Sie hatte seine Faszination an Rätseln und Herausforderungen, die andere einfach übergingen, immer akzeptiert. Sie hatte an so was immer Anteil genommen.

Er schüttelte den Kopf. Wenn Annie hier wäre, würde das alles gar nicht geschehen, würde er nicht daran denken, in einen Traum zu entfliehen, der unmöglich Realität sein konnte.

Die Bedeutung dieses Gedankens machte ihn stutzig. Dann setzte er sich wieder auf die Couch, nahm sich den Katalog vor und las die Anzeige aufs neue.

Am nächsten Morgen kam Ben erst spät in die Praxis von *Holiday & Bennett*, und seine Laune war ziemlich mies. Er hatte sehr früh am Morgen eine Verhandlung auf dem Terminkalender gehabt und war direkt zum Gerichtsgebäude gegangen, nur um herauszufinden, daß die Verhandlung abgesetzt worden war. Die Gerichtsdiener hatten keine Ahnung, wie das geschehen konnte, die gegnerische Partei war nicht aufzufinden, und der Gerichtsvorsitzende ließ ihn wissen, daß es die einfachste Lösung für das Dilemma sei, wenn er einen neuen Termin beantragen würde. Da Zeit aber ein wesentlicher Faktor in der zu verhandelnden Sache war, bat er um eine baldige Neufestsetzung und erhielt Bescheid, daß das frühest möglich in dreißig Tagen sein könnte. Vor den Feiertagen sei immer so viel los, meinte der Gerichtsdiener muffig. Diese Erklärung hatte Ben während dieses Monats schon mindestens zwanzig Mal gehört. Also ging er nicht darauf ein, sondern ersuchte um einen dringenden Vorverhandlungstermin, um zu erfahren, daß der betreffende Richter sich während der nächsten dreißig Tage auf Skiurlaub irgendwo in Colorado aufhalte und daß sein Vertreter noch nicht bestimmt worden sei. Die Entscheidung darüber würde vermutlich Ende der Woche getroffen, und er möge sich doch dann bitte wieder melden.

Die Blicke und das Gehabe der Richter und Gerichtsdiener gleichermaßen bedeuteten ihm, daß dies nun mal der Lauf der Dinge im allgemeinen und der Gerichtspraxis im besonderen sei, und daß gerade *er* das ja inzwischen wissen müßte. Er müsse sich einfach damit abfinden.

Ben war jedoch nicht bereit, das einfach so hinzunehmen und hatte das Ganze gründlich satt. Andererseits konnte er nichts daran ändern. Frustriert und verärgert ging er in die Praxis, begrüßte die Mädchen am Empfang mit einem knurrigen »Guten Morgen«, hörte die Telefonbotschaften ab und zog sich in sein Büro zurück, um mit seinem Ärger allein zu sein. Es dauerte keine fünf Minuten, und Miles stand in der Tür.

»Der reinste Sonnenschein heute früh, hm?« stichelte der Freund wohlmeinend.

»So ist es«, stimmte Ben zu und lehnte sich in seinem Stuhl zurück. »Eitel Fröhlichkeit.«

»Die Verhandlung ist wohl nicht so gut gelaufen?«

»Sie fand überhaupt nicht statt. Irgendein Trottel hat sie abgesagt, und man gibt mir zu verstehen, daß sie erst wieder angesetzt werden kann, wenn die Hölle zugefroren ist und die Kühe das Fliegen gelernt haben. Was für ein Leben!«

»Na ja, so ist es nun mal – hab Geduld und warte. Zeit ist alles, was wir haben.«

»Ich hab' die Nase voll davon!«

Miles ließ sich auf einem der Klientensessel Ben gegenüber nieder. Er war ein großer, schwerer Mann, ein wenig füllig, mit dichtem, schwarzem Haar und einem Schnurrbart, der seinem Engelsgesicht eine gewisse Reife verlieh.

Unter seinen schweren Augenlidern hervor sah er Ben blinzelnd an. »Weißt du, was dein Problem ist, Ben?«

»Sollte ich wissen. Du hast es mir oft genug gesagt.«

»Warum hörst du dann nicht auf mich? Gib's auf, all deine Zeit darauf zu verschwenden, Dinge ändern zu wollen, die unabänderlich sind.«

»Miles...«

»Annies Tod und die Art und Weise, wie das Gerichtswesen

funktioniert, sind Sachen, die sich nicht ändern lassen, Ben. Niemals. Du spielst den Don Quichotte, der gegen Windmühlenflügel kämpft! Du versaust dir dein Leben, weißt du das?«

Mit einer abwehrenden Handbewegung brachte Ben den Freund zum Schweigen. »Nein, das weiß ich nicht. Übrigens, dein Vergleich hinkt. Mir ist völlig klar, daß nichts und niemand Annie zurückbringen kann, damit hab' ich mich abgefunden. Aber was das Rechtswesen angeht, dafür ist es nicht zu spät, jenes Rechtswesen, das es einmal gab und in das wir eingestiegen sind, um es zu erhalten.«

»Du solltest dich manchmal selber reden hören«, seufzte Miles. »Mein Vergleich hinkt überhaupt nicht, Chef. Mein Vergleich ist leider nur zu treffend. Du hast Annies Tod nie akzeptiert. Du lebst dein Leben in einem verdammten Schneckenhaus, weil du nicht hinnehmen kannst, was geschehen ist – als ob das irgend etwas daran ändern würde! Ich bin dein Freund, Ben – vielleicht der einzige Freund, den du noch hast. Darum kann ich so mit dir reden, weil du's dir nicht leisten kannst, mich zu verlieren!«

Der schwere Mann beugte sich vor. »Und dein Gefasel darüber, wie die Dinge im Rechtswesen früher waren, erinnert mich an meinen Vater, der mir zu erzählen pflegte, wie er acht Kilometer durch Eis und Schnee zur Schule gehen mußte. Was soll ich tun – mein Auto verkaufen und zu Fuß zur Arbeit gehen? Du kannst die Uhr nicht zurückdrehen, Ben, auch wenn du es noch so gern tätest. Du mußt dich mit den Dingen abfinden wie sie sind.«

Ben ließ ihn ausreden. In einem Punkt hatte er recht: Nur er konnte so mit ihm reden, und zwar, weil er sein bester Freund war. Aber Miles hatte das Leben immer anders angepackt als Ben, hatte sich eher an die Gegebenheiten angepaßt, als zu versuchen, sie zu verändern, war immer bestrebt, das Beste aus den Umständen zu machen. Er konnte einfach nicht begreifen, daß es Dinge gab, die ein Mensch nicht so ohne weiteres akzeptieren sollte.

»Laß Annie mal aus dem Spiel.« Ben machte eine bedeutungsvolle Pause, ehe er fortfuhr: »Nehmen wir mal an, Wandel sei eine unabänderliche Tatsache, ein Prozeß, der von Männern und Frauen in Gang gesetzt wird, die mit dem Stand der Dinge nicht zufrieden sind. Das ist eine feine Sache. Nehmen wir weiterhin an, Wandel sei häufig das Ergebnis dessen, was wir gelernt haben, nicht nur dessen, was wir im Sinn hatten. Die Geschichte hat ihren Anteil am Wandel. Deshalb sollte das, was einmal war und gut war, nicht einfach als nostalgische Erinnerung abgetan werden.«

Miles hob die rechte Hand. »Hör zu, ich meine nicht...«

»Kannst du ehrlichen Sinnes da sitzen, Miles, und mir weißmachen, daß du mit der Rechtspraxis in diesem Lande zufrieden bist? Würdest du behaupten, daß sie so gut und wahr ist, wie sie vor fünfzehn Jahren war, als wir diesen Beruf gewählt haben? Sieh dir doch um Himmels willen mal an, was passiert ist! Wir versumpfen in einem Morast von Gesetzgebung und Reglementierung, der von hier bis nach China reicht, und weder die Richter noch die Rechtsanwälte verstehen auch nur noch die Hälfte von alledem. Früher konnten wir uns guten Gewissens für allgemein kompetent halten, und heute dürfen wir uns glücklich schätzen, wenn wir auf ein oder zwei Gebieten zu Hause sind, weil wir mit hängender Zunge hinter der Entwicklung herrennen müssen, um auf dem laufenden zu bleiben. Die Gerichte arbeiten langsam und sind überlastet. Die Richter sind nur allzu oft mittelmäßige Rechtsanwälte, die über politische Fäden auf den Richterstuhl gelangt sind. Die Rechtsanwälte, die aus den Universitäten kommen, betrachten ihren Beruf als eine Goldgrube und haben nichts anderes im Sinn, als möglichst oft in der Presse erwähnt zu werden – die Idee, Leuten helfen zu wollen, spielt keine Rolle mehr. Der gesamte Berufszweig hat den schlechtesten Ruf seit den Nazis. Wir machen Werbung – *Werbung!* Wie Gebrauchtwarenhändler oder Waschmittelfabrikanten! Wir bilden uns nicht weiter, wir haben keine Disziplin mehr. Wir wurschteln uns einfach nur durch.«

Miles starrte ihn abschätzend an. »Bist du fertig?«

Ben nickte. Sein Gesicht war leicht gerötet. »Glaube ja. Hab' ich was ausgelassen?«

Miles schüttelte den Kopf. »Ich glaube, du hast alles beim richtigen Namen genannt. Geht's dir jetzt besser?«

»Ja, danke.«

»Gut. Dann nur eine abschließende Bemerkung. Ich habe alles gehört, was du gesagt hast, habe mir jedes Wort gemerkt und stimme dir in fast allem völlig zu. Dennoch stelle ich fest: Na und? Tausende von Reden sind über dieses Thema gehalten worden, Tausende von Komitees haben darüber verhandelt, Tausende von Artikeln sind über das geschrieben worden, was du da eben in deiner Tirade umrissen hast – und was hat das bewirkt?«

Ben seufzte. »Nicht viel.«

»Damit untertreibst du. Und wenn es so ist, was meinst du, was *du* ausrichten kannst?«

»Ich weiß es nicht, und darum geht es auch gar nicht.«

»Wahrscheinlich nicht. Aber, verdammt noch mal, wenn du einen Einmannkrieg gegen das System führen willst, in der Hoffnung, es zu verändern, dann ist das gut und schön. Aber du solltest bei deinem Engagement ein wenig maßhalten. Ab und zu mal ein freier Tag für die weniger dringlichen Angelegenheiten des Lebens könnte deinen Horizont erweitern und verhindern, daß du dich völlig zugrunde richtest. Okay?«

Ben nickte. »Schon gut, schon gut. Okay. Aber ich bin nicht besonders begabt im Maßhalten.«

Miles grinste. »Was du nicht sagst! Ben, laß uns von was anderem reden. Zum Beispiel von gestern abend. Ob du's glaubst oder nicht, ein paar Leute haben nach dir gefragt – meinten, sie hätten dich schon lange nicht mehr gesehen.«

»Dann müssen sie wohl ein dringendes Bedürfnis nach Gesellschaft haben.«

Miles zuckte mit den Achseln. »Vielleicht. Aber was hattest du denn so Wichtiges zu tun, daß du absagen mußtest? Ein neuer Fall?«

Ben überlegte einen Augenblick und schüttelte dann den Kopf. »Nein, kein neuer Fall. Etwas, worüber ich nachdenken wollte.« Er zögerte. Dann griff er kurzentschlossen in seine Aktentasche und holte das Wunschbuch hervor. »Willst du mal was Verrücktes sehen, Miles? Schau dir das hier an.«

Er blätterte den Katalog durch, bis er die Seite mit der Landover-Anzeige gefunden hatte, und reichte ihn über den Schreibtisch.

»Magisches Königreich zu verkaufen... Landover – Reich der Magie, Reich der Abenteuer... He, was ist das denn?« Miles blätterte, um die Titelseite zu finden.

»Ein Weihnachtskatalog«, erklärte Ben schnell. »Von *Rosen* in New York. Ein Wunschbuch. Du kennst so was – lauter *einmalige Geschenkideen*.«

Miles las die Anzeige ganz und sah Ben an. »Nur eine Million Dollar? Geschenkt. Laß uns sofort nach New York fliegen, damit wir dem Andrang der Bewerber zuvorkommen.«

»Was hältst du davon?«

Miles starrte ihn an. »Das gleiche wie du, hoffe ich. Jemand ist übergeschnappt!«

Ben nickte nachdenklich. »Hab' ich auch gemeint. Aber andererseits würde *Rosen* so eine Anzeige nicht in diesen Katalog setzen, wenn sie nicht liefern könnten, was sie anbieten.«

»Dann muß das Ganze inszeniert sein. Dann sind die Drachen übergroße Eidechsen oder so was. Und die Magie superperfekte Tricks.« Miles lachte. »Ritter und Edelfräulein von *Central Casting Filmstudios*, Drachen aus dem Zoo von San Diego! Nächste Woche bringt Jonny Carson die ganze Menagerie in seiner TV-Show!«

Ben wartete, bis Miles aufgehört hatte zu lachen. »Meinst du?«

»Natürlich meine ich das! Du etwa nicht?«

»Ich bin mir nicht sicher.«

Miles runzelte die Stirn und las die Anzeige noch einmal durch. Dann reichte er Ben den Katalog zurück. »War es das, was dich gestern verhindert hat, zum Treffen zu kommen?«

»Zum Teil.«

Es herrschte eine ganze Weile Schweigen. Dann räusperte sich Miles. »Ben, du willst doch damit nicht sagen, daß du ernsthaft daran...«

Das Telefon klingelte. Ben nahm den Hörer ab. Nach einem Augenblick blickte er dann zu seinem Freund hinüber. »Mrs. Lang ist da.«

Miles sah auf die Uhr. »Will wahrscheinlich ihr Testament wieder umändern.« Er zögerte und sah so aus, als wolle er noch etwas äußern. Dann besann er sich eines Besseren, stand auf und schritt zur Tür. »Nun, genug davon. Ich muß was tun. Bis später.«

Mit gerunzelter Stirn ging er hinaus. Ben hielt ihn nicht auf.

Ben verließ das Büro früh am Nachmittag und begab sich ins Sportcenter, um zu trainieren. Eine Stunde verbrachte er im Gewichteraum und eine weitere Stunde an den Sandsäcken für Leicht- und Schwergewichtler, die vor einigen Jahren auf seine

Veranlassung hin angeschafft worden waren. Als junger Mann war er Boxer gewesen und hatte gut fünf Jahre lang in Northside zahlreiche Kämpfe bestritten. Er hatte es bis zur Silbermedaille gebracht und hätte auch die Goldmedaille gewinnen können, doch dann war er zum Studium an die Ostküste umgezogen und hatte weniger Zeit zum Boxen gefunden. Aber er hatte nie ganz aufgehört und boxte manchmal sogar noch, wenn er mal nach Northside kam. Die übrige Zeit beschränkte er sich nur auf das Training, hielt sich fit und reaktionsschnell. Vor allem seit Annies Tod hatte er mit eiserner Disziplin trainiert. Es half ihm, seinen Ärger und seine Frustration abzureagieren, und es half ihm, die Zeit zu füllen.

Es stimmte, daß es ihm nicht gelungen war, ihren Tod zu akzeptieren, dachte er, während sich das Taxi durch den abendlichen Stoßverkehr zu seiner Wohnung quälte. Sich selbst konnte er das eingestehen, wenn auch nicht Miles gegenüber. Die Wahrheit war, daß er nicht wußte, wie er lernen könnte, sich damit abzufinden. Er hatte sie mit erschreckender Hingabe geliebt, und sie ihn. Sie hatten nie darüber gesprochen, das war nicht nötig gewesen. Als sie starb, hatte er an Selbstmord gedacht. Er hatte es nicht getan, weil er tief drinnen wußte, daß er es nicht tun durfte, daß es ein großer Fehler wäre und daß Annie das nie gewollt hätte. Also hatte er sein Leben weitergelebt, so gut er es vermochte, doch er hatte die Tatsache nie akzeptieren können, daß sie wirklich fort war. Vielleicht würde ihm das nie gelingen.

Im Grunde wußte er nicht einmal, ob es so wichtig war, daß es ihm gelänge.

Er bezahlte das Taxi, grüßte George und fuhr in seine Penthaus-Etage.

Für Miles war er der kummergebeugte Einsiedler, der sich vor der Welt versteckte und um seine tote Frau trauerte. Wahrscheinlich sahen ihn alle so. Aber Annies Tod hatte die Situation nicht verursacht, er hatte sie nur deutlich gemacht. Ben hatte sich im Laufe der letzten Jahre immer mehr zurückgezogen, angewidert von dem, was er als eine Zerrüttung seines Berufes betrachtete, frustriert über die Art und Weise, wie das Gesetzeswesen immer mehr in sich zusammenfiel, so daß es kaum noch den Zwecken dienen konnte, für die es einmal geschaffen worden war. Miles würde es abwegig finden, daß er, der angesehene Rechtsanwalt, der vor

Gericht mehr Goliaths erledigt hatte, als David sich je hätte träumen lassen, so dachte. Warum sollte er frustriert sein, wenn er in dem System so erfolgreich war? Doch manchmal dienten die eigenen Erfolge nur dazu, einem klarzumachen, wie ungerecht alles war. Ihm ging es jedenfalls so.

Er goß sich einen *Glenlivet* ein, ließ sich aufs Sofa sinken und starrte aus dem Fenster auf die Lichter der Stadt. Nach einer Weile holte er das Weihnachts-Wunschbuch aus seiner Aktentasche und schlug die Seite mit dem Angebot von Landover auf. Es war ihm den ganzen Tag nicht aus dem Kopf gegangen. Er hatte an nichts anderes mehr denken können, seit er am Vorabend die Annonce gelesen hatte.

Und wenn es Wirklichkeit war?

Lange Zeit saß er da, mit dem Glas in der Hand, den Katalog aufgeschlagen auf den Knien, und grübelte darüber nach.

Sein gegenwärtiges Leben war zu einem Stillstand gekommen, fühlte er. Annie war tot. Der Rechtsberuf – jedenfalls für ihn – war ebenso tot. Es gab weitere Fälle zu vertreten, weitere Gerichtssaalkämpfe zu gewinnen, mehr Goliaths zu besiegen. Doch die Exzesse und Unzulänglichkeiten des Gesetzeswesens würden weiterhin bestehen. Er würde weiterhin die gleichen Rituale durchziehen, die gleichen Frustrationen und Enttäuschungen erleben, und am Ende war das alles völlig bedeutungslos. Er wollte mehr als das in seinem Leben.

Da mußte einfach mehr sein.

Er betrachtete das Bild des Ritters im Kampf mit dem Drachen, das Edelfräulein, den Zauberer und die anderen Märchenkreaturen. Ein Traum aus einem Wunschbuch.

Entfliehen Sie in Ihre Träume…

Für eine Million Dollar natürlich. Das Geld hatte er. Er besaß genug, um es dreimal zu kaufen. Seine Eltern waren wohlhabend gewesen und seine Praxis war sehr lukrativ. Die Million war da, wenn er beschließen wollte, sie dafür auszugeben.

Dann das persönliche Gespräch mit Meeks. Das erschien ihm verwunderlich. Welchem Zweck diente es? Um Bewerber auszusortieren? Erwarteten sie so viele und gab es einen Grund, unter ihnen einen auszuwählen? Vielleicht, weil es ja darum ging, einen König zu bestimmen.

Ben holte tief Luft. Was für einen König würde er abgeben? Er konnte den Preis bezahlen, doch das könnten andere auch. Er war geistig und körperlich fit, das wären andere auch. Er verfügte über Erfahrung mit Leuten und mit Gesetzen, das hätten andere vielleicht nicht. Er war großherzig. Er war redlich. Er war weitblickend.

Er war verrückt.

Er trank sein Glas leer, klappte den Katalog zu und begab sich in die Küche, um sich ein Abendessen zuzubereiten. Er nahm sich Zeit dafür und kochte sich ein ziemlich extravagantes Rindfleischgericht mit Gemüse. Dazu öffnete er eine Flasche Wein. Nach dem Essen ging er zurück ins vordere Zimmer, setzte sich auf die Couch und nahm sich das Wunschbuch erneut vor.

Ben wußte, was er tun würde. Wußte es längst. Er brauchte wieder etwas, an das er glauben konnte. Er mußte etwas von jenem Zauber wiederfinden, der ihn einst zur Juristerei geführt hatte – jenes Gefühl von erregtem Staunen, das sie in sein Leben gebracht hatte. Aber noch mehr war ihm eine Herausforderung vonnöten, denn das war es, was dem Dasein Sinn und Richtung gab.

Landover *konnte* ihm das möglicherweise bieten.

Er wußte natürlich noch nicht, ob es das auch tatsächlich täte. Vielleicht war das Ganze wirklich nur eine ausgetüftelte Maskerade, wie Miles annahm, wo die Drachen Riesenleguane waren und die Ritter und Zauberer von *Central Casting Filmstudios* gestellt wurden. Vielleicht war es Trug und Schein, eine Imitation dessen, was man sich vorstellen und erträumen konnte. Und selbst wenn es Wirklichkeit war und der Beschreibung und der Abbildung entsprach, mochte es noch immer weniger sein, als der Traum. Es konnte durchaus ebenso uninteressant sein wie sein jetziges Leben.

Doch es war den Versuch wert, denn er kannte die Parameter seines gegenwärtigen Daseins, und es gab darin keine Unbekannte mehr. Und auf irgendeine unerklärliche Weise wußte er, daß er, jetzt, wo Annie tot war, nur einen Fehler machen konnte, nämlich, *keine* Entscheidung zu treffen.

Er schlenderte zur Hausbar und goß sich einen Whisky ein. Dann prostete er seinem Spiegelbild feierlich zu.

Er war bester Stimmung.

Am nächsten Morgen blieb Ben nur so lange im Büro, wie er brauchte, um alle Termine für diese und die folgende Woche abzusagen und ein paar Sachen zu erledigen, die nicht warten konnten. Er nehme ein paar Tage Urlaub, sagte er den Mädchen und dem Referendar, der halbtags bei ihnen arbeitete. Miles war in Crystal Lake bei Gericht, also war niemand da, der ihm Fragen stellte. Das konnte ihm nur recht sein.

Dann rief er *O'Hare* an und buchte einen Flug.

Gegen Mittag war er auf dem Weg nach New York.

Meeks

New York City war kalt, grau und ungewohnt, die zackigen Ränder seiner Skyline waren von Nebel und Wolken eingehüllt, und es regnete in Strömen. Ben sah zu, wie die Stadt wie von Zauberhand aus dem Dunst gehoben wurde, als die 727 über den East River flog und schließlich auf die Rollbahn zusteuerte.

Nach der Landung fuhr er mit einem Taxi vom LaGuardia zum Hotel, lehnte sich im Sitz zurück, als der Fahrer Reggae-Musik einschaltete, und hing seinen Gedanken nach. Er nahm ein Einzelzimmer im Waldorf, nachdem er der Versuchung widerstanden hatte, eine Suite zu mieten. In Landover würde es keine solchen Luxussuiten geben. Es war ein bedeutungsloser Verzicht, doch er mußte ja irgendwo anfangen, und hier ergab sich eine erste Gelegenheit. Einen Schritt nach dem anderen, wie man so sagt.

In fünf Minuten hatte er seinen Koffer ausgepackt. Dann suchte er im Telefonbuch von Manhattan die Nummer von *Rosen* heraus. Er ließ sich von der Zentrale mit dem Kundenservice verbinden. Der hellen Frauenstimme erklärte er, daß er sich für einen Artikel des Weihnachts-Wunschbuches interessiere und eine Verabredung mit Mr. Meeks treffen wolle. Am anderen Ende der Leitung entstand eine Pause, dann wurde er nach der Artikelnummer gefragt und weiterverbunden.

Diesmal ließ man ihn mehrere Minuten warten. Dann meldete sich wieder eine Frauenstimme, diese hier weich und tief. Ob er ihr seinen Namen, seine Adresse und die Nummer seiner wichtigsten Kreditkarte angeben könne? Konnte er. Wann er Mr. Meeks treffen wolle? Wenn möglich morgen früh. Er sei nur für wenige Tage aus Chicago nach New York gekommen. Ob morgen früh um zehn Uhr recht sei? Das wäre angenehm. Punkt zehn Uhr morgen also? Punkt zehn Uhr.

Die Leitung wurde unterbrochen. Er starrte einen Augenblick das Telefon an und hängte dann auf.

Ben ging in die Eingangshalle hinunter, kaufte eine *Times*, trank ein paar *Glenlivet on the Rocks* und begab sich dann zum Abendessen. Er aß mit der Zeitung neben sich, überflog die Abschnitte ohne Interesse und hatte seine Gedanken woanders. Gegen sieben Uhr war er wieder in seinem Zimmer. Im Fernsehen lief ein Sonderbericht über El Salvador, und er wunderte sich, daß sich nach so vielen Jahren die Leute noch immer gegenseitig umbrachten. Danach lief ein Varieté-Programm, das er laufen ließ, ohne hinzuschauen, weil er noch mal überdenken wollte, worauf er sich da einzulassen im Begriff war. Er hatte es an diesem Tag mindestens schon ein Dutzend Mal durchdacht, doch der nagende Zweifel war geblieben.

Wußte er wirklich, was er da tat? War das wirklich, was er wollte?

Die Antworten fielen genauso aus, wie jedesmal vorher. Ja, er wußte, was er da tat. Ja, es war wirklich das, was er wollte. Jedenfalls soweit er es beurteilen konnte. Einen Schritt nach dem anderen, nicht vergessen. Ihm war klar, daß er vieles zurücklassen mußte, falls er fortging und falls es das Königreich Landover wirklich gab, doch das waren überwiegend Komfort und materielle Besitztümer, die ihm nicht mehr viel bedeuteten. Autos und Eisenbahnen und Flugzeuge, Eisschränke und Kochherde und Geschirrspülmaschinen, Wasserspülung und elektrische Rasierer – all die modernen Dinge, auf die man auch verzichten mußte, wenn man nach Kanada zum Fischen ging. Mit dem Unterschied, daß ein Angeltrip höchstens ein paar Wochen dauerte. Das war hier nicht so. Es würde mehr als nur ein paar Wochen dauern und sich von jeder Urlaubsreise grundsätzlich unterscheiden. Das nahm er jedenfalls an.

Wie es dort wohl aussehen mochte, fragte er sich plötzlich. Was mochte dieses Märchenkönigreich, genannt Landover, wohl sein – dieses Königreich, das über einen Versandhauskatalog zum Kauf angeboten wurde? Würde es dem *Reich von Oz* ähneln, mit Hexen und Zauberern und einer Vogelscheuche, die reden konnte? Würde es eine gelbe Ziegelstraße geben, der man folgen konnte?

Er widerstand einem plötzlichen Impuls, seine Sachen zu packen und schleunigst aus New York zu verschwinden, ehe er sich noch tiefer in die Angelegenheit verstrickte. Wenn man es genau betrachtete, waren weder die Frage, ob es vernünftig sei, noch die nach der Zukunft, auf die er sich einließ, von Belang. Was einzig und allein zählte, war die bewußte Entscheidung, sein Leben zu ändern, um neuen Sinn und eine Aufgabe darin zu finden, die er verloren hatte. Wenn du deine Stellung hältst, lautet eine alte Weisheit, kommst du nicht voran. Wenn du aufhörst, dich fortzubewegen, wirst du von deinem eigenen Leben überholt werden.

Er seufzte. Diese alten Sprüche klangen immer wahrer als sie waren.

Die Varieté-Show ging zu Ende. Es folgten Nachrichten und Wetterbericht. Ben entkleidete sich, zog seinen Schlafanzug an (trugen die Leute in Landover wohl Schlafanzüge?), putzte sich die Zähne (putzten sich die Leute in Landover die Zähne?), machte den Fernseher aus und legte sich zu Bett.

Am nächsten Morgen wachte er ziemlich früh auf. Er hatte nicht allzu gut geschlafen, wie immer in der ersten Nacht in fremder Umgebung. Er duschte, rasierte sich, legte einen dunkelblauen Anzug an und fuhr in die Eingangshalle hinunter. Dort kaufte er die Frühausgabe der *Times* und ging zum Frühstück zu *Oscar's*.

Gegen neun Uhr machte er sich auf den Weg zu *Rosen*.

Er beschloß, zu Fuß zu gehen. Diese Entscheidung war aus einer perversen Mischung von Sturheit und Zaghaftigkeit entstanden. Das Geschäft lag nur ein halbes Dutzend Blocks entfernt auf der Lexington Avenue, und eine solche Entfernung sollte man zu Fuß zurücklegen. Der Tag war eisengrau und kalt, doch es hatte zu regnen aufgehört. Ein Taxi wäre Geldverschwendung. Außerdem erschien es ihm in der Situation angemessen, den Laden auf eigenen Füßen zu erreichen. Der Anwalt in ihm wußte es zu schätzen, wenn er seinen Auftritt selbst inszenieren konnte.

Er ließ sich Zeit, und die Frische des Spätherbstmorgens machte ihn wach und klar. *Rosen* war ein fünfzehn Stockwerke hoher Chrom-und-Glas-Palast zwischen zwei doppelt so hohen Wolkenkratzern und nahm den halben Block an der Lexington Avenue und den größeren Teil des Blocks an der kleinen Seitenstraße ein. Das alte Gebäude war offensichtlich durch diesen Neubau ersetzt worden, nachdem die Wolkenkratzer entstanden waren. Die Schaufenster an der Lexington Avenue zeigten Mode, die von Schaufensterpuppen mit gefrorenem Lächeln und leerem Blick getragen wurde. Der Verkehr des späten Morgens rollte daran vorbei, ohne ihnen Aufmerksamkeit zu schenken. Ben ging südwärts an den Schaufenstern entlang zum Eingang, durchquerte zwei Doppeltüren und betrat das Geschäft.

Ben nahm sich Zeit, den Wegweiser zu studieren. Meeks war nicht aufgeführt. Er hatte auch nicht wirklich erwartet, ihn dort zu finden. Die Abteilungen waren alphabetisch aufgelistet. Unter K fand er *Kundendienst, Sonderbestellungen, elfter Stock*. Auch gut, meinte er, versuchen wir's da mal. Er fand seinen Weg zwischen Ausstellungsvitrinen und Verkaufstresen hindurch zu den Aufzügen, erwischte einen, der offenstand, und fuhr zum elften Stock.

Er trat aus dem Fahrstuhl und befand sich in einer weiträumigen Empfangshalle mit großen, weichgepolsterten Sesseln und Sofas und einem runden Empfangstresen. Eine attraktive Frau in den Dreißigern saß dahinter und war in ein Telefongespräch vertieft.

Sie beendete ihre Unterhaltung, legte auf und lächelte zuvorkommend. »Guten Morgen. Kann ich Ihnen helfen?«

Er nickte. »Mein Name ist Holiday. Ich habe um zehn Uhr eine Verabredung mit Mr. Meeks.«

Er mochte es sich eingebildet haben, doch er glaubte, daß ihr Lächeln etwas schmaler wurde. »Ja, Sir. Mr. Meeks hat seine Büros nicht auf dieser Etage. Sie befinden sich auf der Penthaus-Etage.«

»Penthaus-Etage?«

»Ja.« Sie wies auf einen anderen Fahrstuhl zu seiner Rechten. »Drücken Sie einfach auf den Knopf *PE*, dann kommen Sie direkt zu Mr. Meeks. Ich werde Sie bei seiner Empfangssekretärin anmelden.«

»Danke schön.« Er zögerte. »Es handelt sich doch um den Mr. Meeks, der mit den Sonderbestellungen betraut ist, oder?«

»Ja, Sir. Mr. Meeks.«

»Ich frage nur, weil auf Ihrem Wegweiser *Kundendienst, Sonderbestellungen* auf diesem Stockwerk angeführt ist.«

Die Sekretärin strich sich nervös das Haar aus dem Gesicht. »Wir führen Mr. Meeks nicht auf dem Wegweiser. Er zieht es vor, daß seine Kunden über uns zu ihm kommen.« Sie versuchte ein kleines Lächeln. »Mr. Meeks betreut nur unsere Spezialitäten – eine ganz erlesene Auswahl von Artikeln.«

»Die Artikel des Weihnachts-Wunschbuches?«

»O nein. Die meisten davon werden vom normalen Personal betreut. Mr. Meeks ist nicht Angestellter von *Rosen*. Mr. Meeks ist ein privat engagierter Verkaufsspezialist, der in gewissen Verkaufstransaktionen als unser Agent fungiert. Mr. Meeks kümmert sich nur um die ganz exotischen, ungewöhnlichen Artikel, die im Wunschbuch angeboten sind, Mr. Holiday.« Sie lehnte sich etwas vor. »Soviel ich weiß, wählt er seine Angebote selbst aus.«

Ben zog zur Antwort die Augenbraue hoch. »Sehr talentiert in seiner Arbeit, nicht wahr?«

Sie sah plötzlich weg. »Ja, sehr.« Dann griff sie nach dem Telefon. »Ich melde Sie an, Mr. Holiday.« Sie zeigte auf den Fahrstuhl. »Sie werden erwartet werden, wenn Sie ankommen. Auf Wiedersehen.«

Er sagte »Auf Wiedersehen«, betrat den Fahrstuhl und drückte *PE*. Die Sekretärin sah ihm unauffällig nach, den Telefonhörer am Ohr, als die Aufzugtüren sich schlossen.

Ben horchte auf das Fahrstuhlgeräusch. Es gab nur vier Knöpfe: 1, 2, 3 und PE. Sie leuchteten einer nach dem anderen auf. Der Fahrstuhl blieb bei keiner anderen Etage stehen. Ben hoffte fast, er täte es. Er hatte das Gefühl, die *Twilight Zone* zu betreten.

Der Lift hielt, und Ben trat in eine Empfangshalle, die mit der, welche er soeben verlassen hatte, fast identisch war. Die Empfangssekretärin war diesmal eine ältere Dame, in den Fünfzigern, die eifrig in einem Papierstapel blätterte, von denen sich mehrere auf ihrem Pult türmten, während ein geplagt wirkender Mann entsprechenden Alters vor ihr stand und mit ärgerlicher, schriller Stimme schimpfte:

»... müssen nicht alles tun, was der alte Knochen sagt, und eines Tages wird er es zu hören kriegen! Meint, wir hätten nichts anderes zu tun, als zu rennen, wenn er Piep sagt! Wenn er nicht aufhört, uns wie seine Lakaien zu behandeln, verdammt noch mal, dann werde ich damit ...«

Er unterbrach sich, als die Empfangssekretärin ihren Blick auf Ben richtete. Zögernd wandte er sich um und stakste dann eilig in den offenstehenden Fahrstuhl. Die Türen schlossen sich hinter ihm.

»Mr. Holiday?« fragte die Sekretärin mit sanfter, tiefer Stimme. Es war die Frau, mit der er am gestrigen Nachmittag telefoniert hatte.

»Ja. Ich habe eine Verabredung mit Mr. Meeks.«

Sie nahm das Telefon und wartete. »Mr. Holiday, Sir. Ja. Ja, das werde ich.«

Sie hängte ein und sah auf. »Sie möchten sich bitte einen kleinen Augenblick gedulden. Setzen Sie sich doch bitte.«

Ben sah sich um und ließ sich dann auf einem Sofa nieder. Auf einem Tisch neben ihm lagen Zeitschriften und Magazine, doch er ließ seinen Blick durch die Empfangshalle wandern, die hell und freundlich wirkte, in kühlen Pastellfarben gehalten und mit soliden Holzmöbeln ausgestattet war.

Nach wenigen Minuten klingelte das Telefon. Die Sekretärin nahm den Hörer ab, horchte und hängte wieder ein.

»Mr. Holiday?« Sie erhob sich und machte eine Geste. »Hier entlang bitte.«

Sie gingen einen Korridor entlang, der sich hinter ihrem Arbeitsplatz befand. Sie führte ihn an verschlossenen Türen und rechts und links abzweigenden Fluren vorbei, blieb schließlich stehen und zeigte einen Gang hinunter.

»Diesen Korridor bis zum Ende, und dann links die Treppe hinauf. Dort erwartet Sie Mr. Meeks.«

Sie drehte sich um und kehrte zu ihrem Arbeitsplatz zurück. Ben blieb einen Moment auf der Stelle stehen, sah erst den leeren Korridor entlang, dann hinter der sich entfernenden Gestalt her.

Worauf wartest du denn noch, alter Junge, fragte er sich streng.

Er folgte dem Flur und wandte sich dann nach links. Die Türen zu beiden Seiten waren verschlossen und trugen keine Nummern oder sonstigen Hinweise. Neonlampen warfen ein fahles Licht auf die pastellfarbenen Wände, und ein dicker Teppich schluckte alle Geräusche. Es war sehr still.

Leise summte er die Titelmelodie von ›*The Twilight Zone*‹ vor sich hin, als er die Treppe erreichte und hinaufzugehen begann.

Sie endete vor einer schweren Eichentür, auf der ein Messingschild mit dem Namen *MEEKS* prangte. Er klopfte an, drückte die Klinke hinunter und trat ein.

Meeks stand direkt vor ihm.

Er war sehr groß, weit über einen Meter achtzig, alt und gebeugt, mit zerfurchtem Gesicht und grauweißem Haar. Auf der linken Hand trug er einen schwarzen Lederhandschuh, der rechte

Arm fehlte ganz. Der leere Ärmel seines Kordjacketts steckte in der Seitentasche. Blaßblaue, harte Augen schienen Ben zu durchbohren. Meeks sah aus, als habe er viele Kämpfe gefochten und überlebt.

»Mr. Holiday?« fragte er. Seine Stimme war fast ein Flüstern. Ben nickte. »Ich bin Meeks. Bitte kommen Sie doch herein und nehmen Sie Platz.«

Meeks schlurfte voraus, mühsam, als würden seine Beine ihn kaum noch tragen. Ben folgte ihm wortlos und sah sich um. Das Büro wirkte elegant, möbliert mit schweren, massiven alten Eichenmöbeln, einem geschnitzten Tisch und passenden, lederbezogenen Stühlen, Arbeitstischen, auf denen sich Magazine, Pläne und, wie es schien, Karteikästen stapelten, und an drei Wänden vom Boden bis zur Decke reichenden Regalen voller alter Bücher und Folianten. Die Fenster an der vierten Wand waren mit dicken Vorhängen verhängt und nur die Deckenlampen tauchten den Raum in ein seltsam dumpfes Licht. Ein erdfarbener Teppich bedeckte den Boden wie dichtes, trockenes Gras. Es roch ein wenig nach Möbelpolitur und Leder.

»Setzen Sie sich, Mr. Holiday.« Meeks wies auf einen der Stühle vor dem Tisch und schlurfte dann schleppend zu seinem dickgepolsterten Drehstuhl, Ben gegenüber. »Kann mich nicht mehr so bewegen wie früher. Wetter macht die Knochen steif. Wetter und das Alter. Wie alt sind Sie, Mr. Holiday?«

Ben war gerade dabei, sich hinzusetzen. Die stechenden alten Augen fixierten ihn. »Vierzig, im kommenden Januar«, gab er zurück.

»Ein gutes Alter«, lächelte Meeks, wenn auch ohne Humor. »Mit vierzig hat ein Mann noch fast alle seine Kraft, hat fast alles gelernt, was er lernen muß, und hat die Stärke, etwas damit anzufangen. Gilt das auch für Sie, Mr. Holiday?«

Ben zögerte. »Mag sein.«

»Ihre Augen sagen es jedenfalls. Augen verraten mehr über einen Menschen, als alles, was er aussprechen könnte. Die Augen reflektieren die Seele. Sie reflektieren das Herz. Manchmal offenbaren sie sogar Wahrheiten, die der Mensch lieber für sich behalten hätte.« Er unterbrach sich. »Kann ich Ihnen etwas zu trinken anbieten? Kaffee, oder vielleicht einen Drink?«

»Danke nein.« Ben rückte sich ungeduldig auf dem Stuhl zurecht.

»Sie halten es nicht für möglich, nicht wahr?« Meeks hatte eine tiefe Furche auf der Stirn. Seine Stimme klang freundlich. »Landover. Sie glauben nicht daran, daß es das gibt.«

Ben sah den alten Mann nachdenklich an. »Ich weiß es nicht.«

»Sie schätzen die Möglichkeiten, doch Sie zweifeln gleichzeitig daran. Sie suchen die Herausforderungen, die darin liegen, doch Sie fürchten, es könnten Papiertiger sein. Stellen Sie sich vor – eine Welt, die nichts gleicht, was irgendwer auf dieser Erde je gesehen hat! Aber es klingt, als sei das völlig undenkbar. Wenn ich ein geläufiges Klischee verwenden darf: Es ist zu schön, um wahr zu sein.«

»So ist es.«

»So wie Menschen auf dem Mond?«

Ben überlegte. »Eher wie Redlichkeit im Kreditgeschäft. Oder wie volles Vertrauen zwischen Nachbarstaaten. Oder vielleicht wie Verbraucherschutz gegen falsche Werbung.«

Meeks starrte ihn an. »Sie sind Rechtsanwalt, Mr. Holiday?«

»Ja.«

»Sie glauben also an unser Rechtssystem?«

»Das tue ich.«

»Das tun Sie, doch Sie wissen auch, daß es nicht immer funktioniert, nicht wahr? Sie möchten gerne darauf vertrauen, aber Sie sind zu oft enttäuscht worden.«

Er wartete.

»Das stimmt«, gab Ben zu.

»Und Sie glauben, mit Landover könnte es genauso sein.« Meeks äußerte das wie eine Feststellung, nicht wie eine Frage. Er lehnte sich vor und sah Ben scharf an. »Nun, es ist nicht so. Landover entspricht tatsächlich in allen Punkten dem, was in der Anzeige versprochen wird. Es hat alles, was die Anzeige sagt und noch vieles mehr – Dinge, die man sich in dieser Welt nicht einmal erträumen kann. In Landover sind sie Wirklichkeit, Mr. Holiday. *Wirklichkeit!*«

»Drachen, Mr. Meeks?«

»All die Märchenwesen, Mr. Holiday – genau wie zugesagt.«

Ben faltete die Hände auf dem Schoß. »Ich würde Ihnen gerne

glauben, Mr. Meeks. Ich bin nach New York gekommen, um mich über diesen... Katalogartikel zu informieren, weil ich mich gerne überzeugen lassen möchte, daß es ihn gibt. Können Sie mir irgend etwas zeigen, das mir beweisen könnte, was Sie behaupten?«

»Sie meinen Broschüren, Faltblätter, Fotos des Landes, Referenzen?« Sein Gesicht wurde hart. »Die gibt es nicht, Mr. Holiday. Es handelt sich um ein sorgfältig geschütztes Objekt. Die Einzelheiten darüber, wo es liegt, wie es aussieht, was es bietet – das alles ist *vertrauliche* Information, die nur dem Käufer gegeben werden kann, den ich als offizieller Vertreter des Verkäufers auszuwählen habe. Als Rechtsanwalt werden Sie die Einschränkung, die das Wort *vertraulich* beinhaltet, zu beurteilen wissen, Mr. Holiday.«

»Ist auch die Identität des Verkäufers vertraulich, Mr. Meeks?«

»Ist sie.«

»Und der Grund, warum das Objekt überhaupt zum Verkauf angeboten wird?«

»Vertraulich, Mr. Holiday.«

»Warum würde jemand etwas so Wundervolles wie dieses Märchenkönigreich veräußern wollen, Mr. Meeks? Die Frage stelle ich mir immer wieder. Ich frage mich, ob ich nicht ein Stück der Brooklynbrücke erwerbe. Woher soll ich wissen, ob Ihr Verkäufer überhaupt autorisiert ist, Landover zu verkaufen?«

Meeks lächelte. »Das ist alles sorgfältig überprüft worden, bevor wir den Artikel in den Katalog aufgenommen haben. Ich habe die Nachforschungen selbst überwacht.«

Ben nickte. »Es beruht also ausschließlich auf Ihrem Wort, Mr. Meeks?«

Meeks lehnte sich wieder in seinen Stuhl zurück. »Nein, Mr. Holiday. Betrachten Sie als Garantie den Weltruf der Firma *Rosen* als ein Warenhaus, das immer ganz genau das liefert, was es in Katalogen und Anzeigen offeriert. Als Grundlage dient der Vertrag, den das Geschäft dem Käufer solcher Spezialobjekte wie diesem hier anbietet – ein Vertrag, der es erlaubt, die gesamte Summe des Kaufpreises abzüglich einer kleinen Verwaltungsgebühr zurückerstattet zu bekommen, sollte die Ware nicht voll zufriedenstellend sein. Es basiert auf der Art und Weise, wie wir unsere Geschäfte führen.«

»Könnte ich ein Exemplar des Vertrages einsehen?«

Meeks strich sich mit der behandschuhten Linken übers Kinn. »Mr. Holiday, ich frage mich, ob wir diese Unterhaltung nicht erst ein bißchen untermauern sollten, damit ich meine Aufgabe in dieser Angelegenheit erfüllen kann. Sie sind hier, um zu entscheiden, ob Sie Landover erwerben wollen. Aber Sie sind auch hier, damit *ich* mir klarwerden kann, ob Sie als Käufer in Frage kommen. Würden Sie ein paar Fragen zu diesem Zweck als Zumutung empfinden?«

Ben schüttelte den Kopf. »Ich glaube nicht. Wenn doch, dann sage ich's Ihnen.«

Meeks lächelte wie die Cheshire-Katze und nickte verständnisvoll.

Während der nächsten halben Stunde stellte Meeks Fragen. Er stellte sie in der gleichen Weise, wie ein geschickter Anwalt sie einem Zeugen gegenüber im Vorverhandlungsverhör formulieren würde, taktvoll, knapp und zielgerichtet. Meeks wußte genau, was er erfahren wollte, und ging präzise vor wie ein geübter Chirurg. Ben Holiday hatte im Laufe seiner Berufspraxis viele Anwälte erlebt, auch den einen oder anderen, der besser war, als er selbst. Doch noch nie hatte er einen gesehen, der so raffiniert vorging wie Meeks.

Viele Themen wurden angesprochen. Ben hatte vor fünfzehn Jahren an der juristischen Fakultät der Chicago University sein Studium ›*summa cum laude*‹ abgeschlossen. Anschließend war er sofort in eine der großen Anwaltsfirmen eingetreten und hatte fünf Jahre später zusammen mit Miles seine eigene Praxis eröffnet und sich auf Strafrecht spezialisiert. Er war als Vertreter der Anklage in einer Reihe von Prozessen als Sieger hervorgegangen, die auf nationaler Ebene Beachtung gefunden hatten, und er hatte einige Dutzend weitere geschlichtet. Von seinen Kollegen wurde er als einer der besten auf seinem Gebiet betrachtet. Er war Präsident der Anwaltskammer von Chicago gewesen sowie Vorsitzender einer Reihe von Komitees der Anwaltskammer von Illinois. Man sprach davon, ihn als Präsident der Vereinigung amerikanischer Strafanwälte vorzuschlagen.

Er stammte aus einer sehr reichen Familie. Seine Mutter hatte viel Geld geerbt, und sein Vater hatte selbst ein Vermögen gemacht. Beide waren tot. Er besaß keine Geschwister und seit Annies Tod war er im wesentlichen allein. Es gab einige entfernte Vettern an der Westküste und einen Onkel in Virginia, doch der Kontakt mit ihnen war vor mehr als fünf Jahren abgebrochen. Er hatte nur wenige Freunde, das heißt, er hatte eigentlich nur Miles. Seine Kollegen schätzten ihn, doch er wahrte Distanz. Sein Leben hatte sich in den letzten Jahren fast ausschließlich um seine Arbeit gedreht.

»Haben Sie Erfahrung in der Verwaltung, Mr. Holiday?« erkundigte sich Meeks mit einem leicht verschleierten Blick aus seinen harten, alten Augen, der verriet, daß hinter der Frage mehr steckte.

»Nein.«

»Irgendwelche Hobbys?«

»Keine«, gab er an, weil er meinte, tatsächlich keine Hobbys oder Freizeitbeschäftigungen zu haben ... – außer dem gelegentlichen Boxen in Northside. Fast hätte er seine Antwort revidiert, doch er ließ es, weil es ihm unbedeutend schien.

Er händigte Meeks die Auflistung seines Vermögens aus, die er vorbereitet hatte. Meeks studierte sie wortlos, nickte dann zufrieden und legte sie auf den Tisch.

»Sie sind ein idealer Kandidat, Mr. Holiday«, sagte er leise, »ein Mann, dessen Wurzeln sich leicht aus dem Boden ziehen lassen. Sie brauchen sich keine Sorgen darüber zu machen, Familie und Freunde zu verlassen, die zu sehr nach Ihrem Verbleib forschen würden. Denn Sie werden während des ersten Jahres mit niemandem außer mir in Kontakt treten können. Das ist eine der Vorbedingungen. Für Sie dürfte das kein Problem darstellen. Außerdem sind Sie ein Mann mit genügend Vermögen, um den Kauf zu tätigen. Aber das Wichtigste ist vielleicht, daß Sie jemand sind, der als König von Landover hervorragend geeignet ist. Ich nehme nicht an, daß Sie darüber viel nachgedacht haben, doch denen, die wir vertreten, liegt dies besonders am Herzen. Sie haben etwas ganz Wesentliches anzubieten.«

Er hielt inne.

»Was meinen Sie damit?« wollte Ben wissen.

»Ihren Beruf, Mr. Holiday. Sie sind Anwalt. Stellen Sie sich vor, wieviel Gutes Sie tun können als jemand, der nicht nur das Gesetz interpretiert, sondern als einer, der es *macht*. Ein König braucht Sinn für Gerechtigkeit, um zu regieren. Ihre Intelligenz und Ihre Ausbildung dürften Ihnen sehr zustatten kommen.«

»Sie meinen, ich werde sie in Landover brauchen, Mr. Meeks?«

»Gewiß.« Sein Gegenüber verzog keine Miene. »Ein König benötigt Intelligenz und Ausbildung.«

Einen Augenblick lang glaubte Ben, in der Stimme des Alten etwas gehört zu haben, das diese Feststellung wie einen privaten Scherz klingen ließ. »Sie wissen persönlich, was ein König vonnöten hat, Mr. Meeks?«

Meeks lächelte ein kurzes, hartes Lächeln. »Wenn Sie meinen, ob ich persönliche Kenntnisse dessen habe, was ein König von Landover braucht, dann ja. Für einen Artikel wie diesen hier verlangen wir Hintergrundinformationen, und die Informationen, die man mir zur Verfügung gestellt hat, lassen erkennen, daß Landover Eigenschaften voraussetzt, die Sie besitzen.«

»Heißt das, daß meine Bewerbung angenommen worden ist?« fragte Ben.

Der alte Mann lehnte sich zurück. »Wie steht es mit Ihren Fragen, Mr. Holiday. Sollten wir die nicht erst behandeln?«

Ben zuckte mit den Schultern. »Ich würde gerne einige Informationen erbitten, warum also nicht jetzt. Fangen wir mit dem Vertrag an, der mich davor bewahren soll, etwas zu tun, was die meisten Leute als törichte Investition bezeichnen würden.«

»Sie sind nicht wie die meisten Leute, Mr. Holiday.« Das zerfurchte Gesicht schrumpfte noch mehr zusammen wie eine Gummimaske. »Die Übereinkunft ist folgende: Sie haben zehn Tage Zeit, Ihre Ewerbung ohne jede Verpflichtung zu prüfen. Wenn Sie während dieser Frist zu der Überzeugung gelangen sollten, daß sie nicht dem entspricht, was in der Werbung versprochen wurde, oder sonst Ihre Erwartungen nicht zufriedenstellen sollte, können Sie hierher zurückkommen und den vollen Kaufpreis abzüglich fünf Prozent Verwaltungsgebühr erstattet bekommen: Eine annehmbare Vereinbarung, die Sie sicher für akzeptabel halten.«

»Das ist alles? Das ist der ganze Vertrag?« Ben konnte es nicht glauben. »Es braucht nichts als mein Einverständnis?«

»Das ist alles.« Meeks lächelte. »Die Entscheidung muß natürlich innerhalb der ersten zehn Tage getroffen werden, das ist klar.«

Ben starrte ihn an. »Und alles, was in der Annonce versprochen wurde, ist auch wirklich vorhanden? Alles? Die Drachen und Ritter und Hexen und Zauberer und Märchenwesen?«

»Und Sie werden ihr König sein, Mr. Holiday. Sie werden der Mann sein, auf den sie alle hören müssen. Viel Macht – aber auch eine große Verantwortung. Meinen Sie, daß Sie dieser Aufgabe gewachsen sind?«

Es herrschte eine Weile Schweigen. Ben saß dem alten Meeks gegenüber und ließ vor seinem geistigen Auge die Ereignisse seines Lebens passieren, die ihn bis hierher geführt hatten. Abgesehen von Annie hatte er auf seiner Erdenreise wenig verloren. Er hatte die Gelegenheiten ergriffen und das Beste daraus gemacht. Jetzt wurde ihm eine Chance geboten, die großartiger war, als alles Vorhergehende, und wenn er sie wahrnähme, würde er nichts von großer Wichtigkeit zurücklassen. Ohne Annie lag alles, was zählte, in der Zukunft.

Dennoch zögerte er. »Könnte ich vielleicht jetzt ein Exemplar des Vertrages einsehen, Mr. Meeks?«

Der alte Mann holte ein einzelnes Blatt Papier mit zwei Durchschlägen aus der Mittelschublade seines Schreibtisches und reichte sie Ben. Ben las den Vertrag sorgfältig durch. Er war genauso, wie der alte Mann versprochen hatte. Das Königreich Landover würde ihm für eine Million Dollar verkauft. Alle im Katalog erwähnten Einzelheiten waren noch einmal aufgeführt. Der letzte Paragraph versprach die volle Kaufpreiserstattung abzüglich der fünfprozentigen Verwaltungsgebühr, falls der Käufer innerhalb der ersten zehn Tage nach Ankunft in Landover beschließen sollte, vom Kauf zurückzutreten und Landover zu verlassen. Der Schlüssel für einen solchen Rückzug würde dem Käufer bei Abschluß des Vertrages ausgehändigt werden.

Die letzten Zeilen las Ben zweimal: Der Käufer erklärte sich damit einverstanden, daß die volle Kaufsumme verfalle, falls er nach Ablauf besagter zehn Tage vom Kauf zurücktreten oder Landover aus irgendeinem Grund während des ersten Jahres verlassen wolle.

»Was hat dieser letzte Absatz zu bedeuten?« fragte er. »Warum kann ich Landover nicht für einen kurzen Besuch verlassen?«

Meeks lächelte, oder versuchte jedenfalls ein Lächeln. »Mein

Kunde ist darauf bedacht, daß der Käufer von Landover die Verantwortung, die ein König zu tragen hat, voll wahrnimmt. Jemand, der nicht gewillt ist, die Sache für wenigstens ein Jahr, – wie sagt man noch? – durchzustehen, ist als Kandidat für die Aufgabe nicht geeignet. Die Vereinbarung sorgt dafür, daß Sie die Pflichten des Thrones nicht vernachlässigen, zumindest nicht während des ersten Jahres.«

Ben runzelte die Stirn. »Ich glaube, daß ich die Sorgen Ihres Kunden verstehen kann.« Er legte den Vertrag auf den Tisch zurück, doch seine Hand blieb darauf ruhen. »Ich bin allerdings noch immer skeptisch gegenüber dem Angebot im ganzen, Mr. Meeks. Um ehrlich zu sein, es kommt mir alles ein bißchen zu einfach vor. Ein magisches Königreich voller Märchenwesen, von dem noch nie jemand gehört, geschweige denn, es gesehen hat? Ein Ort, an dem noch niemand war, den noch keiner gefunden hat? Und alles, was ich zu tun habe, ist, *Rosen* eine Million Dollar zu zahlen, und es gehört mir?«

Meeks erwiderte nichts. Sein altes, zerfurchtes Gesicht war ausdruckslos.

»Liegt dieses Königreich in Nordamerika?« bohrte Ben.

Meeks antwortete nicht.

»Brauche ich einen Paß, um dorthin zu gelangen, ein Visum? Oder irgendwelche Impfungen gegen die dort vorkommenden Krankheiten?«

Meeks schüttelte langsam den Kopf. »Sie brauchen keinen Paß und keine Impfungen. Das einzige, was Sie brauchen, ist Mut, Mr. Holiday.«

Ben errötete leicht. »Ich nehme an, es bedarf auch etwas gesunden Menschenverstand, Mr. Meeks.«

»Ein Kauf, wie der, den Sie im Begriff sind zu tätigen, Mr. Holiday, verlangt gesunden Menschenverstand an letzter Stelle. Wenn Vernunft die Basis für diesen Handel wäre, würden wir beide nicht hiersein, oder?« Das Lächeln des alten Mannes war eisig. »Seien wir ehrlich. Sie suchen etwas, das Sie in der Welt, die Sie kennen, nicht finden können. Sie sind des Lebens, das Sie führen, der Frustrationen, der Routine, überdrüssig. Wenn es nicht so wäre, befänden Sie sich nicht hier. Ich bin jemand, der Spezialitäten verkauft – Absonderlichkeiten, die einen ganz begrenzten Markt haben und oft nicht leicht zu verkaufen sind. Ich kann es mir nicht leisten, meinen Ruf in Gefahr zu bringen, indem ich etwas anbiete, das in irgendeiner Form unlauter ist, Mr. Holiday. Wenn ich das täte, wäre ich nicht lange in diesem Geschäft geblieben. Ich spiele keine Spielchen mit Ihnen, und ich glaube, Sie spielen keine mit mir.« Er sah Ben eindringlich an. »Dennoch, es gibt einiges, das wir nur auf Vertrauensbasis annehmen können. Ich muß Sie als potentiellen Regenten von Landover akzeptieren, ohne viel über Ihren wahren Charakter zu wissen, ausschließlich auf der Basis dessen, was ich während unseres kurzen Gesprächs über Sie erfahren habe. Und Sie müssen mir glauben, was ich Ihnen über Landover erzähle, denn es gibt keine Möglichkeit, Ihnen Beweise zu liefern. Sie müssen die Erfahrung selbst machen, Mr. Holiday. Sie müssen hingehen und selber sehen.«

»Innerhalb von zehn Tagen, Mr. Meeks?«

»Reichlich Zeit, glauben Sie mir. Sollten Sie anderer Meinung sein, benutzen Sie einfach den Schlüssel und kommen Sie zurück.«

Die beiden Männer schwiegen eine ganze Weile. »Heißt das, daß Sie beschlossen haben, mir den Handel anzubieten?« wollte Ben schließlich wissen.

Meeks nickte. »Das habe ich. Ich bin der Meinung, Sie sind hervorragend geeignet. Was halten Sie davon, Mr. Holiday?«

Ben richtete seinen Blick auf den Vertrag. »Ich würde gerne ein wenig Zeit haben, darüber nachzudenken.«

Meeks kicherte trocken. »Die Vorsicht des Anwalts – also gut. Ich kann Ihnen vierundzwanzig Stunden einräumen, bevor der Artikel wieder freigegeben wird, Mr. Holiday. Ich sehe den nächsten Kunden morgen Mittag um dreizehn Uhr. Sie können länger warten, wenn Sie wollen, doch dann kann ich Ihnen nichts versprechen.«

Ben nickte. »Vierundzwanzig Stunden dürften reichen.«

Er griff nach dem Vertrag, doch Meeks schnappte ihn eilig. »Es ist meine Politik – und die des Hauses, daß kein Vertrag vor der Unterzeichnung unsere Büros verläßt. Aber Sie können ihn selbstverständlich morgen noch einmal ausführlich überprüfen, wenn Sie sich für den Kauf entscheiden sollten.«

Ben stand auf, und auch der dürre alte Mann erhob sich. »Sie sollten Landover erwerben, Mr. Holiday«, ermutigte er Ben. »Sie sind der richtige Mann für die Aufgabe, davon bin ich überzeugt.«

»Mag sein«, meinte Ben.

»Sollten Sie sich zu dem Kauf entschließen, dann liegt der Vertrag bei meiner Empfangssekretärin zur Unterschrift bereit. Sie werden dann dreißig Tage Zeit haben, den vollen Kaufpreis zu überweisen. Sobald wir Ihre Zahlung erhalten haben, werde ich Ihnen die nötigen Informationen zugänglich machen, wie Sie nach Landover gelangen und den Thron übernehmen können.«

Er begleitete Ben zur Tür und öffnete sie. »Tun Sie sich einen Gefallen, Mr. Holiday, entschließen Sie sich zu dem Kauf.«

Dann schloß er die Tür hinter ihm, und Ben stand allein auf dem Treppenabsatz.

Zu Fuß ging er durch das Mittagsgewühl zum Waldorf zurück, aß ein leichtes Mittagessen und setzte sich dann in das Foyer hinter der Eingangshalle. Dort machte er sich Notizen über das Gespräch mit Meeks.

Es gab eine ganze Reihe von Punkten, die ihn beschäftigten. Zunächst einmal Meeks selbst. Irgend etwas war seltsam an dem alten Mann, etwas, das jenseits seiner äußerlichen Erscheinung lag. Er hatte den Instinkt eines hartgesottenen Strafanwalts, die scharfe Spürnase und den klaren Blick. Er war durchaus freundlich, doch unter der Oberfläche lag ein dicker Schutzpanzer. Die Bruchstücke der Unterhaltung, die Ben in der Empfangshalle gehört hatte, und der Ausdruck im Gesicht der Sekretärin ließen darauf schließen, daß es nicht leicht sein mußte, mit Meeks zu arbeiten.

Aber es war nicht nur das. Doch Ben konnte es nicht beim Namen nennen.

Und dann war da das Problem, daß er noch immer nichts über Landover erfahren hatte. Keine Bilder, keine Broschüren, keine Faltblätter – gar nichts. Zu schwierig zu beschreiben, hatte Meeks ausweichend behauptet. Sie müssen es selbst sehen. Sie müssen den Kauf auf Vertrauensbasis akzeptieren. Ben verzog das Gesicht. Wenn die Rollen vertauscht wären und Meeks als Käufer aufträte, würde der alte Mann sich gewiß nicht darauf einlassen!

Er hatte also nichts über Landover erfahren, was nicht schon im Katalog gestanden hatte. Er wußte weder, wo es lag noch wie es dort aussah.

Entfliehen Sie in Ihre Träume...

Möglich.

Es konnten aber auch die Alpträume sein.

Das einzige, worauf er zurückgreifen konnte, war die Klausel im Vertrag, nach der er innerhalb von zehn Tagen vom Kauf zurücktreten konnte. Das war annehmbar. Sehr annehmbar sogar. Er würde nur fünfzigtausend Dollar verlieren, teuer, aber nicht untragbar. Er konnte in das Märchenreich reisen, zu den Drachen und Edelfräulein und Märchenwesen und alldem, und wenn er feststellen sollte, daß es irgendwie ein Betrug war, konnte er wiederkommen und sein Geld zurückverlangen.

Von *Rosen* garantiert.

Eifrig schrieb er ein paar Notizen auf den Block, dann hob er plötzlich den Kopf und starrte durch die leere Halle.

In Wahrheit spielte das alles nicht die geringste Rolle. In Wahrheit war er mehr als bereit, den Handel abzuschließen, auch bei diesem Stand der Dinge.

Und das war das eigentliche Problem. Das war es, was ihn beunruhigte. Er war entschlossen, eine Million Dollar für einen Traum auszugeben, weil sein Leben an einem Punkt angelangt war, wo nichts von dem, was er besaß oder war, eine Bedeutung für ihn hatte. Alles andere war besser als das – selbst etwas so Abwegiges, wie das, was er im Begriff war, zu tun. Ein Traum wie Landover mit Riesenechsen und Hollywood-Illusionen. Miles würde behaupten, er brauche Hilfe, wenn er so etwas überhaupt in Betracht ziehe – seriöse, professionelle Hilfe. Und Miles hätte recht.

Und warum war ihm das alles egal? Warum würde er trotz alledem den Vertrag unterschreiben?

Er räkelte sich in dem bequemen Sessel zurecht. Weil, sagte er zu sich selbst, weil ich etwas ausprobieren möchte, wovon andere Leute höchstens zu träumen wagen. Weil ich nicht weiß und weil ich wissen will, ob es mir gelingt. Weil es die erste wahre Herausforderung seit Annies Tod ist, der ich mich stellen kann, und weil ich ohne eine Herausforderung, ohne etwas, das mich aus dieser gegenwärtigen Situation...

Er dachte den Satz nicht zu Ende. Das Leben ist eine Kette von Gelegenheiten, dachte er statt dessen, und je größer die Aufgabe, desto größer die Genugtuung, es geschafft zu haben.

Er würde es schaffen. Er wußte, daß er es schaffen würde.
Er zerknüllte den Zettel mit seinen Notizen.

Ben überschlief die Angelegenheit, wie er sich geschworen hatte, doch er war schon entschlossen. Am nächsten Morgen um zehn Uhr befand er sich wieder bei *Rosen* in der Empfangshalle der Penthaus-Etage am Tresen der Sekretärin. Sie schien nicht im geringsten überrascht zu sein, ihn zu sehen. Sie reichte ihm den Vertrag in dreifacher Ausführung sowie die Zahlungsbedingungen für Spezialartikel, die verlangten, daß der volle Kaufpreis innerhalb von dreißig Tagen zu entrichten sei. Er las den Vertrag noch einmal durch, stellte fest, daß er den gleichen Wortlaut enthielt, den er schon kannte, und unterschrieb. Mit einer Kopie in der Jackentasche verließ er das Gebäude und nahm ein Taxi zum Flughafen.

Gegen Mittag war er auf dem Weg zurück nach Chicago. Er fühlte sich so gut wie schon lange nicht mehr.

Landover

Die gute Stimmung hielt bis zum nächsten Morgen an, bis er feststellen mußte, daß niemand außer ihm diese Wende in seinem Leben so zu begrüßen schien wie er.

Als ersten rief er seinen Finanzberater an. Er kannte Ed Samuelson seit über zehn Jahren. Sie waren zwar keine vertrauten Freunde, doch enge Geschäftspartner, und beide hatten den Rat des anderen jeweils immer geschätzt. Ben hatte als Anwalt die Finanzberaterfirma *Haines, Samuelson & Roper* während dieser ganzen Zeit vertreten, und Ed Samuelson war von Anfang an sein Steuerberater gewesen. Ed war wahrscheinlich der einzige Mensch, der das volle Ausmaß von Bens Vermögen kannte. Ed hatte ihn schon beraten, als seine Eltern starben und das Erbe angelegt werden mußte. Er kannte Ben als einen cleveren, scharfsinnigen Geschäftsmann.

Doch als Ben an jenem Morgen anrief und ihm auftrug – ohne ihn um seinen Rat zu fragen *auftrug!* – Papiere und Aktien im Wert von ungefähr einer Million zu verkaufen, und das auch noch innerhalb der nächsten zehn Tage, da war ihm klar, daß Ben den Verstand verloren haben mußte. Er brüllte durch den Telefonhörer, daß das absoluter, hirnverbrannter Wahnsinn sei. Die festgelegten Papiere könnten doch nur mit Verlust verkauft werden, wenn sie vor Ablauf der Festlegungsfrist veräußert würden, die Aktien könnten nur zum Tageswert umgesetzt werden, und die Kurse wären im Augenblick sehr ungünstig. Ben würde rundum Geld verlieren. Nicht einmal die Steuerersparnis aus einem solchen Verlust könnte auch nur annähernd wettmachen, was er da aus dem Fenster warf! Warum, um Himmels willen, mußte das denn sein? Wozu brauchte er so plötzlich eine Million Dollar in bar?

Geduldig, wenn auch etwas vage, erläuterte Ben, daß er ein Objekt erstehen wolle, das sofortige Barzahlung erfordere. Seine Stimme verriet, daß er nicht gewillt war, irgendwelche Einzelheiten über dessen Art preiszugeben. Ed zögerte. Hatte Ben vielleicht ernsthafte Schwierigkeiten? Ben beruhigte ihn, daß das nicht der Fall sei und daß es sich um eine Entscheidung handele, die er nach reiflichem Überlegen getroffen habe und daß er Ed überaus dankbar wäre, wenn er die nötigen Schritte einleiten würde.

Mehr schien nicht dazu zu sagen zu sein und widerstrebend willigte Ed ein, sich darum zu kümmern. Ben hing auf.

In der Anwaltspraxis war es noch schlimmer. Er bat Miles zu sich ins Büro. Als der Freund mit einer Tasse Kaffee in der Hand vor ihm saß, eröffnete er ihm, daß er für einige Zeit seine Arbeit niederlegen wolle. Miles ließ beinahe die Tasse fallen.

»Arbeit niederlegen? Was meinst du damit Ben, diese Firma ist dein ganzer Lebensinhalt! Dein Anwaltsberuf ist alles, was du hast, seit Annie tot ist!«

»Das ist genau das Problem, Miles. Ich muß einfach mal ganz aussteigen, um neue Horizonte zu sehen.« Ben blickte seinen Freund herausfordernd an. »Du warst derjenige, der mir immer geraten hat, aus meinem Schneckenhaus hervorzukommen und mehr von der Welt sehen zu müssen, als nur mein Büro und meine Wohnung.«

»Ja, sicher, aber... Also, was hast du denn vor? Wie lange willst du denn weg sein? Vierzehn Tage? Einen Monat?«

»Ein Jahr.«

Miles blieb der Mund offenstehen.

»Mindestens«, fügte Ben hinzu. »Eventuell auch länger.«

»Ein Jahr? Ein ganzes Jahr? Mindestens?« Miles lief vor Ärger rot an. »Das ist ja, als wollest du dich gleich pensionieren lassen! Und was sollen wir mit der Praxis anfangen in der Zwischenzeit? Und deine Klienten? Die werden nicht bereit sein, ein Jahr lang Däumchen zu drehen und auf deine Rückkehr zu warten! Die werden ihren Kram packen und eine andere Firma suchen! Und die Prozesse, die schon anberaumt sind? Und die Fälle, die du übernommen hast? Zum Teufel noch mal, du kannst doch nicht einfach...«

»Jetzt halt mal einen Moment die Luft an, Miles«, unterbrach Ben ihn scharf. »Ich mach' mich nicht einfach davon und verlasse das sinkende Schiff. Ich habe mir das alles genauestens überlegt. Ich werde alle meine Klienten persönlich benachrichtigen. Wenn sie nicht zufrieden sind, kann ich sie an eine andere Firma weiterempfehlen, doch ich nehme an, daß die meisten bei dir bleiben werden.«

Miles beugte seinen wuchtigen Körper vor. »Ben, seien wir doch ehrlich. Selbst wenn sich bewahrheitet, was du sagst, und du die meisten deiner Klienten zufriedenstellen kannst, selbst wenn sie akzeptieren, daß du Urlaub nimmst – aber für ein ganzes Jahr? Oder noch länger? Da ziehen sie doch ab, Ben. Und wie ist das mit deinen Prozessen? So leicht kann dich da keiner ersetzen. Jene Klienten verlieren wir mit Sicherheit!«

»Wenn's nicht anders geht, können wir das auch verkraften.«

»Das ist es ja gerade. Es *geht* doch auch anders!«

»Und wenn ich sterben würde, Miles? Diese Nacht, einfach so? Tot und begraben? Was würdest du dann tun? Dann hättest du das gleiche Problem. Wie würdest du's lösen?«

»Das ist doch nicht das gleiche, verdammt noch mal, das weißt du genauso gut wie ich! Dein Vergleich stinkt!« Miles sprang auf. »Ich verstehe nicht, was zum Teufel plötzlich in dich gefahren ist. Ich kann's nicht begreifen. Du bist immer zuverlässig gewesen! Ein bißchen unorthodox im Gerichtssaal manchmal, sicher – aber immer klar im Kopf und kontrolliert. Ein wirklich brillanter Prozeßanwalt. Himmel, wenn ich nur halb so begabt wäre...«

»Miles...«

Der große Mann ließ sich nicht unterbrechen. »Ein ganzes, verfluchtes Jahr willst du dich einfach rumtreiben gehen? Einfach so? Erst fliegst du ohne ein Wort der Erklärung nach New York und jagst hinter ich weiß nicht was her, haust einfach ab in dem Moment, wo du's beschlossen hast, und sagst mir nicht einmal was davon, nicht ein einziges Wort, seit wir hier gesessen haben und über dieses absurde Angebot in dem Katalog von wie immer die hießen, Ross oder Rosenberg oder so was, geredet haben, und jetzt willst du einfach schon wieder...«

Er hielt plötzlich inne, als seien ihm die letzten Worte im Hals steckengeblieben. Sein Gesicht erstarrte bei der plötzlichen Erkenntnis. »Du meine Güte!« flüsterte er heiser und drehte seinen Kopf langsam von einer Seite zur anderen. »Du meine Güte! Das verfluchte Phantasieland ist es, nicht wahr?«

Ben antwortete nicht gleich, unsicher, weil er eigentlich vorgehabt hatte, Landover geheimzuhalten. Er hatte niemandem etwas davon verraten wollen.

»Miles, bitte setz dich erst mal wieder hin, ja?« bat er schließlich.

»Hinsetzen? Wie in Gottes Namen kannst du erwarten, daß ich mich einfach wieder ruhig...?«

»Du setzt dich jetzt hin!« befahl ihm sein Freund.

Miles schwieg, blieb noch einen Moment stehen und ließ sich dann langsam auf den Stuhl zurücksinken.

Jetzt war Ben es, der sich vorbeugte. »Miles, wir sind seit langer Zeit zusammen, als Freunde und als Partner. Wir wissen sehr viel voneinander. Wir haben viele Erfahrungen gemeinsam gemacht. Wir kennen uns gegenseitig wirklich gut. Aber wir wissen dennoch nicht alles voneinander, weil das nicht möglich ist. Keine zwei Menschen können sich vollständig kennen, nicht einmal unter den allerbesten Voraussetzungen. Deswegen sind manche Dinge, die wir tun, für die anderen ein ewiges Rätsel.«

Ben richtete sich auf. »Erinnerst du dich an Zeiten, als du mir geraten hast, einen Fall nicht zu übernehmen, weil dir an der Sache etwas krumm zu sein schien? Weißt du noch, Miles? Laß das sausen, hast du mir gesagt. Finger weg davon, das ist eine üble Geschichte. Laß sie sausen. Manchmal hab' ich dann auf dich gehört. Manchmal war ich deiner Meinung. Aber manchmal nicht. Hin und wieder habe ich den Fall trotzdem übernommen und dir Bescheid gegeben, daß ich es täte, weil es mir richtig erschiene. Du hast meine Entscheidungen immer akzeptiert, auch wenn du sie nicht ganz verstehen konntest. Aber du hast mir zugetraut, daß ich mir im klaren bin, was ich tue.«

Er machte eine Pause. »Nichts anderes möchte ich dich im Augenblick bitten, Miles. Du kannst es nicht verstehen und du kannst es nicht billigen. Also laß das beiseite und vertraue mir.«

Miles starrte auf den Tisch und sah dann seinen Freund wieder an. »Ben, hier geht es um eine Million Dollar.«

Ben schüttelte langsam den Kopf. »Nein, Miles, hier geht es darum, mich selber zu retten. Ich rede von etwas, das keinen Preis hat.«

»Aber das ist doch... Wahnsinn! Unverantwortlich ist das! Bodenlose Dummheit, verdammt noch mal!«

»Ich sehe das anders.«

»Du siehst das anders? Deine berufliche Verantwortung einfach so abzuschütteln? Dein Lebenswerk? Um in irgendsoeiner Burg zu leben und mit Drachen zu kämpfen – falls es dort wirklich welche gibt und du nicht nur einer grotesken Bauernfängerei auf den Leim gegangen bist. Einfach alles stehen- und liegenlassen und… Zum Teufel noch mal, Ben!«

»Betrachte es als einen ausgiebigen Campingtrip, so einen, wo man mal alles hinter sich läßt.«

»Phantastisch! Eine Million Dollar für einen Campingtrip!«

»Ich habe mich dazu entschlossen, Miles.«

»Deine ganze Existenz so mir nichts dir nichts…

»Mein Entschluß steht fest!«

Die Schärfe in seiner Stimme erschreckte sie beide. Schweigend starrten sie sich an und fühlten, wie der Abstand zwischen ihnen immer größer wurde, als habe sich plötzlich ein tiefer Abgrund aufgetan. Schließlich stand Ben auf und ging um den Tisch herum. Auch Miles erhob sich. Ben packte ihn an der Schulter.

»Wenn ich nicht dringend etwas unternehme, Miles, dann geh' ich drauf«, sagte er leise. »Es ist nur eine Frage von ein paar Wochen oder Monaten, möglicherweise sogar einem Jahr, aber irgendwann passiert's. Ich darf es nicht soweit kommen lassen.«

Der Freund sah ihn wortlos an, seufzte und nickte dann. »Es ist dein Leben, Ben. Ich kann dir nicht vorschreiben, wie du's leben sollst. Habe ich nie können.« Er richtete sich gerade auf. »Kannst du nicht wenigstens noch ein paar Tage warten und darüber nachdenken? Das ist doch nicht zuviel verlangt, oder?«

Ben lächelte erschöpft. »Ich habe schon mindestens hundert verschiedene Versionen durchdacht, Miles. Das langt.«

Miles schüttelte den Kopf. »Du mußt es wissen, Ben. Ich halt's für Wahnsinn.«

»Ich möchte jetzt die anderen in Kenntnis setzen. Darf ich dich bitten, die Einzelheiten meines Vorhabens für dich zu behalten?«

»Sicher, warum nicht? Warum sollte irgendwer davon erfahren, daß die Leuchte unserer Firma übergeschnappt ist?« Er warf Ben einen letzten Blick zu, zuckte mit den Schultern und wandte sich zur Tür. »Du spinnst, Ben.«

Ben folgte ihm. »Ich werd' dich auch vermissen, alter Knabe.«

Er rief die Mitarbeiter zusammen und unterrichtete sie darüber, daß er vorhabe, seine Arbeit in der Firma eine Zeitlang niederzulegen. Er sagte ihnen, er müsse dringend Distanz gewinnen, fort von der Routine, der Stadt, der Praxis, allem, was ihm vertraut sei. Er ließ sie wissen, daß er innerhalb der nächsten Wochen aufbrechen und ungefähr ein Jahr fortbleiben würde. Zunächst herrschte verblüfftes Schweigen, dann überschütteten sie ihn mit Fragen. Geduldig gab er Antwort. Anschließend ging er nach Hause.

Landover erwähnte er mit keinem Wort. Auch Miles tat es nicht.

Ben brauchte fast drei Wochen, um alles zu organisieren. Am längsten dauerte es, die beruflichen Dinge zu regeln. Es war nicht einfach. Die Mitarbeiter hatten seinen Entschluß mit Gelassenheit hingenommen, doch er spürte den unterschwelligen Vorwurf in ihren Blicken und ihrem Verhalten. Sie hatten das Gefühl, er ließe sie im Stich. Und tief drinnen fragte er sich selbst. Einerseits empfand er es als eine Befreiung, als sei er aus einer Falle geschlüpft, einem drohenden Unheil entronnen. Es war, als könne er sein Leben von vorne anfangen und Dinge entdecken, die er beim ersten Mal verpaßt hatte. Doch andererseits schmerzte es ihn auch, alles aufzugeben, was er im Laufe seines Erwachsenendaseins aufgebaut hatte. Er durchlebte jene Mischung von Ungewißheit und Vorfreude, die eine Reise ins Unbekannte begleitet. Immerhin konnte er zurückkommen, wenn er wollte, sagte er sich. Nichts war endgültig, noch nicht.

Also erledigte er seine Pflichten und versuchte, seinen gemischten Gefühlen nicht allzuviel Beachtung zu schenken. Doch je mehr er sich bemühte, nicht daran zu denken, desto mehr tat er es, bis er schließlich einsah, daß es unumgänglich war. Also erlaubte er seinen Gefühlen, seinen Zweifeln, seinen Ungewißheiten einen gewissen Spielraum und stellte fest, daß es ihn stärker machte, weil er ihnen nicht nachgab. Er hatte seinen Entschluß gefaßt. Jetzt erkannte er, daß er ihm durchaus gewachsen war.

Nach drei Wochen hatte er alle seine Obligationen gegenüber der Firma erfüllt und war frei zu tun, was ihm beliebte. Und der Weg, den er gewählt hatte, führte in ein Märchenkönigreich namens Landover. Nur Miles kannte die Wahrheit, und Miles erzählte niemandem ein Sterbenswörtchen davon. Auch zu ihm nicht. Miles war besorgt um ihn. Miles war überzeugt, er habe den Verstand verloren.

»Eines Tages, Ben, eines gar nicht zu fernen Tages, davon bin ich überzeugt, wird dir ein Licht aufgehen und du wirst mit leichter Verspätung erkennen, daß du einen großen Fehler begangen hast. Dann wirst du mit eingekniffenem Schwanz in die Firma zurückkommen, dich ein bißchen albern und um einiges ärmer fühlen, und ich werde unglaubliches Vergnügen dabei empfinden, dir unter die Nase zu reiben, daß ich dich gewarnt habe. Aber das geht niemanden etwas an außer uns beiden. Wir werden also diese Spinnerei für uns behalten und nicht die ganze Firma in Verlegenheit bringen.«

Das war der letzte Kommentar gewesen, den Miles zum Thema Landover gemacht hatte, und zwar am Tag nachdem er von Ben über dessen Entscheidung in Kenntnis gesetzt worden war. Danach hatten sich seine Gespräche mit Ben ausschließlich auf Firmenangelegenheiten beschränkt. Während der ganzen drei Wochen hatte er Landover nicht mit einem einzigen Wort erwähnt. Nur seine Blicke und der Ton in seiner Stimme kamen Ben vor wie die eines Psychiaters, der in seinem aus der Bahn geworfenen Patienten eine letzte Spur von Vernunft zu entdecken hofft.

Ben versuchte, darüber hinwegzusehen, doch seine Geduld wurde heftig strapaziert. Die Tage schleppten sich dahin, und er konnte das Warten kaum noch ertragen. Ed Samuelson rief an und teilte ihm mit, daß die Papiere und Aktien verkauft seien und das Geld zur Verfügung stehe, falls Ben noch immer entschlossen sei, diese Investition ohne weitere Beratung zu tätigen. Es sei so, versicherte Ben ihm, als habe er die versteckte Andeutung nicht gehört. Dann überwies er die verlangte Kaufsumme für Landover an *Rosen* in New York, zu Händen von Mr. Meeks, traf Vorkehrungen, daß Ed seine Finanzangelegenheiten für unbegrenzte Zeit allein führen konnte, gab ihm Vollmachten und zusätzliche Verfügungsgewalt. Der Finanzberater nahm es hin und warf Ben nur hin und wieder Blicke zu, die denen, die er von Miles inzwischen gewöhnt war, verdächtig ähnelten. Bens Geduld schwand zusehends. Er zahlte die Miete für seine Wohnung für zwölf Monate im voraus und sorgte dafür, daß jemand saubermachte und nach dem Rechten sah. Er bat George, ein Auge darauf zu halten, und George wünschte ihm eine gute Reise und einen angenehmen Aufenthalt, wo immer er hinzufahren plane. George war wohl der einzige, der so dachte, sagte sich Ben. Er erneuerte sein Testament, kündigte alle Abonnements, rief im Sportclub an und ließ ausrichten, daß er eine ganze Weile nicht käme, aber daß sie bitte die Einrichtungen für das Boxtraining intakt halten mögen, informierte das Postamt, vom Ersten des nächsten Monats an seine Post zurückzuhalten und überließ Ed den Schlüssel zu seinem Banksafe.

Dann setzte er sich und wartete.

In der vierten Woche, drei Tage vor Monatsende, als in der Stadt schon das vorweihnachtliche Chaos herrschte und die Schneeflokken vor seinen Fenstern tanzten, rief George ihn an und teilte ihm mit, eine Einschreibsendung aus New York sei für ihn angekommen. Sie stammte von Meeks. Außer dem Brief enthielt sie Flugticketts, eine Straßenkarte des Staates Virginia und eine seltsam aussehende Quittung. Der Brief lautete:

Sehr geehrter Mr. Holiday,
hiermit bestätige ich Ihnen den Erwerb des Spezialartikels, der unter dem Namen Landover in unserer letzten Ausgabe des Weihnachtskatalogs angeboten war. Wir haben Ihre Zahlung des vollen Kaufpreises zehn Tage vor Ablauf der von uns gesetzten Zahlungsfrist dankend erhalten.

Ich übersende Ihnen gleichzeitig die Flugscheine, mit denen Sie von Chicago nach Charlottesville, Virginia, fliegen können. Die Ticketts sind während der nächsten sieben Tage gültig.

Sobald Sie am Flughafen von Charlottesville angekommen sind, präsentieren Sie sich bitte mit beigefügter Quittung am Informationsstand. Ein Wagen ist auf Ihren Namen reserviert und wird bei Ihrer Ankunft zur Verfügung stehen. Ein Päckchen sowie weitere Instruktionen werden dort ebenfalls für Sie bereitliegen. Lesen Sie die Instruktionen sorgfältig und bewahren Sie den Inhalt des Päckchens gut auf.

Auf der beigelegten Straßenkarte von Virginia ist der Weg markiert, so daß Sie den letzten Teil Ihrer Fahrt erfolgreich durchführen können. Es wird jemand zu Ihrem Empfang anwesend sein.

Im Namen von Rosen *wünsche ich Ihnen eine gute Reise.*

Meeks

Er las den Brief mehrmals durch, prüfte die Flugscheine und die Quittung und studierte dann die Straßenkarte. Mit rotem Stift waren Straßen markiert, die westlich der Stadt Charlottesville zu einem kleinen * mitten in den Blue Ridge Mountains südlich von Waynesboro führten. Am Kartenrand standen ein paar numerierte Erläuterungen, die er sorgfältig studierte. Dann las er den Brief noch einmal und faltete schließlich alles zusammen und steckte es wieder in den Umschlag.

Eine ganze Weile blieb er auf dem Sofa sitzen und starrte in den grauen Tag hinaus. Vor den Fenstern wirbelten die Schneeflocken. Dann stand er auf, packte eine kleine Reisetasche und ließ sich von George ein Taxi bestellen.

Das Schneetreiben war heftiger geworden.

In Virginia schneite es nicht. Es war kühl und sonnig. Ben steuerte den stahlblauen Wagen auf die Straße 64, die westlich von Charlottesville nach Waynesboro führte.

Es war der Vormittag des nächsten Tages. Ben hatte in Washington übernachtet und dann den Flug um sieben in der Früh nach Charlottesville genommen. Dort hatte er die seltsam aussehende Quittung am Informationsstand vorgezeigt, und man hatte ihm die Wagenschlüssel und eine kleine, in braunes Papier gewickelte Schachtel ausgehändigt. Darin befanden sich ein kurzer Brief von Meeks und ein Medaillon. Der Brief lautete:

*Das Medaillon ist Ihr Schlüssel, um nach Landover hinein und auch wieder herauszukommen. Wenn Sie es tragen, werden Sie als der rechtmäßige Erbe des Throns erkannt werden. Wenn Sie sich dessen entledigen, werden Sie an die auf der Landkarte mit * markierte Stelle zurückgelangen. Nur Sie können das Medaillon ablegen. Niemand kann es Ihnen fortnehmen. Wenn Sie es verlieren, so auf eigene Gefahr.*

Meeks

Das Medaillon war ein antikes, stark oxydiertes Metallscheibchen, auf dessen Vorderseite ein Ritter in voller Rüstung vor einer aufgehenden Sonne und einer von einem See umgebenen Burg abgebildet war. Eine Silberkette war daran befestigt. Es war außerordentlich schön gearbeitet, doch reichlich abgenutzt. Der Belag ließ sich auch durch kräftiges Reiben nicht entfernen. Ben hängte es sich um den Hals, fand den für ihn reservierten Wagen und schlug den Weg nach Waynesboro ein.

So weit, so gut, sagte er zu sich selbst, während er auf die *Blue Ridge Mountains* zufuhr. Alles hatte sich bis jetzt plangemäß abgespielt.

Die von Meeks zur Verfügung gestellte Straßenkarte lag ausgebreitet auf dem Beifahrersitz, doch er hatte die am Rande vermerkten Anweisungen im Kopf. Er sollte der 64 bis fast nach Waynesboro folgen und dann die Ausfahrt Richtung Lynchburg nehmen. Nach etwa dreißig Kilometern käme er an einen Parkplatz auf einer Hügelkuppe, von dem aus man einen Panoramablick über Täler und Hügel des *George Washington Nationalparks* habe. Er sei mit einem kleinen grünen Schild mit der Nummer dreizehn markiert. Außer einem Wetterunterstand befände sich dort ein Notruftelefon. Er solle den Wagen abstellen und verschließen, doch die Schlüssel im Wagen lassen. Von dort solle er die Straße überqueren und den Wanderweg auf der anderen Seite einschlagen. Diesem solle er etwa drei Kilometer weit folgen. Dort würde er dann erwartet.

Die Erläuterungen vermerkten nicht, von wem. Der Brief auch nicht.

In den Aufzeichnungen stand nur noch, daß der Wagen später abgeholt würde. Das Telefon konnte benutzt werden, um seine Rückfahrt zu organisieren, falls er beschließen solle, Landover zu verlassen. Die Telefonnummer war angegeben.

Plötzlich überkamen ihn Zweifel. Er befand sich weit draußen in der Mitte von Nirgendwo, und außer Meeks wußte niemand genau, wo er war. Wenn er einfach von der Bildfläche verschwinden würde, wäre Meeks um eine Million reicher – falls man von der Hypothese ausging, daß das ganze ein grandioser Schwindel war. Seltsamere Dinge waren schon geschehen, und für weniger Geld.

Ein Weilchen dachte er darüber nach und schüttelte dann den Kopf. Das war nicht wahrscheinlich. Meeks war Vertreter von *Rosen*, und ein Mann in dieser Position würde sehr genau überprüft werden. Außerdem gab es zu viele Möglichkeiten, Meeks bei einer solchen Sache auf die Schliche zu kommen. Miles wußte von Bens Kontakt mit dem Unternehmen und kannte den Grund. Die Geldüberweisung konnte nachgeprüft werden. Kopien des Bestätigungsschreibens von Meeks waren in seinen Unterlagen im Banksafe. Und die Anzeige für den Verkauf von Landover war veröffentlicht worden.

Er verdrängte die Zweifel und konzentrierte sich aufs Fahren. Die Erwartung dessen, was vor ihm lag, hatte ihn seit Wochen beschäftigt. Er war so angespannt, daß er es kaum noch aushalten konnte. Er hatte kaum geschlafen und war schon vor Sonnenaufgang wach gewesen. Er war höchst empfänglich für alle Arten von unausgegorenen Gedanken.

Nach einer halben Stunde erreichte er die Ausfahrt und nahm die Abzweigung nach Süden. Die zweispurige Landstraße schlängelte sich stetig in die *Blue Ridge Mountains* hinauf, durch dichten Wald und zwischen Felsen hindurch. Es herrschte kaum Verkehr. Drei Wagen kamen ihm entgegen: Familien mit Campingausrüstungen. Keiner fuhr nach Süden.

Nach weiteren zwanzig Minuten erreichte er den Parkplatz mit der Nummer dreizehn und lenkte den Wagen vor den Wetterunterstand mit dem Telefon. Er stieg aus und sah sich um. Zu seiner Rechten führte ein Weg zu einem Panoramaplatz, von dem aus man einen Teil des Nationalparks überblicken konnte. Zu seiner Linken, jenseits der leeren Straße, stieg das Gelände weiter an, und Bäume und Felsen waren vom Morgennebel teilweise verhüllt. Tautropfen glitzerten in der Sonne. Ben starrte auf den Gipfel des Berges, beobachtete die Nebelschwaden, die sich wie Bänder im Wind bewegten. Der Tag war still und ruhig, und auch die leichte Brise verursachte keinen Laut.

Ben wandte sich um und nahm seine Reisetasche aus dem Auto. Viel war nicht drin: eine Flasche seines Lieblingswhiskys, den er sich für eine besondere Gelegenheit aufheben wollte, Toilettensachen, Schreibzeug, ein paar Bücher und die letzten Nummern der Zeitschriften, die er noch nicht zu Ende gelesen hatte, ein kleines Erste-Hilfe-Set, zwei Paar Boxhandschuhe, ein alter Trainingsanzug und Turnschuhe. Wegen der Kleidung hatte er sich nicht allzu viele Gedanken gemacht. Er war überzeugt, daß er besser damit fahren würde anzuziehen, was in Landover üblich war.

Er verriegelte den Wagen und ließ die Schlüssel in der Zündung stecken, hing sich die Reisetasche über die Schulter und sah sich noch einmal um. Dann überquerte er die Straße. Er trug einen blauen Trainingsanzug mit einem feinen weiß-roten Seitenstreifen und blaue Tennisschuhe. Er hatte sowohl die Turnschuhe als auch die Tennisschuhe mitgenommen, weil er nicht recht wußte, welche für eine solche Reise angemessener wären, und weil er sich gesagt hatte, daß wahrscheinlich dort, wo er hinging, kein bequemeres Schuhwerk zu finden sei. Komisch, dachte er, daß Meeks es nicht für nötig befunden hatte, ihm irgendwelche Hinweise auf Kleidung und notwendige persönliche Habseligkeiten zu geben.

Auf der anderen Straßenseite blieb er stehen und betrachtete den bewaldeten Berghang. Ein kleiner Gebirgsbach glitzerte im Sonnenlicht, und ein Pfad folgte seinem Lauf mal auf dem einen, mal auf dem anderen Ufer und verlor sich dann hinter den Bäumen. Ben schulterte die Reisetasche und marschierte los.

Er folgte dem Weg den Bach entlang, kam durch ein paar Lichtungen, auf denen Holzbänke für müde Wanderer standen, und gewann schnell an Höhe. Das Wasser gluckste und plätscherte über das Felsgestein, der einzige Laut an diesem späten Novembermorgen. Der Parkplatz und das Auto waren außer Sicht, und bald befand er sich in dichtem Wald. Der Pfad hatte den Bachlauf verlassen und führte nun weniger steil bergauf, doch der Wald wurde immer dunkler, und der Weg war manchmal kaum auszumachen. In der Ferne rauschte ein Wasserfall.

Die Nebelschwaden, die er von unten gesehen hatte, wurden immer undurchsichtiger. Er blieb stehen und schaute sich erneut um. Kein Geräusch war zu hören. Ein kurzer Zweifel nagte an seiner Entschlossenheit; vielleicht war das ganze ein großer, gewaltiger Fehler gewesen. Er schüttelte den Gedanken ab und ging weiter. Er hatte die Entscheidung vor Wochen getroffen. Er würde es bis zum Ende durchstehen.

Der Wald wurde immer finsterer und der Nebel dichter. Der Pfad war überwuchert, und Ben mußte sich seinen Weg bahnen. Unter seinen Füßen raschelten trockene Blätter und knackten dünne Zweige. Hier und da schreckte er ein kleines Tier auf, das hastig ins Gestrüpp verschwand.

Wenigstens bin ich nicht ganz allein, dachte er.

Ihm wurde bewußt, daß er großen Durst hatte. Dummerweise hatte er nicht daran gedacht, Wasser mitzunehmen. Er hätte zum Bach zurückkehren können, doch er mochte keine Zeit verlieren. Um sich abzulenken, dachte er an Miles. Er stellte sich vor, wie Miles sich mit ihm hier durch die Wildnis quälen würde, schimpfend und murrend. Er mußte lächeln. Miles haßte alle Formen von körperlicher Anstrengung, wenn nicht wenigstens Bier und ein gedeckter Tisch damit verbunden waren. Er hielt Ben für verrückt, daß er sein Boxtraining weiterführte, obwohl er schon seit Jahren aufgehört hatte, an Wettkämpfen teilzunehmen. Für ihn waren Sportler kleine Jungs, die nie erwachsen geworden waren.

Ben schüttelte den Kopf. Miles sah die Welt sowieso ganz anders.

Der Pfad endete in hohem Gras, und ein dichtes Kieferngehölz versperrte den Weg. Ben zwängte sich hindurch und hielt abrupt inne.

»Hui!« entfuhr es ihm.

Eine gewaltige, schroffe Eiche erhob sich vor ihm. Mitten hindurch führte ein Tunnel, wie von Riesenhand ausgehöhlt. Er war wie ein bodenloser, schwarzer Schlund. Nebelfetzen schwebten darin, von unsichtbaren Kräften bewegt. Aus der Schwärze drangen ferne, undeutliche Geräusche.

Ben blieb wie angewurzelt stehen und starrte in die dunstige Finsternis. Der Tunnel war vielleicht drei Meter breit und doppelt so hoch. Er hatte noch nie so etwas gesehen. Augenblicklich wußte er, daß nichts aus dieser Welt ihn gemacht haben konnte. Es war ihm auch sofort klar, wohin er führte. Dennoch zögerte er. Irgend etwas verursachte ihm Unbehagen – unabhängig von der Tatsache, daß es eine Schöpfung unbekannter Kräfte war. Ein seltsames Gefühl, das ihn überkam.

Er sah sich um. Er konnte nichts entdecken. Als sei er das einzige Lebewesen im Wald – abgesehen von den Geräuschen, die er von irgendwo weiter vorne hörte, Stimmen vielleicht, nur...

Plötzlich hatte er das dringende, unwiderstehliche Bedürfnis, umzukehren und den Weg, den er gekommen war, zurückzugehen. Es war so stark, daß er sich tatsächlich umwandte, bevor er sich wieder in der Gewalt hatte. Die Luft aus dem Tunnel schien mit feuchten Samtpfoten nach ihm zu greifen. Er packte seine Reisetasche fester und richtete sich auf, um sich gegen sein Gefühl zu wappnen. Dann holte er tief Luft und atmete langsam wieder aus. Weitergehen oder umkehren? Wie entscheidet sich der beherzte Abenteurer, Ben Holiday?

»Also gut«, sagte er leise.

Dann ging er weiter. Der Tunnel schien sich vor ihm zu öffnen, und die Dunkelheit wich mit jedem Schritt weiter zurück. Der Dunst streichelte ihn wie zärtliche Hände. Entschlossen und stetig ging er voran, schaute mal nach rechts, mal nach links, doch er konnte nichts Außergewöhnliches sehen. Die Geräusche aus unsichtbarer Ferne waren noch immer da, nach wie vor unidentifizierbar. Der Boden fühlte sich weich und schwammig an und gab unter seinem Gewicht nach. Dunkle Stämme und Geäst waren in einem schwachen Lichtschimmer um ihn herum zu erkennen, ein Wirrwar aus feuchter Rinde und trockenen Blättern.

Ben riskierte einen Blick zurück. Der Wald, aus dem er gekommen war, war verschwunden. Der Tunneleingang war fort. Rückwärts wie vorwärts sah es gleich aus.

»Nicht schlecht gemacht, die Effekte.« Er lächelte etwas gezwungen im Gedanken an Miles, sagte sich, daß es albern sei zu fühlen, was er empfand, gestand sich ein, daß ihm die Angelegenheit weniger und weniger gefiel...

Da hörte er das Brüllen.

Es kam von irgendwo aus der Finsternis hinter ihm. Im Weitergehen sah er sich um. Im dunklen Tunnel war eine Bewegung. Gestalten sprangen von den Bäumen – menschlich in der Erscheinung, doch so zart und durchsichtig, als seien sie materielos. Gesichter tauchten auf, schmal und kantig, mit scharfen Augen unter moosigen Brauen und Lianenhaar.

Wieder hörte Ben das Brüllen. Er blinzelte. Eine monströse, schwarze Gestalt hing in der dunstigen Höhe, ein schuppiges, geflügeltes Ding mit Krallen und Stacheln. Das Getöse stammte von ihm.

Ben blieb stehen und staunte. Die Effekte wurden immer besser. Der hier wirkte beinahe echt. Er stellte seine Reisetasche ab, stemmte die Hände in die Hüften und sah zu, wie das Wesen dreidimensionale Form annahm. Es war ein scheußliches Viech, groß wie ein Haus und furchteinflößend wie seine schlimmsten Träume. Aber er konnte schließlich Illusion von Realität unterscheiden. Meeks muß schon mit Besserem aufwarten, wenn er glaubte, daß Ben...

Er dachte den Gedanken nicht zu Ende. Die Erscheinung kam direkt auf ihn zu – und sah auch nicht mehr so unecht aus. Sie sah sogar ziemlich echt aus. Ben packte seine Tasche und wich zurück. Das Vieh brüllte. Sogar das Brüllen klang jetzt echt.

Ben schluckte trocken. Vielleicht lag das daran, daß es echt *war*.

Er machte sich nicht mehr die Mühe, rational zu sein, sondern rannte. Die Erscheinung folgte ihm und stieß wieder dieses Brüllen aus, war schon ganz nah herangekommen, ein Alptraum, aus dem man sich nicht wachrütteln konnte. Vierfüßig galoppierte es jetzt hinter ihm her, die Flügel angelegt, und der Körper dampfte, als brenne in ihm ein Feuer. Auf seinem Rücken war etwas – eine dunkle, unförmige Gestalt, die mit Krallenpfoten die Zügel hielt.

Ben rannte schneller, sein Atem ging heftig, und die Angst saß ihm in den Knochen. Er war gut trainiert, doch er konnte keinen Vorsprung gewinnen. Um ihn herum entstanden die seltsamsten Gesichter und verschwanden wieder, Geister aus den Nebeln, Zuschauer dieser Jagd durch den Tunnel. Er dachte einen Moment daran, von dem Pfad in den Wald durchzubrechen, weil das Viech ihm vielleicht dorthin nicht folgte, und wenn doch, dann wegen seiner Größe behindert und verlangsamt würde. Aber dann lief er Gefahr, sich in der nebligen Finsternis zu verlieren und möglicherweise nie wieder herauszufinden. Er rannte weiter.

Sein Verfolger rückte immer näher, brüllte, und unter seinen Tritten zitterte der Tunnelboden.

»Zum Teufel mit dir, Meeks!« schrie Ben verzweifelt. Er spürte das Medaillon unter dem Trainingsanzug gegen seine Brust schlagen. Instinktiv griff er danach. Der Talisman, der ihn sicher nach Landover und auch wieder herausbringen sollte. Vielleicht konnte der Talisman das Ding verscheuchen...

Da tauchte plötzlich ein Reiter aus der Dunkelheit vor ihm auf, eine schroffe, undeutliche Gestalt. Es war ein Ritter mit reichlich mitgenommener Rüstung und einer Lanze in der Hand. Pferd und Reiter wirkten nicht minder unfreundlich als das Biest, das hinter

Ben herdonnerte. Der Reiter hob die Lanze in die Höhe. Dahinter war plötzlich ein Schimmer von Tageslicht.

Ben rannte, so schnell er konnte. Das Tunnelende war in Sicht, er mußte es schaffen, er mußte entkommen.

Sein Verfolger brüllte, doch das Brüllen erstarb in einem furchtsamen Fauchen. »Hau ab, du verdammtes Vieh!« kreischte Ben verzweifelt.

Pferd und Ritter waren plötzlich direkt vor ihm, riesig und seltsam ehrfurchteinflößend trotz ihres verkommenen Aussehens. Ben stieß einen Schrei der Überraschung aus. Den Ritter hatte er schon mal gesehen. Es war der, welcher auf dem Medaillon abgebildet war!

Ben fühlte den heißen, stinkigen Atem des Monsters in seinem Nacken. Panik schnürte ihm die Brust zusammen. Der Ritter gab seinem Pferd die Sporen, die Gesichter zwischen den Bäumen wirbelten herum wie körperlose Geister. Ben schrie. Das schwarze Ungetüm und der Ritter kamen von beiden Seiten immer näher.

Der Ritter erreichte ihn als erster, jagte in wildem Galopp an ihm vorbei, und die Flanken des Pferdes trafen Ben mit voller Wucht, so daß er kopfüber in den Wald geschleudert wurde.

Ihm wurde schwarz vor Augen, und alles drehte sich um ihn. Der Stoß hatte ihm den Atem genommen, und er rang nach Luft. Er lag bäuchlings am Boden, spürte feuchtes Gras und Blätter unter seinem Gesicht. Die Augen hielt er fest geschlossen, um den Schwindelanfall zu überwinden.

Schließlich öffnete er sie vorsichtig. Er befand sich in einer Lichtung, rund um ihn herum war der Wald finster und dunstig, doch ganz in der Ferne konnte er noch immer einen Schimmer von Tageslicht entdecken. Er richtete sich auf.

Da entdeckte er den Drachen.

Ben erstarrte vor Staunen. Der Drache lag zusammengerollt zwanzig oder dreißig Meter von ihm entfernt zwischen den dunklen Baumstämmen. Es war ein gewaltiges Tier aus Schuppen, Stacheln, Krallen und Zacken. Seine Flügel hatte er auf dem Rücken gefaltet und seine Schnauze ruhte zwischen den Vorderpranken. Dampfwölkchen entstiegen seinen Nüstern, während er schnarchte. Rohe, weiße Knochen von etwas, das er wohl gerade vertilgt hatte, lagen um ihn verstreut.

Ben holte langsam Luft, einen Moment lang überzeugt, daß dies das schwarze Untier war, das ihn durch den Tunnel verfolgt hatte. Aber nein, das schwarze Viech war doch etwas anderes gewesen...

Statt weiter darüber nachzudenken, was es sei, überlegte er, wie er wohl entkommen könne. Er hätte gerne gewußt, ob das alles Wirklichkeit war, doch er hatte jetzt keine Zeit, darüber zu grübeln. Vorsichtig schlängelte er sich zwischen den Bäumen hindurch am Drachen vorbei in Richtung des Lichtschimmers, die Reisetasche fest umklammert. Der Drache schien tief zu schlafen. Es war nur eine Frage von wenigen Augenblicken, um aus seiner Nähe zu entkommen. Ben hielt die Luft an und setzte behutsam einen Fuß vor den anderen. Er war fast daran vorbei, als das Untier plötzlich ein Auge blinzelnd öffnete.

Ben erstarrte. Der Drache sah ihn aus einem Auge bösartig an. Ben zögerte eine Sekunde und begann dann, davonzulaufen. Der Drache hob den Kopf. Ben rannte. Das Untier fletschte schwärzlich spitze Zähne. Dann schnaubte es, und Ben wurde von dem stinkenden Atem wie eine Stoffpuppe fortgeschleudert. Er schloß die Augen und stürzte unsanft zu Boden, wo er noch ein ganzes Stück weiterrollte und dann liegen blieb.

Als er wieder die Augen öffnete, befand er sich allein auf einer Wiese.

Questor Thews

Die Sonne schien zwischen Wolken hindurch und tauchte die Wiese in warmes, gleißendes Licht. Ben blinzelte. Der finster-neblige Wald mit dem Tunnel war verschwunden und mit ihm die Erscheinungen, jenes schwarze Viech, der Ritter und sogar der Drache.

Ben streckte sich. Was zum Teufel war mit ihnen geschehen? Er wischte sich den Schweiß von der Stirn. Waren sie doch nicht echt gewesen?

Er schluckte trocken. Nein, natürlich waren sie nicht echt! Ausgeschlossen! Sie waren so was wie eine Fata Morgana!

Er sah sich um. Die Wiese, auf der er saß, schimmerte grün und blau und rosa. So eine Wiese hatte er noch nie gesehen. Der Klee war weiß mit roten Punkten. Sie neigte sich in Richtung eines weiten Tales, in der Ferne von hohen Gebirgen umgeben, die sich finster bewaldet vor dem Himmel abzeichneten. Sie lag unterhalb eines schwarzgrün bewaldeten Berghanges. Über allem hingen Nebelschwaden.

Die Erscheinungen waren irgendwo hinter ihm in jenem Wald gewesen, dachte er plötzlich. Wohin waren sie verschwunden?

Und wo befand er sich?

Er versuchte, seine Gedanken zu ordnen. Das Erlebnis im Waldtunnel hatte ihn reichlich aus der Fassung gebracht, die schwarzen Geschöpfe, die es auf ihn abgesehen zu haben schienen, hatten ihm Furcht eingeflößt, und es verwirrte ihn, daß er hier im Gras saß. Er holte ein paarmal tief Luft, um sich wieder zu fassen. Was immer ihn da im Tunnel bedroht hatte, jetzt war er in Sicherheit. Er war im *Blue Ridge*. Er war in Virginia, ungefähr dreißig Kilometer von Waynesboro und nur wenige Kilometer von dem Parkplatz im *George Washington Nationalpark* entfernt.

Außer, daß…

Er sah sich wieder um, etwas genauer diesmal. Irgend etwas stimmte nicht so ganz. Zum Beispiel das Wetter. Es war viel zu warm für einen Novembertag in Virginias Bergen. Er schwitzte in seinem Trainingsanzug mehr, als durch die Angst des eben Erlebten zu erklären war. Die Luft war um mindestens zehn Grad kälter gewesen, bevor er den Tunnel betreten hatte.

Auch der Klee war nicht so, wie er sollte. Erstens blüht Klee nicht im November und dann sieht er auch nicht so aus. Klee ist nicht weiß mit roten Punkten. Er schaute zum Wald zurück. Wieso waren die Blätter so frisch und grün wie im Sommer? Sie müßten längst gelb und braun geworden sein.

Er richtete sich auf. Eine Mischung aus Panik und Erregung hatte ihn gepackt. Die Sonne stand etwas schräg über ihm, da wo sie genau hingehörte. Doch in Horizontnähe sah er zwei Gestirne, eines pfirsichfarben, das andere fahlviolett. Ben staunte. Monde? Zwei davon? Nein, das mußten Planeten sein. Aber seit wann konnte man die Planeten seines Sonnensystems mit bloßem Auge erkennen?

Was zum Teufel ging hier vor?

Langsam setzte er sich wieder hin und versuchte, Ruhe zu bewahren. Das alles mußte eine logische Erklärung haben, sagte er sich und versuchte, der wachsenden Panik und Erregung Herr zu werden. Die Erklärung war ganz einfach. Das hier war, was man ihm versprochen hatte. Er war in Landover. Er ließ seinen Blick über die Wiese schweifen, den sommerlichen Wald und die seltsamen Gestirne am Horizont. Kein Grund zur Aufregung. Dies war nur ein weiterer Effekt, wie jene, die er schon im Tunnel erlebt hatte. Nichts als eine Projektion solcher Effekte in einem versteckten Winkel der *Blue Ridge Mountains* in Virginia. Er hatte zwar keine Ahnung, wie man so was erzeugen konnte, doch er war sicher, daß es das sein mußte. Er gab zu, daß es eine erstaunliche Leistung war, dazu noch in einem Nationalpark. Das Tal mit den Sommertemperaturen konnte man ja vielleicht gefunden haben, doch die seltsamen Pflanzen, diese Gestirne und die Erscheinungen im Waldtunnel verlangten schon ein erstaunliches Wissen.

Er stand auf und gewann langsam seine Gelassenheit zurück. Das Erlebnis im Wald hatte ihm ganz schön zugesetzt. Das schwarze Ungetüm und der Ritter hatten reichlich echt gewirkt. Das Pferd des Ritters hatte sich sehr real angefühlt, als er von ihm in den Wald geschleudert wurde, und den Atem des Drachen konnte er fast noch im Nacken spüren. Er hätte beinahe geglaubt...

Wieder stutzte er. Während er seine Gedanken zu sammeln versuchte, war sein Blick auf etwas gefallen.

Da war eine Burg!

Ben staunte. Der mittlere Teil des Tales sah aus wie ein Schachbrett aus Feldern und Wiesen, durch die sich kleine Bäche schlängelten. Die Burg stand am diesseitigen Ende dieses Schachbrettmusters. Ein seltsamer Schleier lag über dem Tal und hatte ihm bislang den Ausblick verwehrt.

Die Burg war einige Kilometer von seinem Standort entfernt. Sie erhob sich aus diesigem Dunst und Schatten auf einer Insel mitten in einem See. Es war eine düstere Wehrburg, die da gespenstisch aus den Nebeln ragte.

Ben kniff die Augen zusammen, um Einzelheiten zu erkennen, doch plötzlich schloß sich die Nebelwand wieder, und die Burg war verschwunden.

»Mist!« schimpfte er vor sich hin.

War das auch eine Fata Morgana gewesen? Wieder einer von den Effekten? Leichter Zweifel stieg in ihm auf. War es möglich, daß diese Effekte gar keine waren? Die panische Erregung packte ihn wieder. War etwa alles, was er hier sah, real?

»Hier seid Ihr also«, klang plötzlich eine Stimme hinter ihm. Ben kam mit einem Satz auf die Beine. »Hier hockt Ihr also auf der Wiese, ganz woanders, als wo Ihr eigentlich sein solltet. Seid Ihr vom Weg abgekommen? Ihr seht etwas ermüdet aus, wenn ich das bemerken darf. Geht es Euch gut?«

Drei Meter hinter Ben stand eine bizarre Gestalt. Es war ein großgewachsener Mann, über einen Meter achtzig, doch so dünn wie eine Bohnenstange. Eine dichte weiße Mähne hing ihm über die großen Ohren, und Brauen und Bart waren ebenso üppig und von der gleichen Farbe. Er trug weite, graue Gewänder, die mit farbigen Tüchern, Flicken und leuchtend buntem Schmuck besetzt waren. Weiche, viel zu große Lederstiefel ragten darunter hervor. Eine gewaltige Hakennase dominierte das spitze Eulengesicht. Er trug einen knorrigen Wanderstab bei sich und kam auf Ben zu.

»Ihr seid Ben Holiday, nicht wahr?« fragte der Mann mit einem plötzlichen Zweifel im Blick. Ein großer Kristall baumelte an einer

Kette vor seiner Brust, den er hastig in seinen Gewändern verbarg. »Habt Ihr das Medaillon?«

Ben ließ sich von dem mißtrauischen Blick des anderen nicht irritieren. »Wer seid Ihr denn?« fragte er zurück.

»Ich habe Euch zuerst gefragt.« Der Mann lächelte zuvorkommend. »Die Höflichkeit verlangt, daß Ihr zuerst Antwort gebt.«

Ben runzelte die Stirn. Das Katz-und-Maus-Spiel machte ihn ungeduldig. »Okay, ich bin Ben Holiday. Und Ihr, wer seid Ihr?«

»Nun, ja, also. Ich muß das Medaillon sehen.« Sein Lächeln wurde noch etwas breiter. »Ihr könntet irgendwer sein. Indem Ihr sagt, Ihr seid Ben Holiday, seid Ihr es nicht unbedingt wirklich.«

»Ihr könnt auch irgendwer sein, nicht wahr?« gab Ben zurück. »Was gibt Euch das Recht, mir Fragen zu stellen, ohne mir erst einmal gesagt zu haben, wer Ihr seid?«

»Ich bin derjenige, der Euch empfangen sollte, falls Ihr derjenige seid, der Ihr zu sein behauptet. Könnte ich jetzt bitte das Medaillon sehen?«

Ben zögerte und holte es dann unter seinem Trainingsanzug hervor. Ohne es auszuziehen, hielt er es dem anderen zur Prüfung hin. Der große Mann beugte sich näher, sah sich das Medaillon an und nickte befriedigt.

»Ihr seid wirklich der, welcher Ihr zu sein vorgebt. Darf ich mich jetzt vorstellen?« Er verbeugte sich tief:

»Questor Thews, Hofzauberer und Oberster Ratgeber am Thron von Landover, Euer ergebenster Diener.«

»Hofzauberer...« Ben sah sich noch einmal um. »Dann *bin* ich also in Landover!«

»In Landover und nirgends sonst, Eure Hoheit Ben Holiday.«

»Das ist es also«, murmelte Ben vor sich hin und warf dem Mann einen prüfenden Blick zu. »Und wo genau sind wir?«

Questor Thews war überrascht. »In Landover, Hoheit.«

»Ja, aber wo liegt Landover. Ich meine, in welcher Gegend der *Blue Ridge Mountains*. Es kann doch nicht allzu weit von Waynesboro sein, oder?«

Der Zauberer lächelte. »Tja, hm. Also, Ihr seid nicht mehr in Eurer Welt. Ich dachte, das habt Ihr verstanden. Landover bildet die Brücke zu einer Vielzahl von Welten – eine Art Übergang könnte man sagen. Die Nebel der Elfenreiche verbinden es mit Eurer Welt und den anderen. Ihr werdet sehr bald mehr darüber erfahren.«

Ben war verblüfft. »Ich bin nicht mehr in meiner Welt? Nicht in Virginia?«

Questor Thews schüttelte den Kopf.

»Auch nicht in den Vereinigten Staaten oder auf der Erde?«

»Nein, Hoheit. Habt Ihr geglaubt, das Märchenkönigreich, das Ihr erworben habt, liege in Eurer Welt?«

Ben hörte ihn gar nicht. »Dann sind die Planeten da drüben also keine Attrappen, sondern echt?«

Questor sah sich um. »Das sind Monde, keine Planeten. Landover hat acht Monde. Am Tage sind nur zwei sichtbar, die anderen sechs kann man bei Einbruch der Dunkelheit fast das ganze Jahr hindurch sehen.«

Ben schüttelte langsam den Kopf. »Ich glaube das alles nicht. Ich glaube kein Wort davon.«

»Warum glaubt Ihr's nicht, Hoheit?« Questor Thews sah ihn neugierig an.

»Weil es so etwas nicht geben kann, verdammt noch mal!«

»Aber Ihr hattet doch herkommen wollen, nicht wahr? Warum hättet Ihr Landover erwerben wollen, wenn Ihr gar nicht glaubt, daß es existiert?«

Darauf konnte Ben keine Antwort geben. Er war nicht mehr sicher, warum er sich auf dies alles eingelassen hatte. Er wußte nur, daß er nicht imstande war zu glauben, was der andere ihm sagte. Er hatte nie daran gedacht, daß Landover irgendwo anders als auf der Erde liegen könnte, und Panik kroch ihm den Rücken hoch. Das hieß, daß alle Verbindung mit seinem alten Leben ernstlich unterbrochen war, daß alles Vertraute wirklich fort war. Es bedeutete, daß er sich allein in einer fremden Welt befand...

»Hoheit, darf ich vorschlagen, daß wir unsere Unterhaltung im Gehen fortsetzen?« unterbrach der Zauberer seine Gedanken. »Wir haben noch ein gutes Stück Weges zurückzulegen, bevor die Nacht hereinbricht.«

»Wirklich? Wohin gehen wir denn?«

»Zu Eurer Burg, Hoheit.«

»Meiner Burg? Moment mal – Ihr meint die Burg, die ich gesehen habe, kurz bevor Ihr aufgetaucht seid? Die auf einer Insel mitten in einem See steht?«

»Genau die, Hoheit. Brechen wir also auf?«

Ben schüttelte den Kopf. »Kommt nicht in Frage. Ich mache keinen Schritt, bevor ich nicht weiß, was hier vorgeht. Was hatte das zu bedeuten, was da im Wald mit mir geschah? Wollt Ihr behaupten, daß das real war? Heißt das, daß da hinten zwischen den Bäumen wirklich ein Drache schläft?«

Questor zuckte mit den Schultern. »Schon möglich. Es gibt einen Drachen im Tal und er macht oft ein Nickerchen an der Nebelgrenze. Er war einst in den Nebeln zu Hause.«

Ben runzelte die Stirn. »In den Nebeln, hm? Und dieses schwarze, geflügelte Ungetüm und sein Reiter, die mich verfolgt haben?«

Questor zog die Brauen leicht in die Höhe. »Ein schwarzes, geflügeltes Ungetüm, sagt Ihr? Etwas, das wie ein Alptraum aussieht?«

Ben nickte eifrig. »Ja, genau.«

»Das war der Eiserne Markus. Der Markus ist ein Dämon. Es überrascht mich, daß er Euch dort in den Nebeln verfolgt haben soll. Ich hätte gemeint...« Er hielt inne und setzte ein beruhigendes Lächeln auf. »Ab und zu taucht mal ein Dämon in Landover auf. Ihr seid zufällig einem der schlimmsten begegnet.«

»Begegnet – Pustekuchen!« brauste Ben auf. »Gejagt hat er mich! Er hat mich den Waldtunnel entlang gehetzt und hätte mich gekriegt, wenn nicht der Ritter dazwischen gekommen wäre.«

Diesmal zog Questor die Brauen ein ganzes Stück höher. »Der Ritter? Was für ein Ritter?« fragte er schnell.

»Na, der auf dem Medaillon!«

»Ihr habt den Ritter gesehen, Ben Holiday?«

Ben zögerte. Das plötzliche Interesse des anderen überraschte ihn. »Ich sah ihn im Wald, nachdem das schwarze Vieh angefangen hatte, mich zu verfolgen. Er tauchte vor mir auf und galoppierte auf das schwarze Untier zu. Ich hing dazwischen, aber das Pferd des Ritters streifte mich, und ich wurde ins Gebüsch geschleudert. Danach fand ich mich hier auf der Wiese wieder.«

Questor Thews blickte ihn nachdenklich an. »Ja, das würde erklären, warum ich Euch hier gefunden habe und nicht dort, wo Ihr hättet ankommen sollen...« Er verstummte. Dann kam er einen

Schritt näher und schaute Ben scharf in die Augen. »Ihr könntet Euch den Ritter eingebildet haben, Hoheit. Vielleicht habt Ihr nur geglaubt, ihn zu sehen. Wenn Ihr noch einmal zurückdenkt, seht Ihr vielleicht etwas ganz anderes.«

Ben widersprach heftig: »Wenn ich noch einmal zurückdenke, sehe ich ganz genau dasselbe! Das war der Ritter von dem Medaillon!«

Es herrschte ein langes Schweigen. Dann trat Questor Thews wieder einen Schritt zurück und rieb sich nachdenklich das Ohr. »Nun«, sagte er, »nun gut.« Er schien überrascht, mehr noch, er schien sehr erfreut zu sein. »Nun«, wiederholte er ein drittes Mal.

Dann verschwand der Ausdruck wieder aus seinem Gesicht. »Wir sollten jetzt wirklich aufbrechen, Hoheit. Die Zeit vergeht, und wir sollten die Burg vor Einbruch der Nacht erreichen. Bitte kommt jetzt, es ist ein gutes Stück Wegs.«

Er ging die Wiese hinunter, eine schlaksige, leicht gebeugte Gestalt, und seine Gewänder schleiften durchs Gras. Ben starrte ihm einen Moment nach, blickte sich dann hastig um, schulterte die Reisetasche und folgte ihm verwirrt.

Sie überquerten die Wiese und begannen den Abstieg in das entfernte Tal, das sich vor ihnen ausbreitete, ein Mosaik aus Feldern, Wiesen, Äckern, Wäldern, Seen, Flüssen, Sumpf und Brachland. Berge umgaben das Tal zu allen Seiten, finster bewaldet und in ein Meer grünlichen Nebels getaucht, von dem aus Schwaden über das Land zogen und das Sonnenlicht verdunkelten.

Ben jagten die Gedanken durch den Kopf. Er versuchte, was er sah, mit dem Bild der *Blue Ridge Mountains* in Einklang zu bringen, doch es klappte nicht. Sein Blick streifte über den Hang, den sie hinunterstiegen, über Obstgärten, in denen zwar auch Apfel-, Kirsch-, Pfirsich- und Pflaumenbäume standen, doch dazwischen wuchsen sicher ein Dutzend Arten, die ihm völlig unbekannt waren. Gras gab es in verschiedenen Schattierungen von Grün, doch auch rotes, lavendelfarbenes und türkisblaues. Überall inmitten dieser seltsamen Vegetation standen Gruppen von Bäumen, die ein wenig an junge Eichen erinnerten, wären nicht Stamm, Äste und Blätter leuchtend blau gewesen.

Alles sah völlig anders aus als die *Blue Ridge Mountains* in Virginia oder irgendein anderes Gebirge der Vereinigten Staaten, von dem er je gehört hatte.

Selbst das Tageslicht war seltsam. Der Nebel überschattete das ganze Tal und gab allem ein winterliches Licht, obwohl die Sonne hell schien und die Luft hochsommerlich warm war.

Ben genoß vorsichtig den Geruch, den Anblick und die Atmosphäre des Landes und stellte fest, daß er beinahe bereit war zu glauben, daß Landover genau das war, was Questor Thews behauptete – eine ganz andere Welt.

Er kaute auf diesem Gedanken herum, während er mit seinem Führer Schritt hielt. Es war ein ziemlich großes Zugeständnis, das da von ihm erwartet wurde. Alle Logik und aller Verstand seines Anwaltsgehirns sträubten sich dagegen und hielten daran fest, daß Landover irgendein großartiger Trick sei, daß Märchenwelten Autorenträume seien und daß das, was er hier sah, ein Stückchen Alt-England, einschließlich Burgen und Rittern in Rüstungen war, verborgen irgendwo in den *Blue Ridge*-Bergen. Logik und gesunder Menschenverstand sagten ihm, daß die Existenz einer solchen Welt, einer Welt außerhalb seiner eigenen, wenn auch irgendwie mit ihr verbunden, eine Welt, die noch niemand erblickt hatte, ein Ding der Unmöglichkeit war. *Twilight Zone*. Immerhin – und das war das einzige, worüber man diskutieren konnte – war es *theoretisch* möglich.

Aber er war hier, es war um ihn herum. Welche andere Erklärung kam in Frage, wenn nicht Questor Thews Behauptung, es sei eine andere Welt? Es sah *wirklich* aus, roch *wirklich* und fühlte sich *wirklich* an – es war wie Wirklichkeit. Und gleichzeitig war es etwas, das seiner Welt völlig unähnlich war, etwas, das ihm noch nie begegnet war, etwas, das es seit König Arthus nicht mehr gegeben hatte. Dieses Land *war* ein Märchen, *war* überraschend und erstaunlich und – das mußte er sich eingestehen – beängstigend.

Doch seine Skepsis hatte begonnen abzubröckeln. Vielleicht war Landover wirklich eine andere Welt. Vielleicht hatte Meeks ja nichts als die reine Wahrheit gesagt.

Dieser Gedanke brachte ihn völlig aus der Fassung. Er konnte noch nicht damit umgehen.

Immer wieder schaute er zu Questor hinüber. Die schlaksige Gestalt ging pflichtbewußt neben ihm her, seine grauen Gewänder schleiften durchs Gras. Die Flicken und Schmuckstücke leuchteten bunt, seine weiße Mähne umrandete das Eulengesicht. Questor jedenfalls fühlte sich hier zu Hause.

Wieder ließ er seinen Blick über die Landschaft schweifen und gleichzeitig entschied er, durchaus einmal Logik und gesunden Menschenverstand etwas ruhen zu lassen und lieber seinen Instinkten Spielraum zu geben.

Aber ein paar diskrete Fragen konnten nichts schaden.

»Wie kommt es, daß wir beide die gleiche Sprache sprechen?« fragte er unvermittelt seinen Begleiter. »Wo habt Ihr Englisch gelernt?«

»Hmmm?« Der Zauberer sah ihn an. Er hatte die Gedanken offenbar ganz woanders gehabt.

»Wenn Landover einer anderen Welt angehört, wie ist es erklärbar, daß Ihr so gut Englisch beherrscht?«

Questor schüttelte den Kopf. »Ich spreche nicht Englisch. Ich spreche die Sprache meines Landes – zumindest die, welche von den Menschen gesprochen wird.«

»Aber Ihr sprecht doch gerade Englisch, zum Kuckuck! Wie könnten wir sonst miteinander reden?«

»Oh, ich verstehe, was Ihr meint.« Questor lächelte. »Nicht ich spreche Eure Sprache, Hoheit – Ihr sprecht die meine.«

»Ich?«

»Ja, die magischen Eigenschaften des Medaillons, die Euch den Eintritt nach Landover ermöglicht haben, geben Euch auch die Fähigkeit, direkt mit den Bewohnern zu kommunizieren, sowohl mündlich als auch schriftlich.« Er kramte in einer der Taschen an seinem Gewand und zog eine verblaßte Landkarte hervor. »Hier, lest einmal.«

Ben nahm die Karte in die Hand und sah sie an. Die Namen von Städten, Flüssen, Bergzügen und Seen waren alle Englisch.

»Die sind doch Englisch geschrieben!« insistierte er, als er die Karte zurückgab.

Questor schüttelte den Kopf. »Nein, Hoheit. Sie sind auf landoverianisch geschrieben, der Landessprache. Es scheint nur Englisch zu sein – und auch nur Euch. Ich spreche zu Euch in landoverianisch, doch Euch klingt es wie Eure eigene Sprache. Das ist die Elfenmagie des Medaillons.«

Ben dachte eine Weile darüber nach, überlegte, welche Fragen er zum Thema Sprache noch stellen könnte, und entschied sich dann dafür, es fallenzulassen. Statt dessen deutete er auf die blauen Eichen.

»Solche Bäume habe ich noch nie gesehen. Was sind das?«

»Blaubonnies.« Questor blieb stehen. »Sie wachsen, soviel ich weiß, nur in Landover. Sie wurden mit der Elfenmagie geschaffen und uns vor Tausenden von Jahren gegeben. Sie halten die Nebel fern und geben dem Boden Lebenskraft.«

Ben runzelte zweifelnd die Stirn. »Ich dachte, das täten Sonne und Regen.«

»Sonne und Regen? Nein, Sonne und Regen unterstützen den Prozeß nur. Die Lebensquelle von Landover ist die Magie, und die Blaubonnies sind von außerordentlich starker Magie.«

»Elfenmagie, sagtet Ihr – wie die, welche es uns ermöglicht, miteinander zu reden?«

»Die ist es, Hoheit. Die Elfen gaben dem Land die Magie, als sie es schufen. Sie leben jetzt in den Nebeln um uns herum.«

»Den Nebeln?«

»Dort.« Mit einer weitschweifenden Armbewegung wies Questor auf die das Tal umgebenden Berge, deren Kuppen und Wälder im Dunst verschwanden. »Dort leben die Elfen.« Er blickte Ben wieder an. »Habt Ihr Gesichter in den Nebeln gesehen, als Ihr durch den Wald aus Eurer Welt in unsere gekommen seid?« Ben nickte. »Das waren die Gesichter der Elfen. Nur der Durchgang, den Ihr entlanggekommen seid, gehört zu beiden Welten. Darum habe ich mir Sorgen gemacht, daß Ihr zu weit vom Weg abgekommen sein könntet.«

Nach einem Weilchen Schweigen fragte Ben: »Und wenn ich's getan hätte?«

Der hagere Mann zerrte an seinen Gewändern, die sich in einem Gestrüpp verfangen hatten. »Nun, dann wäret Ihr vielleicht zu tief ins Elfenreich hineingeraten und auf immer verloren gewesen.« Er machte eine Pause. »Seid Ihr hungrig, Hoheit?«

»Wie bitte?« Die Frage traf ihn so unerwartet. Ben war in Gedanken noch immer bei dem Elfenreich und der Möglichkeit, daß man sich darin für immer verlieren könnte.

»Essen und Trinken – mir fiel ein, daß Ihr weder das eine noch das andere seit einiger Zeit gehabt haben könntet.«

Ben zögerte. »Nicht seit heute morgen, um ehrlich zu sein.«

»Gut. Folgt mir.«

Questor führte ihn zu einer Gruppe von Blaubonnies und wartete, bis Ben neben ihm stand. Dann brach er einen Zweig sauber und geräuschlos ab und kniete sich hin, um die Blätter, die er abstreifte, auf seinem Gewand zu sammeln.

»Hier, probiert dies«, bot er an und reichte Ben ein Blatt. »Nehmt einen Biß.«

Ben ergriff das Blatt, untersuchte es und biß dann vorsichtig hinein. Sein Gesicht erhellte sich vor Überraschung. »Das schmeckt wie... wie Melone.«

Der andere nickte lächelnd. »Jetzt der Stengel. Haltet ihn so.« Er hielt das abgebrochene Ende senkrecht. »Saugt daran, hier, an der Bruchstelle.«

Ben tat, wie ihm geheißen wurde. »So was!« flüsterte er. »Das schmeckt wie Milch.«

»Das ist die Existenzgrundlage der Menschen im Tal«, erklärte Questor und kaute selbst auf einem Blatt. »Von Blaubonnies und etwas Trinkwasser kann man leben, wenn man nichts anderes hat. Manche sind darauf angewiesen. Es war nicht immer so, doch die Zeiten haben sich geändert...«

Er schwieg eine Weile wie geistesabwesend. Dann sah er Ben an. »Die Blaubonnies wachsen überall wild im Tal. Ihre Reproduktionsfähigkeit ist erstaunlich – selbst heute. Schaut her, seht, was geschehen ist.«

Er wies auf die Stelle, wo er den Zweig abgebrochen hatte. Sie verheilte schon und bildete eine neue Knospe.

»Gegen Morgen wird ein neuer Ast zu wachsen begonnen haben, und im Laufe einer Woche wird er wieder so sein, wie wir ihn gefunden haben – oder sollte wenigstens so sein.«

Ben nickte wortlos. Er überdachte Questors versteckte Andeutungen. »Die Zeiten haben sich geändert... Ihre Reproduktionsfähigkeit ist erstaunlich – selbst heute... In einer Woche wird er wieder so sein, wie wir ihn gefunden haben – oder sollte wenigstens so sein.« Er betrachtete die anderen Blaubonnies in der Umgebung von dem, welchen der Zauberer ausgewählt hatte. Sie schienen weniger üppig zu wachsen. Ihre Blätter wirkten welk. Etwas war offenbar nicht in Ordnung.

Questor unterbrach Bens Gedanken. »Also, nun kennt Ihr die Blaubonnies. Jetzt sollte es etwas Deftiges sein.« Er rieb kräftig die Hände gegeneinander. »Was hieltet Ihr von Rührei mit Schinken, frischem Brot und einem Glas Bier?«

Ben schaute sich um. »Habt Ihr in einer Eurer Taschen einen Picknickkorb versteckt?«

»Einen was? O nein, Hoheit. Ich werde uns nur ein Mahl herbeizaubern.«

»Herbeizaubern?« Ben blickte ihn ungläubig an. »Ihr meint, Ihr verwendet Magie?«

»Genau. Ich bin schließlich Zauberer. Also, jetzt wollen wir mal sehen.«

Sein Eulengesicht wurde noch spitzer. Ben beugte sich vor. Er hatte seit dem Frühstück nichts gegessen, doch er war eher neugierig als hungrig. Konnte dieser seltsame Vogel wirklich zaubern?

»Ein wenig die Gedanken konzentrieren, so die Finger ausgestreckt, eine schnelle Drehung, und... Hah!«

Es gab einen Lichtblitz, ein Rauchwölkchen, und auf dem Boden vor ihnen lagen ein halbes Dutzend Sofakissen. Ben war verblüfft.

»Tja nun, wir werden etwas brauchen, um darauf zu sitzen, während wir essen.« Er tat die Angelegenheit ab, als sei sie ohne Belang. »Muß die Finger etwas zu weit nach rechts gedreht haben... Also, mal sehen, von vorne. Ein bißchen Gedanken, Finger, eine schnelle Bewegung...«

Wieder gab es einen Lichtblitz und ein Rauchwölkchen, und vor ihnen am Boden standen ein großer Korb voller Eier und ein ganzes bratfertiges Schwein mit einem Apfel im Maul.

Questor warf einen schnellen Seitenblick auf Ben. »Die Magie ist manchmal unberechenbar. Man muß es einfach noch mal versuchen.« Er streckte seine knochigen Arme aus den Ärmeln des Gewandes. »So, jetzt schaut einmal genau zu: Gedanken konzentrieren, Finger drehen, eine schnelle Bewegung, und...«

Der Lichtblitz war heller, das Rauchwölkchen größer, und aus dem Nichts materialisierte sich ein massiver Tisch, beladen mit genug Nahrung für eine ganze Armee. Ben sprang vor Überraschung zurück. Questor Thews konnte zaubern, wie er behauptete, doch schien er nicht so ganz die Kontrolle darüber zu haben.

»Ver...! Das ist nicht, was ich...! Das kommt daher, daß ich...« Questor war ganz außer sich. »Wahrscheinlich bin ich nur etwas müde. Ich werd's noch mal versuchen...«

»Laßt nur«, unterbrach ihn Ben. Er hatte für den Augenblick genug Magie gesehen. Der Zauberer warf ihm einen unglücklichen Blick zu. »Wirklich, ich bin gar nicht so hungrig. Wir sollten vielleicht einfach weitergehen.«

Questor zögerte und nickte dann kurz. »Wenn Ihr es wünscht, Hoheit, dann sei es so.« Auf eine kleine Handbewegung hin lösten sich die Kissen, das Schwein, der Eierkorb und der überladene Tisch in Luft auf. »Ihr seht, daß ich über die Magie verfügen kann, wenn ich will«, erklärte er steif.

»Ja, das habe ich gemerkt.«

»Ihr müßt verstehen, daß die Magie, die ich benutze, höchst komplex ist, Hoheit.« Questor legte Wert darauf, daß er richtig eingeschätzt würde. »Ihr werdet meine Zauberkunst brauchen, wenn Ihr König seid. Landovers Könige waren immer auf den Beistand von Magiern angewiesen.«

»Verstehe.«

Questor sah ihn an. Ben schaute zurück. Was er vor allem anderen verstand, dachte er bei sich, war, daß er, abgesehen von diesem seltsamen Zauberer, allein in einem Land war, von dem er so gut wie keine Ahnung hatte, und daß er nicht das geringste Interesse verspürte, seinen einzigen Gefährten vor den Kopf zu stoßen.

»Wohl denn.« Questor schien sein Gleichgewicht wiedergefunden zu haben. »Wie wäre es, wenn wir uns wieder auf den Weg machten, Hoheit?«

Ben nickte. »Einverstanden.«

Wortlos setzten sie ihre Wanderung fort.

Die Zeit verging, und die Nebel verdichteten sich über der Landschaft. Das Tageslicht wurde diesiger, die Schatten dunkler, und die Farben von Feldern, Wiesen und Wäldern, Seen und Flüssen verloren ihre Leuchtkraft. Es war, als würde ein Gewitter aufziehen, doch die Sonne schien noch immer, kein Windhauch bewegte die Blätter, und ein weiterer Mond war hinter dem Horizont aufgetaucht.

Worauf hatte er sich da eingelassen?

Offenbar war Landover nicht der große Betrug, den Miles Bennett vorhergesagt hatte. Die Lebewesen stammten nicht aus dem Zoo von San Diego und die Bewohner nicht von *Central Casting Filmstudios*. Die Zauberei von Questor war nicht jene Kaninchen-aus-dem-Zylinder-Variante, sondern entsprach eher den Phantasien der Comicliteratur. Miles hätte ganz schön gestaunt, wenn er den Trick mit dem Tisch und dem Zwanzig-Gänge-Mahl mitgekriegt hätte. Wie hätte jemand so was so schnell aus dem Nichts holen können, wenn es nicht wirklich in einer Märchenwelt stattfand, in der Magie Realität war?

Und das war die andere Seite der Geschichte. Landover lag tatsächlich nicht in Virginia, nicht in den Vereinigten Staaten, nicht einmal irgendwo auf der Erde. Landover gehörte zu einer völlig anderen Welt und er hatte irgendwie eine Zeitzone durchquert, um hierherzugelangen.

Zum Teufel! Das war aufregend und erschreckend zugleich!

Es war, was er gewollt hatte. Er hatte sich auf den Handel eingelassen, hatte ein Märchenkönigreich gekauft, doch er hatte nie ernsthaft geglaubt, daß es das geben könnte, daß es sich als genau das entpuppen würde, was der alte Meeks behauptet hatte.

Wenn Annie jetzt hier wäre, dachte er, dann würde sie ihm helfen zu akzeptieren, was er erlebte. Aber Annie war nicht mehr da. Deswegen war er ja aus seinem alten Leben ausgebrochen.

Also, sagte er zu sich selbst, ich bin in diese Welt gekommen, weil ich ein neues Leben anfangen wollte, weil ich mein altes Leben nicht mehr ertragen konnte. Ich wollte von vorne anfangen.

Jetzt war er hier, hatte genau das erhalten, was er sich gewünscht hatte, und die Herausforderung, die darin lag, reizte ihn mehr als alles, was er bisher erlebt hatte.

Schweigend folgte er dem Zauberer, der seit der verunglückten Mahlzeit kein Wort mehr gesprochen hatte, und Ben hielt es im Augenblick für ratsam, dem Mann keine weiteren Fragen zu stellen. Statt dessen betrachtete er die Umgebung eingehender, während sie den Hang hinuntergingen. Sie bewegten sich ostwärts, falls die Sonne hier dem gleichen Kreislauf folgte wie auf der Erde. Seen und Flüsse bestimmten den südlichen Teil des Tales, Brachland und Trockenzone lagen im Osten, Hügel im Norden und dichte Wälder im Westen. Auf der Ebene im Zentrum gab es mehrere Burgen, deren Türme er aus dem Nebel ragen sah, umgeben von saftigen Wiesen und Feldern. Im Nordwesten befand sich eine dunkle, unwirtliche, tiefe Senke, über der sich Nebel und Schatten zusammenbrauten. Als sie schließlich die Talsohle erreichten, sah er seine ersten Untertanen. Sie wirkten nicht sonderlich eindrucksvoll. Bauernfamilien, Holzfäller, Jäger, hier und da Händler mit ihren Waren und ein einzelner Reiter, der eine Art heraldisches Banner trug. Abgesehen von dem Reiter machten sie einen sehr heruntergekommenen Eindruck. Ihre Kleidung war ärmlich, ihre Geräte und Karren abgenutzt und ihr Vieh mager. Die Bauernhäuser hatten offenbar bessere Tage gesehen und waren in schlechtem Zustand. Die Menschen wirkten müde und abgekämpft.

Ben sah alles einschließlich der Menschen nur von weitem, so daß er keine Einzelheiten erkennen konnte, doch er war der Meinung, es nicht falsch beurteilt zu haben.

Questor gab keinerlei Kommentar dazu.

Am späten Nachmittag änderte der Zauberer die Richtung und führte Ben nordwärts. Vor ihnen erstreckten sich bewaldete Hügel, über denen Nebelschwaden hingen wie Fabrikrauch. Sie wanderten schweigend durch die Landschaft. Obwohl sie sich ein gutes Stück nördlich der Seen und Flüsse befanden, die Ben von der Berghöhe aus gesehen hatte, stießen sie plötzlich auf eine Gruppe von Teichen und Tümpeln, die das fahle Sonnenlicht zwischen den Bäumen hindurch reflektierten. Auch hier schwebten Nebelfetzen über allem. Ben schaute sich unbehaglich um. Die Umgebung ähnelte dem Elfenreich, das er durchquert hatte.

Sie erklommen einen steilen Grat, und Questor blieb stehen. »Seht dort unten, Hoheit.« Er zeigte auf eine Lichtung, die wenige Kilometer entfernt zwischen Bäumen und Dunst im Sonnenlicht schimmerte. Mehrere Fahnen wehten im Wind, von dem hier, wo sie standen, nichts zu spüren war.

»Das ist das Herz, Hoheit. Dort werdet Ihr in einigen Tagen zum König von Landover gekrönt werden, sobald die Nachricht von Eurer Ankunft ausgesandt worden ist. Jeder König von Landover ist dort gekrönt worden – jeder. Seit Anbeginn.«

Sie verweilten noch einen Moment dort oben und betrachteten

jenen leuchtenden, im Sonnenlicht in allen Farben schimmernden Ort inmitten der fahlen, dunstigen Schatten der Landschaft.

»Kommt, Hoheit. Eure Burg ist nicht mehr weit.«

Ben folgte ihm schweigend.

Silber Sterling

Sie tauchten wieder in den dichten Wald zurück. Ben folgte der schlaksigen Gestalt des Zauberers, der trotz seiner seltsamen Gangart sehr schnell vorankam. Die Reisetasche hatte ein ziemliches Gewicht, obwohl nicht viel drin war, und Ben wechselte sie häufiger von einer Schulter auf die andere. Schweiß rann ihm über die Stirn und sein Trainingsanzug war naßgeschwitzt.

Sie hätten ihrem neuen König ja vielleicht eine Eskorte und eine Kutsche bereitstellen können, murrte Ben in Gedanken. Aber möglicherweise benutzten sie in Landover keine. Am Ende flogen sie auf geflügelten Pferden. Questor Thews hätte vielleicht ein paar davon herbeizaubern sollen.

Er kaute nachdenklich an seiner Unterlippe und dachte an Questors Versuche, eine Mahlzeit zu zaubern. Es war wohl doch besser, zu Fuß zu gehen.

Jetzt ging es wieder bergauf, durch lichten, blauen Nadelwald. Äste und Zweige schlugen ihnen ins Gesicht, und sie mußten sich dazwischen hindurchschlängeln. Dann traten sie aus dem Gehölz auf eine Wiese, und vor ihnen lag die Burg.

Ben blieb stehen. Es war die Burg, die er schon von weitem gesehen hatte. Sie thronte ein paar hundert Meter vom Seeufer entfernt auf einer Insel, die kaum größer war als die Burg selbst. Der See war stahlgrau, die Insel mit winterlichem Gestrüpp bedeckt. Die Burg zeigte sich als ein verwinkeltes Bauwerk aus Stein und Holz, Metalltürmen, Festungsmauern, Zinnen, Galerien und Stegen. Wie Finger einer zerbröckelten Hand ragten sie in den Himmel. Nebelschwaden lasteten auf Insel und See. Alles war grau in grau, keine Fahnen, keine Banner, keine Standarte, gar nichts. Stein und Holz sahen schmutzig aus, und das Metall war oxydiert. Zwar schien das Mauerwerk intakt, doch die ganze Burg machte einen verkommenen, leblosen Eindruck.

Als sei Drakula hier zu Hause.

»Ist das die Königsburg von Landover?« fragte Ben ungläubig. »Hmmmmm?« Questor war wieder in Gedanken gewesen. »Wie?

Ja. Das ist sie. Das ist Silber Sterling.«

»Silber Sterling?« Ben stellte seine Reisetasche auf den Boden. »Das da? So wie Silberglanz?«

Questor zog die Brauen hoch. »Den hatte sie mal, Hoheit.«

»Ach, den hatte sie mal. Es war einmal, vor langer, langer Zeit, nicht wahr?« Er konnte die Enttäuschung in der Magengrube fühlen. »Sieht eher aus wie Burg Düsterstein.«

»Das kommt von dem Belag.« Der Zauberer faltete die Arme vor der Brust und blickte über die Wiese. »Seit zwanzig Jahren sieht sie so aus, Hoheit, noch gar nicht so sehr lange also. Der Belag hat das verursacht. Früher glänzte sie prächtig, wie ihr Name besagt. Der Stein war weiß, das Holz hell und sauber, und das Metall glänzte. Es gab die Nebel nicht, welche die Sonne verdunkeln, Hoheit. Die Insel war mit bunten Blumen bewachsen, und das Seewasser war kristallblau. Es war der schönste Ort im ganzen Lande.«

»Und was ist dann passiert? Warum sieht sie heute so aus?«

»Der Belag. Als der letzte wahre König von Landover vor zwanzig Jahren starb und kein Erbe den Thron bestieg, begann die Verfärbung. Zu Anfang war es kaum merklich, doch je mehr Zeit verstrich, ohne daß ein König regierte, desto schneller verfiel sie. Das Leben verläßt Silber Sterling, und der Belag ist ein Zeichen ihres Verfalls. Kein noch so intensives Putzen und Scheuern und Polieren der Steine, des Holzes oder des Metalls kann sie erneuern.« Questor blickte zur Burg hinüber. »Sie stirbt, Hoheit. Sie folgt ihrem Herrn ins Grab.«

»Ihr sprecht von ihr, als sei sie lebendig, Questor«, meinte Ben leicht belustigt.

»Das ist sie, Hoheit, ein Lebewesen wie Ihr und ich.«

»Und sie stirbt?«

»Ja. Langsam und qualvoll.«

»Und da soll ich drin wohnen? In einer sterbenden Burg?«

Questor lächelte. »Ihr müßt. Ihr seid der einzige, der sie heilen kann.« Er nahm Bens Arm und zog ihn weiter. »Kommt jetzt, Hoheit. Von innen werdet Ihr sie recht angenehm und anheimelnd finden, wo ihr Herz noch warm ist und ihre Lebenskraft noch stark. Kommt. Ihr werdet Euch dort sehr zu Hause fühlen. Kommt.«

Sie gingen den Wiesenhang hinunter und gelangten an das Seeufer, wo kleine Wellen das sumpfige Ufergras umspülten. Frösche quakten, Insekten summten, und der See roch etwas fischig.

Ein schlankes, langes Boot mit aufgebogenem Bug, einem Ritterkopf als Gallionsfigur, niedrigem Dollbord und ruderlosem Heck lag an der Böschung. Auf eine Handbewegung von Questor stieg Ben ein und setzte sich auf die vordere Bank. Questor plazierte sich ans Heck. Kaum hatten sie sich niedergelassen, setzte das Boot sich in Bewegung. Ohne weiteres Zutun glitt es von der Uferböschung ins Wasser. Ben sah sich neugierig um. Er konnte nirgendwo einen Motor entdecken.

»Die Berührung Eurer Hände weist ihm die Richtung«, sagte Questor unvermittelt.

Ben schaute überrascht auf seine Hände, mit denen er sich an der Reling festhielt. »Meine Hände?«

»Das Boot ist auch lebendig. Es ist ein Seegleiter. Er reagiert auf die Berührung dessen, dem er dient. Ihr seid jetzt unter jenen der Ranghöchste. Er gehorcht Eurem Willen.«

»Und wohin soll ich ihn mit meinem Willen steuern?«

Questor lachte freundlich. »Na, zum Haupteingang natürlich.«

Ben umklammerte die Reling und dachte intensiv an den Haupteingang. Der Seegleiter schoß über den dunklen See, und eine große Bugwelle schäumte auf.

»Sachte, Hoheit«, mahnte Questor, »Ihr übermittelt Eure Gedanken viel zu heftig.«

Ben lockerte seinen Griff und seine Konzentration, und der Seegleiter verlangsamte seine Fahrt. So ein bißchen Magie unter seiner Kontrolle zu haben, war richtig aufregend. Sanft strich er mit den Fingern über das Holz. Es war warm und vibrierte leicht. Es fühlte sich wirklich lebendig an.

»Questor?« Ben wandte sich dem Zauberer zu. Das Gefühl, daß der Seegleiter ein Lebewesen ist, war ihm unbehaglich, doch er nahm seine Hände nicht von der Reling. »Was bemerktet Ihr vorhin? Daß nur ich die Burg heilen kann?«

Questor fuhr sich mit einer Hand durchs Haar. »Sterling Silber braucht – genau wie Landover – dringend einen König. Ohne König stirbt sie. Eure Anwesenheit in der Burg wird ihr Leben erneuern. Wenn Ihr sie zu Eurem Heim macht, wird sie wiederaufleben.« Ben warf einen Blick auf die Gemäuer, die düsteren Türme, die Befestigungen, die verfärbten Mauern und die leeren Fenster. »Und wenn ich sie nicht zu meinem Heim machen möchte?«

»Oh, ich denke schon, daß Ihr das tun wollt«, meinte Questor geheimnisvoll.

Denkt, was Ihr wollt, dachte Ben, ohne es auszusprechen. Er hielt die Augen auf die näher gleitende Burg gerichtet. Er rechnete damit, daß jeden Moment irgendein Monster an den Fenstern des höchsten Turms erscheinen würde, oder Fledermäuse, die wachsam herumflatterten.

Aber er entdeckte nichts dergleichen.

Der Seegleiter landete sanft auf der Uferböschung der Insel, und Questor und Ben stiegen aus. Der überwölbte Burgeingang gähnte ihnen entgegen. Ben nahm unentschlossen seine Reisetasche von einer Hand in die andere. Aus der Nähe wirkte die Burg noch ungastlicher und gruseliger als aus der Ferne.

»Ich weiß nicht recht, Questor…«

»Kommt, Hoheit«, unterbrach ihn der Zauberer, nahm ihn wieder am Arm und schob ihn vor sich her. »Von hier aus könnt Ihr nichts sehen, das lohnte. Außerdem dürften die anderen warten.«

Ben stolperte vorwärts, während er sich nervös umschaute. Die Mauern waren feucht und von Spinnweben überzogen. »Die anderen? Welche anderen?«

»Nun, die anderen, die im Dienst des Thrones stehen. Euer Hofstaat, Hoheit. Nicht alle haben ihren Posten verlassen.«

»Nicht alle?«

Doch entweder hatte Questor ihn nicht gehört, oder er ignorierte ihn einfach. Er eilte voraus und zwang Ben, schneller zu gehen, um mit ihm Schritt zu halten. Sie traten ein, durchquerten einen kleinen Vorhof, so düster und unheimlich, wie der Rest der Burg, dann ein kleineres Tor, gingen einen kurzen Flur entlang und gelangten schließlich in eine Eingangshalle. Fahles Licht fiel durch hohe Bogenfenster. Holzbalken und Steine waren hier sauber und poliert, Wände und Boden mit Teppichen, die noch etwas von ihrer ursprünglichen Farbe behalten hatten, bedeckt, und ein paar vornehme Möbelstücke standen herum. Wäre nicht alles in das allgegenwärtige Grau getaucht gewesen, hätte der Raum beinahe freundlich gewirkt.

»Ihr seht, drinnen ist es viel angenehmer«, beharrte Questor.

Ben nickte, nicht ganz überzeugt. »Hübsch.«

Sie betraten einen riesigen Speisesaal mit einem gewaltigen Refektoriumstisch und hochlehnigen, mit roter Seide gepolsterten Stühlen. Von der Decke hingen Lüster aus angelaufenem Silber, und trotz des Sommerwetters brannte ein Feuer im Kamin am anderen Ende des Saales.

Drei Gestalten standen aufgereiht vor dem Tisch und blickten den Ankömmlingen entgegen.

»Euer Hofstaat, Hoheit«, verkündete Questor.

Ben blieb der Mund offenstehen. Der Hofstaat bestand aus einem Hund und zwei großohrigen Affen – oder Geschöpfen, die sehr affenähnlich aussahen. Der Hund stand aufrecht auf den Hinterpfoten und hatte Knickerbocker mit Hosenträgern an, ein Hemd mit heraldischen Insignien, und auf seiner Nase saß eine Brille. Sein Fell war goldgelb und gesträubt, als sei ein Stachelschwein unter seinen Vorfahren gewesen. Die affenartigen Geschöpfe waren in kurze Hosen mit breitem Ledergürtel gekleidet. Der eine war etwas größer und hatte lange, spindeldürre Beine. Der andere trug eine Küchenschürze. Beide hatten Ohren wie Dumbo und Füße wie Affen.

Questor machte Ben ein Zeichen, und sie gingen auf den Hund zu. »Dies ist Abernathy, Euer Hofschreiber und persönlicher Diener.«

Der Hund verbeugte sich leicht und sah ihn dann über den Rand seiner Brille an. »Willkommen, Hoheit«, begrüßte ihn der Hund.

Vor Überraschung machte Ben einen Satz rückwärts. »Questor, der Hund spricht ja!«

»So gut wie Ihr, Hoheit«, erwiderte der Hund steif.

»Abernathy ist ein weichhaariger Weizenterrier – eine Rasse, die hervorragende Jagdhunde abgibt«, erläuterte Questor. »Doch er ist nicht immer ein Hund gewesen. Er war ein Mann, bevor er zum Hund wurde. Er wurde durch einen höchst unglücklichen Umstand zum Hund.«

»Ich wurde durch Eure Dummheit zum Hund.« Abernathys Stimme klang einem Hundeknurren sehr ähnlich. »Und ich blieb Hund dank Eurer Dummheit.«

Questor hob die Schultern. »Nun, in gewisser Weise war es

wohl mein Fehler.« Er seufzte und sah Ben an. »Ich habe versucht, ihn zu verkleiden, und der Zauber hat ihn zu einem Hund gemacht. Unglücklicherweise habe ich bislang noch nicht herausfinden können, wie ich ihn wieder zurückverwandeln kann. Doch er ist ein recht guter Hund, nicht wahr, Abernathy?«

»Als Mann war ich besser.«

Questor runzelte die Stirn. »Darüber ließe sich streiten.«

»Ihr müßt Euch natürlich irgendwie rechtfertigen, Questor Thews. Hätte ich nicht meine Intelligenz bewahrt – welche zum Glück ein ganzes Stück größer ist als die Eure –, dann wäre ich in irgendeinen Zwinger gesteckt und vergessen worden!«

»Ihr seid höchst ungerecht. Vielleicht hättet Ihr es vorgezogen, daß ich Euch in eine Katze verwandelt hätte!«

Abernathys Antwort klang wie ein lautes Bellen. Questor schrak zusammen und errötete. »Ich habe Euch verstanden, Abernathy, und ich kann Euch versichern, daß ich es in keiner Weise schätze. Vergeßt nicht, wo Ihr seid. Vergeßt nicht, daß Ihr dem König gegenübersteht.«

Abernathy schaute Ben feierlich an. »Pech für ihn!« bemerkte er.

Questor warf ihm einen finsteren Blick zu und wandte sich dann den beiden anderen Gestalten zu. »Es sind Kobolde«, erklärte er Ben, der sich noch nicht an den Gedanken gewöhnt hatte, daß sein persönlicher Diener ein sprechender Hund sein sollte. »Sie benützen ihre eigene Sprache und wollen mit der unseren nichts zu tun haben, doch sie verstehen sie recht gut. In ihrer eigenen Sprache haben sie Namen, die Euch nichts sagen würden. Daher habe ich ihnen andere gegeben, die sie akzeptiert haben. Der größere heißt Bunion. Er ist der Meldeläufer. Das andere ist Parsnip, der Küchenmeister.« Er machte den beiden ein Zeichen. »Grüßt unsere Hoheit, Kobolde!«

Die Kobolde verbeugten sich.

Als sie sich wieder aufrichteten, lächelten sie und entblößten ihre scharfen, spitzen, beunruhigenden Zähne und fauchten leise.

»Parsnip ist ein echter Kobold«, erläuterte Questor. »Er ist ein Elfenwesen und hat sich entschieden, sichtbar in einem Menschenhaushalt zu dienen, statt zu spuken. Er gehört zu dem Stamm, der aus dem Elfenreich gekommen ist und hierblieb. Bunion ist ein

Gnom, eher ein Wald- als ein Hauswesen. Er ist der Gattung der Kobolde zuzurechnen, doch er hat Eigenarten der Elfenwesen behalten. Er kann wie sie durch die Nebel gehen, doch kann er nicht dort verweilen. Auch kann er sich in Landover mit der Geschwindigkeit der Elfen bewegen. Er ist an Silber Sterling gebunden und muß, wie Parsnip, immer hierher zurückkehren.«

»Aus Gründen, die Menschen und Hunde nur vermuten können«, warf Abernathy dazwischen.

Bunion grinste ihn an und fauchte.

Ben nahm Questor beiseite. Er konnte seine Verwirrung nicht gut verhehlen. »Was geht hier vor?«

»Hmmmmm?« Questor sah ihn verständnislos an.

»Hört zu. Wenn ich das alles hier richtig verstehe, dann lebt der König von Landover in einem Verlies und wird von einer Menagerie bedient. Habt Ihr noch mehr solche Überraschungen auf Lager? Was habe ich für ein Heer – eine Kuhherde?«

Questor war etwas verlegen. »Also, um die Wahrheit zu sagen, Hoheit, Ihr habt überhaupt kein Heer.«

»Kein Heer? Wieso nicht?«

»Es hat sich aufgelöst. Vor über zwölf Jahren, Hoheit.«

»Aufgelöst? So. Und wie steht es mit dem Gefolge – Dienern, Handwerkern, Leuten, die nach dem Rechten sehen? Wer macht das?«

»Wir vier sind dafür zuständig«, erwiderte Questor mit einer Armbewegung zu Abernathy und den Kobolden.

»Kein Wunder, daß die Burg krepiert. Warum holt Ihr nicht ein paar Leute, Himmel noch mal?«

»Wir können sie nicht bezahlen.«

»Was soll das heißen, Ihr könnt sie nicht bezahlen? Gibt es denn keine königliche Schatzkammer oder so was?«

»Die Schatzkammer ist leer.«

»Zieht die Krone denn nicht irgendwelche Steuern ein?« Bens Stimme wurde lauter. »Woher haben denn früher die Könige ihr Geld bekommen?«

»Sie haben Steuern eingezogen.« Questor schielte ärgerlich auf Abernathy, der amüsiert den Kopf schüttelte. »Unglücklicherweise brach vor einigen Jahren das Steuersystem zusammen. Seither ist kein Geld mehr hereingekommen.«

Ben stellte seine Reisetasche auf den Boden und stützte die Hände in die Hüften. »Also jetzt mal Klartext. Ich habe ein Königreich gekauft, in dem der König über kein Heer verfügt, kein Gefolge besitzt außer Euch vieren, und kein Geld? Und dafür habe ich eine Million Dollar bezahlt?«

»Ihr seid unsachlich, Ben Holiday.«

»Das hängt davon ab, in wessen Haut man steckt, würde ich sagen!«

»Habt Geduld. Ihr habt weder gesehen noch erfahren, was Landover sonst noch zu bieten hat. Die Probleme von Steuern, Gefolge und Heer können gelöst werden, sobald man sich darum bemüht, die richtigen Lösungen zu finden. Ihr müßt bedenken, daß Landover seit zwanzig Jahren keinen König hatte. Ihr könnt nicht erwarten, daß alles so ist, wie es sein sollte.«

Ben lachte bissig. »Das klingt nach der größten Untertreibung des Jahres. Hört zu, Questor. Laßt uns zum Kern der Sache kommen: Was muß ich als König von Landover sonst noch wissen? Was für böse Überraschungen haltet Ihr sonst noch für mich bereit?«

»Oh, ich denke, das ist wohl so das Schlimmste, Hoheit.« Der Zauberer lächelte entwaffnend. »Wir werden reichlich Gelegenheit haben, alles andere später zu diskutieren, doch ich würde meinen, daß Ihr zunächst einmal eine Abendmahlzeit zu Euch nehmen solltet. Es war ein langer Tag und eine beschwerliche Reise, und ich weiß, daß Ihr hungrig und müde seid.«

Ben unterbrach ihn heftig. »Ich bin weder hungrig noch müde, verdammt noch mal! Ich will wissen, was Ihr sonst noch...

»Alles zu seiner Zeit, alles der Reihe nach. Ihr müßt auf Eure Gesundheit achten, Hoheit«, mahnte Questor unbeirrt. »Parsnip wird unser Mahl bereiten – die Zauberkraft der Burg ist noch immer stark genug, um die Speisekammern zu füllen – und in der Zwischenzeit wird Abernathy Euch in Eure Gemächer geleiten, wo Ihr Euch waschen und umkleiden und ein wenig ausruhen könnt. Abernathy, bitte führe Seine Hoheit in seine Privatgemächer und sorge dafür, daß er alles hat, was er braucht. Ich werde später nachkommen.«

Questor wandte sich um und verließ den Raum, ehe Ben widersprechen konnte. Auch Parsnip und Bunion gingen hinaus, und

Ben blieb mit Abernathy allein.

»Hoheit?« Der Hund wies auf eine Wendeltreppe.

Ben nickte wortlos. Mehr würde er im Augenblick nicht erfahren können.

»Na gut«, seufzte er und folgte Abernathys Einladung.

Sie stiegen mehrere Treppen hinauf und durchquerten ein halbes Dutzend düstere Flure, bis sie schließlich die Gemächer erreichten. Ben grübelte darüber, daß er ein König ohne die dazugehörige Ausstattung und Herr über Burg Drakula war. Als sie an ihrem Ziel anlangten, bereute er, nicht darauf geachtet zu haben, wo sie entlanggegangen waren, und sei es auch nur, um ohne Hilfe den Weg zurückfinden zu können. Er erinnerte sich nur an Steinböden und Balkendecken, eisenbeschlagene Eichentüren und Wandteppiche, verblaßte Farben und den allgegenwärtigen Belag – mehr auch nicht.

»Euer Bad, Hoheit«, verkündete Abernathy vor einer schweren Holztüre.

Ben lugte hinein. In einer eisernen Wanne mit Löwenfüßen dampfte Wasser; eine Schale mit Seife, ein Stapel Handtücher, Kleider und ein paar Stiefel standen bereit.

Das Bad sah richtig einladend aus. »Wie ist es Euch gelungen, das Badewasser die ganze Zeit heiß zu halten?« fragte Ben, der sich plötzlich über den Dampf wunderte.

»Die Burg, Hoheit. Ein bißchen von ihrer Zauberkraft ist noch erhalten. Nahrung in den Speisekammern, heißes Badewasser – das ist so ziemlich alles, was sie noch leisten kann.« Abernathy verstummte und wandte sich zum Gehen.

»Wartet«, rief Ben ihm nach. Der Hund blieb stehen. »Ich, äh,... ich wollte Euch sagen, daß es mir leid tut, daß ich meine Überraschung darüber, daß Ihr sprechen könnt, nicht verhehlen konnte. Ich wollte nicht unhöflich sein.«

»Ich bin daran gewöhnt, Hoheit«, erwiderte Abernathy, und Ben war sich nicht sicher, ob er die Überraschung oder die Unhöflichkeit meinte. Der Hund sah ihn über den Brillenrand hinweg an. »Auch wenn ich überall in Landover als ein Kuriosum bekannt bin, zweifle ich, daß ich die größte Überraschung bin, die Ihr erleben werdet.«

»Und das heißt?«

»Das heißt, daß Ihr noch einiges zu lernen habt und daß die Lektionen ziemlich erstaunlich sein werden.«

Er verbeugte sich höflich, ging hinaus und schloß leise die Tür hinter sich. Ben runzelte die Stirn. Diese letzte Bemerkung klang fast wie eine Warnung, dachte er. Es hörte sich an, als ob Abernathy ihn darauf vorbereiten wollte, daß ihm das Schlimmste noch bevorstand.

Er verdrängte die Angelegenheit, zog sich aus und legte sich in die Wanne. Er blieb fast eine Stunde darin liegen und überdachte die Ereignisse des Tages. Er sinnierte darüber, wie sich der Schwerpunkt seines Interesses seit seiner Ankunft in Landover verschoben hatte. Zu Anfang hatte er herausfinden wollen, ob das, was er sah und erlebte, Wirklichkeit war oder durch raffinierte Effekte hervorgerufen wurde. Und jetzt fragte er sich, was er hier zu suchen hatte. Questors Enthüllungen über den Zustand des Königreiches waren mehr als nur entmutigend. Er hatte eine Million Dollar für einen Thron gezahlt, der weder über ein Heer noch über einen Hofstaat, geschweige denn eine gefüllte Schatzkammer oder ein funktionierendes Steuersystem verfügte. Er stellte fest, daß er noch eher zu glauben bereit war, daß Landover tatsächlich einer anderen Welt angehörte, in der es Zauberei wirklich gab, als zu akzeptieren, daß er einen Königsthron erworben hatte, der weder über Macht noch über Mittel verfügte.

Er war vielleicht ungerecht, schalt er sich. Er hatte für den Thron bezahlt, aber auch für das Land. Und das Land schien genau das zu sein, was im Angebot gestanden hatte. Darüber hinaus war es kein Wunder, daß in Landover nach zwanzig Jahren ohne König alles ein wenig verkommen war. Ein funktionierendes Steuersystem, ein geordnetes Heer, volle Schatzkammern waren unter solchen Umständen nicht zu erwarten. Es war verständlich, daß man bei ihm eine gewisse Anstrengung voraussetzte, damit die Dinge wieder normalisiert würden.

Wozu machte er sich also solche Gedanken? Gemessen an dem, was er ursprünglich erwartet hatte, war Landover weit mehr, als er je hätte hoffen können, nicht wahr?

Doch Abernathys versteckte Warnung und seine eigenen Zweifel nagten dennoch weiter an ihm, und irgendwie konnte er die Sache nicht ruhen lassen. Er stieg aus der Wanne und trocknete sich ab. Das Badewasser hatte während der ganzen Zeit eine gleichbleibende Temperatur behalten. Auch der Raum war angenehm – sogar der Steinboden unter seinen nackten Fußsohlen fühlte sich warm an. Ein seltsames Pulsieren lag in der Luft, fast, als atme die Burg...

Er schob den Gedanken beiseite. Jetzt war nicht der Moment, um darüber nachzudenken. Er zog Strümpfe an, locker sitzende Unterhosen, die sich mit Bändern verschließen ließen, ein paar waldgrüne Kniehosen mit einem Gürtel, und ein cremefarbenes Hemd mit Schlaufen und metallenen Haken. Das Fehlen von Knöpfen, Gummizügen und Reißverschlüssen war ungewohnt, doch die Kleider waren bequem und paßten ihm.

Er hatte gerade die weichen Lederstiefel angezogen und begonnen, sich zu fragen, wo Abernathy wohl abgeblieben war, als Questor in der Tür erschien.

»Nun, Hoheit, Ihr macht einen ausgeruhten und erfrischten Eindruck.« Der Zauberer lächelte – ein bißchen zu strahlend, dachte Ben. »War das Bad zu Eurer Zufriedenheit?«

»Durchaus«, lächelte Ben zurück. »Questor, warum hören wir nicht mit diesem Affentheater auf und...«

»Diesem was?«

»Affentheater.« Ben zögerte und suchte nach einem besseren Wort. »Dieser... dieser Augenwischerei.«

»Augenwischerei?«

»Dem gesellschaftlichen Getue, verdammt noch mal! Ich will endlich genau wissen, in was ich da reingeschliddert bin! Was heißt es, König von Landover zu sein?«

Questor nickte nachdenklich mit dem Kopf. »Ach so, jetzt verstehe ich Euch. Wie wäre es, wenn ich Euch genau das zeigen würde?«

»Das wäre ausgezeichnet, wirklich.«

»Gut, also dann folgt mir bitte.« Der Zauberer wandte sich um und ging voraus.

Er führte Ben düstere Korridore entlang zu einer Wendeltreppe. Wortlos stiegen sie hinauf. Oben angekommen bat Questor Ben, seine Handflächen fest gegen ein Relief zu drücken, das den Ritter und die Burg auf dem Medaillon darstellte. Es war in das massive

Holz einer metallbeschlagenen Eichentür geschnitzt, die sich geräuschlos öffnete.

Sie betraten eine halbrunde Terrasse hoch oben in den Nebeln und Wolken des Abendhimmels, auf Hüfthöhe begrenzt von einem silbernen Geländer mit einer Art Lesepult in der Mitte. Ben sah Questor fragend an. Es sah aus, wie eine Rednertribüne, von der aus königliche Ansprachen an irgendein in den Wolken schwebendes Publikum gehalten würden.

»Das ist der Schauinsland«, erläuterte Questor. »Haltet Euch hier an der Reling fest, Hoheit.«

Ben tat, wie ihm geheißen. Das Silber der Reling und des Pultes war auch von dem Belag angegriffen, doch Ben konnte darunter Tausende von eingravierten Figuren erkennen, die ein unendlich geduldiger Graveur eingeritzt haben mußte. Questor wühlte in seinen vielen Taschen herum und holte jene abgegriffene Landkarte hervor, die er Ben schon einmal gezeigt hatte, als er zu erklären versucht hatte, warum Ben Landoverianisch sprechen und verstehen konnte.

Er faltete die Karte sorgfältig auseinander und breitete sie auf dem Pult aus.

»Haltet Euch mit beiden Händen gut an der Reling fest, Hoheit«, wies er Ben an.

Ben tat es, und auch Questor legte beide Hände auf das Geländer. So standen sie einen Moment und blickten in die einfallende Dämmerung hinaus.

Das Geländer wurde plötzlich warm und Ben spürte das gleiche Pulsieren, das er schon im Badezimmer erlebt hatte.

»Haltet Euch gut fest«, forderte ihn Questor auf, »und wählt auf der Karte einen Ort, den Ihr sehen möchtet. Der Schauinsland wird ihn Euch zeigen.«

Ben warf ihm einen zweifelnden Blick zu und betrachtete dann die Landkarte. Sie stellte das ganze Tal dar, und Wälder, Flüsse, Seen, Gebirge, Ebenen, Täler, Brachland und Städte waren in verschiedenen Farben eingezeichnet und mit Namen versehen. Die Farben waren verblaßt und das Pergament abgenutzt. Ben ließ seine Augen einen Moment auf Silber Sterling verweilen und dann zu jener finsteren, unheimlichen Senke wandern, die ihm schon früher am Tag aufgefallen war. Der Name war unleserlich geworden.

»Dort«, deutete er mit einer Kopfbewegung. »Die Niederung nördlich von hier. Zeigt mir die.«

»Der Tiefe Schlund?« fragte Questor mit leiser Stimme. »Gut. Haltet Euch am Geländer fest, Hoheit. Atmet tief ein und konzentriert Euch auf die Landkarte.«

Ben klammerte sich fest und starrte auf die Landkarte und die eingezeichnete Niederung. Die Nebelschwaden, die Silber Sterling umspielten, wirbelten wie Schleier um sie herum, und die einbrechende Dunkelheit vertiefte die Schatten. Die Zeit blieb stehen. Neugierig blickte er zu Questor.

»Konzentriert Euch auf die Karte, Hoheit.«

Ben schaute wieder auf die Landkarte und konzentrierte sich.

Plötzlich versank die Burg unter ihm. Festungsmauern, Türme und Gebäude lösten sich in Nichts auf, die Nebel schwanden, und der klare, sternenübersäte Nachthimmel wölbte sich über ihm. Er flog durch die Lüfte und hielt sich nur an der Silberreling und dem Pult fest. Mit vor Schreck geweiteten Augen starrte er in die Tiefe. Unter ihm flog das Tal vorbei, gespenstisch im Mondlicht schimmernd.

»Questor!« schrie er angsterfüllt und klammerte sich an das Geländer.

Der Zauberer war neben ihm. Mit einer Hand drückte er die Bens.

»Habt keine Angst, Hoheit«, beruhigte er ihn gelassen und so selbstverständlich, als stünden sie noch immer auf dem Turm. »Das ist nur Magie. Solange Ihr Euch am Geländer haltet, lauft Ihr keinerlei Gefahr.«

Ben klammerte sich mit aller Gewalt an die Reling, so daß seine Knöchel weiß hervortraten. Obwohl er das Gefühl hatte, sich fortzubewegen, waren weder Wind noch Lufthauch zu spüren. Auch die Landkarte lag völlig still. Er hielt den Atem an und beobachtete, wie die Landschaft gut hundert Meter unter ihm vorbeiglitt. Landovers Monde waren inzwischen alle aufgegangen und hingen wie farbige Kugeln am Himmel, pfirsichfarben, altrosa, jadegrün, meergrün, fahllila, türkis und – der größte von ihnen – leuchtendweiß. Ben hatte dergleichen noch nie gesehen. Es kam ihm vor wie ein stehengebliebenes Feuerwerk.

Langsam fühlte er sich etwas sicherer und konnte sich ein bißchen entspannen. Er war einmal in einem Heißluftballon geflogen, daran erinnerte ihn dieser Flug.

Sie kreisten in sanftem Bogen über den Nebeln des Elfenreiches in den Bergen.

»Hier ist Landovers Magie geboren, Hoheit«, erläuterte Questor unvermutet. »Das Elfenreich ist der Ursprung der Magie – ein zeitloser Ort ohne Grenzen, allgegenwärtig und immerwährend. Es berührt alle Welten und hat Zugang zu allen. Passagen führen hindurch, welche die äußeren Welten miteinander verbinden. Man nennt sie Zeittunnel, Korridore, die von einer Welt in die andere reichen. Einen davon habt Ihr benutzt, als Ihr aus Eurer Welt nach Landover gekommen seid.«

»Heißt das, daß sich die Elfenreiche *zwischen* meiner Welt und Landover befinden?« fragte Ben und stellte fest, daß er laut brüllte, um sich verständlich zu machen, und daß das völlig überflüssig war.

Questor schüttelte den Kopf. »Nicht genau. Das Elfenreich ist ein ephemerer Ort des Nichtseins, Hoheit. Es ist und ist gleichzeitig nicht, es ist gleichzeitig überall und nirgends. Es kann nicht aus sich heraus bestehen, dennoch ist es die Urquelle aller Dinge. Versteht Ihr?«

Ben lachte. »Kein Wort!«

»Nun, dann versucht, es Euch so vorzustellen: Es liegt näher an Landover als an den anderen Welten, die es berührt. Landover ist eine Art Adoptivkind.«

Ein merkwürdiger Vergleich, fand Ben. Er dachte darüber nach und beobachtete, wie die Nebel unter ihm vorbeiglitten. Sie flogen jetzt tiefer und näherten sich dem Tiefen Schlund: Ein finsterer, dichter Urwald, eng an das hohe Gebirge geschmiegt, welches das Tal auf der Nordwestseite begrenzte. Über allem lag Schatten, und die Nebel des Elfenreiches, die das ganze Tal umgaben, schienen hier bis in die Unergründlichkeit des Tiefen Schlundes zu reichen wie der Zipfel eines Lakens.

»Hier haust die Hexe Nachtschatten«, berichtete Questor. »Man sagt, sie sei vor so langer Zeit aus dem Elfenreich gekommen, daß außer ihr sich niemand mehr daran erinnert. Es heißt, sie hätte sich in die Welt der Sterblichen begeben, um sich einen Liebhaber zu suchen. Seither ist sie hier, denn sie kann nie mehr zurückkehren.«

Ben strengte seine Augen an, um in der schwarzen Tiefe etwas zu erkennen. So hätte er sich den Eingang zur Hölle vorgestellt.

Dann flogen sie weiter. Ben wählte Ortsnamen auf der Karte aus. Sie besuchten das Land des Flußherren, eines anderen Geschöpfs aus dem Elfenreich. Er hatte menschenähnliche Gestalt angenommen und die Flüsse und Seen der südlichen Talhälfte zu seiner Heimat erkoren, wo er über die dort in den Wassern lebenden Schrate und Nymphen regierte. Sie überflogen die Hügel und Schluchten nördlich des Tiefen Schlundes, die von zahlreichen Stämmen von Gnomen, Trollen und Kobolden bevölkert waren. Manche von ihnen arbeiteten als Bergleute, Bauern, Jäger oder Händler, manche betätigten sich als Diebe und Räuber. Manche waren ehrlich und fleißig, andere nichtsnutzig und bösartig. Manche waren freundlich, andere nicht. Questor erteilte geduldig Auskunft. Die Herren des Grünlandes befehligten das ganze Zentraltal mit den großen Anbaugebieten und umfangreichen Viehherden. Es gab ein paar wenige wohlhabende Familien, deren Abstammung über viele Generationen zurückverfolgt werden konnte, Feudalherren, deren Untergebene als Knechte die Arbeit für ihre Herren taten.

»Sklaven?« fragte Ben entsetzt.

»Knechte!« betonte Questor. »Sie sind freie Menschen, doch sie erhalten für ihre Arbeit nur, was ihre Herren ihnen zumessen.«

Sklaven, dachte Ben im stillen, welchen Namen man ihnen sonst auch geben mochte...

Questor sprach weiter, doch Ben hörte den Rest der Erklärungen nicht. Seine Aufmerksamkeit war von etwas Neuem in Anspruch genommen. Zunächst hatte er es für ein besonders dunkles Stück Landschaft vor einem von Landovers Monden gehalten. Dann stellte er fest, daß es sich bewegte.

Es kam auf sie zu.

Ein riesiger, geflügelter Schatten kam von Süden her geflogen. Je mehr er sich näherte, desto mehr schien er Form anzunehmen. Häutige, weitgespannte Schwingen trugen einen massigen, schuppengepanzerten Körper, der schlangenartig durch die Lüfte wogte.

Es war der Drache.

»Questor!« flüsterte Ben heiser.

Der Zauberer sah sich um. »Strabo!« Auch er flüsterte, doch es klang fast so etwas wie Verehrung in seiner Stimme.

Sie stoppten ihren Flug, blieben einfach in der Luft hängen. Der Drache flog so nah an ihnen vorbei, daß er sie fast gestreift hätte. Er sah sie nicht, denn sie waren wohl nicht sichtbar, doch Ben hatte den Eindruck, als spüre die Kreatur ihre Gegenwart. Der gepanzerte Schädel wandte sich in ihre Richtung, die rotunterlaufenen Augen starrten herüber, und das stachlige Maul fletschte die Zähne. Ein scharfes, angsteinflößendes Fauchen zerriß die Stille der Nacht.

Doch der Drache zog unbeirrt weiter nach Nordosten, ohne seinen Kurs oder seine Geschwindigkeit zu ändern. Sie sahen ihm nach, bis er verschwunden war.

»Mein Gott!« flüsterte Ben. Sein Abenteuerdurst war plötzlich gestillt. Er starrte in die Tiefe, über der sie noch immer bewegungslos schwebten. »Verdammt! Mir reicht's, Questor. Bringt mich zurück!«

»Die Landkarte, Hoheit«, erwiderte Questor ruhig. »Fixiert Euren Blick auf die Karte und auf Silber Sterling.«

Ben zögerte nicht. Er wollte dringend wieder festen Boden unter den Füßen haben. Kaum hatte er Silber Sterling auf der Landkarte ins Auge gefaßt, waren sie zurück auf dem Turm und schauten hinaus in den nächtlichen Nebel.

Er zog die Hände vom Geländer zurück, als ob er sich daran verbrenne, und machte einen Schritt rückwärts. »Das Ungetüm ... das war der Drache, den ich im Wald getroffen habe«, erklärte er außer Atem.

»Ja, Hoheit, das war er. Er heißt Strabo. Er lebt im Osten, dort, wo Brachland und Gestrüpp vorherrschen.«

Ben faltete die Arme vor der Brust und sagte kalt: »Er war zum Anfassen nah.«

»Das kam Euch nur so vor, Hoheit. Die Magie hat das vorgespiegelt. In Wirklichkeit haben wir diesen Turm nicht verlassen.« Questors Lächeln fiel etwas schief aus.

»Den Turm nicht verlassen?«

»Ihr könnt es irgendwann selbst einmal ausprobieren, Hoheit.

Die Magie des Schauinsland ist Euch gefügig, und Ihr habt gesehen, wie man sie einsetzt.«

»Nur zu gut, danke!«

»Habt Ihr also für heute genug über Landover erfahren? Was hieltet Ihr nun von einem Abendessen?«

Ben hatte sich wieder gefaßt. »Abendessen wäre mir jetzt sehr angenehm.« Er holte tief Luft. »Sind damit irgendwelche Überraschungen verbunden? Wenn ja, dann möchte ich es bitte sofort wissen, nicht erst danach.«

Der Zauberer öffnete die Turmtür. »Nein, Hoheit. Das Abendessen sollte keinerlei Überraschungen bringen. Im Gegenteil, es dürfte recht erquicklich sein. Kommt.«

Wieder gingen sie durch endlose Flure, Säle und Treppenhäuser, bis sie den Speisesaal erreichten. Ben hatte noch immer einen Haufen Fragen, die eine Antwort verlangten, doch jetzt war er müde und hungrig, und die Fragen mußten warten.

Er ließ sich zum Tisch geleiten und setzte sich. Sein Magen knurrte, und seine Glieder entspannten sich etwas. Er hatte es, ohne sichtbar Schaden zu nehmen, überlebt. Wenn es nicht schlimmer wurde...

»Möchtet Ihr etwas Wein, Hoheit?« unterbrach Questor seine Gedanken. Der Tag war um, es war dunkel im Saal. Questor hob die Hand, und die Lüster leuchteten auf. Sie verbreiteten ein sanftes, goldenes Licht, ohne Flammen, ohne Rauch und ohne sichtbare Energiequelle. »Ein weiteres kleines Stück Magie«, lächelte der Zauberer. »Wie ist das, mögt Ihr ein wenig Wein?«

Ben lehnte sich im Stuhl zurück. »Ja, gerne, und laßt die Flasche gleich hier.«

Questor gestikulierte, und der Wein erschien an seinem Ellenbogen. Der Zauberer nahm auf dem Stuhl rechts von Ben Platz. Auf der anderen Seite saßen Abernathy und Bunion. Parsnip würde sich sicher auch dazusetzen, wenn er das Essen gebracht hätte. Wie eine große, glückliche Familie!

Ben wandte sich an den Zauberer: »Daß das ganz klar ist, Questor – keine Überraschungen mehr! Ich will alles erfahren. Ich will mehr über das Medaillon wissen. Ich will von Meeks wissen. Ich will wissen, wer Landover verkauft hat, und warum. Ich will ausnahmslos alles wissen!«

Abernathy legte die Pfoten auf den Tisch und sah Ben über den Rand seiner Brille hinweg an. »An Eurer Stelle, Hoheit, würde ich erst einmal von dem Wein kosten.«

Er warf Bunion einen vielsagenden Blick zu, der lächelte und fauchte und seine Zähne sehen ließ.

Ben griff nach dem Weinglas.

Er hatte einen guten Teil der Flasche ausgetrunken, als Parsnip schließlich mit dem Essen kam. Der Kobold brachte einen Rinderbraten mit Gemüse, frisch gebackenes Brot, Käse und Gebäck. Was immer sonst im argen lag, dachte Ben, zu verhungern schien man hier nicht.

Er aß zwei Teller von dem Schmorbraten, Brot und Käse, trank noch ein paar Gläser Wein und dachte an Annie und Miles und an das, was er hinter sich gelassen hatte. Questor und Abernathy stritten sich über alles mögliche, von der Zusammenstellung eines ausgewogenen Mahles bis hin zu der Rolle der Magie in der Gesundheitspflege. Die Kobolde grinsten und langten kräftig zu. Als die Schüssel ein weiteres Mal herumgereicht wurde, fand Questor den Braten zu kalt und bat, er möge aufgewärmt werden. Parsnip fauchte und fletschte die Zähne, und Abernathy war der Meinung, man solle ihn lieber kalt essen. Schließlich beendete Questor den Streit, indem er seine Zauberkraft einsetzte, um den Kessel zu erwärmen. Aber der Kessel explodierte und setzte den Tisch und alles, was darauf stand, in Flammen. Alle sprangen auf, schrien, fauchten und bellten durcheinander, und als Questor alles wieder gutzaubern wollte, begann es im Speisesaal zu regnen.

Da hatte Ben die Nase voll. Mit dem Weinglas in der Hand, geführt von Abernathy, zog er sich in die königlichen Schlafgemächer zurück. Morgen, so sagte er sich, als er sich in die Kissen fallen ließ, morgen ist ein neuer Tag.

Die Krönung

Möglicherweise wäre der neue Tag sogar ein besserer Tag gewesen, doch Ben bekam nie die Gelegenheit, das herauszufinden.

Er träumte die wildesten Träume. Er träumte, daß Annie wieder lebte. Mit ihr zusammen zu sein und sie zu lieben, war das größte Glück, getrübt nur durch das unterschwellige Wissen, daß er sie ein zweites Mal verlieren würde. Er träumte, daß er mit Miles in Chicago herumspazierte, wo überall Blaubonnies wuchsen, und Miles ihn zynisch und von oben herab darauf hinwies, daß er es ja alles vorhergesagt habe. Er träumte von Anwälten und Gerichtssälen, wo Kobolde aus Zeugenständen fauchten und Richter strubbelige Hundeköpfe hatten. Er träumte von Wolkenkratzern und betonierten Parkwegen, über die ein nachtschwarzer Drache hinwegbrauste. Er träumte von Dämonen und Rittern, von Gesichtern im Nebel und von Burgen, die so strahlend leuchteten, wie die Sonne selbst.

Als er wieder erwachte, war heller Morgen. Er befand sich in seinem königlichen Schlafgemach mit Wandteppichen und Seidenvorhängen, polierten Eichenmöbeln und heraldischen Steinskulpturen. Er lag im königlichen Bett aus eisenbeschlagenem Eichenholz, das aussah, als würde es auch als Schiff taugen. Er erkannte, daß es Morgen sein mußte, obwohl das Licht, das durch die hohen Bogenfenster drang, vom Nebel milchig grau gefärbt wurde. Es war still, totenstill. Die Burg war wie ein Steinsarg.

Dennoch strahlte sie eine gewisse Wärme aus. Silber Sterling machte den Eindruck eines finsteren Verlieses und besaß nicht einmal so viel anheimelnden Reiz wie der spartanischste Wolkenkratzer aus Chrom und Stahl in Chicago, doch innen war sie richtig gemütlich. Boden und Wände fühlten sich warm an. Die Wärme war in der Luft, trotz Nebel und Grauschleier. Sie durchströmte das Gebäude wie Lebenssaft. Die Burg war, wie Questor Thews behauptet hatte, ein Lebewesen.

Das Erwachen in ihren Mauern war angenehm. Ben fühlte sich geborgen und heimelig, so wie man sich fühlt, wenn man in seinen eigenen vier Wänden aufwacht.

Ben räkelte sich und öffnete die Augen. Questor Thews saß auf einem hochlehnigen Stuhl neben dem Bett und sah ihn an.

»Guten Morgen, Ben Holiday«, grüßte ihn der Zauberer.

»Guten Morgen«, erwiderte er, und die gute Laune war mit einem Mal verflogen, denn die Enthüllungen, die der Zauberer ihm am Vorabend gemacht hatte – daß er ein König ohne Gefolge, ohne Heer und ohne Finanzmittel war – fielen ihm wieder ein.

»Habt Ihr wohl geruht, Hoheit?«

»Ja, danke.«

»Ausgezeichnet. Ein anstrengender Tag steht Euch bevor.«

»Wirklich?«

»Ja, Hoheit.« Questor strahlte. »Heute findet Eure Krönung statt. Heute werdet Ihr zum König von Landover gekrönt.«

Ben war überrascht. »Heute?« Er hatte ein seltsames Schwindelgefühl in der Magengegend. »Einen Moment mal, Questor. Wieso ist die Krönung *heute?* Sagtet Ihr nicht gestern, daß es *ein paar Tage* dauern würde, bis Ihr alle, die benachrichtigt werden müssen, erreicht hättet?«

»Tja, nun ... also, ich gebe zu, daß ich das gesagt habe.« Das Eulengesicht des Zauberers sah aus wie das eines schuldbewußten Kindes. »Die Sache ist die: Es war nicht gestern, als ich davon gesprochen habe.«

»Es war nicht gest...«

»Es war nicht gestern, weil heute nicht morgen ist.«

Ben saß plötzlich kerzengrade auf seinem Bett. »Was zum Teufel soll *das* heißen?«

Questor Thews lächelte. »Hoheit, Ihr habt eine Woche durchgeschlafen.«

Ben starrte ihn an. Der Zauberer starrte zurück. Es war so still im Raum, daß Ben seinen eigenen Puls hören konnte.

»Wie ist es möglich, daß ich eine ganze Woche geschlafen habe?« fragte er schließlich.

Questor faltete seine Hände. »Erinnert Ihr Euch an den Wein, den Ihr getrunken habt – den Wein, den ich herbeigezaubert habe?« Ben nickte. »Tja, ähm, nun, ich habe ihm einen Spritzer Schlaftrunk beigefügt, damit Ihr einen erquicklichen Schlaf hättet.« Er machte eine vage Geste mit der Hand. »Es brauchte nur eine kleine Nuance in der Stimmlage und eine winzige Verdrehung der Hand, doch das Problem ist, daß ich wohl ein wenig zu viel des Guten getan habe. So wurde aus dem Spritzer ein großer Schluck, und Ihr habt eine ganze Woche geschlafen.«

»Nur ein ganz kleiner Zauberfehler, nicht wahr?« Ben war vor Wut rot angelaufen.

Questor rückte unbehaglich auf seinem Stuhl hin und her. »Ich fürchte, ja, Hoheit.«

»Ich fürchte, nein, mein Lieber! Für wie blöd haltet Ihr mich eigentlich? Ihr habt das doch mit Absicht gemacht, oder? Ihr habt mich eingeschläfert, um mich hier festzuhalten!« Ben zitterte vor Zorn. »Meint Ihr, ich hätte die zehntägige Rückgabefrist in meinem Vertrag vergessen? Mir sind zehn Tage zugesichert worden, innerhalb derer ich in meine eigene Welt zurückkehren und mein Geld abzüglich der Verwaltungsgebühren zurückverlangen kann. Erzählt mir doch nicht, daß Ihr das nicht wußtet! Acht von den zehn Tagen sind rum. Das paßt Euch wohl gut in den Kram, nicht wahr?«

»Einen Augenblick, bitte.« Questor hatte sich vor Entrüstung ganz steif aufgerichtet. »Wenn es wirklich meine Absicht gewesen wäre, Euch in Landover festzuhalten, Hoheit, dann hätte ich Euch von dem Schlaftrunk und den verschlafenen acht Tagen nichts gesagt! Ich hätte Euch einfach in dem Glauben gelassen, es sei erst Euer zweiter Tag in Landover, und die zehn Tage wären vergangen, ehe Ihr es überhaupt gemerkt hättet!«

Ben sah ihn eine Weile schweigend an und ließ sich dann wieder in die Kissen sinken. »Nun, da mögt Ihr wohl die Wahrheit sprechen.« Ungläubig schüttelte er den Kopf. »Und ich müßte mich sogar bei Euch entschuldigen, aber dafür bin ich, ehrlich gesagt, viel zu wütend! Euretwegen habe ich eine ganze Woche verloren! Und während ich schlief, habt Ihr dann alles organisiert, um mich zum König zu machen – Einladungen ausgesandt und alles! Zum Glück bin ich rechtzeitig aufgewacht, nicht wahr? Sonst hättet Ihr noch eine Krönung im Bett organisieren müssen!«

»Nein, nein. Nachdem ich das Problem erkannt hatte, wußte ich, daß Ihr rechtzeitig aufwachen würdet«, versicherte Questor eifrig.

»Das heißt, Ihr hofftet, daß es so sei«, warf Abernathy dazwischen, der mit einem Tablett eingetreten war. »Frühstück, Hoheit?«

Er stellte das Tablett auf dem Nachttisch ab. »Danke«, murmelte Ben, der seinen Blick noch immer auf Questor fixiert hielt.

»Ich war mir meiner Sache sicher«, erklärte der Zauberer spitz.

»Ein wunderschöner Tag für eine Krönung«, bemerkte Abernathy. Er sah Ben über den Brillenrand hinweg an. »Eure Amtsrobe ist fertig. Sie ist nach Euren Maßen geändert worden.« Nach einer kleinen Pause fügte er hinzu: »Ich hatte ja reichlich Zeit, Eure Maße zu nehmen, während Ihr schlieft.«

»Eine ganze Woche!« knurrte Ben und kaute auf einem Stück Brot herum.

Abernathy hob die Schultern. »Nicht ganz. Wir anderen haben ja auch von dem Wein getrunken, Hoheit.«

»Es war nur ein kleiner Fehler«, beharrte Questor und runzelte die Stirn.

»Ihr macht einen ganzen Haufen davon«, schnüffelte Abernathy.

»Vielleicht zieht Ihr es vor, daß ich überhaupt nicht mehr helfend eingreife!«

»Nichts wäre mir lieber!«

Ben hob beschwichtigend die Hände in die Höhe. »Bitte, das reicht jetzt!« Er sah von einem zum anderen. »Ich will keinen Streit mehr hören. Als Anwalt habe ich mein Pensum an Zwistigkeiten gehabt. Was ich brauche, sind Antworten. Ich habe gestern abend angekündigt, daß ich die ganze Hintergrundgeschichte über den Verkauf von Landover hören will – das heißt, nicht gestern, sondern das letzte Mal, als wir miteinander geredet haben. Aber das ist ja einerlei! Vielleicht wäre dies jetzt der Augenblick, um darüber zu sprechen, Questor.«

Der Zauberer erhob sich, warf Abernathy einen finsteren Blick zu und richtete dann das Wort an Ben. »Ihr sollt Eure Erklärungen bekommen, Hoheit, doch Ihr müßt Euch damit begnügen, daß ich Euch die Einzelheiten auf dem Weg zum Herzen berichte, denn die Krönung muß um zwölf Uhr mittags stattfinden, und wir müssen uns sofort auf den Weg machen, damit wir rechtzeitig dort sind.«

»Ich bin sicher, seine Vorfreude kennt keine Grenzen, Zauberer«, knurrte Abernathy leise. Dann drehte er sich zur Tür. »Hoheit, ich werde Euch sogleich Eure Gewänder bringen. Versucht, in der Zwischenzeit etwas von dem Frühstück zu Euch zu nehmen. Die Magie der Burg läßt zunehmend nach, und möglicherweise werden wir bald alle die Umgebung abgrasen müssen, um etwas Eßbares zu finden.«

Damit ging er hinaus. Questor starrte ihm grollend nach und wandte sich dann hastig zu Ben. »Was ich noch hinzufügen wollte, Hoheit, ist, daß Ihr während der verbleibenden zwei Tage genügend Zeit habt, das Medaillon zu benutzen und in Eure Welt zurückzukehren – falls Ihr das wünscht.«

Er zögerte und folgte dann Abernathy hinaus. Ben wartete, bis er gegangen war. »Eine ganze Woche!« murmelte er vor sich hin, schob das Frühstückstablett beiseite und kletterte aus dem Bett.

Eine Stunde später brachen sie auf, Ben, Questor, Abernathy und die beiden Kobolde. Sie verließen Silber Sterling und die öde Insel auf dem Seegleiter, der sie geräuschlos über das trübe Wasser zu den Wiesen am anderen Ufer trug. Von dort betraten sie wieder den Wald und die Nebel.

»Ich schlage vor, daß ich am Anfang beginne«, meinte Questor zu Ben, als sie den Waldrand erreicht hatten. Sie gingen Schulter an Schulter ein paar Schritte vor den anderen her, der Zauberer mit seinem seltsamen Gang, gebeugtem Rücken und vorgestrecktem Kopf. Abernathy, der das Zeremonialgewand, die Krone und die Amtskette bei sich hatte, folgte mit den beiden Kobolden. »Die Probleme begannen nach dem Tod des alten Königs vor mehr als zwanzig Jahren. Damals war alles anders gewesen. Der alte König war von allen Völkern von Landover respektiert worden. Fünf Generationen lang hatte seine Familie das Land gut regiert. Niemand hatte seine Herrschaft in Frage gestellt – nicht einmal Nachtschatten oder der Markus hatten ihn herausgefordert. Es gab ein Heer, einen Hofstaat und Gesetze, die alles regelten. Die Schatzkammern waren gefüllt, und die Magie beschützte den Thron. Silber Sterling war nicht von dem Belag befallen; sie glänzte und glitzerte, als sei sie gerade erst gebaut worden, und die Insel, auf der sie steht, war der schönste Ort im ganzen Land. Überall wuchsen Blumen, die Sonne schien, und weder Nebel noch Wolken trübten ihren Schein.«

Ben, der Hemd und Hosen aus roter Seide und kniehohe Lederstiefel mit Silberborten trug, sah den Zauberer mißtrauisch an. »Questor, tut mir leid, das sagen zu müssen, aber Eure Geschichte klingt wie ein schlechtes Märchen.«

»Es wird noch schlimmer, Hoheit. Der alte König starb, und der Thronfolger, sein einziger Sohn, war noch ein Kind. Der Betreuer des Jungen war ein Zauberer mit außerordentlichen Fähigkeiten, doch von zweifelhafter Gesinnung. Der Zauberer war dem Jungen mehr ein Vater als der alte König, denn er war es, der sich nach dem Tod der Königin und während der häufigen Abwesenheit des Königs vom Thron um den Kleinen gekümmert hatte. Der Junge war ein bösartiges Kind, das sich in Landover langweilte und keine Lust verspürte, die Verantwortung, die der Thron von ihm verlangt hätte, zu tragen. Der Zauberer nutzte diese Schwäche aus. Er hatte seinerseits nach einer Möglichkeit gesucht, dem, was er als eine beengende Existenz in Landover betrachtete, zu entkommen; er war damals Hofzauberer – der Posten, den ich jetzt innehabe –, und er glaubte sich für höhere Aufgaben geschaffen. Doch ein Hofzauberer ist durch einen magischen Eid an Thron und Land gebunden, sofern ihn der Thron nicht entläßt. Also nützte er seine beachtliche Wortgewandtheit, um den Jungen zu überzeugen, daß sie gemeinsam Landover verlassen sollten.«

Er unterbrach sich und sah Ben von der Seite her an. »Der Zauberer ist mein Halbbruder, Hoheit. Ihr kennt ihn besser unter dem Namen Meeks.«

»Hohoo!« entfuhr es Ben. »Mir geht ein Licht auf!«

»Hmmm?«

»Nur so eine Redeweise. Und würdet Ihr bitte aufhören, *hmmmmmm* zu sagen? Meine senile Großmutter pflegte das jedesmal zu machen, wenn ich sie ansprach, und das hat mich fast zum Wahnsinn getrieben!«

»Ich bitte um Verzeihung. Also, die Schwierigkeit, Landover zu verlassen, liegt darin, daß man nichts mitnehmen kann. Die Magie läßt das nicht zu. Weder mein Halbbruder noch der Sohn des alten Königs wollten sich damit abfinden. Also heckten sie den Plan aus, den Thron an jemanden aus einer anderen Welt zu verkaufen. Wenn sich ein Käufer fand, konnten sie den Kaufpreis in jener anderen Welt kassieren und somit die Gesetze umgehen, die sie hinderten, etwas mitzunehmen. Auf diese Weise würden sie sorglos leben können, wo immer sie hingingen.«

»Und wie sind sie auf meine Welt verfallen?« wollte Ben wissen.

»Nachforschungen«, lächelte Questor. »Die Bewohner von Eurer Welt schienen sich am ehesten für das Leben hier begeistern zu lassen. Landover scheint den Phantasien und Träumen Eurer Welt zu entsprechen.«

Ben nickte. »Außer, daß es denen in der Realität dann doch nicht entspricht.«

»Ja, nun.« Questor räusperte sich. »Zeit verstrich, während mein Halbbruder den Sohn des alten Königs bearbeitete, dieser das Mannesalter erreichte und sie gemeinsam ihren Plan ausheckten, wie sie ihre Bindung an Landover durchbrechen könnten. Der Sohn hatte so oder so den Thron nie übernehmen wollen; er wollte nur sichergehen, daß er, wo immer er künftig leben würde, gut versorgt war. Jetzt oblag es meinem Halbbruder, eine Möglichkeit zu finden, den Plan in die Tat umzusetzen. Das war nicht ganz leicht und brauchte einige Zeit. Inzwischen verfiel das Königreich. Die Magie schöpft ihre Energie aus der Intensität, mit der man sich seiner Aufgabe hingibt, und das tat keiner von den beiden. Die Schatzkammern leerten sich. Das Heer löste sich auf. Das Gesetzeswesen brach zusammen. Die Bevölkerung verlor das Gefühl von Einheit und bildete bewaffnete Lager. Der Handel zwischen ihnen erstarb fast völlig. Silber Sterling war herrenlos und hatte keinen Hofstaat mehr, der nach ihr sah. Der Belag machte sich breit. Auch das Land war betroffen und verkam und verrottete zusehends. Mein Halbbruder und der Sohn des alten Königs mußten nun... äh, wie sagt man noch in Eurer Welt?... ach ja: sie mußten einem ahnungslosen Käufer die Katze im Sack verkaufen.«

Ben blickte wie hilfesuchend in die Baumwipfel hinauf. »Meine Güte, Questor! Ihr habt so eine Art zu reden!«

»Ja. Aber seht doch, Hoheit. Es müßte nicht so sein. Das versuche ich, Euch die ganze Zeit zu erklären. Ein starker und weiser König kann Landover wieder zu dem machen, was es einst war. Das Gesetzeswesen kann neu errichtet werden – ganz besonders von jemandem wie Euch, der etwas davon versteht. Die Schatzkammern können wieder gefüllt werden, das Heer kann wieder aufgebaut und der Belag kann entfernt werden. Deshalb habe ich die Rolle des Hofzauberers übernommen. Deshalb habe ich mich bereit erklärt, meinem Halbbruder bei der Suche nach einem Käufer behilflich zu sein. Ich habe sogar den Text für die Anzeige verfaßt.«

»Die ganze Lügengeschichte im Katalog stammte von Euch?« fragte Ben überrascht.

»Ich schrieb den Text, um den Richtigen anzulocken, jemanden mit Weitsicht und Mut!« Mit knochigem Zeigefinger fuchtelte er vor Bens Nase herum. »Und es sind keine Lügen!« Questor ließ die Hand sinken, und sein Gesichtsausdruck wurde nachdenklich. »Ich tat, was nötig war, Hoheit. Landover muß gerettet werden. Man hat es verkommen lassen, und mit dem Verlust der Magie wird es vollständig zugrunde gehen.«

»Diese Rede haben wir schon oft gehört, Questor«, murmelte Abernathy aus dem Hintergrund. »Seid so lieb und laßt sie ruhen.«

Der Zauberer wandte sich ärgerlich um. »Ich sage nur, was gesagt werden muß. Wenn Ihr der Rede müde seid, dann verschließt Eure Ohren.«

»Questor, ich verstehe das alles nicht.« Ben brachte das Gespräch wieder zurück zum Thema. »Wenn Euch Landovers Bedürfnisse so am Herzen liegen, warum habt Ihr dann überhaupt zugelassen, daß der Sohn des alten Königs und Euer Halbbruder das Land so ruinierten? Was habt Ihr in all den Jahren nach des Königs Tod getan? Wo wart Ihr, als der Thron leerstand?«

Questor hob die Hände. »Bitte, Hoheit, nur eine Frage auf einmal!« Er rieb sich das bärtige Kinn. »Ihr müßt verstehen, daß ich damals nicht Hofzauberer war. Das war mein Halbbruder. Und auch wenn es mir schwerfällt, das zuzugeben, muß ich sagen, daß ich bei weitem nicht der große Zauberer bin, der mein Halbbruder ist. Im Vergleich zu ihm bin ich ein Stümper und bin es immer gewesen.«

»Wo sind Feder und Papier?« rief Abernathy. »Das hätte ich gerne schriftlich gehabt!«

»Doch seit ich Hofzauberer bin, habe ich große Fortschritte gemacht«, fuhr Questor fort, ohne den Hund zu beachten. »Ich hatte keinen Posten am Hof, als mein Halbbruder dort in Diensten stand – ich war ein überalterter Lehrling, zu alt, um zu bleiben, doch ohne die Möglichkeit, irgendwo anders im Königreich Arbeit zu finden. Ich reiste ziemlich viel, war bemüht, etwas über die Elfenmagie zu erfahren, versuchte, Arbeit zu finden, um die Zeit zu füllen. Einige Jahre nach des Königs Tod rief mich mein Halbbruder wieder nach Hause, damit ich ihm bei der Verwaltung des Hofes zur Hand ginge. Er unterrichtete mich von seiner Absicht, Landover endgültig zu verlassen. Er ließ mich wissen, daß der Sohn des alten Königs beschlossen habe, den Thron zu verkaufen und mit ihm zu gehen. Er ernannte mich zum Hofzauberer und Ratgeber des neuen Königs.«

Questor blieb stehen und blickte Ben ins Gesicht. »Er dachte, ich würde ihm wenig Unannehmlichkeiten bereiten, da ich sowieso nur ein mittelmäßiger Zauberer bin und eine verkrachte Existenz. Er meinte, ich wäre so glücklich, wenn ich den Posten des Hofzauberers hätte, daß ich allem, was er von mir wollte, nachgeben würde. Ich habe ihn in dem Glauben gelassen, Hoheit. Ich tat so, als machte ich alles mit, denn es war der einzige Weg, dem Land zu helfen. Ein neuer König mußte gefunden werden, wenn Landover gerettet werden sollte. Ich war entschlossen, diesen König zu finden. Ich überredete sogar meinen Halbbruder, mich den Wortlaut der Anzeige aufsetzen zu lassen, die den neuen König nach Landover locken würde.«

»Und da bin ich nun«, fügte Ben hinzu.

»Da seid Ihr«, stimmte Questor zu.

»Um eine Million Dollar ärmer.«

»Und um ein Königreich reicher.«

»Aber mein Geld ist futsch, nicht wahr? Der Vertrag, den ich unterschrieben habe, war von Anfang an faul. Meeks und der Sohn sind mit dem Geld auf und davon, und ich bin für den Rest meiner Tage hier festgenagelt, ist das so?«

Questor sah ihn lange an. Dann schüttelte er den Kopf. »Nein, Hoheit. Ihr braucht nicht länger hierzubleiben, als Ihr wollt. Der Vertrag ist gültig, und das Geld liegt für Euch bereit, wenn Ihr innerhalb von zehn Tagen zurückgeht.«

»Der Teufel soll mich holen«, flüsterte Ben. Jetzt war er es, der den anderen lange und prüfend anschaute. »Ihr hättet mir das nicht sagen müssen, wißt Ihr das? Ihr hättet mich glauben lassen können, daß das Geld verloren ist und ich hierbleiben muß.«

Der Zauberer sah traurig drein. »Nein, Hoheit. Das könnte ich niemals tun.«

»Natürlich könnte er das tun!« keifte Abernathy dazwischen. »Und er täte es auch, wenn er glaubte, daß er damit durchkäme.« Abernathy hockte sich plötzlich auf den Boden und kratzte sich mit der Hinterpfote am Nacken. »Glaubt Ihr, daß es hier im Wald Zecken gibt?« fragte er dann. »Ich kann Zecken nämlich auf den Tod nicht leiden.«

Schweigend setzten sie ihren Weg fort. Ben überdachte, was Questor ihm da eröffnet hatte: Der alte Meeks und der Sohn des verstorbenen Königs tun sich zusammen, machen ein gutes Geschäft mit dem Verkauf des Thrones und lassen sich mit dem Geld in einer andern Welt nieder – das klang durchaus plausibel. Doch irgendein Stein zu dem Puzzle fehlte noch. Er hatte keine Ahnung, *was* das wohl sein könnte, er wußte nur, daß da irgendwas fehlte, um das Bild vollständig zu machen, doch er kam nicht drauf. Er strengte sein Anwaltgehirn an, aber er konnte es nicht beim Namen nennen.

Nach einer Weile gab er es auf. Früher oder später würde er darauf stoßen, und im Augenblick hatte er ohnehin ein größeres Problem zu bewältigen. Acht von den zehn Tagen der ihm zustehenden Frist waren schon verstrichen. Es blieben nur heute und morgen, um zu entscheiden, ob er von dem Kauf zurücktreten wolle oder nicht. Die Möglichkeit stand ihm offen, wie Questor ihm zugesichert hatte. Er glaubte Questor. Die Frage war auch nicht, ob er konnte oder nicht, sondern ob er *wollte* oder nicht. Nichts von dem, was im Katalog angekündigt war, hatte sich bewahrheitet, oder wenn, dann nur im weitesten Sinne. Es gab Drachen und Edelfräulein und all das, es gab Magie, und er war der König – oder würde es gleich werden. Doch sein Traum hatte anders ausgesehen. Ganz anders. Und er hatte bei weitem zu viel Geld ausgegeben für das, was er dafür bekommen hatte.

Und dennoch – der Verteidiger übernahm das Wort –, etwas faszinierte ihn an der Sache. Wahrscheinlich war es die Herausforderung. Wenn er ehrlich war, mußte er sich das jetzt und hier eingestehen. Er mochte vor nichts zurückschrecken. Er mochte nicht verlieren. Es wurmte ihn, zugeben zu müssen, daß er einen Fehler gemacht hatte, als er hergekommen war und eine Million Dollar für einen Traum gezahlt hatte, der tatsächlich ein Traum war, wenn auch nicht der, den er geträumt hatte. Er war Strafanwalt mit dem Instinkt und der Starrköpfigkeit eines solchen. Er wich grundsätzlich vor keinem Kampf aus. Mit Sicherheit würde er in Landover Kämpfe durchzustehen haben, denn die Souveränität des Thrones existierte nicht mehr, und es würde einige Anstrengungen kosten, sie wiederherzustellen. Fürchtete er etwa, er könnte das vielleicht nicht schaffen? War er etwa nicht in der Lage, seine Fähigkeiten mit denen irgendeines seiner künftigen Untertanen zu messen?

Miles hätte gesagt, daß es der Mühe nicht wert sei. Miles hätte das Handtuch geschmissen und wäre in die Zivilisation zurückgekehrt – zu Fahrstühlen, Eisschränken und Taxis. Seine Berufskollegen hätten das gleiche getan.

Annie dagegen nicht. Annie hätte ihm angeraten, daß er durchstehen müsse, und sie hätte ihm beigestanden. Aber Annie war tot.

Er biß die Zähne zusammen und runzelte die Stirn. Wenn man die Sache bei Lichte betrachtete, wäre er auch so gut wie tot, wenn er jetzt aufgeben und zurückkehren würde. Deshalb hatte er sich ja in erster Linie auf das Spiel eingelassen und war hergekommen – er hatte ein neues Leben anfangen wollen, im wahrsten Sinne des Wortes. Er glaubte noch immer, daß dies hier möglich sei, daß Landover seine Heimat sein könnte. Und Geld war schließlich nichts als Geld…

Aber eine Million Dollar? Er konnte förmlich hören, wie Miles das ungläubig ausrief. Er konnte sehen, wie Miles vor Entsetzen die Hände über dem Kopf zusammenschlug.

Überrascht stellte er fest, daß er bei diesem Gedanken lächeln mußte.

Es war genau zwölf, als sich die Nebel plötzlich auflösten und die kleine Gesellschaft zwischen den Bäumen hindurch auf eine sonnige Lichtung trat, deren Gras grün, golden und karminrot schimmerte. Die Lichtung war rundum von Blaubonnies umgeben, die in regelmäßigen Abständen aufgereiht waren und sich in voller Schönheit darboten. Nur einige, die sich sehr nahe am Waldrand befanden, zeigten jenen Befall, der Ben bei seiner Ankunft in Landover aufgefallen war.

Im Zentrum der Lichtung befand sich eine Estrade aus poliertem, hellem Eichenholz mit dem Thron darauf. Auf den silbernen Eckpfeilern der Estrade standen große, nagelneue Kerzen, im Hintergrund wehten Fahnen und Banner verschiedener Farben und Insignien, und rundum hatte man eine Anzahl samtener, weißer Kniebänke und Hocker aufgestellt.

Mit großer Geste wies Questor auf die Lichtung. »Dies ist das Herz, Hoheit. Hier werdet Ihr zum König von Landover gekrönt werden.«

Ben betrachtete das glatte Holz und das glänzende Silber von Thron und Estrade, die leuchtenden Farben der Fahnen, das frisch geschnittene Gras, die kraftstrotzenden Blaubonnies. »Hier ist nichts von dem Belag zu sehen, Questor. Es sieht alles aus, als wäre es ganz neu.«

»Der Belag hat das Herz noch nicht erreicht, Hoheit. Hier ist die Magie am stärksten. Kommt.«

Schweigend gingen sie zwischen den Reihen von Kniebänken hindurch zu der Estrade in der Mitte der Lichtung. Köstliche Düfte erfüllten die warme Mittagsluft, und die Farben der Wiese und Bäume schimmerten voll Harmonie. Ben spürte den Frieden und die Ehrfurcht, der an diesem Ort herrschte, und mußte an den sonntäglichen Kirchgang in seiner Kindheit denken. Es überraschte ihn, daß er sich daran noch erinnerte.

Vor der Estrade blieben sie stehen. Ben schaute um sich. Das Herz war menschenleer. Nur am Rande, im Schatten der Blaubonnies entdeckte er ein paar heruntergekommen aussehende Hirten- und Bauernfamilien, die miteinander tuschelten und ihm ab und zu ängstliche Blicke zuwarfen. Tiefer im Waldschatten, wo das Sonnenlicht nicht hindrang, sah er eine Gruppe von Jägern, und ein Bettler in zerfetzten Lederhosen hockte unter einem welken Eichenbaum.

Außer diesen wenigen war niemand da.

Ben verzog nachdenklich das Gesicht. In den Augen dieser Leute lag ein gejagter, fast verzweifelter Ausdruck, der ihn beunruhigte.

»Was sind das für Leute?« fragte er Questor leise.

Questor warf einen kurzen Blick auf die zerlumpte Schar und meinte: »Zuschauer.«

»Zuschauer?«

»Ja, für die Krönung.«

»Und wo sind die anderen?«

»Vielleicht kommen sie zu spät«, bemerkte Abernathy, ohne die Miene zu verziehen. Hinter ihm fauchten die Kobolde leise und fletschten die Zähne.

Ben packte den Zauberer an der Schulter. »Questor, was geht hier vor? Wo sind die ganzen Leute?«

Questor rieb sich nervös das Kinn. »Es *ist* möglich, daß sich die, welche kommen, ein wenig verspäten, weil sie vielleicht von etwas aufgehalten worden sind, das nicht vorhersehbar war...«

»Einen Moment«, unterbrach Ben ihn. »Sagt mir das noch mal. *Die, welche kommen,* habt Ihr gesagt? Heißt das, daß manche nicht kommen werden?«

»Das war nur so eine Redeweise, Hoheit. Gewiß werden alle, die es einrichten können, auch erscheinen.«

Ben faltete die Arme auf der Brust und blickte dem anderen scharf in die Augen. »Und ich bin der Weihnachtsmann! Hört zu, Questor, ich bin alt genug, um einen Fuchs von einem Fuchsbau unterscheiden zu können. Also, was geht hier vor?«

Der Zauberer trat verlegen von einem Fuß auf den anderen. »Ähm... nun, also, Tatsache ist, daß wohl nur sehr wenige kommen werden.«

»Wie viele sind wenige?«

»Ein paar vielleicht.«

Abernathy trat dazwischen. »Er meint, nur wir vier, Hoheit, und die paar armen Seelen, die dort hinten im Schatten hocken.«

»Was?« Ben traute seinen Ohren nicht. »Ihr vier? Mehr nicht? Die Krönung des ersten Königs von Landover seit über zwanzig Jahren, und kaum einer nimmt teil...«

»Ihr seid nicht der erste, Hoheit«, verbesserte ihn Questor leise.

»...außer Euch vieren?«

»Ihr seid nicht der erste«, wiederholte der Zauberer.

Es herrschte ein langes Schweigen. »*Was* habt Ihr gesagt?« fragte Ben schließlich.

»Es hat andere vor Euch gegeben, Hoheit – andere Könige von Landover, seit dem Tod des alten Königs. Ihr seid nur der letzte von ihnen, der den Thron besteigt. Es tut mir leid, daß Ihr das jetzt erfahrt. Ich hätte es Euch lieber erst mitgeteilt, wenn die Krönungszeremonie...«

»Wie viele andere?« Bens Gesicht war wutrot angelaufen.

»...vorüber ist und wir... Wie sagtet Ihr?«

»Könige, verdammt noch mal! Wie viele waren das?«

Questor wand sich. »Ein paar Dutzend vielleicht. Offen gestanden habe ich den Überblick verloren.«

In der Ferne des Waldes grollte ein Donner. Abernathys Ohren richteten sich steil auf.

»Mehrere Dutzend?« Ben hatte den Donner noch nicht gehört. Seine Nackenmuskeln waren hart angespannt. »Dann kann ich verstehen, warum Ihr den Überblick verloren habt, und weshalb niemand mehr kommt!«

»Am Anfang kamen sie natürlich«, fuhr der andere mit unnatürlich ruhiger Stimme fort. »Sie erschienen, weil sie den Glauben noch hatten. Selbst als der ihnen langsam verlorengegangen war, kamen sie noch eine Weile, aus Neugierde. Aber irgendwann waren sie auch nicht mehr neugierig. Wir hatten zu viele falsche Könige, Hoheit.«

Er machte eine vage Geste in Richtung des Waldes. »Jene, die gekommen sind, kamen nur, weil sie verzweifelt sind.«

Es donnerte wieder, lauter diesmal und näher, ein dumpfes, rumpelndes Grollen, das durch den Wald dröhnte und den Boden erschütterte. Die Kobolde fauchten und legten die Ohren an. Ben fuhr herum. Abernathy knurrte.

Questor packte Ben am Arm. »Steigt auf die Estrade, Hoheit, schnell!« Ben zögerte. »Schnell!« drängte der Zauberer. »Das sind Dämonen, die heranrücken!«

Das war Ben Grund genug. Die Kobolde waren schon vorausgesprungen, und er tat es ihnen gleich. Der Donner grollte immer näher, und die Erde bebte.

»Es sieht so aus, als würdet Ihr Euer Publikum doch noch bekommen, Hoheit«, meinte Abernathy, während er auf allen vieren die Estradentreppe hinaufrannte und dabei fast die Zeremonialtracht und die Amtskette verloren hätte. Ben folgte ihm und sah sich ängstlich um. Das Herz war verlassen. Die Bauern, Hirten und Jäger, sogar der Bettler hatten sich im Schatten des Waldes verkrochen. Nur die vier Begleiter waren noch da. Der Nebel und die Düsterkeit schienen von allen Seiten gegen die sonnenbeschienene Lichtung zu drängen.

»Helft Eurer Hoheit in die Amtstracht und legt ihm die Amtskette um«, wies Questor Abernathy an, als er die Estrade erklommen hatte. »Schnell!«

Abernathy richtete sich wieder auf die Hinterfüße und begann, ihm die Zeremonialtracht und die Ketten anzuziehen. »Einen Augenblick, Questor«, meldete sich Ben. »Ich weiß nicht, ob ich das wirklich noch will.« Seine Augen waren starr auf den finsteren Waldrand gerichtet.

»Jetzt ist es zu spät, Hoheit – Ihr *müßt!*« Harte Entschlossenheit lag plötzlich in dem Eulengesicht des Zauberers. »Vertraut mir. Euch wird nichts geschehen!«

Ben dachte, daß er guten Grund hätte, diese Zusicherung anzuzweifeln, doch Abernathy war schon dabei, die Schnallen an der Robe zu schließen. Der Schreiber war erstaunlich geschickt für einen Hund, und Ben beobachtete neugierig, wie er das wohl anstellte, und schrak zusammen. Abernathys Pfoten hatten kurze, dicke, aber gelenkige Finger.

»Nicht einmal das hat er richtig hingekriegt«, murmelte der Schreiber, als er Bens Verblüffung sah. »Hoffentlich schafft er es mit Euch besser.«

Am gegenüberliegenden Ende der Lichtung wirbelten Nebel und Schatten immer wilder und dichter, und die Stille wurde plötzlich von heulendem Sturm zerrissen. Das Donnern der näher kommenden Dämonen erschütterte den Waldboden. Bens Gewänder wurden vom Wind erfaßt und blähten sich heftig. Abernathy trat mit einem dumpfen Knurren zurück, und die Kobolde zischten wie Schlangen und bleckten die Zähne.

Dann brachen die Dämonen aus der nebligen Finsternis hervor, als habe sich ein Schlund in der Luft aufgetan, der sie ausspie: Ein Heer scheußlicher, bewaffneter Gestalten, so schattig wie die Nacht. Waffen und Rüstungen klirrten, und die Hufe grausiger, reptilartiger Reittiere donnerten über den Waldboden. Das Heer kam rasselnd zum Stillstand. Weiße Zähne und glutrote Augen leuchteten in dem schwarzen Nebel, Klauen und Stacheln ragten aus der Masse, als sei das Ganze zu einem einzigen Wesen verbunden. Das mehrere Hundertschaften starke Heer formierte sich vor der Estrade, zwischen den Kniebänken und bis in den Wald hinein. Ihr röchelnder Atem füllte die Stille, die nach dem Verstummen des Gedonners entstanden war. Der Wind heulte noch einmal auf und erstarb.

»Questor...?« rief Ben leise.

»Bleibt standhaft, Hoheit«, flüsterte der Zauberer ihm zu.

Bewegung kam in die Dämonenhorde, ihre Waffen schnellten gleichzeitig in die Höhe, und ein wildes, grausiges, ohrenzerfetzendes Geheul ertönte wie aus einer Kehle. Abernathy wich mit gefletschten Zähnen zurück, die Kobolde schienen den Verstand zu verlieren. Sie fauchten und kreischten und kauerten sich zu beiden Seiten von Ben auf den Boden.

»Questor...?« versuchte es Ben wieder, diesmal dringlicher.

Da erschien der Markus. Die Dämonen bildeten plötzlich eine Gasse, und er tauchte aus ihrer Mitte hervor. Er ritt auf seinem geflügelten Reptil, halb Schlange, halb Wolf, wie aus dem schlimmsten Alptraum geboren. Der Markus trug eine schwarze Rüstung voller Stacheln und Zacken, matt und glanzlos und abgenutzt. Ein Helm mit einem Totenkopf ruhte auf seinen Schultern. Das Visier war geschlossen.

Ben Holiday wünschte, er wäre an irgendeinem beliebigen Ort, nur nicht dort, wo er war.

Questor Thews trat auf ihn zu. »Kniet nieder, Hoheit!« Seine Stimme war wie ein Zischen.

»Was?«

»Kniet nieder! Ihr sollt König werden! Die Dämonen sind gekommen, um zu sehen, wie Ihr dazu erkoren werdet, und wir dürfen sie nicht warten lassen.« Sein Eulengesicht war verzerrt vor drängender Eile. »Kniet nieder, damit Ihr vereidigt werden könnt!«

Den Blick starr auf die Dämonen gerichtet, kniete Ben sich hin.

»Legt Eure Hände auf das Medaillon«, befahl Questor. Ben holte es unter seinem Hemd hervor und tat, wie ihm geheißen. »Jetzt sprecht mir nach: *Ich werde eins sein mit dem Land und seinen Bewohnern, werde immer wahrhaft und treu, niemals falsch und verräterisch sein; ich werde den Gesetzen der Krone und der Magie gehorchen, und ich werde das Land, in das ich kam, von nun an als König gerecht und weise regieren.* Sprecht es nach.«

Ben zögerte. »Questor, mir gefällt das nicht...«

»Sprecht es nach, Ben Holiday, wenn Ihr wahrhaft der König sein wollt, der zu werden Ihr gekommen seid!«

Der Befehl war hart und bestimmt, fast, als käme er von jemand anderem als Questor Thews. Ben sah ihm, ohne zu zwinkern, in die Augen. Er konnte eine Unruhe in den Rängen der Dämonen spüren.

Ben hob das Medaillon in die Höhe, so daß alle es sehen konnten. Ohne den Blick von Questor Thews zu wenden, sprach er: »Ich werde eins sein mit dem Land und seinen Bewohnern, werde immer wahrhaft und treu, niemals falsch und verräterisch sein; ich werde den Gesetzen der Krone und der Magie gehorchen, und ich werde das Land, in das ich kam, von nun an als König gerecht und weise regieren!«

Seine Worte waren laut und klar. Es überraschte ihn, daß er sie so ohne weiteres im Gedächtnis behalten hatte – fast, als habe er sie schon gekannt. In der Lichtung herrschte Stille. Er ließ das Medaillon auf seine Brust zurückfallen.

Questor nickte und setzte ihm die Krone aufs Haupt. »Erhebt Euch, Majestät«, bat er leise. »Ben Holiday, König von Landover!« verkündete er dann.

Ben richtete sich auf, und plötzlich brach die Sonne durch die Nebel. Es wurde noch stiller in der Lichtung. Questor Thews verbeugte sich langsam und ließ sich dann auf ein Knie nieder. Abernathy folgte seinem Beispiel, und die Kobolde knieten sich neben ihn.

Doch die Dämonen rührten sich nicht.

»Zeigt ihnen noch mal das Medaillon!« zischelte Questor leise.

Ben nahm es in die rechte Hand und hob es in die Höhe. Mit den Fingern tastete er die Umrisse des Ritters, des Sees, der Burg und der aufgehenden Sonne ab. In den Rängen der Dämonen schrien einige auf, ein paar ließen sich auf die Knie nieder. Doch der Markus machte ihnen ein Zeichen, daß sie sich nicht rühren sollten. Der Totenkopf war herausfordernd in Bens Richtung gewandt.

»Questor, es wirkt nicht!« wisperte Ben aus dem Mundwinkel.

Plötzlich kam Bewegung ins Dämonenheer. Der Markus auf seinem geflügelten Ungeheuer näherte sich drohend der Estrade. Seine Horde folgte ihm.

Ben wurde es eiskalt. »Questor!«

Da blitzte ein heller Lichtschein über das Herz, als ob ein glänzender Gegenstand von der Sonne getroffen würde. Er brach aus dem Waldschatten hervor und traf die heranrückenden Dämonen und die Estrade, auf der sich Ben und seine Gefährten befanden. Das Dämonenheer blieb stehen. Ben und seine Freunde fuhren herum.

Ein Reiter tauchte aus dem Dunst.

Ben Holiday schrak zusammen. Es war der Ritter, dem er in dem Zeittunnel zwischen seiner Welt und dieser hier begegnet war, der Ritter, dessen Bild auf dem Medaillon abgebildet war, eine verbeulte, angeschmutzte, eiserne Gestalt. Mit senkrecht emporgehaltener Lanze stand er da wie aus Stein gehauen.

»Der Paladin!« flüsterte Questor ungläubig. »Er ist zurückgekommen!«

Der Markus hatte sich in den Steigbügeln erhoben, sein Totenkopfhelm war dem Ritter zugewandt. Die Dämonen wichen in die nebligen Schatten zurück, und man konnte unentschlossenes Gewisper hören. Der Ritter rührte sich nicht.

»Questor, was hat das zu bedeuten?« fragte Ben, doch der Zauberer schüttelte nur wortlos den Kopf.

Für einen Augenblick standen der Dämon und der Ritter einander auf der sonnenbeschienenen Lichtung reglos gegenüber wie Statuen gegensätzlicher Extreme. Dann hob der Markus eine geballte Faust, neigte seinen Totenkopfhelm fast unmerklich in Bens Richtung, riß sein Reittier herum und raste in die Dunkelheit zurück. Sein Heer folgte ihm. Schreie und Kreischen zerrissen die Stille, der Wind heulte auf, Hufe und Stiefel donnerten über den Waldboden, und die Dämonen verschwanden, wie sie gekommen waren.

Nebel und Düsternis verzogen sich, und die Sonne schien wieder hell und klar. Ben blinzelte staunend. Als er sich umwandte, waren der Ritter und dessen Pferd ebenfalls verschwunden. Außer ihm und seinen Gefährten auf der Estrade befand sich niemand mehr in der Lichtung.

Dann bewegte sich etwas am Waldrand. Die wenigen Bauern und Hirten, die Jäger und der Bettler kamen in Sicht, blieben zögernd zwischen den Blaubonnies stehen. Furcht und Staunen lag in ihren Gesichtern. Sie kamen nicht näher, doch einer nach dem anderen kniete nieder.

Ben hatte heftiges Herzklopfen und war schweißgebadet. Er holte tief Luft und ging dann entschlossen auf Questor zu. »Ich will wissen, was zum Teufel hier vorgeht, und zwar sofort!«

Questor Thews schien zum ersten Mal, seit sie sich begegnet waren, keine Worte zu finden. Er setzte an, hielt inne, stotterte und schwieg kopfschüttelnd. Ben schaute zu den anderen. Abernathy keuchte, als sei er gerannt. Die Kobolde lagen mit angelegten Ohren zusammengekauert am Boden.

Ben packte Questor am Arm. »Antwortet mir, verdammt noch mal!«

»Hoheit, ich weiß nicht... Ich kann es nicht erklären...« Sein Eulengesicht war verzerrt. »Ich hätte niemals geglaubt...«

Ben schüttelte ihn. »Um Himmels willen, Questor, reißt Euch zusammen, ja?«

Der Zauberer nickte und reckte sich auf. »Ja, Hoheit.«

»Und beantwortet meine Frage!«

»Hoheit, ich...« Wieder kam er nicht weiter.

Abernathy trat hinzu. »Die Geschichte beginnt wirklich, interessant zu werden.« Er hatte offenbar seine Selbstkontrolle schneller wiedergefunden als der Zauberer.

Questor warf ihm einen finsteren Blick zu. »Ich hätte Euch in eine Katze verwandeln sollen!«

»Questor!« drängte Ben ungeduldig.

Der Zauberer holte tief Luft, schüttelte nachdenklich den Kopf und seufzte. »Hoheit, ich weiß nicht recht, wie ich Euch das erklären kann.« Er lächelte schwach. »Der Ritter, der auf dem Medaillon abgebildet ist, der, welcher dem Markus entgegengetreten ist – den gibt es nicht!«

Sein Lächeln verschwand. »Hoheit, wir haben soeben einen Geist gesehen!«

Der Paladin

Miles pflegte zu sagen, daß es Rechtsanwälte und *Rechtsanwälte* gebe; das Problem sei, daß es zu viele von den ersteren und nicht genug von den anderen gebe. Er äußerte das immer, wenn er sich über die Inkompetenz eines seiner Berufskollegen ereiferte.

Ben ging dieser Spruch in leicht abgewandelter, seinem gegenwärtigen Dilemma entsprechender Form immer wieder durch den Kopf, während sie zu Silber Sterling zurückwanderten: Es gab Geister und *Geister!* Es gab eingebildete Geister und reale Geister, Hirngespinste und Gespenster, die in der Nacht herumpolterten. Man konnte mit gutem Grund behaupten, daß es zu viele von den einen und nicht genug von den anderen gab – obwohl es wahrscheinlich für alle so besser war.

Wie auch immer, der auf dem Medaillon abgebildete Ritter, der sich zweimal zwischen ihn und den Markus gestellt hatte, der Ritter, der auftauchte und verschwand, als sei er aus Rauch gemacht, dieser Ritter war sicherlich einer von der letzteren Sorte, und nicht eine chemisch bewirkte Täuschung aufgrund von fremdländischer Nahrung. Er wußte dies ebenso sicher, wie er wußte, daß Questor Thews ihm noch immer gewisse Umstände verheimlichte, die den Verkauf von Landover betrafen.

Ben war fest entschlossen, die Wahrheit in beiden Fällen herauszufinden.

Doch es schien, als würde er für den Augenblick nichts Neues erfahren können. Questor Thews weigerte sich, nachdem er den Ritter als einen Geist, der nicht existiert, bezeichnet hatte, auch nur ein Wort mehr zu sagen, bevor sie nicht sicher in Silber Sterling angekommen seien. Ben protestierte lauthals, Abernathy ließ ein paar spitze Bemerkungen über kalte Füße fallen, die Kobolde fauchten hinter den verschwundenen Dämonen her, doch der Zauberer blieb stur. Ben Holiday hätte ein Recht, die ganze Geschichte über den Geist – wie hatte er ihn noch genannt? – den Paladin zu erfahren, doch er würde sich gedulden müssen, bis sie wieder innerhalb der Burgmauern angekommen seien. Das Eulengesicht drückte nichts als Entschlossenheit aus. Questor Thews stieg von der Estrade und stolzierte, ohne sich umzublicken, in den Wald. Da Ben keinerlei Bedürfnis verspürte, allein in der Lichtung zu bleiben, hastete er hinter dem Zauberer her wie ein gehorsames Entenküken hinter der Entenmutter.

Nicht sehr königlich, schalt er sich selbst. Aber wem sollte er was vorgaukeln? Er war ebensosehr König von Landover wie Präsident der Vereinigten Staaten. Er war zwar von einem mittelmäßigen Zauberer, einem verwandelten Hund und einem Paar fauchender Affen zum König erklärt worden, und er hatte eine Million Dollar für dieses Privileg gezahlt – bei diesem Gedanken knirschte er mit den Zähnen –, aber er war halt doch nur ein seltsamer Fremdling, der in ein unbekanntes Land gekommen war, dessen Sitten und Bräuche er nicht kannte und dessen Sprache er nur notdürftig beherrschte.

Das würde sich ändern, schwor er sich.

Sie brauchten fast den ganzen Nachmittag für den Rückweg, und die Sonne stand schon tief über dem dunstigen Tal, als Silber Sterling vor ihnen auftauchte. Der finstere Anblick der Burg drückte Ben Holidays Stimmung noch tiefer. Er dachte wieder an die Zehntagefrist, innerhalb derer er in seine Welt zurückkehren konnte, und zum ersten Mal kam es ihm weise vor, diese Klausel im Vertrag unterschrieben zu haben.

Sobald sie im Inneren der Burg angelangt waren, beorderte Questor Parsnip, ein Mahl zu richten, und Bunion, frische Kleider für den König vorzubereiten. Dann lud er Abernathy und Ben zu einer Expedition in das Innere der Burg ein. Sie gingen zahlreiche Korridore entlang, durchquerten mehrere Säle, alle vom Belag überzogen, doch von den rauchlosen Lichtern erhellt und lebendig warm. Die Farben schimmerten schwach unter dem allgegenwärtigen Grauschleier, und hier und da glänzte noch etwas poliertes Holz oder Stein. Eine gewisse Größe und Eleganz wurde durch den Belag zunichte gemacht, was Ben irritierte. Wieso störte ihn das wohl, dachte er, während er schweigend hinter Questor herschritt. Er hatte erst ein einziges Mal in diesen Mauern geschlafen, und die Burg konnte eigentlich noch keine besondere Bedeutung für ihn haben. Es sei denn, man bedachte Questors Behauptung, sie sei ein Lebewesen...

Er schob seine Gedanken beiseite, als sie durch eine massive Eichentür in einen Innenhof kamen, in dessen Mitte eine kleine Kapelle stand. Die Kapelle war so düster und verfärbt wie der Rest der Burg, doch die Nebelschleier schienen sie weniger dicht zu umlagern, und das Licht der Abendsonne drang hindurch und gab ihr einen goldenen Schimmer. Sie stiegen die Stufen zu einer schweren, geschnitzten Eichentür hinauf, die sich in den geschmiedeten Angeln leise ächzend öffnete, und traten ein.

Drinnen war es schon sehr dunkel, und es dauerte eine Weile, bis Ben Einzelheiten erkennen konnte. Der Innenraum war in Rot und Weiß gehalten, doch die Farben waren verblaßt und übergraut. Es gab weder Altar noch Kirchengestühl. Rundum an den Wänden waren Waffenständer mit Schilden und Lanzen, und in der Mitte des Raumes befand sich ein einziger Betstuhl einem Podest gegenüber. Auf dem Podest gewahrte er eine Gestalt. Es war der Ritter vom Medaillon.

Ben fuhr zusammen. Er glaubte, der Ritter sei wieder lebendig. Dann wurde ihm klar, daß es nur die leere Rüstung war, die dort auf dem Podest stand.

»Kommt herein, Hoheit«, forderte Questor Ben auf und ging auf das Podest zu. Ben, den Blick starr auf den Ritter gerichtet, folgte ihm, und Abernathy trottete hinterher. Die Rüstung war verbeult und zerkratzt, als habe sie in vielen Kämpfen gedient, sie war stumpf und fleckig und von dem Belag fast schwarz angelaufen. Ein gewaltiges Breitschwert hing in einer Scheide an einer Hüfte, eine Streitaxt an der anderen. Die rechte Metallhand hielt eine schwere Lanze mit eiserner Spitze. Die drei Waffen waren ebenfalls reichlich zerschunden und dreckverkrustet. Ein Schild mit einer aufgehenden Sonne hinter Silber Sterling als Emblem lehnte an der Lanze.

Ben atmete tief ein. Er konnte sicher sein, daß dort nur eine hohle Rüstung stand, doch ebenso bestimmt wußte er, daß genau diese Rüstung von dem Ritter getragen worden war, der nun schon zweimal in seine Begegnungen mit dem Markus rettend eingegriffen hatte.

»Man nannte ihn den Paladin«, erläuterte Questor. »Er war einst des Königs Kämpe.«

»Ach, wirklich? Und was ist aus ihm geworden?«

»Er verschwand nach dem Tod des alten Königs, und seither hat ihn niemand mehr gesehen.« Er sah Ben scharf in die Augen. »Bis jetzt, heißt das.«

»Ich kann also annehmen, daß Ihr nicht länger glaubt, ich hätte mir etwas eingebildet, als ich durch den Zeittunnel kam.«

»Das habe ich nie geglaubt, Hoheit. Ich fürchtete nur, daß Ihr getäuscht worden wäret.«

»Getäuscht? Von wem?«

Schweigend sahen sie sich an. Abernathy kratzte sich am Ohr.

»Diese bedeutungsschwangere Pause in Eurer Rede läßt vermuten, daß gleich ein großes, schreckliches Geheimnis enthüllt werden wird«, sagte Ben schließlich. »Bedeutet das, daß ich nun endlich den Rest von dem, was Ihr mir noch immer nicht verraten habt, erfahren soll?«

Questor nickte. »So ist es.«

Ben kreuzte die Arme vor der Brust. »Fein. Aber diesmal bitteschön die ganze Geschichte, Questor – nicht nur wieder einen kleinen Happen. Also keine Überraschungen mehr für später aufbewahren, ja?«

Der andere nickte wieder. »Keine weiteren Überraschungen mehr, Hoheit. Es war übrigens Euer Mißtrauen mir gegenüber, das mich veranlaßte, Abernathy zu bitten, uns zu begleiten. Abernathy ist sowohl Hofschreiber als auch Hofhistoriker. Er wird nicht zögern, mich zu korrigieren, wenn ich mich irren sollte.« Er seufzte. »Vielleicht vertraut Ihr seinem Wort mehr als dem meinen.«

Ben wartete. Questor sah kurz zu der Rüstung und ließ dann seinen Blick durch die leere Kapelle wandern. Er schien sich in seinen Gedanken verloren zu haben. Es war totenstill, und Sekunden verstrichen. Die Dämmerung ließ die Schatten dichter werden.

»Ihr könnt jederzeit beginnen«, knurrte Abernathy ungeduldig. »Auf dem Tisch wird das Essen kalt, während wir hier herumstehen.«

»Ich habe Schwierigkeiten zu entscheiden, wo ich beginnen soll«, gab Questor schnippisch zurück. Dann wandte er sich wieder zu Ben. »Es waren andere Zeiten, damals, vor zwanzig Jahren. Der alte König regierte, und der Paladin war sein Kämpe, wie er Kämpe aller Könige von Landover gewesen war, seit Anbeginn. Er war ein Kind der Magie, von den Elfenvölkern gleichzeitig mit dem Lande geschaffen, den Nebeln ihrer Welt entnommen, um Teil dieser Welt zu werden. Niemand hat je sein Gesicht erblickt. Niemand hat ihn je anders gesehen als so – in dieser Rüstung und mit geschlossenem Visier. Er war ein Mysterium. Selbst mein Halbbruder hielt ihn für ein Rätsel ohne Lösung.«

Er machte eine nachdenkliche Pause. »Landover ist mehr als nur eine andere Welt am Rande der Elfenreiche«, fuhr er dann fort. »Landover ist der Zugang zu den Elfenreichen. Zu diesem Zwecke ist es erschaffen worden. Und während die Elfenreiche zeitlos und allgegenwärtig sind, ist Landover zeitlich und örtlich festgelegt. Es ist der Endpunkt der Zeitpassagen all der anderen Welten. Manche dieser Welten liegen sehr nahe, andere nicht. Manche sind nur einen Schritt durch den Nebel entfernt, während andere, wie die Eure, am Ende langer Tunnel liegen. Die nahe liegenden Welten sind immer die gewesen, in denen Magie real war und ihr Gebrauch üblich. Ihre Bewohner sind häufig Nachfahren der Wesen aus den Elfenreichen, die umherzogen oder nomadisierten oder auch vertrieben worden waren. Wenn sie die Elfenreiche einmal verlassen hatten, konnten sie niemals mehr dorthin zurückkehren. Wenige sind im Exil glücklich geworden. Die meisten versuchten, wieder zurückzugehen. Für alle war Landover immer der Schlüssel.«

»Ich hoffe, Eure Ausführungen bringen uns irgendwohin«, unterbrach Ben kritisch.

»Das hängt davon ab, wie weit Ihr zu reisen gewillt seid«, kommentierte Abernathy nicht ohne Schadenfreude.

Questor vergrub die Hände in seinen Gewändern. »Der Paladin war der Beschützer des Königs, der seinerseits der Beschützer des Landes war. Ein wirksamer Schutz ist unerläßlich, denn sowohl innerhalb als auch außerhalb von Landover gibt es Kräfte, die das Land für ihre eigenen Zwecke mißbrauchen würden, wenn der König und der Beschützer versagten. Doch die Magie, die Landover schützte, war phantastisch. Es gab keinen, der dem Paladin gefährlich werden konnte.«

Ben runzelte, plötzlich mißtrauisch geworden, die Stirn. »Questor, Ihr wollt mir doch nicht etwa erzählen, daß …«

»Ich will Euch nur erzählen, was ist, Hoheit«, unterbrach ihn der andere schnell. »Ihr habt gewünscht, daß ich Euch die ganze Geschichte berichte, und das will ich gerade tun. Als der alte König starb und sein Sohn den Thron nicht übernehmen wollte, sondern statt dessen einen Weg suchte, Landover verlassen zu können, begannen jene, die draußen auf eine günstige Gelegenheit lauerten, an den Eingängen herumzuschnüffeln. Der Paladin war verschwunden, gleichzeitig mit dem Tod des alten Königs, und niemandem gelang es, ihn wieder herbeizuholen. Monate wurden zu Jahren, der Sohn wuchs heran und heckte mit meinem Halbbruder den Plan aus, dem Land den Rücken zu kehren, und noch immer gab es keinen König, und der Paladin war unauffindbar. Mein Halbbruder setzte alle seine beträchtlichen magischen Fähigkeiten ein, um den verschollenen Ritter ausfindig zu machen, doch vergebens. Der Paladin blieb verschwunden, und es schien unwahrscheinlich, daß er je wiederkommen würde.«

Questor räusperte sich. »Natürlich ermutigte das jene, die draußen vor den Toren des Landes herumschlichen. Falls der Paladin wirklich fortgegangen war, falls die Magie tatsächlich schwächer wurde, konnten sie Landover vielleicht in ihren Besitz bringen. Vergeßt nicht, Hoheit, daß Landover als Tor zu den Reichen der Elfen manchem fast jeden Preis wert gewesen wäre. Mein Halbbruder erkannte dies und wußte, daß er schnell handeln mußte, wenn er die Kontrolle über das Land nicht verlieren wollte.«

Das Eulengesicht wurde hart. »Also schmiedete er einen Plan. Der Thron des Königreichs würde an einen Käufer aus einer weit entfernten Welt veräußert werden, was einerseits dem Lande einen König bescherte und andererseits den Königssohn und meinen Halbbruder von den Gesetzen befreite, die sie hier festhielten. Doch sie würden das Königreich nur auf befristete Zeit verkaufen, sagen wir ein halbes oder ein ganzes Jahr. Auf diese Weise würden sie es wieder zurückbekommen und aufs neue verkaufen können, ihr Vermögen vergrößern und so dem Sohn das Luxusleben ermöglichen, das er wünschte, während mein Halbbruder seine Macht in anderen Welten etablierte. Die einzige Schwierigkeit bestand darin, interessierte Käufer zu finden.«

»Also nahm er Kontakt mit *Rosen* auf?« fragte Ben dazwischen.

»Nicht gleich. Zunächst schloß er die Verkäufe unabhängig ab. Seine Kunden waren meistens höchst unerfreuliche Subjekte, reich, doch von ebenso zweifelhafter Gesinnung wie er selbst. Häufig waren es Männer, die für eine Weile von der Bildfläche verschwinden mußten. Landover war ein ideales Versteck für sie; sie konnten König spielen und in den Annehmlichkeiten von Silber Sterling ein sorgloses Leben führen, bis ihre Zeit um war und sie in ihre eigene Welt zurückkehrten.«

»Verbrecher«, flüsterte Ben leise. »Er hat Euch Verbrecher hergeschickt.« Fassungslos schüttelte er den Kopf. »Und wenn jemand nicht mehr fort wollte? Kam das auch vor?«

»Ja, das kam manchmal vor«, gab Questor zu. »Aber ich war ja hier, um dafür zu sorgen, daß sie pünktlich das Land verließen – ob sie dazu bereit waren oder nicht. Dafür reichte meine Zauberkraft allemal.« Er seufzte. »Ich habe mich allerdings manchmal gefragt, wie mein Halbbruder es anstellte, um von diesen Querköpfen das Medaillon zurückzuerhalten. Mit Hilfe der Magie konnte er feststellen, daß sie zurückgekommen waren, doch wie er sie ausfindig machen und ihnen das Medaillon wieder wegnehmen konnte ...?«

Questor verlor sich in seinen Gedanken. Dann schüttelte er sie ab und zuckte mit den Schultern. »Wie auch immer. Jedenfalls gelang es ihm über eine geraume Zeit, wiederholt und zu einem guten Preis das Königreich befristet zu verkaufen und viel Geld damit zu verdienen. Doch seine Kunden waren ein unzuverlässiges Pack, und Landover verkam zusehends unter der Folge unfähiger Möchtegernkönige. Am Ende kam ihm auch nicht schnell genug genügend Geld herein. So entschied er sich schließlich, den Thron offiziell anzubieten, nicht mehr in jenen dubiosen Kreisen, sondern in der allgemeinen Öffentlichkeit. Darum nahm er mit *Rosen* Kontakt auf. Er erzählte ihnen, er sei ein Makler für einzigartige Objekte und ungewöhnliche Dienstleistungen. Er bewies ihnen seinen Wert und seine Fähigkeiten, indem er mit Hilfe seiner Zauberkunst ein paar Schätze und Kostbarkeiten ausfindig machte, die als verschollen gegolten hatten. Nachdem er sich als Spezialist solcher Artikel einen Namen gemacht hatte, bot er ihnen den Verkauf von Landover an. Ich vermute, daß sie ihm nicht gleich geglaubt haben, doch am Ende gelang es ihm, sie zu überzeugen. Einen von ihnen ließ er zur Inspektion herkommen.«

Er lächelte bitter. »Doch es steckte mehr hinter dem Verkauf, als *Rosen* ahnen konnte, Hoheit, denn mein Halbbruder und der Königssohn hatten keineswegs die Absicht, etwas so Kostbares wie den Königsthron von Landover endgültig aufzugeben. Sie hatten ja die Auswahl der Käufer selbst in der Hand. Sie konnten also jemanden wählen, der zu schwach war, den Thron zu halten, so daß er an sie zurückfallen würde und sie ihn erneut zum Kauf anbieten konnten. Sie waren nebenbei sogar in der Lage, Optionen darauf zu verkaufen und Interessenten an die Spitze einer fiktiven Liste zu setzen. *Rosen* konnte das nicht nachprüfen. Die Schwierigkeit lag nun darin, nicht nur Käufer schlechthin zu finden, sondern solche, die zwar über die nötigen Mittel verfügten, doch zu charakterschwach waren, um den Thron halten zu können!«

Ben errötete. »So wie ich also?«

Questor zuckte mit den Schultern. »Ihr habt mich vorhin gefragt, wie viele Könige seit dem Tod des alten Königs gekrönt worden seien. Es waren mehr als dreißig.«

»Zweiunddreißig, um genau zu sein«, fügte Abernathy hinzu. »Allein schon zwei in diesem Jahr. Ihr seid der dritte.«

»So viele?«

Questor nickte. »Der Plan meines Bruders hat perfekt funktioniert, bis jetzt jedenfalls.« Er machte eine Pause. »Ich glaube, mit Euch mag er einen Fehler begangen haben.«

»An Eurer Stelle, Hoheit, würde ich mit einem Urteil noch warten!« warf Abernathy hastig dazwischen. »Die Sachlage ist nämlich noch wesentlich komplizierter, als Ihr ahnen könnt. Erzählt ihm den Rest, Zauberer.«

»Das werde ich, sobald Ihr mich zu Wort kommen laßt! Dieser letzte Plan war also recht gut, doch es gab zwei Probleme. Erstens war es möglich, daß nicht jeder Käufer charakterschwach genug war, um vor den Schwierigkeiten, welche die Regierung von Landover begleiteten, das Handtuch zu werfen. Auch wenn er jeden persönlich interviewte, konnte es dennoch sein, daß er auf einen stieß, der, wenn er einmal hier war, vor den Anforderungen nicht zurückschreckte. In diesem Fall würde er Landover nicht zurückbekommen und könnte es folglich auch nicht wieder verkaufen. Das zweite Problem war noch gravierender. Je länger das Königreich ohne einen starken König blieb, desto mehr verfiel es und desto schwieriger wurde die Aufgabe für einen neuen Regenten. Das paßte meinem Halbbruder in den Kram. Doch er wußte auch, daß, je mehr alles verfiel, desto größer das Risiko einer Usurpation der Krone durch jene wurde, die draußen lauerten. Das gefiel ihm nicht.«

Questor legte eine kurze Pause ein, bevor er weitersprach. »Also fand er eine Lösung für beide Probleme. Er stachelte den Markus an, den Thron zu bedrohen.«

»Waaas?« Ben begann zu ahnen, was jetzt kommen würde.

Questor fuhr unbeirrt fort: »Der Markus regiert Abaddon, die Niederwelt, die unterhalb von Landover liegt, ein finsteres Loch für die Schlimmsten, die seit Anbeginn der Zeiten aus den Elfenreichen vertrieben worden sind. Die dort exilierten Dämonen täten nichts lieber, als in die Elfenreiche zurückzukehren, und der einzige Weg zurück führt über Landover. Als mein Halbbruder den Markus ins Spiel brachte und dieser erkannte, daß der Paladin das Land nicht mehr beschützte, kam jener aus Abaddon und erklärte sich selbst zum König.«

Der Zauberer verzog das Gesicht. »Daran ist allerdings ein Haken, und mein Halbbruder wußte das natürlich. Der Markus kann nicht wirklich über Landover regieren, solange ein rechtmäßiger König auf dem Thron sitzt, den die Magie des Medaillons beschützt. Er kann nur erklären, er sei König und den Throninhaber zum Kampf herausfordern. So kommt der Markus also jeden Winter, wenn die Blaubonnies weiß werden, aus Abaddon nach Landover und fordert den König zum Kampf. Bis heute hat noch keiner die Herausforderung angenommen.«

»Das kann ich mir vorstellen«, bemerkte Ben leise. »Aber um sicher zu sein, daß ich verstehe, was das heißt, Questor: Wie sieht diese Herausforderung aus?«

Questor zog die Augenbrauen hoch. »Kampf mit der Waffe, Hoheit.«

»Ihr meint, mit der Waffe aufeinander losgehen und so was?«

Abernathy tippte ihm auf die Schulter. »Er meint, Kampf auf Leben und Tod mit der Waffe Eurer Wahl, Hoheit.«

Für lange Sekunden herrschte Schweigen. Ben holte tief Luft.

»Das ist es also, was ich zu erwarten habe – einen Kampf auf Leben und Tod mit diesem Dämon?« Fassungslos schüttelte er den Kopf. »Kein Wunder, daß keiner lange hierbleibt. Selbst wenn man es wollte, selbst wenn man bereit wäre, die Angelegenheit hier wieder in Ordnung zu bringen, früher oder später muß man sich dem Dämon stellen. Was soll das also?« Seine Wut wuchs. »Was erwartet Ihr von mir, Questor? Erwartet Ihr, daß ich eine Herausforderung annehme, die kein anderer angenommen hat? Ich bin doch nicht lebensmüde!«

Die hagere Gestalt trat von einem Fuß auf den anderen. »Vielleicht ist es in Eurem Fall etwas anderes. Keiner der Vorgänger konnte Hilfe erwarten. Doch nach zwanzig Jahren Abwesenheit ist Euch der Paladin schon zweimal zu Hilfe gekommen.«

Ben drehte sich zu Abernathy um. »Stimmt das? Ist der Paladin keinem der anderen je erschienen?«

Abernathy schüttelte feierlich den Kopf. »Nein, Hoheit.« Er räusperte sich. »Es fällt mir schwer, das zu sagen, aber der Zauberer mag recht haben. Es scheint in Eurem Fall wirklich etwas anderes zu sein!«

»Aber ich habe nichts getan, was den Paladin hätte veranlassen können, sich zu zeigen«, beharrte Ben. »Ich bin nicht einmal sicher, daß es etwas mit mir zu tun hatte. Er war einfach da. Außerdem habt Ihr selbst behauptet, daß wir einen Geist erblickt hätten. Und falls es kein Geist war, so sah er doch reichlich mitgenommen aus. Der Markus war auf jeden Fall der Stärkere von beiden und in keiner Weise von dem sogenannten Kämpen, der den König beschützen soll, eingeschüchtert. Ehrlich gesagt, mir gefällt das alles nicht. Und ich verstehe auch noch nicht alles. Aber lassen wir das mal einen Augenblick beiseite. Questor, Euer Halbbruder Meeks verkauft also den Thron an einen Außenstehenden wie mich zu einem hohen Preis. Er wählt jemanden, der nicht durchhalten würde. Und selbst wenn er aus Versehen auf jemanden stößt, der sich der Aufgabe zu stellen bereit ist, dann ist da der Markus, der ihn daran hindert. Doch der Markus kann seinerseits nicht König werden, solange jemand anderer im Besitz des Medaillons ist – stimmt das? Was hat also der Markus davon? Schickt Meeks nicht laufend neue Kandidaten?«

Questor nickte. »Ja, aber der Markus ist ein Dämon, und Dämonen leben lange, Hoheit. Zeit spielt eine geringe Rolle, wenn man es sich leisten kann, zu warten, und der Markus kann lange, lange warten. Eines Tages werden mein Halbbruder und sogar der Königssohn des Spieles müde werden und genug Reichtümer und

Macht angesammelt haben. Dann werden sie Landover seinem Schicksal überlassen.«

»Oh«, meinte Ben. »Und wenn das geschieht, wird der Markus Landover ohne Widerstand übernehmen können.«

»Das ist die eine Möglichkeit. Eine andere ist, daß der Dämon in der Zwischenzeit einen Weg findet, in den Besitz des Medaillons zu kommen. Er kann es dem Träger nicht mit Gewalt entreißen, doch früher oder später wird einer der vielen Könige von Landover nachlässig sein und es verlieren – oder einer wird die Herausforderung annehmen und...«

Ben hob abwehrend die Hände in die Höhe. »Sprecht es nicht aus!« Er zögerte. »Und was ist mit den anderen, deren Welten an Landover angrenzen? Was tun die in der Zwischenzeit?«

Der Zauberer machte eine wegwerfende Handbewegung. »Die sind bisher nicht stark genug, um es mit dem Markus und den Dämonen von Abaddon aufzunehmen. Eines Tages werden sie es vielleicht sein. Bisher besaß nur der Paladin die Stärke.«

Ben runzelte die Stirn. »Was ich nicht begreife, ist, warum dieser Paladin nach dem Tod des Königs einfach verschwand. Wenn er wirklich der Beschützer des Landes und des Thrones wäre, warum würde er dann einfach verschwinden, nur weil ein Wechsel von Königen stattgefunden hat? Und was ist mit den Elfen? Sagtet Ihr nicht, daß sie Landover als Tor zu ihrer eigenen Welt geschaffen haben? Warum beschützen sie es dann nicht?«

Questor schüttelte den Kopf und erwiderte nichts. Auch Abernathy schwieg. Ben betrachtete sie einen Augenblick wortlos und wandte sich dann wieder der Rüstung auf dem Podest zu. Sie war rostig und verbeult und zerkratzt, ein Panzer, der aussah wie ein Autowrack auf einem Schrottplatz. Das war alles, was von Landovers Beschützer übriggeblieben war. Er ging zu dem Betstuhl und starrte wortlos auf die Metallhülse. Es war die Rüstung, die er in den Nebeln der Zeitpassage und dann wieder in den Nebeln des Waldrandes am Herzen gesehen hatte. War es nichts als ein Teil dieser Nebel gewesen? Er hatte nicht den Eindruck gehabt, doch er war jetzt weniger sicher. Er war in einem Land der Magie, nicht der exakten Wissenschaften. Träume und Visionen mochten hier wirklicher wirken.

»Questor, Ihr habt den Paladin einen Geist genannt«, wandte er sich schließlich erneut an den Zauberer. »Wie könnte mir ein Geist in irgendeiner Form behilflich sein?«

Die Antwort ließ auf sich warten. »Er ist nicht immer ein Geist gewesen, Hoheit. Vielleicht muß er nicht immer einer bleiben?«

»Leben nach dem Tode oder so was?«

»Er war eine Kreatur der Magie«, gab Questor nachdenklich zurück. »Vielleicht haben Leben und Tod nicht die gleiche Bedeutung für ihn.«

»Habt Ihr irgendeine Vorstellung, wie wir das herausfinden könnten?«

»Nein.«

»Habt Ihr eine Vorstellung davon, wie wir ihn zurückholen könnten?«

»Nein.«

»Das habe ich mir gedacht. Das einzige, das wir tun können, ist also zu hoffen, daß er wiederauftaucht, bevor der Markus seine nächste Herausforderung vorbringt und mich zu dem letzten einer langen Reihe königlicher Versager macht!«

»Ihr habt noch eine andere Möglichkeit. Ihr könnt das Medaillon benutzen und in Eure eigene Welt zurückkehren, wenn immer Ihr wollt. Der Markus kann Euch nicht daran hindern. Ihr braucht es nur zu wünschen und Ihr seid fort.«

Ben zog eine Grimasse. Wunderbar. Man braucht nur dreimal die roten Schuhe zusammenzuschlagen und zu wiederholen: Zu Hause ist es doch am schönsten! – Schwupps, man wäre wieder in Kansas. Einfach wunderbar. Allerdings würde er dies innerhalb der nächsten vierundzwanzig Stunden tun müssen, wenn er nicht um eine Million Dollar leichter dort ankommen wollte. Egal, ob er es innerhalb der nächsten vierundzwanzig Stunden täte oder wartete, bis der Markus aus seinem finsteren Loch auf ihn zukam, er würde in beiden Fällen davonrennen und Landover als genau das verlassen, was er es eben genannt hatte – als der letzte einer langen Reihe königlicher Versager!

Er knirschte mit den Zähnen. Er mochte nicht verlieren. Er mochte nicht aufgeben.

»Wie habe ich mich nur auf diese ganze Geschichte einlassen können?« murmelte er zu sich selbst.

»Habt Ihr was gesagt?« fragte Questor.

Er riß seinen Blick von der Rüstung los und wandte sich dem Zauberer und dem Hofschreiber zu. Ihre Gestalten waren nur noch schwach in der Dunkelheit zu erkennen. »Nein«, seufzte er. »Ich habe nur vor mich hin gemurmelt.«

Sie nickten, ohne etwas verlauten zu lassen.

»Ich habe zu mir selbst gesprochen.«

Sie nickten wieder.

»Ich habe…« Er wußte nicht weiter. Die drei starrten sich an und schwiegen.

Es war schon fast Nacht, als sie die Kapelle verließen und durch die Korridore und Säle zurückgingen. Die rauchlosen Lampen warfen ihr Licht durch die Schatten, und Boden und Wände pulsierten voller Wärme.

»Und was habt Ihr nun davon?« fragte Ben unterwegs.

»Hmmmmm?« Der Zauberer war wieder in Gedanken gewesen.

»Bekommt Ihr einen Anteil an dem Profit aus den vielen Verkäufen des Throns?«

»Hoheit!«

»Nun, Ihr habt zugegeben, daß Ihr die Anzeige aufgesetzt habt, oder?«

Der Zauberer errötete. »Ich bekomme keinen Pfennig von dem Geld!« schnaubte er aufgebracht.

Ben sah zu Abernathy. Aber diesmal machte der Schreiber keinen Kommentar. »Verzeihung«, meinte er. »Ich fragte mich nur, warum Ihr in die ganze Sache verwickelt seid.«

Der andere erwiderte nichts, und Ben ließ die Angelegenheit auf sich beruhen. Doch er dachte darüber nach und kam zu dem Schluß, daß Questor wahrscheinlich genau das bekam, was er sich schon immer erhofft hatte – die Position und den Titel des Hofzauberers. Sein Halbbruder hatte beides vor ihm innegehabt, und Questor Thews war ein Mann ohne Aufgabe gewesen. Die hatte er nun, und wahrscheinlich machte ihn das glücklich genug.

War das nicht auch für ihn selbst der Fall? Der Gedanke überkam ihn plötzlich und erschreckte ihn.

Warum hatte er denn das Königreich gekauft? Er hatte ja schließlich nicht eine fremdländische Version von Sun-City erwerben wollen, wo er in der Sonne liegen, Golf spielen und meditieren würde, oder? Er hatte das Königreich gekauft, weil er seiner Welt und seinem Leben entkommen wollte, die ihm keine Herausforderung mehr bedeutet hatten. Er war der Wanderer, der Questor einst gewesen war. Landover bot ihm eine Aufgabe und ein Ziel. Es bot ihm die Herausforderung, die er suchte.

Was also störte ihn dann?

Ganz einfach, gab er sich selbst zur Antwort. Es störte ihn, daß er dabei sein Leben aufs Spiel setzte, und zwar wirklich. Dies war kein Gerichtssaal mit Richter und Geschworenen. Dies war ein Kampf mit nur einem einzigen Gesetz: Nur der Stärkere überlebte. Er war ein König ohne Heer, ohne Schatz, ohne Untertanen, die ihm ergeben wären. Er war König in einer Burg, die sich langsam in Staub verwandelte, mit vier Dienern, die direkt aus Grimms Märchen entsprungen zu sein schienen, und einem Beschützer, der zu neun Zehnteln ein Gespenst war. Ben hatte zwar nicht Sun-City gewollt, aber das hier hatte er weiß Gott auch nicht gesucht!

Oder?

Er speiste wieder in dem großen Saal. Questor, Abernathy und die Kobolde leisteten ihm Gesellschaft. Er hätte allein essen können, wenn er nicht darauf bestanden hätte, daß die anderen dablieben. Sie seien Diener des Königs von Landover, hatte Questor erklärt, und Diener speisten nicht mit Seiner Hoheit, wenn sie nicht ausdrücklich dazu gebeten würden. Ben erklärte, daß sie bis auf Widerruf eingeladen seien, mit ihm die Mahlzeiten einzunehmen.

Das Abendessen war weniger ereignisreich als das vorhergehende. Das Essen war köstlich, und niemand hatte etwas daran auszusetzen. Die Konversation blieb auf ein Minimum beschränkt; Bunion und Parsnip aßen schweigend, und Questor und Abernathy tauschten ein paar spitze Bemerkungen über die Essensgewohnheiten von Menschen und Hunden aus. Ben probierte von allen Speisen, war hungriger, als er eigentlich sein durfte, hielt sich mit dem Wein zurück und behielt seine Gedanken für sich. Niemand äußerte etwas über die Krönung. Niemand sprach von dem Markus oder dem Paladin.

Es ging sehr zivilisiert zu. Und es dauerte endlos.

Ben schickte schließlich alle fort und saß allein im Schein der Lüster. Seine Gedanken drehten sich um Landover. Sollte er bleiben oder gehen? Wie unüberwindlich war die Mauer unlösbarer Probleme, gegen die er anrennen mußte? Wie sinnvoll war es, nicht aufzugeben?

Wie viele Engel haben auf einer Nadelspitze Platz?

Die Antworten zu all diesen Fragen entzogen sich ihm völlig. Als er schlafen ging, war er noch immer damit beschäftigt.

Ben erwachte kurz nach Sonnenaufgang, wusch sich in der bereitstehenden Schüssel, zog seinen Jogginganzug und Turnschuhe an und schlüpfte leise durch die Gänge von Silber Sterling zum Haupteingang. Er machte kein Geräusch, doch Abernathys Hundeohren hatten ihn dennoch gehört. Er erwartete ihn am Fallgatter.

»Frühstück, Hoheit?« fragte er mit über die haarige Nase gerutschter Brille.

Ben schüttelte den Kopf. »Noch nicht. Ich möchte erst etwas laufen.«

»Laufen?«

»Genau, laufen. Bevor ich hergekommen bin, habe ich das jeden Tag getan, und es fehlt mir. Ich vermisse das Training im Sportclub, vor allem das Reaktionstraining und die Sandsäcke. Boxen nennen wir das. Ich nehme an, das sagt Euch nichts.«

»Nun, es stimmt, daß Hunde nicht boxen«, gab Abernathy zurück, »laufen dagegen ja. Wohin gedenkt Ihr heute morgen zu laufen, Hoheit?«

Ben zögerte. »Ich weiß noch nicht. Wahrscheinlich am anderen Ufer, wo etwas Sonne ist.«

Abernathy nickte. »Ich werde Euch jemanden zur Begleitung schicken.«

Ben schüttelte den Kopf. »Das ist nicht nötig, danke schön.«

Der andere wandte sich zum Gehen. »An Eurer Stelle wäre ich mir dessen nicht so sicher, Hoheit«, warf er ein und verschwand.

Ben starrte einen Augenblick hinter ihm her und steuerte dann, ohne zu warten, durch das Fallgatter und das Haupttor zum Seegleiter. Er stieg ein und lenkte das Boot mit seinen Gedanken schnell und mit hoher Bugwelle durch das trübe Wasser. Er brauchte nicht ständig jemanden bei sich, dachte er störrisch. Er war schließlich kein hilfloses Kind!

Er ließ den Seegleiter am anderen Ufer landen, stieg aus und begann, sich langsam in Bewegung zu setzen. Er nahm Richtung auf den Berghang zu und trabte aufwärts. Auf der Höhe angekommen, wandte er sich nach rechts und folgte dem Waldrand. Unter ihm lag das Tal noch im Schatten, und um ihn herum färbte die frühe Morgensonne die Nebelfetzen rosagolden.

Er lief leichtfüßig, seine Gedanken wanderten im Rhythmus seiner raumgreifenden Schritte auf dem weichen Wiesenboden in die Ferne. Er fühlte sich klar und wach und stark, so gut wie noch nie seit seiner Ankunft in Landover. Die Bäume des Waldrandes glitten an ihm vorbei, und der Boden federte angenehm unter ihm. Er atmete in gleichmäßigen Zügen die frische Morgenluft ein, und langsam verließ ihn die Steifheit seiner Glieder.

Die Fragen der letzten Nacht echoten noch in seinem Kopf, und die Suche nach den Antworten ging weiter. Heute war der letzte Tag der zehntägigen Frist seines Vertrages mit Meeks. Wenn er nicht heute Landover verließ, würde er eine Million Dollar verlieren. Andererseits konnte er, wenn er blieb, sein Leben verlieren – auch wenn Questor Thews ihm zugesichert hatte, daß er mit Hilfe des Medaillons jederzeit in der Zeitspanne eines Gedankens in der Lage war zurückzukehren. Die Alternativen waren klar: Er konnte bleiben und versuchen, den Sumpf von Problemen zu lösen, die auf ihn, als den König von Landover, zukamen, konnte eine Konfrontation mit dem Markus riskieren und die Dollarmillion aufgeben, oder er konnte jetzt schon kapitulieren, eingestehen, daß der Kauf ein Flop war, wie Miles vorhergesagt hatte, konnte sein altes Leben wiederaufnehmen und den größten Teil seines Geldes zurückbekommen. Keine der Alternativen war reizvoll. Keine der Alternativen barg irgendwelche Hoffnungen.

Sein Atem ging jetzt heftiger. Er spürte die erfreuliche Anstrengung seiner Muskeln. Er zwang sich, ein schnelleres Tempo einzuschlagen und den Widerstand zu brechen. Ein schwarzer Schatten im Wald zog seine Aufmerksamkeit an. Er schaute genau hin und suchte. Es war nichts zu sehen, nur Bäume. Er lief weiter. Wahrscheinlich hatte er es sich nur eingebildet.

Der Paladin kam ihm wieder in den Sinn, dieser fahrende Ritter des Königreiches. Er ahnte irgendwie, daß der Paladin der Schlüssel zu all den Dingen war, die in Landover im argen lagen. Es war eine zu auffällige Koinzidenz, daß der Paladin gleichzeitig mit dem Tod des alten Königs verschwunden war und von da an alles schiefging im Lande. Es gab eine Verbindung zwischen diesen Phänomenen, die er aufdecken mußte. Es bestand eine Möglichkeit, daß ihm das gelänge, wenn Questor recht hatte, weil ihm der Paladin schon zweimal erschienen war. Vielleicht könnte er ihn ein drittes Mal herbeiholen und diesmal herausfinden, ob es sich wirklich um einen Geist handelte.

Die Sonne stand schon hoch am Himmel, als er schließlich den Berghang zum See hinunterlief. Noch zweimal hatte er den Eindruck gehabt, aus dem Augenwinkel eine Bewegung zwischen den Bäumen bemerkt zu haben, doch jedesmal, wenn er hinschaute, konnte er nichts entdecken. Er erinnerte sich an Abernathys versteckte Warnung, doch verwarf sie unwillig. Man warnte auch immer, Chicagos Straßen zu meiden, doch schließlich konnte man sein Leben nicht in einer Kiste verbringen.

Daran dachte er, als er den Seegleiter bestieg und auf Silber Sterling zusteuerte. Das Leben war voller Risiken. Das war nun mal so. Und wenn es nicht so wäre, wozu lebte man dann? Gut, man mußte die Risiken abwägen. Das war es, was er Miles immer zu erklären versucht hatte. Manchmal tat man Dinge, weil man das Gefühl hatte, sie müßten getan werden. Manchmal tat man Dinge, weil...

Plötzlich fielen ihm die Gesichter jener Bauern und Hirten und ihrer Familien, jener Jäger und jenes Bettlers wieder ein, die zum Herzen gekommen waren, um der Krönung beizuwohnen. Eine verzweifelte Hoffnung hatte in jenen Gesichtern gelegen – als hätten diese Leute glauben *wollen*, daß er ihr König sein könnte. Es waren nur ein paar gewesen, und er konnte die Verantwortung für sie kaum übernehmen, und dennoch...

Seine Gedanken wurden unterbrochen, als der Seegleiter knirschend die Uferböschung erreichte. Er stand langsam auf und dachte weiter nach. Er war so versunken, daß er Abernathy nicht bemerkte, der aus dem Schatten unter dem Fallgatter aufgetaucht war.

»Frühstück, Hoheit?«

»Wie bitte?« Ben schrak zusammen. »Oh – ja gerne.« Er stieg aus dem Gleiter und eilte auf die Burg zu. »Und bitte schickt Questor gleich zu mir.«

»Ja, Hoheit.« Der Hund trottete hinter ihm her. Seine Krallen klimperten auf dem Steinboden. »Seid Ihr gut gelaufen?«

»O ja! Es war eine Wohltat. Tut mir leid, daß ich nicht gewartet habe, aber ich hielt es für überflüssig, daß jemand mich begleitete.«

Ben fühlte, daß der Hund ihn anschaute und wandte sich um. »Ich denke, ich sollte es Euch wissen lassen, Hoheit. Bunion ist den ganzen Weg mitgelaufen. Ich hatte ihn gesandt, um sicher zu sein, daß Euch nichts widerfahre.«

Ben grinste. »Ich glaube, ich habe etwas gesehen. Aber das wäre doch nicht nötig gewesen, oder?«

Abernathy hob die Schultern. »Das hängt davon ab, wie gut Ihr alleine mit dem Holzwolf, dem Grottengrauler und dem Schlammwumpel fertig geworden wäret, die er verjagte, als sie auf der Suche nach Frühstück Eure Fährte aufgenommen hatten.« Er zweigte in einen Seitengang ab. »Apropos Frühstück: Es ist für Euch im Speisesaal serviert. Ich lasse den Zauberer sofort rufen.«

Ben starrte ihm nach. Schlammwumpel? Grottengrauler? Schweiß war plötzlich auf seine Stirn getreten. Zum Teufel noch mal, er hatte nichts davon gemerkt! Sollte das ein Witz von Abernathy gewesen sein?

Eilig ging er den Gang entlang. Er glaubte nicht, daß Abernathy mit so etwas scherzen würde. Offenbar hatte er sich in Gefahr befunden und war sich dessen nicht einmal bewußt gewesen.

Er frühstückte allein. Parsnip brachte ihm das Essen und zog sich zurück. Während er aß, sah er Bunion einen Augenblick in der Tür stehen und breit grinsen. Ben grinste nicht zurück.

Er war fast fertig, als Questor erschien. Ben schob den Teller beiseite und bat den Zauberer, sich zu ihm zu setzen.

»Questor, ich will ganz genau wissen, wie die Dinge früher, zur Zeit des alten Königs, im Vergleich zu heute waren. Ich will erfahren, was damals funktionierte und heute nicht mehr. Ich bin gewillt herauszufinden, was getan werden muß, damit die Dinge wieder so werden, wie sie waren.«

Questor nickte nachdenklich. Er faltete die Hände auf dem Tisch. »Ich will es versuchen, Hoheit, auch wenn mir ein paar Einzelheiten vielleicht im Augenblick nicht einfallen. Manches davon wißt Ihr schon. Es gab ein Heer, das dem König von Landover diente. Es gab einen Hofstaat, von dem nur Abernathy, Parsnip, Bunion und ich übriggeblieben sind. Es gab einen Schatz, der aufgebraucht worden ist. Es gab ein Steuersystem mit jährlichen Abgaben, das zusammengebrochen ist. Es gab Programme für öffentliche Dienstleistungen, Sozialreformen und Landschaftsschutz, die nicht mehr existieren. Es gab Gesetze, die befolgt wurden. Heute werden sie ignoriert oder nur selektiv beachtet. Es gab Vereinbarungen und Abkommen zwischen den Völkern des Landes. Die meisten sind in Vergessenheit geraten oder sogar offiziell widerrufen worden.«

»Halt!« Ben rieb sich nachdenklich das Kinn. »Wer von den Untertanen des Königs ist noch mit wem alliiert?«

»Soweit ich weiß, besteht keine einzige Allianz mehr. Menschen, Halbmenschen, Elfenkreaturen – keiner traut keinem.«

Ben runzelte die Stirn. »Und keiner kann mit einem König was anfangen, nicht wahr? Nein, das braucht Ihr mir nicht zu beantworten, das kann ich selbst.« Er machte eine Pause. »Ist irgendeiner von ihnen stark genug, um es mit dem Markus aufzunehmen?«

Der Zauberer überlegte. »Nachtschatten vielleicht. Ihre Zauberkraft ist sehr stark, doch auch sie hätte Mühe, ein Duell mit dem Markus zu überleben. Nur der Paladin war ihm wirklich gewachsen.«

»Und wenn sich alle zusammentun würden?«

Questor Thews zögerte länger. »Ja, so könnte der Markus mit seinem Dämonenheer bezwungen werden.«

»Aber man müßte sie erst alle unter einen Hut kriegen, oder?«

»Ja, natürlich.«

»Der König von Landover könnte das?«

»Der könnte das.«

»Aber so wie die Dinge jetzt stehen, ist der König von Landover nicht einmal imstande, ein Publikum für seine Krönung anzulokken, nicht wahr?«

Questor entgegnete nichts, und sie sahen sich schweigend über den Tisch hinweg an.

»Questor, was ist ein Schlammwumpel?«

Der Zauberer sah ihn überrascht an. »Ein Schlammwumpel, Hoheit?« Ben nickte. »Nun, ein Schlammwumpel ist eine Art Waldgrauler, ein stacheliges Raubtier, das im Schlamm lebt und seine Opfer mit seiner Zunge paralysiert.«

»Und es jagt am frühen Morgen?«

»Ja.«

»Jagt es auch Menschen?«

»Manchmal. Hoheit, was…«

»Und Bunion, könnte der es mit einem Schlammwumpel aufnehmen?«

Questor verschluckte, was er hatte erwidern wollen, und verzog das Gesicht. »Kobolde sind fast jedem Lebewesen gewachsen. Sie sind beachtliche Kämpfer.«

»Warum verbleiben Bunion und Parsnip noch immer hier am Hof, wenn alle anderen fortgegangen sind?«

»Sie sind hier, weil sie ein Gelübde abgelegt haben, dem König von Landover zu dienen. Kobolde nehmen ihre Gelübde sehr ernst. Sie brechen sie niemals. Solange es einen König von Landover gibt, werden Bunion und Parsnip ihren Posten hier nicht verlassen.«

»Gilt das auch für Abernathy?«

»Ja. Er hat diesen Dienst gewählt.«

»Und Ihr?«

Die Antwort ließ lange auf sich warten. »Für mich gilt das gleiche, Hoheit«, erklärte Questor schließlich.

Ben lehnte sich zurück und sagte eine Weile gar nichts. Er schaute auf Questor Thews, lauschte in die Stille, ob er das Wispern von dessen Gedanken hören könnte und spann am Gewebe seiner eigenen.

Dann lächelte er ein wenig zaghaft. »Ich habe beschlossen, als Landovers König hierzubleiben.«

Questor lächelte zurück. Er schien ehrlich erfreut zu sein. »Ich war sicher, Ihr würdet Euch so entscheiden.«

»Ach, wirklich?« Ben mußte lachen. »Dann wußtet Ihr mehr als ich. Ich habe diese Entscheidung gerade erst getroffen.«

»Wenn ich fragen darf, Ben Holiday – was hat Euch schließlich dazu bewogen?«

Ben wurde wieder ernst. Er zögerte und dachte einen Augenblick an die kleine Schar, die zu seiner Krönung gekommen war. Sie unterschieden sich im Grunde kaum von jenen, die er einst geschworen hatte, vor Gericht zu vertreten. Vielleicht war er ihnen doch etwas schuldig.

Davon bemerkte er allerdings nichts zu Questor. Achselzuckend meinte er nur: »Ich glaube, ich habe einfach die beiden Seiten der Gleichung miteinander verglichen. Es wurmt mich, daß Meeks mich ausgewählt hat, weil er annahm, ich würde aufgeben. Ich habe sehr große Lust, ihn in seiner Erwartung zu enttäuschen. Es gibt einen Spruch bei uns, Questor: Nicht sauer werden, revanchieren! Je länger ich hier bleibe, desto größer wird meine Chance, das zu tun. Das ist das Risiko wert.«

»Das Risiko ist beträchtlich.«

»Ich weiß. Und ich bezweifle, ob außer mir irgendwer auch nur daran denken würde, es auf sich zu nehmen.«

Questor überlegte. »Mag sein. Doch niemand steckt in Eurer Haut, Hoheit.«

Ben seufzte. »Nun, jedenfalls ist diese Frage geklärt. Ich bleibe hier.« Er setzte sich gerade. »Als nächstes muß ich mich darauf konzentrieren, wie ich Landovers Probleme in den Griff bekomme, bevor sie mich unter sich begraben.«

Questor nickte.

»Und das erste dieser Probleme ist die Verweigerung der Untertanen, mich als König anzuerkennen oder sich selbst als Untertanen zu betrachten. Man muß sie dazu bringen, sich dem Thron zu unterwerfen.«

Der Zauberer nickte wieder. »Und wie wollt Ihr das anstellen?«

»Das weiß ich noch nicht. Ich weiß nur eines: Keiner wird freiwillig hierherkommen und sich der Krone unterstellen. Sie wären zur Krönung erschienen, wenn sie bereit dazu wären. Und da sie sich weigern herzukommen, werden wir hingehen müssen – wo immer sie sind.«

»Ich hege gewisse Vorbehalte gegenüber einem solchen Plan, Hoheit. Er könnte sich als sehr gefährlich erweisen.«

Ben zuckte mit den Schultern. »Mag sein, aber ich glaube, wir haben keine andere Wahl.« Er stand auf. »Wollt Ihr einen Vorschlag machen, wo wir anfangen sollten?«

Der Zauberer seufzte und erhob sich ebenfalls. »Ich schlage vor, Hoheit, daß wir mit dem Anfang beginnen.«

Die Herren von Grünland

Zahlreich waren einst jene gewesen, die den Königen von Landover gedient hatten – Familien, die über Generationen im Heer Seiner Majestät gekämpft, seinem Thron nahegestanden und ihm loyale Treue erwiesen hatten. Doch niemand hatte dies so lange und so gut getan, wie die Herren von Grünland, und zu diesen, so wurde ihm geraten, solle er zuerst gehen.

»Die Barone können ihre Abstammung über Tausende von Jahren zurückverfolgen – manche bis zu der Zeit, als Landover entstand«, erläuterte Questor. »Sie haben immer auf der Seite des Königs gestanden. Sie bildeten das Rückgrat seines Heeres, sie stellten den Kern seiner Berater zu Hofe. Mancher von ihnen war selbst König von Landover, wenn auch seit einigen hundert Jahren nicht mehr. Sie waren immer die ersten, die ihre Dienste anboten, und sie waren die letzten, die sich zurückzogen. Wenn Ihr überhaupt irgendwo Unterstützung erhoffen könnt, Hoheit, dann von ihnen.«

Ben akzeptierte den Vorschlag, auch wenn er ihm eher wie eine Vorsichtsmaßnahme vorkam, und verließ Silber Sterling im Morgengrauen des folgenden Tages, begleitet wieder von Questor Thews, Abernathy und den Kobolden. Ben, der Zauberer und der Schreiber ritten zu Pferde, da die Reise zu den Sitzen der Landbarone lang werden würde. Die Kobolde hätten ebenfalls reiten können, wenn sie es gewünscht hätten, doch sie konnten mit Pferden nicht viel anfangen. Sie waren sowohl schneller als auch zäher als das beste Reitpferd und reisten daher fast immer zu Fuß. Außerdem wurden Pferde leicht nervös, wenn sie von Kobolden geritten wurden. Ben konnte ihnen das gut nachfühlen. Alles, was Holzwölfe, Schlammwumpel und Grottengrauler mit solcher Leichtigkeit verscheuchen konnte, machte auch ihn nervös.

Die Gruppe, die da an jenem Morgen aufbrach, sah recht absonderlich aus. Questor ritt voran. Seine schlaksige, in den graubunt schillernden Mantel gehüllte Gestalt schaukelte auf einem alten Grauschimmel, der seine besten Tage längst hinter sich hatte. Ben folgte auf Wishbone, einem Rotfuchs mit einer winkelförmigen Blesse, von welcher sein Name stammte und der die Angewohnheit hatte, zu bocken und sich aufzubäumen. Er tat dies zweimal, und Ben klammerte sich verzweifelt fest. Nach dem zweiten Zwischenfall schlug Questor dem Tier mit der Peitsche eins über und drohte in Pferdesprache mit einem Zauber. Das schien Wishbone zu beeindrucken. Abernathy kam als nächster auf einem braunen Wallach mit weißem Kopf. Er trug die königliche Standarte mit dem Bild des Paladin vor Burg und See und aufgehender Sonne, rot auf weiß gestickt. Es war schon verblüffend, einen weichhaarigen Weizenterrier mit Brille und Tunikahemd auf einem Pferd reiten und eine Standarte tragen zu sehen, doch Ben verkniff sich ein Grinsen, da Abernathy daran offensichtlich nichts Komisches fand. Parsnip bildete die Nachhut. Er führte eine Gruppe von Packeseln mit Nahrung, Kleidern und Schlafausrüstung. Bunion war von Questor vorausgeschickt worden, um die Landbarone davon zu unterrichten, daß der König von Landover eine Unterredung wünsche.

»Sie haben keine Wahl«, erklärte Questor, »sie müssen Euch empfangen. Die Höflichkeit verbietet es, einen Herrn, der von gleichem oder höherem Rang ist, abzuweisen. Sie müßten Euch natürlich auch aufnehmen, wenn Ihr nur ein Reisender wäret, der um Nahrung und Unterkunft bittet, doch das ist unter Eurer Würde als König.«

»Wie die Dinge im Augenblick stehen, ist nur weniges unter meiner Würde«, gab Ben zurück.

Sie ritten durch die morgendlichen Nebel und Schatten, am Seeufer entlang, bis dieses ostwärts verlief und sich langsam zum Talrand schlängelte. Ben Holiday schaute sich mehrmals um und betrachtete die Silhouette von Silber Sterling vor dem grauen Morgenhimmel, ihre Türme, ihre Befestigungen, ihre Mauern, angefressen von einer namenlosen Krankheit. Überrascht stellte er fest, daß es ihm nicht leichtfiel, sie zu verlassen. Sie mochte dem bloßen Auge wie Burg Düsterstein erscheinen, sie mochte wie Drakulas Domizil aussehen, doch er hatte ihre Wärme wohltuend empfunden und ihre Lebendigkeit. Sie war freundlich zu ihm gewesen.

Er hatte sich in ihren Mauern geborgen und heimelig gefühlt. Er wünschte, er fände einen Weg, um ihr zu helfen.

Er tröstete sich mit dem Gedanken, daß es ihm eines Tages möglich wäre.

Dann verschwanden die Burg, die Nebel und der See aus dem Blickfeld, und sie ritten ostwärts durch das hügelige Waldland auf Landovers Kernland zu. Sie rasteten nur selten, machten eine kleine Mittagspause, und gegen Abend lag vor ihnen die große Ebene mit den Feldern, Weiden und Äckern von Grünland. Sie schlugen ihr Nachtlager in einem kleinen Gehölz auf einem Hügel auf, von dem aus man Weiden mit Kühen und Ziegen und eine Gruppe von Hütten und kleinen Holzhäusern überblicken konnte, die ein paar Kilometer entfernt standen. Ben saß dankbar von Wishbone ab. Es war geraume Zeit her, daß er geritten war – gut zwanzig Jahre. Das letzte Mal war während seiner Collegezeit gewesen. Jetzt, fast ein ganzes Leben später und in einer ganz anderen Welt, erinnerte er sich an das Gefühl nach einem langen Ritt – sein Körper war steif, der Boden unter ihm schien sich noch zu bewegen, das Gefühl des Pferderückens zwischen seinen Schenkeln war noch da, obwohl er abgesessen war. Er wußte, daß er am nächsten Morgen höllischen Muskelkater haben würde.

»Kommt Ihr auf einen kleinen Spaziergang mit, Hoheit?« fragte Questor. Ben hätte ihn erwürgen können, doch er riß sich zusammen und stimmte zu.

Sie gingen nur ein paar Schritte bis zum Rand des Gehölzes, von wo sie Schulter an Schulter über die weite Ebene schauten.

Questor machte eine weitausholende Armbewegung. »Das Grünland, Hoheit, Land der alten Familien der Barone von Landover. Ihre Domäne umfaßt mehr als die Hälfte des Königreiches. Bei der letzten Zählung waren es nur noch zwanzig Familien, die das ganze Land beherrschen, die Dörfer, die Bewohner mit ihren Familien und ihrem Vieh – dem königlichen Willen unterworfen, natürlich.«

»Natürlich.« Ben sah sich um. »Ihr sagtet zwanzig Familien bei der letzten Zählung. Was heißt das?«

»Familien verschmelzen durch Heirat. Familien akzeptieren Übernahme durch stärkere Familien. Familien sterben aus – manchmal durch leichte Nachhilfe.«

Ben sah ihn aus dem Augenwinkel an. »Reizend. Sie kommen also nicht allzugut miteinander aus, nicht wahr?«

»Schlecht und recht. Unter dem alten König waren sie einig und hatten weniger die Tendenz, sich gegenseitig auszumerzen, doch ohne König sind sie zu einem mißtrauischen und manchmal unberechenbaren Haufen geworden.«

»Ein Umstand, den ich zu meinem Vorteil nützen könnte, meint Ihr?«

»Auch das ist möglich.«

Ben nickte. »Es kann aber auch heißen, daß ihr Mißtrauen und ihre Unberechenbarkeit dazu führen, daß sie mich beseitigen wollen, oder?«

»Ts, ts«, wehrte Questor ab. »Ich bin doch bei Euch, Hoheit. Außerdem ist es unwahrscheinlich, daß sie Zeit und Energie darauf verschwenden, sich eines Königs entledigen zu wollen, den sie für im wesentlichen überflüssig halten. Schließlich sind sie nicht einmal zur Krönung erschienen.«

»Ihr seid eine Quelle aufbauender Ermutigungen, Questor«, bemerkte Ben trocken. »Was wäre ich ohne Eure Unterstützung?«

»Oh, ich tue nichts als meine Pflicht, Hoheit.« Questor hatte die Spitze entweder nicht gehört, oder er ignorierte sie geflissentlich.

»Dann sagt mir, was ich sonst noch zu wissen habe.«

»Nur das eine, Hoheit.« Questor sah ihm in die Augen. »In besseren Zeiten waren diese Ländereien fruchtbar, das Vieh war fett, und es gab genügend Knechte, die ein Dutzend Heere hätten bilden können, um Landovers König zu dienen. Vieles hat sich verschlechtert, wie Ihr morgen auf unserer Reise werdet sehen können. Aber es kann zum Guten gewendet werden, wenn Ihr einen Weg findet, die Unterwerfung der Grünlandbarone unter die Krone zu erreichen.«

Damit wandte Questor sich um und stolzierte zum Lagerplatz zurück. Ben sah ihm kopfschüttelnd nach. »Ich werd's versuchen«, murmelte er.

Es dauerte eine Stunde länger als nötig, um das Lager aufzuschlagen. Zelte mußten errichtet werden, und Questor übernahm es, durch den Einsatz seiner Zauberkraft zu helfen. Diese blähte die Zelte wie Luftballons auf und ließ sie in die Lüfte segeln und in den höchsten Baumwipfeln hängen bleiben. Es brauchte Parsnips erstaunliche athletische Fähigkeiten, sie von dort wieder herunterzuholen. Die Pferde brachen aus, als Abernathy bellte, weil er eine streunende Katze gesehen hatte – was ihm höchst peinlich war –, und es dauerte eine weitere Stunde, die Pferde wiedereinzufangen und zu beruhigen. Dann wurden die Vorräte ausgepackt, die königliche Standarte aufgepflanzt, die Tiere gefüttert und die Schlafplätze eingerichtet – ganz ohne weitere Zwischenfälle.

Das Abendessen war jedoch eine Katastrophe. Der Gemüse- und Rindfleischeintopf, der köstlich roch, während er kochte, verlor ein wenig von seinem Geschmack, als Questor eingriff, um den Prozeß zu beschleunigen. Das verursachte ein Miniaturinferno, und der Kessel und sein Inhalt blieben schwarz verkohlt zurück. Die Früchte der Blaubonnies waren durchaus wohlschmeckend, doch Ben hätte lieber einen Teller Eintopf gegessen. Questor und Abernathy stichelten sich mit Bemerkungen über das Benehmen von Menschen und Hunden, Parsnip fauchte beide an, und Ben begann sich zu fragen, ob er seine unbefristete Einladung, mit ihnen zu speisen, aufrechterhalten solle.

Es war Zeit, schlafen zu gehen, als Bunion von seinem Auftrag aus dem Grünland zurückkehrte und ihnen mitteilte, daß die Landbarone Landovers neuen König in Rhyndswehr erwarteten. Ben wußte nicht, was oder wo Rhyndswehr lag, doch es war ihm auch egal. Er war viel zu müde und erschöpft und schlief ein, ohne sich weitere Gedanken zu machen.

Am folgenden Nachmittag erreichten sie Rhyndswehr, und Ben hatte Gelegenheit, selber herauszufinden, was es war: Eine riesige, weit ausladende Burg auf einem Plateau am Zusammenfluß zweier Gewässer. Türme und Zinnen ragten mehr als dreißig Meter in die Höhe eines diesigen, blauen Nachmittagshimmels. Sie waren seit Sonnenaufgang ostwärts geritten, waren dem Labyrinth der Straßen zwischen Feldern, Weiden und Wiesen, durch Dörfer und Weiler gefolgt. Ein- oder zweimal hatten sie Burgmauern in der Ferne gesehen, die wie Fata Morganen in Landovers Sonne schimmerten. Doch keine von ihnen war so gewaltig und eindrucksvoll gewesen wie Rhyndswehr.

Ben schüttelte den Kopf. Silber Sterling war im Vergleich dazu in so viel üblerem Zustand, daß er gar nicht daran denken mochte.

Die Behausungen und die Dörfer der gemeinen Leute sahen daneben schlimm aus. Die Äcker waren in elendem Zustand, und die Feldfrüchte schienen von verschiedenen Krankheiten befallen. Hütten und Häuser waren verwahrlost, und die Läden und Verkaufsstände in den Dörfern wirkten ärmlich. Alles war schrecklich heruntergekommen. Questor nickte zustimmend, als er Bens Blick aufgefangen hatte. Die Barone von Grünland verbrachten zu viel Zeit damit, einander an die Kehle zu springen.

Ben lenkte seine Aufmerksamkeit wieder auf die Burg Rhyndswehr. Schweigend studierte er das Bauwerk, während sich die kleine Gesellschaft auf der Straße entlang dem nördlichen Fluß näherte. Im Schatten der gewaltigen Burg standen ein paar Läden und Verkaufsstände an der Einmündung der beiden Flüsse und säumten den Weg zum Eingang der Burg. Die Leute beobachteten neugierig, wie die kleine Gruppe die Brücke überquerte. In ihren Gesichtern erkannte Ben die gleiche verzweifelte Hoffnung, die jene bei der Krönung gezeigt hatten.

»Sie haben seit zwanzig Jahren keinen König von Landover die Reise zu der Burg ihrer Herren machen sehen, Hoheit«, flüsterte Questor ihm zu. »Ihr seid der erste.«

»Niemand hat sich die Mühe gemacht?« staunte Ben.

»Niemand, Hoheit.«

Die Pferdehufe klapperten auf dem staubigen Weg, der von der Brücke zu den offenstehenden Toren der Burg führte. Fähnchen flatterten auf allen Türmen und Zinnen, bunte Seidenflaggen flankierten das Tor, und Herolde traten hervor und schmetterten ihr Signal schrill durch die nachmittägliche Stille. Reiter bildeten eine Ehrengarde beiderseits des Eingangs und hoben ihre Lanzen zum Gruß.

»Das scheint alles ein bißchen zu viel des Guten, wenn man an die Reaktion auf meine Krönung denkt, meint Ihr nicht?« flüsterte Ben Questor zu. In der Magengegend machte sich das gleiche Gefühl bemerkbar, das er immer vor einem der großen Prozesse empfunden hatte.

Questors Eulengesicht sah noch schrumpliger aus als üblich. »Ja, mir kommt es auch etwas übertrieben vor.«

»Wenn in meiner Welt jemand so unnatürlich freundlich ist, muß man auf der Hut sein«, zischelte Ben.

»Ihr lauft keinerlei Gefahr, Hoheit«, bemühte Questor sich hastig, ihn zu beruhigen.

Ben grinste und schwieg. Sie hatten die Tore erreicht und ritten durch das Spalier der Ehrengarde, während die Herolde noch immer trompeteten. Ben überschlug die Lage: Die Garde umfaßte mindestens hundert Ritter. Rüstungen und Waffen glänzten hell. Helme mit geschlossenen Visieren starrten stur geradeaus. Die Ritter wirkten wie eiserne Statuen, die reglos auf der Stelle standen. Ben saß steif auf seinem Pferd. Seine Muskeln schmerzten noch vom gestrigen Ritt, doch er ließ sich nichts anmerken. Das hier war nicht nur ein Empfangskomitee, es war eine Machtdemonstration. Es war ein Fall von *Wer beeindruckt wen?* Ben schielte kurz auf seine Begleitung und wünschte, er hätte ein paar mehr Leute zur Verfügung als nur Questor, Abernathy und die Kobolde.

Sie ritten durch den Schatten des Tores in die Mauern der Burg. Eine Delegation erwartete sie im Burghof: Eine Gruppe von Männern in Festroben mit Amtsketten.

»Die Barone von Grünland«, zischelte Questor. »Der Große, der vornean steht, ist Kallendbor, Herr von Rhyndswehr. Er besitzt die größten Ländereien und hat am meisten Einfluß. Ihn müßt Ihr vor allem im Auge behalten.«

Ben nickte wortlos. Er hatte seine schmerzenden Muskeln vergessen, und sein Magen hatte sich beruhigt. Er überlegte schon, was er sagen würde – ziemlich genau so, als würde er eine Sache vor Gericht vertreten. Er nahm an, daß das in gewissem Sinne wohl seine Aufgabe hier sein würde. Es dürfte interessant werden.

Questor brachte die Gruppe etwa zehn Meter vor der Versammlung von Baronen zum Stehen und sah Ben an. Gleichzeitig stiegen sie vom Pferd. Pagen kamen herbei und übernahmen die Zügel. Abernathy blieb im Sattel. Die königliche Standarte hing schlaff an der Stange. Parsnip und Bunion standen rechts und links von ihm und warteten ab. Keiner sah sehr zuversichtlich aus.

Kallendbor löste sich von der Gruppe und trat auf sie zu. Er ignorierte Ben und wandte sich an Questor mit leichtem Kopfnikken. »Willkommen, Questor Thews. Wie ich sehe, habt Ihr uns den neuesten der Könige zu Besuch gebracht.«

Ben stellte sich vor den Zauberer, noch ehe der Baron geendet hatte. »Es war mein Wunsch, hierherzukommen, Lord Kallendbor. Ich hielt es für zeitsparender, selbst zu kommen, statt zu warten, daß Ihr mich aufsucht.«

Schweigend starrten die beiden Männer sich an. Kallendbors Augen verengten sich leicht, doch sein Gesicht blieb ohne Ausdruck. Er war ein ganzes Stück größer als Ben, gut zehn Kilo schwerer, rothaarig, bärtig und muskulös. Er hielt sich sehr aufrecht und demonstrierte offen, daß er auf Ben hinunterblickte.

»Krönungen sind in letzter Zeit so häufig, daß es schwierig ist, allen beizuwohnen«, bemerkte er spitz.

»Ihre Zahl wird stark zurückgehen«, gab Ben zurück. »Meine war für eine Weile die letzte.«

»Die letzte, glaubt Ihr?« Das Lächeln des anderen war hämisch. »Es mag sich als schwierig erweisen, eine solche Erwartung zu erfüllen.«

»Mag sein. Doch ich habe dennoch die Absicht dazu. Bitte versteht mich recht, Lord Kallendbor, ich bin nicht von der Art meiner Vorgänger, die beim leisesten Anzeichen von Schwierigkeiten Landover wieder verließen. Ich bin hergekommen, um König zu sein, und ich werde König sein.«

»Der Erwerb einer Krone macht einen nicht notwendigerweise zum König«, murmelte einer aus der Gruppe hinter Kallendbor.

»Noch macht einen die Abstammung von der richtigen Familie automatisch zu einem Lord«, konterte Ben schnell. »Weder der Erwerb von Ländereien noch Einheirat, noch Diebstahl durch Betrügerei, noch Eroberung mit Waffengewalt, noch irgendeine andere mögliche Art und Weise der Aneignung, die seit eh und je gebräuchlich sind – keine von diesen machen Lords und Könige. Gesetze tun dies, wenn das Leben irgendeine Ordnung haben soll. Eure Gesetze, Herren von Grünland, haben mich zum König von Landover bestimmt.«

»Gesetze, die älter sind als wir und an deren Gestaltung wir keinen Anteil hatten«, knurrte Kallendbor.

»Gesetze, an die Ihr dennoch gebunden seid.«

In der Gruppe wurde gemurmelt. Man warf zornige Blicke auf Ben. Kallendbor betrachtete ihn wortlos. Dann verbeugte er sich, noch immer mit ausdruckslosem Gesicht. »Ihr habt Initiative bewiesen, Hoheit, uns hier aufzusuchen. Seid also willkommen. Wir brauchen nicht länger hier im Hof zu stehen. Kommt herein und speist mit uns zu Abend. Nehmt ein Bad vorher, wenn Ihr wünscht, und ruht ein wenig. Ihr seht müde aus. Es stehen Zimmer für Euch bereit. Wir können später reden.«

Ben nickte zur Antwort, machte seiner kleinen Reisegesellschaft ein Zeichen, und gemeinsam folgten sie den Herren von Grünland über den Hof in den großen Saal. Durch hohe, verglaste Bogenfenster fiel helles, freundliches Licht in die Flure und Korridore, durch die sie schritten, und gab dem Inneren der Burg ein luftiges, strahlendes Aussehen.

Ben lehnte sich nah zu Questor hinüber. »Was meint Ihr, wie es bisher gelaufen ist?«

»Sie haben uns eingeladen, mit ihnen zu speisen und unter ihrem Dach zu wohnen«, flüsterte der Zauberer zurück. »Das ist mehr, als ich erwartet habe.«

»Ja? Aber vorhin habt Ihr etwas anderes gesagt.«

»Ich weiß, aber ich wollte Euch nicht beunruhigen.«

Ben sah ihn an und schüttelte den Kopf. »Ihr überrascht mich immer wieder, Questor.«

»Hmmmmm?«

»Unwichtig. Wie weit können wir diesen Leuten trauen?«

Der Zauberer grinste. »Etwa so weit wie ein Ferkel hüpfen kann. Ich würde an Eurer Stelle beim Abendessen ganz besonders wachsam sein.«

Dann folgte eine erholsame Pause in den Gemächern, die man dem König von Landover und seinem Gefolge zugewiesen hatte. Jeder hatte ein eigenes Zimmer. Es gab Badezimmer mit heißem Wasser und süß duftender Seife; frische Kleider und ein paar Flaschen Wein standen bereit. Ben genoß alles außer dem Wein. Seine letzten Erfahrungen damit waren alles andere als erfreulich gewesen, und er traute Kallendbor und seinen Leuten um kein Haar mehr, als er Questor traute. Außerdem würde er einen klaren Kopf brauchen, wenn der Moment gekommen war, wo er sein Anliegen vorbringen würde. Er ließ den Wein unberührt auf dem Tablett stehen und stellte fest, daß die anderen es ebenso gehalten hatten.

Bei Sonnenuntergang bat man sie zum Abendessen. Es wurde in dem riesigen Speisesaal der Burg serviert. Der Tisch war mit Speisen und weiteren Weinflaschen überladen. Ben rührte auch diesmal den Wein nicht an. Eine Art Verfolgungswahn überkam ihn, wenn ihm Wein angeboten wurde, aber das konnte er im Moment nicht berücksichtigen. Er saß in der Mitte des langen Tisches mit Kallendbor zu seiner Rechten und einem Baron namens Strehan zu seiner Linken. Questor war ein Platz an einem Ende des Tisches zugewiesen worden, und Abernathy und die Kobolde saßen an einem anderen, kleineren Tisch. Ben erkannte sofort, daß man ihn mit Absicht isoliert hatte. Er dachte einen Augenblick daran, sich über die Sitzordnung zu beschweren, doch er beschloß dann, es sein zu lassen. Früher oder später würde er sowieso einer Prüfung unterzogen werden. Das war unumgänglich. Es mußte ihm gelingen, die Herren von Grünland davon zu überzeugen, daß er fähig war, allein seinen Mann zu stehen.

Die Konversation während des ersten Teiles der Mahlzeit war angeregt, doch etwas schleppend, und erst als der Hauptgang mit geröstetem Schweinebraten und jungen Fasanen weitgehend aufgezehrt war, kam das Gespräch wieder auf das Thema der Krone. Ben hatte sich gerade gefragt, ob die Barone wohl immer so üppig speisten oder ob es eine weitere Anstrengung war, ihn zu beeindrucken, als Kallendbor ihn ansprach.

»Ihr scheint ein Mann von großer Entschlossenheit zu sein, Hoheit«, lobte er und prostete ihm zu.

Ben nickte zur Antwort, doch er rührte sein Glas nicht an.

Kallendbor trank und stellte dann seinen Pokal sorgfältig vor sich auf den Tisch. »Wir würden einen König von Landover nicht vergiften, wenn wir ihn umbringen wollten. Wir würden einfach abwarten, daß der Markus das für uns erledigt.«

Ben lächelte entwaffnend. »Ist es das, was Ihr für mich vorgesehen habt?«

Das wettergegerbte Gesicht verzog sich amüsiert. Die Narben stachen weiß von der gebräunten Haut ab. »Wir haben nichts Böses mit Euch im Sinn. Wir haben überhaupt nichts geplant. Wir sind hier, um zu hören, was Ihr für uns geplant habt, Hoheit.«

»Wir sind treue Untertanen des Thrones und stehen immer auf der Seite des Königs«, fügte Strehan von der anderen Seite hinzu. »Es war nur in letzter Zeit schwierig zu wissen, wer denn dieser König ist.«

»Wir würden gerne loyal dienen, wenn wir feststellen könnten, daß der König, dem wir unsere Dienste unterstellen, ein wahrer König ist und nicht so ein Möchtegernkönig, der nur seine eigenen Interessen kennt«, fuhr Kallendbor fort. »Seit dem Tod des alten Königs und dem Exil seines Sohnes sind wir einer Schwemme falscher Könige ausgeliefert gewesen, die nur ein paar Monate oder Wochen oder gar nur Tage blieben, so daß wir nicht einmal Zeit fanden, uns ihre Namen zu merken. Jenen unsere Unterwerfung anzubieten, liegt in niemandes Interesse.«

»Eine Unterwerfung unter einen solchen wäre Verrat an den Königen, die das Reich seit Anbeginn regiert und beschützt haben«, steuerte Strehan bei. »Wozu sollen wir uns einem König ergeben, der nichts für uns tun kann?«

Ben sah ihn schweigend an und dachte: Da läuft also der Hase!

»Ihr könntet noch einer von jenen sein«, meinte Strehan.

Ben lächelte. Strehan war ein schmalgesichtiger, eckiger Mann, größer noch als Kallendbor. »Das bin ich aber nicht«, erwiderte er.

»Dann erklärt uns, welche Pläne Ihr mit uns habt, Hoheit«, insistierte Kallendbor. »Ihr müßt uns erläutern, welchen Vorteil es uns bringt, damit wir wissen, daß unsere Unterwerfung einen Wert hat.«

Oho! dachte Ben. »Mir scheint, die Vorteile sind doch klar«, gab er zurück. »Ein König repräsentiert die zentrale Autorität, die das ganze Land regiert. Er erläßt und verteidigt die Gesetze, die gerecht auf alle Untertanen angewandt werden. Er schützt vor den Ungerechtigkeiten, die andernfalls aufblühen.«

»In Grünland gibt es keinerlei Ungerechtigkeiten!« widersprach Strehan scharf.

»Gar keine?« Ben schüttelte erstaunt den Kopf. »Man hat mir zu verstehen gegeben, daß es sogar zwischen Gleichen zu Unstimmigkeiten kommen kann, die mangels einer zentralen Autorität häufig die Form von Gewalt annehmen.«

Kallendbor runzelte die Stirn. »Ihr wollt zum Ausdruck bringen, daß wir miteinander streiten?«

»Ich nehme an, daß Ihr Euch, wenn die Gelegenheit sich ergibt, gegenseitig zu beseitigen sucht!« Ben ließ sie den Schock einen Moment lang verdauen. Dann beugte er sich vor und fuhr fort: »Um zur Sache zu kommen: Ihr braucht einen König in Landover.

Es hat immer einen König gegeben, und es wird immer einen geben. Es ist die Regierungsform, die von den Völkern dieses Landes akzeptiert und von den Gesetzen unterstützt wird. Wenn Ihr den Thron vakant laßt oder Euch weigert, denjenigen anzuerkennen, der rechtmäßig darauf sitzt, riskiert Ihr alles. Dies ist ein Land sehr verschiedenartiger Völker und wachsender Probleme, die dringend einer Lösung bedürfen, und allein seid Ihr dazu nicht imstande. Seit dem Tod des alten Königs kommt Ihr miteinander nicht gut aus, und Ihr braucht jemanden, der ihn ersetzt. Ich *bin* derjenige, den Ihr braucht, und ich werde Euch auch sagen, warum.«

Die Tischgesellschaft war verstummt, als die Unterhaltung zwischen Ben und den beiden Baronen sich zu erhitzen begann. Jetzt hörten alle zu. Ben erhob sich langsam.

»Ich bin hierhergekommen, weil die Herren von Grünland immer die ersten waren, dem Thron von Landover ihre Loyalität zu erbieten. Questor hat es mir berichtet. Er riet mir, hier zu beginnen, wenn ich die losen Fäden des Königreiches wieder zusammenknoten wollte. Und es ist *Euer* Königreich. Der Thron und die Gesetze, die er vertritt, gehören Euch und allen Völkern dieses Tals. Beides habt Ihr verloren, und beides braucht Ihr zurück, bevor Landover sich so zersplittert, daß es nie mehr repariert werden kann wie ein zersplittertes Holz. Ich bin dazu in der Lage. Ich kann es, weil ich nicht aus Landover stamme. Ich komme aus einer völlig anderen Welt. Ich habe keine Vorurteile, die mich bremsen, keine althergebrachten Verpflichtungen, denen ich gehorchen, keine Favoriten, denen ich entgegenkommen muß. Ich kann ehrlich und gerecht sein. Ich habe alles hinter mir gelassen, das ich besaß, um hierherzukommen, und Ihr könnt sicher sein, daß meine Absichten lauter sind. Ich habe in meiner Welt mit Gesetzen zu tun gehabt, das wird mir erlauben, die Euren gerecht zu interpretieren.« Er fuhr fort, ehe ihn jemand unterbrechen konnte:

»Ihr braucht diese Gesetze, Herren von Grünland. Ihr braucht sie, damit Stabilität in Euer Leben kommt, die weiter reicht als die, welche mit Waffengewalt erzwungen wird. Vertrauen kommt mit gegenseitiger Achtung und Zuverlässigkeit, nicht mit Drohungen. Ich weiß, daß zwischen den Ländereien nicht alles friedlich ist. Ich weiß, daß zwischen den verschiedenen Völkern des Landes nicht alles friedlich ist. Und das wird es nie werden, bis Ihr Euch nicht einigt, wieder hinter einem König zu stehen. Eure Geschichte und Eure Gesetze verlangen es.«

»Wir sind bisher gut ohne einen König ausgekommen«, warf ein Baron ärgerlich dazwischen.

»Seid Ihr das wirklich?« Ben schüttelte den Kopf. »Ich glaube nicht. Der Belag, der Silber Sterling langsam umbringt, hat auch das Grünland befallen. Ich habe Eure Felder gesehen und die unzufriedenen Gesichter Eurer Knechte, die sie bearbeiten. Das ganze Tal verrottet! Seht Euch selbst an! Ihr fühlt Euch miteinander höchst unbehaglich! Ich kann das spüren, obwohl ich ein Außenstehender bin! Ihr werdet von Dämonen bedroht und von anderen, die an Landovers Grenzen lauern. Zerstritten werdet Ihr nicht mehr lange halten können, was Ihr jetzt noch habt.«

Ein anderer sprang auf. »Und selbst wenn's so wäre, wie Ihr behauptet, warum sollten wir ausgerechnet Euch unsere Dienste unterstellen? Warum haltet Ihr Euch für besser als Eure Vorgänger?«

»Weil ich besser *bin!*« Ben holte tief Luft, und sein Blick traf den Questors. »Ich bin stärker als sie alle!«

»Ich will nichts davon wissen«, grollte ein anderer Baron über den Tisch hinweg. »Wenn wir uns mit Euch verbünden, haben wir den Markus und seine ganze Dämonenhorde im Nacken!«

»Das habt Ihr doch so erst recht«, widersprach Ben. »Wenn sich kein König findet, der sich dem Markus entgegenstellt, wird er eines Tages ins Land kommen und es einfach an sich reißen. Tut Euch mit mir zusammen, und wir können ihn aufhalten!«

»*Wir* können ihn aufhalten?« Strehan war aufgesprungen. »Was haben *wir* für eine Hoffnung, Hoheit? Habt Ihr schon gegen Dämonen wie den Markus gekämpft? Wo sind Eure Narben aus diesen Kämpfen?«

Ben errötete. »Wenn wir zusammenhalten, dann...«

»Wenn wir zusammenhalten, sind wir keineswegs besser dran, als wenn wir allein gehen!« donnerte Strehan. »Wozu taugt Ihr, wenn Ihr nicht kämpfen könnt? Was Ihr wollt, ist, daß die Herren von Grünland ihr Leben für Eures einsetzen!«

Zustimmendes Gemurmel wurde laut. Ben fühlte, wie er die Kontrolle über die Situation zu verlieren begann.

»Ich bitte niemanden, für mich ein Risiko einzugehen«, sagte er schnell. »Ich bitte um eine Allianz mit dem Thron, die gleiche Allianz, die Ihr mit dem alten König hattet. Ich werde alle Untertanen von Landover darum ansuchen, doch an erster Stelle Euch.«

»Tapfer gesprochen, Hoheit! Doch was, wenn wir eine Allianz von *Euch* erbitten?«

Der Sprecher war Kallendbor. Er stand langsam auf, zu Bens rechter Seite, und Strehan setzte sich wieder hin. Die übrigen wurden still.

Ben warf einen hilfesuchenden Blick zu Questor, doch dessen Eulengesicht drückte nichts als Verwirrung aus. Also wandte er sich wieder Kallendbor zu. »An was für eine Allianz hattet Ihr gedacht?«

»Eine Heirat«, gab der andere ruhig zur Antwort.

»Eine Heirat?«

»Eure, Hoheit – mit einer Tochter aus dem Haus Eurer Wahl. Nehmt eine Tochter von uns zur Frau, eine Frau, die Euch Kinder gebiert, eine Frau, die Euch mit uns durch Blutbande verbindet.« Kallendbor lächelte. »Dann werden wir uns Euch unterwerfen. Dann werden wir Euch als König von Landover anerkennen!«

Das darauf folgende Schweigen schien eine Ewigkeit zu dauern. Ben war so verblüfft, daß er erst gar nicht begriff, was der andere ihm vorgeschlagen hatte. Als er dann seine Gedanken wieder geordnet hatte, erkannte er auch die Wahrheit hinter Kallendbors Angebot. Er wurde gebeten, den Herren von Grünland einen legitimen Thronerben zu bescheren, der nach ihm regieren würde. Und er war sich ziemlich sicher, daß ein solcher Erbe, sobald er auf der Welt war, nicht lange würde warten müssen, um den Thron zu besteigen.

»Das kann ich nicht akzeptieren«, entgegnete er schließlich. Er hatte Annies liebes Gesicht vor Augen, und die Erinnerung schmerzte ihn aufs neue. »Ich kann es nicht annehmen, denn ich habe vor kurzem meine Frau verloren und kann nicht so schnell eine andere ehelichen. Ich kann es nicht.«

Er erkannte auf Anhieb, daß keiner verstanden hatte, wovon er sprach. In allen Gesichtern standen Ärger und Zorn. Möglicherweise war es bei den Baronen von Landover wie bei den Baronen seiner eigenen Welt während des Mittelalters üblich, Heiraten aus zweckdienlichen Gründen zu arrangieren. Er wußte es nicht, und jetzt war es auch zu spät, das herauszufinden. In den Augen der Herren von Grünland hatte er die falsche Entscheidung getroffen.

»Ihr seid nicht einmal ein richtiger Mann!« schnaubte Kallendbor verächtlich. Die anderen Barone stießen zustimmende Rufe aus.

Ben hielt sich tapfer. »Ich bin der rechtmäßige König!«

»Ihr seid ein Möchtegernkönig wie die anderen. Ihr seid ein Betrüger!«

»Er trägt das Medaillon, Lord Kallendbor!« rief Questor vom anderen Ende des Tisches, stand auf und kam zu den anderen herüber.

»Mag sein, daß er es trägt, doch es wird ihm nicht viel nützen!« Der rotbärtige Lord hatte seinen Blick auf Ben fixiert. Die übrigen grölten weiter. Kallendbor wandte sich ihnen zu: »Er kann den Paladin nicht befehligen, nicht wahr? Er hat keinen Kämpen, der für ihn gegen Mensch oder Dämon ficht! Er hat niemanden außer Euch, Questor Thews. Ihr solltet besser herkommen und ihn holen!«

»Ich habe es nicht nötig, daß irgendwer für mich einspringt!« Ben stellte sich zwischen Kallendbor und den herbeieilenden Zauberer. »Ich kann für mich selbst und gegen jeden meinen Mann stehen!«

Im gleichen Augenblick, wo er es ausgesprochen hatte, bereute er es auch schon. Es wurde ganz still im Saal. Er sah das Lächeln auf Kallendbors Gesicht und das Glitzern in seinen Augen. »Würde es Euch Spaß machen, Eure Kraft mit der meinen zu messen, Hoheit?«

Ben brach plötzlich in Schweiß aus. Er erkannte die Falle, in die er getappt war, doch jetzt schien es keinen Ausweg mehr daraus zu geben. »Ein Kräftemessen beweist nur selten etwas, Lord Kallendbor«, erwiderte er und hielt seinen Blick starr auf den anderen gerichtet.

Kallendbors Lächeln wurde sehr unerfreulich. »Von einem Mann, der sich zu seinem Schutz nur auf Gesetze verläßt, würde ich genau diesen Spruch erwarten.«

Zorn stieg in Ben auf. »Also gut. Wie würdet Ihr vorschlagen, daß ich meine Kraft mit der Euren messe?«

Kallendbor rieb sich das bärtige Kinn und überlegte. »Hm, also, es gibt eine Reihe von Möglichkeiten, die alle…«

Er wurde durch ein lautes Bellen vom anderen Ende des Saales unterbrochen. Es war Abernathy, der in der Aufregung zeitweilig in die Ausdrucksform seiner Art zurückgefallen war. »Ich bitte um Verzeihung«, rief er, während das Kichern lauter zu werden begann. »Lord Kallendbor, Ihr scheint die dieser Situation angemessene Etikette vergessen zu haben. Ihr wart es, der die Herausforderung zu einem Kampf ausgesprochen hat. Es ist daher das Recht Eures Opponenten, die Kampfart zu wählen.«

Kallendbor runzelte die Stirn. »Ich habe angenommen, daß ihm, da er aus einer anderen Welt stammt, die Spiele der unseren nicht bekannt sind.«

»Er braucht nur eine Variation davon zu kennen«, erwiderte Abernathy und sah den anderen über den Brillenrand hinweg an. »Bitte, entschuldigt mich einen kleinen Moment.«

Aufrecht und mit hoch erhobenem Kopf verließ er den Saal. Unterdrücktes Gelächter der versammelten Barone begleitete ihn. Ben warf einen Blick zu Questor, der achselzuckend den Kopf schüttelte. Auch der Zauberer hatte keine Ahnung, was der Schreiber im Sinn hatte.

Wenige Augenblicke später war er zurück. Er trug die zwei Paar Boxhandschuhe in der Hand, die Ben nach Landover mitgebracht hatte, um im Training zu bleiben. »Fistikuffs, Lord Kallendbor«, verkündete der weichhaarige Weizenterrier.

Kallendbor lachte schallend. »Fistikuffs? Mit den Dingern da? Mir wären nackte Knöchel lieber als gestopfte Ledersocken!«

Abernathy brachte die Handschuhe zum Tisch, wo die beiden Kontrahenten standen. »Hoheit«, sagte er mit einer tiefen Verbeugung zu Ben. »Vielleicht solltet Ihr Lord Kallendbor seine voreilige Herausforderung verzeihen. Es würde niemandem etwas nützen, wenn er verletzt würde, weil er mit Euren Waffen nicht umzugehen weiß.«

»Nein! Ich ziehe meine Herausforderung nicht zurück!« Kallendbor schnappte sich ein Paar Handschuhe und begann, sie überzustülpen. Strehan kam ihm zu Hilfe.

Abernathy reichte Ben das andere Paar. »Er ist sehr stark, Hoheit. Paßt auf Euch auf!« flüsterte er.

»Ich dachte, Ihr verstündet nichts vom Boxen«, wunderte sich

Ben, während er einen Handschuh anlegte. Questor erschien neben ihm und half ihm, sie zu verschnüren. »Woher wußtet Ihr, wo die waren?«

»Ich war beauftragt, Euer Gepäck auszupacken, als Ihr in Silber Sterling angekommen seid«, gab Abernathy zur Antwort und sah Ben mit einem Gesichtsausdruck an, der bei jedem anderen ein Lächeln gewesen wäre. »Die Handschuhe waren zusammen mit einer Zeitschrift eingepackt, in der Euer Spiel beschrieben wird. Ich habe die Bilder und Zeichnungen in der Zeitschrift studiert. Unser Spiel ist sehr ähnlich. Eures heißt Boxen, unseres Fistikuffs.«

»Teufel noch mal«, stöhnte Ben.

Kallendbor hatte die Handschuhe an und stand mit entblößtem Oberkörper bereit. Ben betrachtete ihn an Questor vorbei, während dieser sich noch mit den Schnürsenkeln abmühte. Kallendbors Brust und Arme waren eindrucksvoll muskulös und von Kampfnarben überzogen. Er sah aus, wie ein den Dreharbeiten zu *Spartacus* entsprungener Gladiator.

In der Mitte des Saales wurde ein freier Platz geschaffen, umringt von den anderen Baronen und vom Gefolge aus dem Hofstaat. Er war etwas mehr als doppelt so groß wie ein normaler Boxring.

»Hat das Spiel irgendwelche Regeln?« fragte Ben.

Questor nickte. »Nur eine: Wer sich am Ende des Kampfes noch immer auf den Beinen hält, hat gewonnen.«

Ben schlug die Handschuhe gegeneinander, um den Sitz zu testen, und schüttelte das Hemd von seinen Schultern. »Das ist alles? Ich nehme an, daß ich keine Mühe haben werde, die im Gedächtnis zu behalten!«

Er ging um den Tisch herum in den provisorischen Ring. Kallendbor erwartete ihn. Ben blieb einen Moment am Rand stehen; Questor, Abernathy und die Kobolde folgten ihm auf den Fersen.

»Soweit also die Technik des Anwalts, Dinge anzugehen«, seufzte er.

»Ich werde auf Euch aufpassen, Hoheit«, flüsterte Questor.

Ben drehte sich um. »Keine Zauberei, Questor!«

»Aber, Hoheit, Ihr könnt doch nicht...«

»Keine Zauberei! Ich bestehe darauf!«

Der Zauberer zog eine Grimasse und nickte widerstrebend.

»Das Medaillon wird Euch beschützen«, murmelte er. Doch es klang nicht allzu überzeugt.

Ben schüttelte die Gedanken ab und trat in den Ring. Kallendbor kam sofort auf ihn zu, die Arme weit ausgestreckt, als wolle er mit ihm ringen. Ben versetzte ihm einen linken Haken und trat zur Seite. Der Riese drehte sich grunzend um, und Ben schlug wieder zu, zweimal, ein drittes Mal. Die Schläge waren hart und schnell und warfen Kallendbors Kopf nach hinten. Ben tänzelte um ihn herum, bewegte sich locker und fühlte, wie das Adrenalin in ihm aufstieg. Kallendbor grölte wutentbrannt und griff ihn mit fuchtelnden Armen an. Ben duckte sich, und die Schläge trafen ihn an Armen und Schultern; er ließ ein paar schnelle Konter auf den Körper des Gegners prasseln, tänzelte zurück, attackierte wieder und erwischte Kallendbors Kinn mit einem vollen rechten Haken.

Kallendbor ging glatt zu Boden, einen blöden Ausdruck im Gesicht. Ben tänzelte davon. Er konnte Questors aufmunternde Rufe vernehmen und die Flüche und Schreie der Barone von Grünland. Das Blut pulsierte in ihm, und er meinte, das Schlagen seines Herzens in den Ohren zu hören.

Kallendbor kam langsam wieder auf die Füße. Wut blitzte in seinen Augen. Er war wirklich stark, wie Abernathy gewarnt hatte. Er würde sich nicht leicht k. o. schlagen lassen.

Er griff Ben wieder an, diesmal vorsichtiger, die Fäuste schützend vor dem Kopf. Die Kämpfer umkreisten einander. Kallendbors Gesicht war rot und wütend. Er schlug mit seinen Fäusten gegen die Deckung Bens, suchte eine Öffnung.

Dann hieb er plötzlich zu. Er war blitzschnell und brachte Ben aus dem Gleichgewicht. Die Schläge prasselten auf ihn nieder, durchbrachen seine Abwehr und erwischten ihn im Gesicht. Ben tänzelte rückwärts, seine Fäuste schlugen zurück, doch Kallendbor wurde nicht langsamer. Er drosch auf Ben ein wie ein Wahnsinniger, und Ben ging zu Boden. Er rappelte sich auf, doch Kallendbors wilde Boxhiebe trafen ihn zweimal am Kopf, und er stürzte abermals.

Die Rufe der Grünlandbarone wurden zu einem Röhren in Bens Ohren, und farbige Lichter tanzten ihm vor den Augen. Kallendbor stand über ihm und schlug mit beiden Fäusten auf ihn ein. Ben rollte sich davon, geriet in den Ring der Zuschauer und wurde zurückgeworfen. Kallendbor trat mit Füßen und Knien nach ihm, und die Schmerzen durchschossen seinen Körper wie Lanzen. Er krümmte sich zu einer Kugel zusammen und hielt die Fäuste schützend vors Gesicht.

Er spürte das Medaillon, das er um den Hals trug, auf seiner Brust.

Die Schmerzen wurden unerträglich. Er wußte, daß er das Bewußtsein verlieren würde, wenn er nicht sofort etwas unternahm. Er rappelte sich auf die Knie und stützte sich auf eine Hand. Als Kallendbor sich wieder auf ihn stürzte, umklammerte er verzweifelt dessen Beine und brachte ihn zu Fall.

Sofort war Ben wieder auf den Füßen und schüttelte die Benommenheit ab. Kallendbor stand auch schon wieder. Sein Atem zischte zwischen den Zähnen hindurch. Ein seltsamer Schimmer war hinter dem großen Mann und der Zuschauermenge entstanden. Ben schüttelte den Kopf und versuchte, sich auf den herankommenden Kallendbor zu konzentrieren. Doch jetzt hatten auch andere das Licht wahrgenommen. Sie verdrehten die Köpfe, und die Menge wich auseinander, als das Licht sich ihnen näherte. In dessen Schein tauchte eine Gestalt auf, ein Ritter in verbeulter, zerkratzter Uniform mit geschlossenem Visier.

Man hörte, wie die Barone und der Hofstaat nach Luft schnappten.

Es war der Paladin.

Leises Murmeln ging durch den Saal, als der Ritter im Lichtschein deutlich sichtbar geworden war. Manche gingen auf die Knie und schrien, wie es die Dämonen getan hatten, als der Paladin im Herzen erschienen war. Kallendbor stand unentschlossen in der Mitte des Kreises und starrte die Erscheinung an.

Der Paladin blieb noch einen Augenblick im Licht erkennbar, dann verblaßte er und war verschwunden, zurück blieb das Dunkel des Abends.

Kallendbor schoß augenblicklich auf Ben zu. »Was sind das für Tricks, Spielzeug-König? Warum bringt Ihr dieses Gespenst nach Rhyndswehr?«

Ben schüttelte ärgerlich den Kopf. »Ich habe nichts gebracht außer…«

Questor unterbrach ihn. »Lord Kallendbor, Ihr mißversteht,

was hier geschehen ist. Schon zweimal ist der Paladin erschienen, wenn die Sicherheit Seiner Hoheit bedroht war. Ihr seid gewarnt, Herren von Grünland, daß dieser Mann, Ben Holiday, der wahre König von Landover ist!«

»Ein Gespenst in einem Lichtkegel soll uns warnen?« lachte Kallendbor und spuckte das Blut seiner geplatzten Lippe aus. »Ihr habt Eure Magie benutzt, um uns Angst einzujagen, Questor Thews, aber es ist Euch nicht gelungen!«

Er sah Ben verachtungsvoll an. »Der Kampf ist aus. Ich will nichts mehr sehen von Eurem Wanderzirkus. Und ich will Euch nicht als meinen König!«

Die Rufe der anderen Barone unterstützten seine Erklärung. Ben blieb stehen, wo er stand. »Ob Ihr mich als Euren König wollt oder nicht, ich bin es trotzdem!« erwiderte er scharf. »Ihr mögt mich ignorieren, wie Ihr die Wahrheit ignoriert, doch ich werde eine Tatsache Eures Lebens bleiben! Ihr wollt die Gesetze mißachten, die mich zum König gemacht haben, Kallendbor, doch Ihr werdet das nicht auf Dauer tun können! Ich werde dafür sorgen, daß Ihr das nicht könnt!«

»Ihr braucht Euch nicht weiter zu bemühen, Möchtegernkönig!« Kallendbor war außer sich vor Zorn. Er riß sich die Boxhandschuhe von den Händen und warf sie Ben zu. »Ihr behauptet, König von Landover zu sein? Ihr erklärt, den Paladin zu Euren Diensten zu haben? Nun, dann beweist uns, daß Ihr wirklich seid, der Ihr zu sein vorgebt. Befreit uns von der einzigen Plage, derer wir allein nicht Herr werden! Befreit uns von Strabo! Befreit uns von dem Drachen!«

Er stakste auf Ben zu, bis er ganz nah vor ihm stand. »Seit zwanzig Jahren raubt der Drachen unser Vieh und zerstört unser Eigentum. Wir haben ihn von einem Ende des Landes bis zum anderen gejagt, doch er besitzt die Zauberkraft der alten Welt, und wir können ihn nicht töten. Auch Ihr seid Erbe der alten Magie – wenn Ihr seid, wer Ihr behauptet! Also befreit uns von dem Drachen, Möchtegernkönig, und dann werde ich mich vor Euch verneigen und Euch meine Dienste und mein Leben unterstellen!«

Ein zustimmendes Gebrüll erhob sich aus den Kehlen der Anwesenden. »Befreit uns von dem Drachen!« schrien sie. Ben ließ Kallendbor nicht aus den Augen.

»Bis dahin werde ich Euch ignorieren, wie ich die Ameisen ignoriere, die unter meinen Füßen krauchen!« zischelte Kallendbor ihm ins Gesicht.

Damit drehte er sich um und verließ den Kreis. Die anderen Barone folgten ihm, und langsam leerte sich der Saal. Schließlich blieben nur Questor, Abernathy und die Kobolde zurück. Die vier zogen ihm die Boxhandschuhe aus und wischten ihm Schweiß und Blut von Gesicht und Körper.

»Was ist das für eine Geschichte mit dem Drachen?« wollte Ben sofort wissen.

»Später, Hoheit«, antwortete Questor und tupfte an Bens Auge herum, das sich schon blau zu verfärben begann. »Ein Bad und Schlaf sind erst dran.«

Ben schüttelte den Kopf. »Nicht hier! Ich bleibe keinen Augenblick länger hier, selbst wenn ich die Wüste durchqueren muß! Packt die Sachen. Wir brechen sofort auf. Über den Drachen reden wir unterwegs.«

»Aber, Hoheit...«

»Jetzt sofort, Questor!«

Niemand versuchte, die Angelegenheit weiter zu diskutieren. Eine Stunde später waren sie auf der Straße, die westlich aus Rhyndswehr hinausführte.

Weide

Bens Entscheidung, Rhyndswehr so überstürzt zu verlassen, erwies sich als voreilig. Kaum hatte die kleine Gruppe die Außenbezirke des Dorfes vor der Burg hinter sich gelassen, da fing es an zu regnen. Zunächst waren es nur ein paar Tropfen, doch bald goß es in Strömen. Wolken verdeckten das Licht der Monde, und es wurde stockfinster. Der Sturm fegte über die Ebene von Grünland und peitschte die Reisenden wie der Atem eines gewaltigen Riesen. Sie beschlossen einstimmig, sofort nach einem Unterschlupf zu suchen, doch da waren sie schon bis auf die Haut durchnäßt.

Sie verbrachten die Nacht in einer verfallenen, leeren Scheune, die wohl auch als Viehunterstand gedient hatte. Der Regen drang durch Löcher in den Wänden und im Dach, und es gab nur wenige trockene Flecken. Die Luft war kalt, und sie froren in ihren nassen Kleidern. Ben und seine Gefährten kauerten sich in einer Ecke der Scheune zusammen, wo es nicht allzu feucht war und etwas Stroh herumlag, auf dem sie schlafen konnten. Ein Feuer kam nicht in Frage, so daß sie nur ein paar trockene Kleider anziehen konnten und sich mit den vorhandenen Decken begnügen mußten. Questor bot an, ein flammenloses Heizgerät herbeizuzaubern, das ihm mal gelungen war, doch Ben erlaubte es nicht. Questors Zaubereien hatten eine zu riskante Tendenz, außer Kontrolle zu geraten, und die Scheune war der einzige Unterschlupf, den sie hatten finden können. Zudem, erklärte Ben störrisch, sei es nur eine gerechte Strafe für sein Versagen in Rhyndswehr, den Sturm in dieser unfreundlichen Umgebung abwarten zu müssen.

»Ich hab's gründlich verpatzt, Questor«, klagte er sich selbst an, als sie im Finsteren hockten und dem Trommeln der Regentropfen auf dem alten Scheunendach zuhörten.

»Hmmmm?« Questors Aufmerksamkeit war voll auf das Reinigen der vielen Kratzer und Schürfungen, die Ben bei dem Kampf mit Kallendbor davongetragen hatte, konzentriert.

»Ich hab' die ganze Sache falsch angepackt. Ich hab' mich von Kallendbor in die Falle tricksen lassen und diese idiotische Herausforderung angenommen. Ich hab' die Kontrolle verloren, und die Situation ist mir entglitten.« Seufzend lehnte er sich an die Scheunenwand. »Ich hätte mein Anliegen besser vertreten müssen. Was für ein Anwalt! Was für ein König!«

»Ich denke, Ihr habt Eure Sache recht gut gemacht, Hoheit.«

Ben sah den anderen skeptisch an. »Meint Ihr?«

»Es war offensichtlich beabsichtigt, daß Ihr die Unterwerfung der Herren von Grünland nur unter Annahme von *deren* Bedingungen erreichen würdet. Hättet Ihr eingewilligt, eine Tochter aus einer ihrer Familien zu heiraten, hättet Ihr sie gekriegt. Aber Ihr hättet Euch zum Ausgleich eine Frau und ein Dutzend Verwandte eingehandelt, und Eure Regierungszeit wäre wesentlich kürzer ausgefallen, als Euch lieb sein kann.« Der Zauberer seufzte. »Aber Ihr wußtet so gut wie ich, was sie im Schilde führten, oder?«

»Durchaus.«

»Ihr hattet also recht, das Angebot auszuschlagen, und ich bin der Meinung, Ihr habt unter den gegebenen Umständen großartig die Haltung bewahrt. Ich nehme an, wenn der Kampf weitergegangen wäre, hättet Ihr Kallendbor vielleicht sogar besiegt.«

Ben lachte. »Ich weiß Euren Vertrauensbeweis sehr zu schätzen. Doch ich möchte dazu erwähnen, daß Ihr nichts dem Zufall überlassen habt.«

»Was meint Ihr damit?«

»Ich meine, daß Ihr meinen Befehl mißachtet und mit Eurer Zauberei das Bild des Paladins heraufbeschworen habt, als es aussah, als ginge ich zum endgültigen Auszählen zu Boden.«

Das Eulengesicht fixierte ihn scharf. »Ich habe nichts dergleichen getan, Hoheit. Das *war* der Paladin.«

Ben verfiel für eine ganze Weile in Schweigen.

»Dann ist er zum dritten Mal erschienen«, flüsterte er schließlich fassungslos. »Einmal im Zeittunnel, einmal bei der Krönung und jetzt in Grünland. Aber er sieht so aus, als sei er genau das, was Ihr sagt: Ein Geist! Er sieht aus wie ein Bild aus Licht. Was ist er wirklich?«

»Vielleicht, was er zu sein scheint, vielleicht mehr.«

Ben zog die Knie fest an seinen Körper, um sich warmzuhalten. »Ich glaube, er ist da draußen. Ich glaube, er möchte wiederkommen.« Er sah Questor erwartungsvoll an.

»Ich weiß es nicht, Hoheit. Mag sein.«

»Was hat ihn in der Vergangenheit veranlaßt zu erscheinen? Irgendwas müßt Ihr mir doch von ihm erzählen können – warum und wie er sich zum Beispiel dem alten König offenbarte.«

»Er kam, wenn er gerufen wurde«, gab Questor zurück. »Und gerufen wurde er vom Träger des Medaillons. Das Medaillon ist Teil des Zaubers, Hoheit. Es existiert eine Verbindung zwischen dem Medaillon, den Königen von Landover und dem Paladin. Doch nur die Könige von Landover haben je ganz verstanden, worin dieser Kontakt besteht.«

Ben holte das Medaillon unter seinem Hemd hervor und betrachtete es. »Vielleicht, wenn ich es reibe oder zu ihm spreche oder es nur fest drücke – vielleicht bringt das den Paladin her. Was meint Ihr?«

Questor schwieg. Ben probierte die drei Möglichkeiten, doch nichts geschah. Er versuchte, den Paladin herbeizuwünschen und drückte das Medaillon so fest, daß er die Struktur des Reliefs spüren konnte. Nichts geschah.

»Ich hätte mir denken können, daß es so einfach nicht geht.« Er seufzte, ließ das Medaillon wieder unter sein Hemd gleiten und schaute zum Dach hinauf, wo der Wind die Schindeln klappern ließ. »Erzählt mir von dem Drachen und den Herren von Grünland.«

»Das meiste habt Ihr von Kallendbor selbst gehört. Die Grünlandbarone liegen in Fehde mit Strabo. Der Drache ist ihre strafende Gerechtigkeit. Seit gut zwanzig Jahren, seit dem Tod des Königs, sucht er sie heim. Er verbrennt ihre Ernten und ihre Häuser, er frißt ihr Vieh und manchmal sogar ihre Knechte, er jagt auf ihren Ländereien, wie es ihm paßt, und sie können nichts gegen ihn ausrichten.«

»Weil der Drache Teil des Zaubers ist, nicht wahr?«

»Ja, Hoheit. Strabo ist der letzte seiner Art. Er gehörte in die Elfenreiche bis zu seinem Exil vor Tausenden von Jahren. Er kann durch die Waffen der Sterblichen nicht verletzt werden, nur durch die Magie, die ihn erschuf. Daher fühlte Kallendbor sich in Sicherheit, als er Euch aufforderte, ihn von dem Drachen zu befreien. Er hält Euch für einen Hochstapler. Ein wahrer König von Landover könnte die Magie des Medaillons kontrollieren und nach Belieben den Paladin herbeirufen.«

Ben nickte. »Alles hängt am Ende immer wieder am Paladin, nicht wahr? Sagt mir, Questor, warum jagt der Drache im Grünland?«

Der Zauberer lächelte. »Er ist ein Drache, Hoheit.«

»Ja, ich weiß. Aber er hat doch nicht immer dort gejagt, oder? Jedenfalls nicht zu Lebzeiten des alten Königs.«

»Das ist wahr. In früheren Zeiten blieb er in seinen eigenen Gefilden. Vielleicht fürchtete er den alten König. Möglicherweise hielt der Paladin ihn dort zurück, bis der alte König starb. Eure Vermutungen sind so gut wie meine.«

Ben knurrte gereizt und lehnte sich gegen die Scheunenwand. Sein ganzer Körper schmerzte. »Woran liegt es, daß Ihr auf keine dieser Fragen eine klare Antwort geben könnt, verdammt noch mal? Ihr seid doch der Hofzauberer und mein persönlicher Ratgeber, aber Ihr scheint nicht allzu weitreichende Kenntnisse zu besitzen!«

Questor schaute weg. »Ich tue mein Bestes, Hoheit.«

Ben bereute seine Worte sofort. Er berührte den Zauberer an der Schulter. »Ich weiß, entschuldigt bitte meine ungerechten Vorwürfe.«

»Zu Lebzeiten des alten Königs habe ich mich nicht am Hofe aufgehalten, und mein Halbbruder und ich haben uns nie sehr nahgestanden, sonst hätte ich vielleicht wenigstens ein paar der Antworten auf Eure Fragen zu geben gewußt.«

»Laßt's gut sein, Questor. Es tut mir wirklich leid, das gesagt zu haben.«

»Es ist auch nicht leicht für mich gewesen, versteht Ihr?«

»Ich weiß, ich weiß.«

»Ich war gezwungen, die Zauberei praktisch allein zu erlernen. Ich hatte keinen Tutor und keinen Meister, die mich unterwiesen. Ich mußte den Thron von Landover erhalten, während ich eine Herde von Pseudokönigen zu beaufsichtigen hatte, die vor ihrem eigenen Schatten Angst hatten und allerhöchstens imstande waren, die Aufregung einer Ritterschau zu ertragen!« Seine Stimme wurde lauter. »Ich habe alles gegeben, was ich konnte, damit das Königreich nicht zugrunde gehe und habe Unbill erlitten, die ein normaler...«

Abernathys Knurren unterbrach ihn grob. »Bitte, Zauberer, genug von Euren Monologen! Uns langweilen die Aufzählungen Eurer Leiden, und wir wollen nichts mehr davon hören!«

Questors Mund schnappte hörbar zu.

Ben unterdrückte ein Grinsen. »Ich hoffe, daß ich nicht zu jenen unerfreulichen Pseudokönigen zähle, die Ihr gerade beschrieben habt, Questor«, bemerkte er.

Der Zauberer starrte noch immer beleidigt in Abernathys Richtung. »Wohl kaum!«

»Gut. Dann sagt mir noch eines: Können wir uns auf Kallendbors Wort verlassen?«

Questor sah ihn wieder an. »Was den Drachen angeht? Ja, er schwor einen Eid.«

Ben nickte. »Dann müssen wir einen Weg finden, den Drachen zu beseitigen.«

Keiner sprach etwas. Ben konnte fühlen, wie die anderen einander im Dunkeln Blicke zuwarfen. »Hat jemand eine Idee, wie wir das anfangen können?« fragte er.

Questor schüttelte den Kopf. »Das hat noch keiner fertiggebracht.«

»Für alles gibt's ein erstes Mal«, erwiderte Ben leichthin und fragte sich, wen er wohl zu überzeugen versuchte. »Ihr seid der Meinung, es brauche Magie, um uns den Drachen vom Hals zu schaffen. Wer könnte uns helfen, den nötigen Zauber zu finden?«

Questor überlegte. »Nachtschatten, natürlich. Sie ist die mächtigste von denen, die aus den Elfenreichen stammen. Doch sie ist so gefährlich wie der Drache selbst. Ich glaube, wir könnten mit dem Flußherren mehr Glück haben. Er hat sich jedenfalls den Königen von Landover immer loyal gezeigt.«

»Ist er auch eine Kreatur der Magie?«

»Er war es einst. Er hat die Elfenreiche vor Jahrhunderten verlassen. Immerhin hat er eine gewisse Kenntnis der alten Weisen und mag uns hilfreich sein. Ich hätte vorgeschlagen, ihn als nächsten aufzusuchen, selbst wenn die Grünländer sich unterworfen hätten.«

»Gut, dann ist das also beschlossen. Morgen brechen wir ins Land des Flußherren auf.« Er kuschelte sich unter seine Decke, zögerte einen Augenblick und sagte dann: »Es mag keine große

Bedeutung für Euch haben, doch ich möchte Euch allen danken, daß Ihr mir beigestanden habt.«

Die anderen murmelten etwas, und man hörte sie im Stroh rascheln und sich zum Schlafen zurechtrücken. Eine Weile hörte man nur noch das Prasseln der Regentropfen auf dem Dach und das leise Rauschen des Windes.

Dann meldete sich Abernathy noch mal. »Hoheit, wäre es zu viel verlangt, wenn wir ab morgen nicht mehr in Scheunen campieren würden? Ich habe das Gefühl, hier im Stroh seien Flöhe.«

Ben grinste und schlief ein.

Bei Tagesanbruch hatte der Regen aufgehört, und die Sonne schimmerte durch den Morgendunst. Die kleine Reisegesellschaft zog den ganzen Tag Richtung Süden zum Land des Flußherren, Ben, Questor und Abernathy zu Pferde, die Kobolde zu Fuß. Wieder ging Bunion voraus, um ihr Kommen anzumelden. Am Nachmittag verließen sie die flachen, fruchtbaren Felder und Weiden der Grünlandbarone, und gegen Abend waren sie schon tief in das hügelige Gelände des Seenlandes vorgedrungen.

Die Farben der Landschaft waren hier anders, leuchtender und kräftiger, als sei die Schwächung der Zauberkraft hier noch nicht so weit fortgeschritten. Seen und Flüsse schmiegten sich zwischen Hügel und Täler mit prächtigen Obstgärten, Wäldern, sanften Hängen mit saftigem Gras und Farn, der im Wind wie die Wogen eines Ozeanes schimmerte. Die Nebel waren dichter im Hügelland, wie Wolken, die in den Tälern hängengeblieben waren. Doch das Grün der Wiesen und der Bäume, das Blau der Seen und Flüsse waren intensiver als in der Ebene, und die Farbtupfer von Rosa und Rot und Violett wirkten weniger winterlich. Sogar die Blaubonnies schienen kaum befallen, auch wenn sie hier und da schwarze Flecken aufwiesen.

Ben fragte Questor, woran das liege.

»Der Flußherr und die, welche ihm dienen, sind den alten Weisen noch näher als die meisten der anderen. Bruchstücke der alten Magie werden noch von ihnen beherrscht. Alle Zauberkraft, die sie noch besitzen, setzen sie ein, um ihre Landschaft und ihre Gewässer gesund zu halten.« Questor ließ seinen Blick über die Umgebung schweifen und fuhr dann mit einem Achselzucken fort:

»Die Zauberkraft des Flußherren kann das Schwächerwerden der Magie nur begrenzt aufhalten. Längst sind auch hier Zeichen von Befall und Übergräuung zu erkennen. Der Flußherr und seine Untertanen können im besten Falle die Stellung behaupten, doch am Ende wird auch hier alles zusammenbrechen wie überall sonst.«

»Und das alles, weil Landover keinen König mehr hat?« Ben fiel es noch immer schwer, die Verbindung dieser beiden Phänomene zu erkennen.

»Keinen König *hatte*, Hoheit. Zwanzig Jahre ohne König!«

»Die zweiunddreißig Versager zählen also nicht?«

»Gegen ein Nachlassen der magischen Kräfte, wie es sich überall zeigt? Nein, da zählen sie nicht. Ihr werdet der erste sein, der zählt.«

Vielleicht, vielleicht auch nicht, dachte Ben grimmig in Erinnerung an seinen Mißerfolg bei den Herren von Grünland. »Ich kann das nicht begreifen – erfaßt denn keiner das Problem? Um sie herum krepiert das Land, nur weil sie sich nicht auf einen König einigen können.«

»Ich glaube nicht, daß sie die Sache genauso beurteilen, Hoheit«, widersprach Abernathy und lenkte sein Pferd neben das von Ben.

»Was wollt Ihr damit sagen?«

»Er meint, daß der Zusammenhang zwischen dem Fehlen des Königs und dem Schwinden der magischen Kräfte nur in meiner Einbildung besteht«, unterbrach Questor gereizt. »Er ist der Ansicht, daß außer mir niemand das Problem so sieht.«

Ben wurde nachdenklich. »Und wenn sie recht hätten und Ihr unrecht?«

Questors Eulengesicht verzog sich bitter. »Dann wäre das, was Ihr und ich versuchen, eine ungeheuerliche Zeitverschwendung! Aber es ist nun mal so, daß sie nicht recht haben und ich mich nicht irre!« Questor warf einen giftigen Blick auf Abernathy und schaute dann wieder geradeaus. »Ich habe zwanzig Jahre Zeit gehabt, dem Problem nachzugehen, Hoheit. Ich habe es beobachtet und studiert; ich habe alle meine Zauberkenntnisse eingesetzt, um meine Theorie zu testen. Ich sage Euch mit einiger Gewißheit, daß Landover einen König braucht, wenn es überleben soll!«

Er brachte das mit solcher Vehemenz vor, daß Ben zunächst

schwieg. Es war Abernathy, der als erster sprach.

»Wenn Ihr zeitweilig mit Eurer Selbstrechtfertigung zu Ende seid, Questor Thews, dann erlaubt Ihr mir vielleicht, ein kleines Wort einzufügen, um zu erläutern, was ich eigentlich ausdrücken wollte, als ich meinte, andere sähen das Problem nicht unbedingt genauso wie wir.« Er blickte den Zauberer über den Brillenrand hinweg an, doch der machte sich in seinem Sattel ganz steif und starrte geradeaus. »Was ich sagen wollte, galt nicht in bezug auf das Problem, sondern in bezug auf seine Lösung. Die meisten erkennen recht deutlich, daß die Schwächung der magischen Kraft mit dem Ableben des alten Königs einsetzte. Doch sind sie nicht einhellig der Meinung, daß die Krönung eines neuen Königs das Problem notwendigerweise beheben würde. Manche möchten Bedingungen an diese Lösung knüpfen, manche sind überzeugt, es müßte eine ganz andere Lösung gefunden werden. Manche glauben, man solle am besten gar keine Lösung suchen.«

»Gar keine? Wer meint das denn?«

»Nachtschatten denkt das.« Questor lenkte sein Pferd wieder auf gleiche Höhe mit den anderen und schob seinen Ärger über Abernathy für einen Augenblick beiseite. »Ihr geht es nur um den tiefen Schlund, und ihre eigene Zauberkraft hält die Senke in dem Zustand, in dem sie ihn haben will. Und sollte die Magie des Landes ganz versagen, so wäre ihre die stärkste.«

»Die Herren von Grünland würden einen der ihren als König anerkennen, doch keinen anderen«, fügte Abernathy seiner Erläuterung hinzu. »Sie akzeptieren die Lösung, doch sie stellen Bedingungen.«

»Und der Flußherr sucht nach einem ganz anderen Ausweg – er glaubt an die Selbstheilung«, beendete Questor die Auflistung.

»*Das* war es, was ich hatte sagen wollen«, knurrte Abernathy.

»Dann hättet Ihr es auch äußern sollen!« baffte Questor zurück.

»Ihr habt mich ja nicht zu Wort kommen lassen!«

Die Schatten zogen sich dichter zusammen, als sie ihre Pferde in einen kleinen Pappelhain lenkten, um dort für die Nacht ihr Lager aufzuschlagen. Im Westen stand die Sonne schon so tief, daß ihre Strahlen golden durch die Baumwipfel der bewaldeten Hügelkuppen glitzerten. Im Süden erstreckte sich ein See, über dem Dunst und Nebelschwaden schwebten und kleine Inseln und Buchten umspielten. Vögel zogen ihre Kreise im Abendhimmel.

»Der See heißt Irrylyn«, erläuterte Questor, als sie absaßen und Parsnip die Zügel ihrer Pferde überließen. »Man erzählt, daß in gewissen Hochsommernächten die Geister und Nymphen des Flußherren in seinem Wasser baden, um jung zu bleiben.«

»Das ist sicher aufregend«, gähnte Ben und räkelte sich. Im Moment wünschte er sich nichts Aufregenderes mehr als ein Nachtlager und Ruhe.

»Die einen glauben, das Wasser habe die Kraft, jung zu erhalten«, fuhr Questor fort, »und andere meinen, es könne einen sogar wieder verjüngen.«

»Manche glauben irgendwas«, brummte Abernathy und schüttelte sich, so daß eine große Staubwolke aufstob. »Ich habe schon oft in dem See gebadet und nichts anderes damit erreicht, als einen besseren Geruch.«

»Etwas, das Euch vielleicht im Augenblick gut anstünde«, bemerkte Questor naserümpfend.

Abernathy knurrte zur Antwort und trollte sich davon. Ben sah ihm nach und meinte: »Mir täte ein Bad auch gut, glaube ich. Ich fühle mich so staubig wie ein Fußabtreter. Gibt es irgendeinen Grund, warum ich diesen Schmutz nicht abwaschen sollte, Questor?«

»Gar keinen, Hoheit.« Der Zauberer hatte sich schon umgewandt und suchte nach Pasnip. »Und ich sollte mich mal um das Abendessen kümmern.«

Ben machte sich auf den Weg zum Ufer und blieb dann stehen. »Irgendwelche Gefahren in der Gegend, von denen ich wissen sollte?« rief er hinter Questor her, weil er sich plötzlich an den Schlammwumpel, den Grottengrauler und was immer sonst erinnerte, die er nicht bemerkt hatte, als er neulich seinen Morgenlauf absolviert hatte.

Aber Questor war schon außer Hörweite, Ben konnte seine schlaksige Gestalt im Dunst sehen. Ben zögerte einen Augenblick, zuckte dann mit den Schultern und machte sich wieder auf den Weg zum Ufer. Wenn Geister und Nymphen in den Wassern des Irrylyn badeten, wie gefährlich konnte das schon sein? Außerdem war Abernathy ja schon unten.

Er bahnte sich seinen Weg durch die Schatten hindurch zum

Uferrand. Vor ihm lag der See wie ein Silberspiegel, in dem sich Nebelschleier und die farbigen Kugeln von Landovers Monden reflektierten. Weiden, Haselsträucher und Zedern umsäumten ihn, und Vögel zwitscherten im Zwielicht. Ben legte Stiefel und Kleider ab und sah sich nach Abernathy um. Der Hund war nirgendwo zu sehen, und er hörte auch kein Geräusch von ihm.

Nackt stieg er ins Wasser und blieb überrascht stehen. Es war warm! Wie Badewasser! Eine laue, angenehme Wärme, die der Haut wohltat und die Muskeln entspannte. Er bückte sich, um mit der Hand zu fühlen, ob der Eindruck nur vom Unterschied der Temperaturen von Luft und Wasser herrührte, aber nein. Es war wirklich warm, wie von heißen Quellen gespeist.

Staunend und vorsichtig ging er tiefer, bis ihm das Wasser über die Knie reichte. Noch etwas war seltsam. Es fühlte sich an, als gehe er auf Sand. Er bückte sich wieder und fischte eine Handvoll vom Seeboden auf. Es war wirklich Sand! Er betrachtete ihn im Mondlicht, weil er es nicht glauben konnte. Ein Waldsee, und der Untergrund ist aus Sand und nicht aus Schlamm oder Gestein!

Er ging noch tiefer hinein und fragte sich, ob da nicht wirklich im Irrylyn ein Zauber am Werk war. Er sah sich abermals nach Abernathy um, doch der Hund war nicht zu sehen. Inzwischen reichte ihm das Wasser bis zum Hals, und er spürte die Wärme und entspannte sich. Er war schon zwanzig oder dreißig Meter vom Ufer entfernt, der Seeboden fiel nur langsam ab. Er schwamm in die Dunkelheit hinaus, streckte seinen Körper und atmete gleichmäßig. Dann schwamm er eine Strecke unter Wasser. Als er wieder auftauchte, entdeckte er eine zweite Bucht hinter der, von welcher er kam. Er hielt darauf zu. Sie war klein, nur etwa dreißig Meter breit, und er schwamm daran vorbei zu einer dritten. Er wechselte vom Crawl zum geräuschloseren Brustschwimmen, das Haupt seinem Ziele zugewandt. Die kräuselnde Wasseroberfläche war vom Mondlicht mit bunten Strahlen überflutet, und graue Nebelschleier schlängelten sich darüber hin. Ben schloß die Augen und schwamm weiter.

Die dritte Bucht war noch kleiner. Ihr Gestade war von Gebüsch bewachsen und von Zedern und Weiden überdacht, die dunkle Schatten auf das Wasser warfen. Ben tauchte und schwamm unter Wasser leise in die Bucht, wobei er sich an den

Untiefen orientierte.

Ungefähr fünfzehn Meter vom Ufer entfernt tauchte er wieder auf – vor ihm stand eine Frau, keine drei Meter entfernt, bis zu den Knöcheln im Wasser, und sie war nackt wie er.

Ben Holiday starrte die Erscheinung an. Einen Augenblick lang glaubte er, jemanden zu sehen, den er für immer verloren zu haben glaubte. Wasser rann ihm über die Augen, und er blinzelte.

»Annie?« flüsterte er ungläubig.

Dann erkannte er, daß es nicht Annie, sondern jemand anderes war.

Vielleicht sogar *etwas* anderes.

Ihre Haut war blaßgrün und glänzte fast silbrig. Auch ihr Haar war grün, so dunkelgrün wie die Blätter der Bäume, und war zu langen Zöpfen geflochten, mit Blumen und Bändern darin. Doch auf den Rückseiten ihrer Vorderarme und Waden wuchs dichtes seidiges Haar, das sich sanft in dem über den See wehenden Nachtwind bewegte.

»Wer bist du?« flüsterte sie.

Er fand keine Worte. Ganz deutlich konnte er sie jetzt sehen, und sie erschien ihm liebreizender als alles, was er sich hätte ausmalen können. Sie war wie das Bild einer Elfenprinzessin, das plötzlich zu Leben erwacht war. Sie war das schönste Wesen, das er je erblickt hatte.

Unter dem Mondlicht machte sie einen Schritt auf ihn zu. Ihr Gesicht war so jugendlich, daß sie fast noch ein Kind sein mochte, doch ihre Gestalt...

»Wer bist du?« fragte sie wieder.

»Ben.« Er brachte es kaum über die Lippen, und es kam ihm nicht in den Sinn, etwas anderes zu antworten.

»Ich heiße Weide«, sagte sie. »Ich gehöre jetzt dir.«

Er war völlig verblüfft. Sie kam mit eleganten Bewegungen auf ihn zu, und er war wie ein erschrecktes, wildes Tier, das fliehen wollte.

»Ben.« Ihre Stimme klang süß und melodisch. »Ich bin eine Sylphe, das Kind eines Schrats, der Mensch wurde, und einer Waldnymphe, die wild blieb. Ich wurde zur Jahresmitte in der Hitze der acht Vollmonde gezeugt, und mein Schicksal wurde in die Lianen und Blumen des Gartens geflochten, in dem meine Eltern lagen.

Zweimal im Jahr, so wurde mir bestimmt, soll ich mich davonstehlen und in der Dunkelheit in den Wassern des Irrylyn baden. Zu dem Mann, der mich dabei sah, und keinem anderen, soll ich gehören.«

Ben schüttelte heftig den Kopf. »Aber das ist doch absurd ... das ist nicht recht! Ich kenne dich doch gar nicht! Und du kennst mich nicht!«

Sie blieb vor ihm stehen, nahe genug, um ihn zu berühren. Er wünschte, sie täte es. Das Sehnen nach dieser Berührung durchloderte ihn. Er kämpfte dagegen an, mit allen Mitteln. Die Emotionen, die ihn durchtobten, drohten ihn zu überwältigen.

»Ben.« Sie flüsterte seinen Namen, und der Klang ihrer Stimme umschlang ihn. »Ich gehöre dir. Ich fühle, daß es so ist. Ich fühle, daß mein Schicksal sich erfüllt. Ich bin dem gegeben, der mich so gesehen hat, wie die Sylphen in alter Zeit.« Sie hob ihr Gesicht, und ihre edlen Züge spiegelten die Regenbogenfarben der Monde wider. »Ben, du mußt mich nehmen! Ben!«

Er konnte seinen Blick nicht von ihr wenden. »Weide.« Er sprach ihren Namen aus und kämpfte verzweifelt gegen die Gefühle an, die in ihm aufwallten. »Ich kann nicht nehmen ... was mir nicht gehört. Ich bin nicht einmal aus dieser Welt, Weide. Ich weiß kaum ...«

»Ben«, flüsterte sie drängend und ließ ihn nicht zu Ende sprechen. »Nichts zählt, außer, daß dies geschehen ist. Ich gehöre dir.« Sie kam noch einen Schritt näher. »Berühre mich, Ben.«

Seine Hand kam hoch. Gedanken an Annie schossen blitzklar durch sein Bewußtsein, doch seine Hand hob sich dennoch. Das warme Wasser des Irrylyn und die streichelnde Luft umfingen ihn so eng, daß er meinte, keine Luft zu bekommen. Ihre Finger berührten seine Hand.

»Komm mit mir, Ben«, flüsterte sie.

In seinem Inneren brannte es wie Feuer und raubte ihm den Verstand. Sie war das Sehnen, das er nie gekannt hatte. Er konnte sie nicht abweisen. Die Farben und die Wärme machten ihn blind für alles außer ihr, und die ganze Welt um ihn herum versank. Seine Hand schloß sich fest um die ihre.

»Komm mit mir!« Ihr Körper drängte sich gegen den seinen.

Er legte zärtlich seine Arme um sie, drückte sie an sich. Ihre

Haut war zart.

»Hoheit!«

Alles verschwamm. Im Ufergestrüpp raschelte es, und man hörte Fußstapfen. Weide entschlüpfte seiner Umarmung.

»Hoheit!«

Abernathy tauchte am Ufer auf, keuchend und mit über die Schnauze verrutschter Brille. Ben starrte ihn schweigend und wie vor den Kopf gestoßen an, dann schaute er eilig um sich. Er stand allein, nackt und zitternd in der Bucht. Weide war spurlos verschwunden.

»Um Himmels willen, Hoheit, geht nie wieder ohne einen von uns so allein fort!« schnaubte Abernathy in einer Mischung aus Ärger und Erleichterung. »Ich hätte gedacht, die Erfahrung aus Silber Sterling sei Euch eine Lehre gewesen!«

Ben hörte ihn kaum. Er suchte Uferböschung und Bucht nach Weide ab. Das Verlangen nach ihr brannte noch immer wie Feuer in ihm, und er konnte an nichts anderes denken. Aber sie war nirgendwo zu sehen.

Abernathy setzte sich auf seine Hinterbacken und grummelte wie zu sich selbst. »Na ja, Ihr könnt wahrscheinlich nichts dafür. Questor Thews trägt die Verantwortung. Ihr hattet ihn davon in Kenntnis gesetzt, daß Ihr im See baden wolltet, und er hätte Euch nicht gehen lassen dürfen, ohne daß Parsnip Euch begleitet. Der Zauberer scheint nicht verstehen zu können, welche Gefahren dieses Land für Euch birgt.« Er hielt inne. »Hoheit? Ist alles in Ordnung?«

»Ja, ja«, antwortete Ben hastig. War Weide eine merkwürdige Halluzination gewesen? Sie war ihm so real erschienen...

»Ihr wirkt ein wenig verstört«, bemerkte Abernathy.

»Nein, nein, mir geht es gut...« Seine Gedanken wanderten wieder fort. »Ich hatte nur den Eindruck... ich glaubte, ich hätte etwas gesehen.«

Dann stieg er ans Ufer. Abernathy hatte eine Decke mitgebracht und legte sie ihm über die Schultern. Ben zog die Decke fest um sich.

»Das Abendessen ist fertig, Hoheit«, teilte ihm der Hund mit und beäugte ihn über den Brillenrand. »Eine Suppe wird Euch aufwärmen.«

Ben nickte pflichtgemäß. »Das klingt gut.« Er dachte einen Augenblick nach. »Abernathy, wißt Ihr, was Sylphen sind?«

Der Hund sah ihn neugierig an. »Ja, Hoheit. Sylphen sind eine Art Waldgeister, die weiblichen Nachkommen von Schraten und Nymphen, soviel ich weiß. Ich habe nie eine zu Gesicht bekommen, doch es heißt, sie seien außerordentlich schön.« Er legte die Ohren an. »Für menschlichen Geschmack, wohlgemerkt. Hunde denken da vielleicht anders.«

Ben suchte noch immer die Dunkelheit ab. »Das kann ich mir denken.« Er holte tief Luft. »Suppe, sagtet Ihr? Ich glaube, ich könnte jetzt eine ganze Schüssel davon brauchen!«

»Zum Lagerplatz geht's hier lang, Hoheit.« Abernathy trottete voraus. »Die Suppe dürfte recht schmackhaft sein, falls der Zauberer nicht versucht hat, sie durch seine leider sehr limitierte Zauberkraft zu verbessern.«

Ben warf einen letzten suchenden Blick über die Bucht. Die Seeoberfläche war spiegelglatt und glänzte im Mondlicht. Das Ufer war totenstill.

Kopfschüttelnd eilte er hinter Abernathy her.

Die Suppe war köstlich. Sie wärmte Ben von innen her und vertrieb das Frösteln, das ihn gepackt hatte, als er sich plötzlich allein in der Bucht gefunden hatte. Questor war erleichtert, ihn wohlbehalten zurückzuhaben, und stritt sich mit Abernathy während des ganzen Mahles, wer dafür verantwortlich zu machen sei, daß seine Hoheit verschwunden war.

Ben hörte nicht zu. Er ließ sie argumentieren, antwortete, wenn man ihn ansprach, und behielt seine Gedanken für sich. Nach zwei Schalen Suppe und ein paar Gläsern Wein war er angenehm schläfrig und starrte in die Flammen des kleinen Feuers, das Parsnip entzündet hatte. Es war ihm nicht einmal in den Sinn gekommen, über den Wein nachzudenken.

Bald darauf ging er schlafen. Er rollte sich in seine Decke, den Rücken zum Feuer, und mit dem Blick über den See, wo Nebelschwaden schlingerten und die Monde in ihren sonderbaren Farben glänzten. Er lauschte auf die Stille, die sich über das Hügelland gelegt hatte. Und er suchte in der Dunkelheit nach Schatten.

In jener Nacht schlief er tief. Und während er schlief, träumte er. Er träumte nicht von Annie oder Miles, nicht von dem Leben, das er hinter sich gelassen hatte, als er nach Landover kam, auch nicht von den Myriaden von Problemen, die auf ihn als König zukamen.

Nein. Er träumte von Weide.

Der Flußherr

Bunion kam bei Morgengrauen zurück. Es war feuchtkalt; Nebel und Schatten lagen noch dicht über dem Wald wie eine wollene Decke über einem schlafenden Kind. Der Rest der kleinen Gesellschaft saß gerade beim Frühstück, als der Kobold zwischen den Bäumen auftauchte wie eine Gestalt, die aus den Träumen der letzten Nacht übriggeblieben war. Er wandte sich direkt an Questor und sprach zu ihm in jener unverständlichen Mischung aus Grunzen und Fauchen. Dann nickte er den anderen zu und aß, was übriggeblieben war: Brot, Beeren und Bier.

Questor informierte Ben, daß der Flußherr bereit sei, ihn zu empfangen. Ben nickte. Seine Gedanken waren woanders. Das Bild von Weide stand ihm noch immer vor Augen und war so real, daß es etwas anderes zu sein schien als ein Traum. Beim Erwachen hatte er versucht, es zu verscheuchen, weil es ihm irgendwie wie ein Verrat an Annie vorkam, doch die Vision war zu stark, und seltsamerweise wollte er sie auch nicht aufgeben, trotz seiner Schuldgefühle. Warum hatte er von Weide geträumt? Warum waren die Träume so deutlich gewesen? Er beendete sein Frühstück, versunken in seine privaten Gedanken, und bemerkte nichts von den Blicken, die Questor und Abernathy einander zuwarfen.

Bald danach brachen sie auf, wie eine Prozession von Gespenstern im diesigen Morgendämmern. Sie ritten hintereinander her einen schmalen Pfad entlang, der an den Ufern des Irrylyn kaum breit genug war für einen allein. Es war eine Reise durch eine Phantasiewelt. Dampf stieg schlangengleich vom Talboden auf und spiralte mit den Nebelfetzen über dem Wald in die Lüfte. Schwarz und triefend standen gewaltige Eichen, Ulmen, Weiden und Zedern vor dem grauen Himmel. Imaginäre Gestalten wehten ins Blickfeld und waren mit einem Blinzeln der Augenlider wieder fort, als wollten sie necken und spielen. Ben war wie betäubt von der Unwirklichkeit, fühlte sich, als sei er noch nicht ganz wach geworden, als sei er berauscht. Er ritt durch den Dunst, der ihm Augen und Bewußtsein gleichermaßen zu vernebeln schien, und schaute nach etwas aus, das im Gewirr der Schattenbilder Gewißheit bot. Doch nur die Bäume und die metallische Oberfläche des Sees waren Wirklichkeit.

Dann war auch der See fort, und nur die Bäume waren noch da. Der Morgen schritt voran, doch Dunst und Schatten blieben und flüsterten von versteckten Geheimnissen. Dumpf drangen Geräusche durch das milchige Umfeld und ließen nur Vermutungen zu, woher sie stammten. Ben suchte an jeder Biegung, hinter jedem Baum nach Weide. Eine Stimme in seinem Inneren sagte ihm, sie befände sich hier irgendwo in den Schatten, den Geräuschen, und beobachte ihn. Er suchte, doch er konnte sie nicht entdecken.

Irgendwann tauchte der Waldschrat auf.

Sie hatten, von Bunion geführt, die Pferde eine Schneise hinuntergelenkt, als er sich plötzlich aus den Nebeln gelöst hatte und neben dem Kobold erschien, eine schlanke, drahtige Gestalt, kaum größer als Bunion, mit brauner, schuppiger Haut, wie der Rinde eines jungen Baumes, und dichtem Haar auf Nacken und Oberarmen. Erdfarbene Kleider hingen locker an ihm herunter, und er trug bis zu den Waden hinauf geschnürte Stiefel. Er bewegte sich schnell und ohne Unterlaß wie ein Vogel, als er neben Bunion herlief.

»Questor!« rief Ben, lauter und rauher, als er beabsichtigt hatte. »Wer ist das?«

Der Zauberer, der direkt vor ihm ritt, lehnte sich im Sattel zurück und hielt sich den Finger an die Lippen. »Nicht so laut, Hoheit. Unser Führer ist ein Waldschrat, der in den Diensten des Flußherrn steht. Um uns herum sind noch mehr von ihnen.«

Ben sah sich schnell um, doch der Nebel war undurchdringlich, und er konnte niemanden entdecken. »Führer? Wohin führt er uns?« Er flüsterte jetzt.

»Er wird uns nach Eldero bringen, dem Wohnsitz des Flußherrn.«

»Brauchen wir einen Führer?«

»Mit ihm ist es sicherer. Eldero ist von Moor umgeben, und schon mancher hat sich darin verloren. Das Seenland kann heimtückisch sein. Die Gestellung eines Führers ist eine Geste der Höflichkeit, die der Flußherr uns gewährt – eine Höflichkeit, die allen Gästen zum Willkomm gewährt wird.«

Ben schaute noch einmal auf den undurchsichtigen Nebelvorhang. »Ich hoffe, diese Höflichkeit wird auch den Abreisenden geboten werden«, murmelte er zu sich selbst.

Sie zogen weiter durch den Wald. Andere Gestalten tauchten plötzlich aus dem Nebel auf, schlank und drahtig wie der erste, manche mit ebenso borkiger Rinde, andere knorrig, manche glatt und silberhäutig. Sie kamen von beiden Seiten, nahmen die Zügel in die Hand und führten die Pferde. Rechts und links des Pfades waren jetzt Tümpel und schilfbewachsener Sumpf. Über allem lastete schwerer, nasser Nebel. Der Pfad wurde noch schmaler, und manchmal verschwand er ganz. Dann gingen sie durchs Wasser, die Schrate bis zu den Hüften, die Pferde bis zu den Schenkeln. Seltsame Lebewesen schwammen um sie herum, manche mit Flossen, manche mit Reptilschuppen, manche mit fast menschlichen Gesichtern. Irgendwelche Geschöpfe schossen durch den Nebel, tanzten über die Schlammfelder wie gewichtlose Wasserläufer. Ben war langsam wach geworden. Die Träume der letzten Nacht verblaßten endlich und waren nur noch vage Erinnerungen und unzusammenhängende Gefühle. Sein Bewußtsein schärfte sich, während er die seltsamen Wesen beobachtete, die um ihn herum waren, doch so recht glauben konnte er das alles nicht. Dann überkam ihn plötzlich eine Welle von Hoffnungslosigkeit. Geister, Nymphen, Schrate, Gnome, Naiaden, Feen, Wichtel – die Namen kamen ihm in den Sinn, während er diesen Moorgeschöpfen zusah, die aus dem Nebel auftauchten und wieder verschwanden. Er erinnerte sich an seine ersten, heimlich gelesenen Fantasy- und Science-fiction-Bücher, die Horrorgeschichten und Comics, und erlebte sein Staunen über die merkwürdigen Gestalten, das ihn damals befallen hatte, aufs neue. Solche Geschöpfe konnten doch nur in der Phantasie der Autoren bestehen und unter ihrer Feder zu Leben erweckt werden, hatte er geglaubt – und insgeheim gewünscht, es sei nicht so. Und hier nun, hier gab es sie wirklich. Es waren die Bewohner der Welt, in die er gekommen war, und er wußte nichts über sie, und sie ihrerseits wußten nichts über ihn. Wie, in Gottes Namen, sollte er sie dazu bringen, ihn als ihren König anzuerkennen? Was konnte er geltend machen, um sie zu überzeugen, damit sie sich mit ihm verbündeten?

Die Aufgabe war hoffnungslos. Es erschreckte ihn so, daß er wie gelähmt war. Die schlanken Schattengestalten aus dem Volk des Flußherrn schlüpften überall um ihn herum durch den Nebel, und er sah sie als fremdartige Geschöpfe, für die er nichts als eine Kuriosität sein konnte. Mit den Herren von Grünland war das anders gewesen. Da war wenigstens eine Ähnlichkeit in der Erscheinung, ein Gefühl von Gleichartigkeit gewesen. Aber hier galt nichts davon.

Er schüttelte seine Hoffnungslosigkeit und seine Furcht ärgerlich beiseite. Solche Gefühle waren nichts als Rechtfertigungen, um aufzugeben, und das würde er nie tun. Brücken konnten zwischen Lebewesen aller Art geschlagen werden. Es hatte Könige gegeben, die diesem Volk gedient hatten; das konnte auch er. Und er würde einen Weg finden, sie das erkennen zu lassen. Er würde tun, was zu tun wäre, doch er würde nicht aufgeben. Niemals.

»Hoheit?«

Abernathy war fast neben ihm und sah ihn fragend an. Ben sah, daß er sich mit solcher Kraft an den Sattelknauf geklammert hatte, daß seine Fingerknöchel ganz weiß geworden waren. Er hatte Schweißperlen auf der Stirn und wußte, daß ihm seine Gefühle ins Gesicht geschrieben standen.

Er atmete tief ein, entspannte sich und lockerte den Klammergriff. »Es war nur ein Frösteln«, entschuldigte er sich, schaute nach vorn und trat Wishbone in die Flanken, so daß Abernathy wieder hinter ihm blieb.

Ein großer Zypressenhain lag plötzlich vor ihnen. Moos hing an den Zweigen und knorrige Wurzeln krallten sich wie Riesenpranken in den sumpfigen Boden. Die kleine Reisegesellschaft und ihre Führer und Begleiter drangen hinein und wurden vom Schatten und dem Geruch feuchtwarmer Erde empfangen. Der Pfad schlängelte sich zwischen den uralten Bäumen hindurch, an schwarzen Tümpeln und dampfenden Sumpfflecken vorbei. Der Hain schien endlos, und die gewaltigen Bäume schluckten das Tageslicht. Es war, als sei die Dämmerung schon hereingebrochen.

Dann lichtete sich der Wald etwas und der Boden stieg leicht an. Sie arbeiteten sich langsam aufwärts und ließen den dichten Nebel unter sich. Die Sonne schien hell. Der Boden war nicht mehr sumpfig, und die Zypressen wichen Eichen und Ulmen. Es roch nicht mehr so feuchtwarm und modrig, sondern würziger, nach

Kräutern und Blumen. Die Gestalten, die überall um sie herumsprangen, kamen ihm nicht mehr so schemenhaft vor wie in den Nebeln. Vor ihnen wurden Stimmen laut. Ben spürte, daß sie dem Ziel der Reise nahe gekommen waren, und sein Puls ging schneller.

Zwischen den Bäumen hindurch schimmerten leuchtende Farben, Blumengirlanden hingen von Ast zu Ast, und man hörte Wasser rauschen. Der Pfad verbreiterte sich und mündete in ein großes Amphitheater. Es wurde aus lebenden Bäumen geformt, die einen dreiviertel Kreis um eine Arena aus Gras und Blumen bildeten; schmale Passagen führten rundum zwischen Sitzbänken aus Balken und Baumstümpfen hindurch. Das Astwerk der Bäume überdachte fast die ganze Arena, und in der Mitte, wo es sich verdünnte, drangen Sonnenstrahlen herein und brachen sich in allen Regenbogenfarben in den zarten Nebelfetzen, die wie Schleier wehten.

»Hoheit«, rief Abernathy leise, »schaut!«

Er meinte nicht das Amphitheater, sondern das, was dahinter zu sehen war. Ben blieb die Luft weg. Was er erblickte, war jenseits aller vorstellbaren Realität. Bäume von mehr als doppelter Größe von denen des Amphitheaters erhoben sich hoch über den Wald, auf Stämmen wie Säulen, die sogar die Redwoodriesen, die Ben einmal mit Annie in Californien besucht hatte, wie Zwerge erscheinen ließen. Gewaltige, waagerechte Äste wuchsen von einem Baum zum nächsten und vereinigten sie zu einem komplizierten Gerüst.

Diese natürliche Architektur bildete die Struktur für eine ganze Stadt.

Hütten und Geschäfte befanden sich hoch oben zwischen den Ästen der Baumgiganten eingezwängt, miteinander verbunden durch Treppen und Galerien, die bis auf den Waldboden führten. Dort lag der größere Teil der Stadt, durchzogen von zahlreichen Kanälen, die von einem Fluß genährt wurden, der mitten durch die Stadt floß und dessen Rauschen sie schon von ferne gehört hatten. Das Blätterdach verdeckte den Himmel, doch das Sonnenlicht kam fleckenweise hindurch. Überall waren Blumen und Blütensträucher zu sehen, die in hellen Farben leuchteten.

Auf den Baumwegen und den Wasserstraßen wimmelte es von Untertanen des Flußherrn, jenen seltsamen Geschöpfen, die sie auch auf dem Weg hierher um sich gehabt hatten.

»Das ist Eldero«, erläuterte Questor überflüssigerweise, denn soviel hatte Ben sich auch schon gedacht.

Die kleine Gruppe näherte sich dem Amphitheater, und ihre Führer verschwanden einer nach dem anderen, bis nur noch der blieb, der sich als erster zu ihnen gesellt hatte. Bunion und er schritten nebeneinander vorneweg, dann folgten Ben und Questor. Abernathy blieb ein paar Schritte hinter ihnen und trug wieder tapfer die rotweiße Standarte des Königs mit dem Bild des Paladin. Parsnip bildete, die Packesel im Schlepp, den Schluß. Ein Empfangskomitee erwartete sie. Es war soeben aus einem der Tunnel, die unter den Sitzreihen hindurch in die Arena führten, aufgetaucht. Sowohl Männer als auch Frauen gehörten ihm an. Ben konnte zwar ihre Gesichter aus der Entfernung nicht erkennen, doch er sah, daß auch sie alle mit waldfarbener Kleidung angetan waren.

In der Mitte der Arena hielten sie an, saßen ab und schritten auf das Empfangskomitee zu. Jetzt gingen Ben und Questor vorn, Abernathy und die Kobolde folgten. Ihr Führer war mit den Lasttieren zurückgeblieben. Ben blinzelte schnell zu Questor hinüber.

»Wenn Ihr noch ein paar allerletzte Ratschläge hättet, Questor, so würde ich das zu schätzen wissen.«

»Hmmmmm?« Questor war wieder mit den Gedanken woanders gewesen.

»Über den Flußherrn. Was ist er für eine Person?«

»Ihr solltet eher fragen, was er für eine Kreatur ist«, warf Abernathy bissig dazwischen.

»Ein Schrat, Hoheit«, antwortete Questor. »Ein Elfenwesen, der halb Mensch wurde, als er nach Landover herüberkam und dieses Tal zu seiner Heimat erkor, ein Wald- und Wasserwesen, ein... ein... ähm...« Der Zauberer stockte. »Er ist wirklich nicht leicht zu beschreiben.«

»Am besten findet er's selbst heraus«, schlug Abernathy spitz vor.

Questor dachte eine Weile nach. »Ja, vielleicht.«

Sie waren inzwischen zu nah an die Gruppe herangekommen, als daß Ben die Sache weiter hätte diskutieren können – obwohl er es in Anbetracht dessen, was er gerade gehört hatte, gerne getan hätte. Also wandte er seine Aufmerksamkeit den Gastgebern zu. Den Flußherrn erkannte er sofort. Er stand in der Mitte und am weitesten vorn, eine große, schlanke Gestalt, gekleidet in Hemd, Hose und Umhang aus waldgrünem Stoff, polierten Stiefeln, Kreuzgürtel und einem schmalen Silberdiadem auf der Stirn. Seine Haut war silbrig und geschuppt, und sein Haar wuchs ihm dicht und schwarz über den Nacken und die Oberarme. Augen und Mund schienen wie seltsam gemeißelt, und er besaß fast keine Nase. Er sah fast aus, als sei er aus Holz geschnitzt.

Die übrigen standen um ihn gruppiert, zumeist jünger, Männer und Frauen verschiedener Größe und Gestalt, manche nußbraun und geschuppt wie ihr Führer, ein oder zwei so silbrig wie der Flußherr selbst, eine wie ein Stock, eine mit fuchsrotem Fell, einer reptilienhaft in Farbe und Aussehen, einer gespenstisch weiß mit tiefliegenden, schwarzen Augen und eine…

Ben verlangsamte plötzlich seine Schritte und kämpfte dagegen an, daß sich der Schreck, der ihm durch die Glieder gefahren war, in seinem Gesicht abzeichnete. Eine der dort versammelten Gestalten, die, welche links neben dem Flußherrn stand, war Weide.

»Questor«, flüsterte er. »Das Mädchen auf der linken Seite – wer ist das?«

Questor sah ihn überrascht an. »Wer?«

»Na, das Mädchen links, das mit der grünen Haut und dem grünen Haar, zum Kuckuck!«

Questor lächelte den Wartenden würdig zu und zischelte aus dem Mundwinkel: »Die Sylphe? Sie heißt Weide und ist eine der Töchter des Flußherrn. Warum…«

Ben machte ihm Zeichen zu schweigen. Sie schritten weiter, und Bens Gehirn arbeitete fieberhaft. Sein Blick traf Weides. Sie sah ihn stolz und herausfordernd an.

»Willkommen, Hoheit«, grüßte der Flußherr und verbeugte sich leicht. Eigentlich war es nur ein Kopfnicken. Seine Begleiter taten es ihm gleich. »Willkommen in Eldero.«

Ben überspielte seine Überraschung, Weide hier zu sehen, und raffte sich zusammen. »Ich weiß Eure Begrüßung zu schätzen und ich weiß auch zu schätzen, daß Ihr mich auf eine so kurze Voranmeldung hin zu empfangen bereit seid.«

Der Flußherr lachte. Es war ein tönendes, herzhaftes Lachen, welches das ganze Amphitheater auszufüllen schien, doch sein geschnitztes Gesicht verzog sich nicht. »Die Tatsache, daß Ihr kommt, spricht sehr für Euch, Hoheit. Ihr seid der erste seit dem Tode des alten Königs. Ich wäre ein schlechter Gastgeber, wenn ich mich weigern würde, Euch nach so langer Wartezeit zu empfangen.«

Ben lächelte höflich, doch sein Lächeln erstickte, als er entdeckte, daß der Flußherr Kiemen am Hals hatte. »Es war wohl eine lange Wartezeit für jedermann«, brachte er so gerade noch hervor.

Der Flußherr nickte. »Ziemlich lang.« Er wandte sich um. »Dies ist meine Familie, meine Frauen, meine Kinder und meine Enkelkinder. Viele von ihnen haben noch nie einen König von Landover gesehen und baten, dabeisein zu dürfen.«

Er stellte sie alle einzeln vor. Die Kiemen an seinem Hals vibrierten, wenn er sprach. Ben hörte geduldig zu, nickte jedem zu, auch Weide, als sie vorgestellt wurde, und fühlte ihren Blick wie Feuer brennen. Als der Flußherr geendet hatte, machte ihn Ben mit seinen Gefährten bekannt.

»Alle seien uns willkommen«, sagte der Flußherr und gab jedem die Hand. »Heute abend werden zu Euren Ehren ein Fest und ein Umzug stattfinden. Ihr sollt Euch in Eldero zu Hause fühlen, solange Ihr bei uns seid.« Er lächelte, oder zumindest schien es als Lächeln gemeint zu sein. »Und nun, denke ich, sollten wir beide über das reden, was Euch hergeführt hat. Es ist im Seenland üblich, direkt zur Sache zu kommen. Während Eure Gefährten in ihre Unterkünfte in der Stadt gebracht werden, können Ihr und ich unsere Konferenz abhalten – nur wir beide. Seid Ihr damit einverstanden?«

Ben nickte. »Das bin ich.« Er schaute nicht einmal zu Questor, ob der wohl dem zustimmen würde. Questor konnte ihm hier sowieso nicht helfen. Ben wußte, was er zu tun hatte, und er mußte es allein tun. Zudem schien der Flußherr gar nicht so übel zu sein, im Gegensatz zu Abernathys Bemerkungen.

Der Flußherr gab seiner Familie Anweisungen, Questor, Abernathy und die Kobolde zu ihren Unterkünften zu bringen. Dann wandte er sich an Ben. »Möchtet Ihr etwas von der Stadt sehen, während wir reden, Hoheit?« fragte er.

Es war mehr ein Vorschlag als eine Frage, und Ben nickte zustimmend. Der Flußherr betrat einen der Tunnel, der aus dem Amphitheater herausführte, und er folgte schweigend. Ben sah sich noch einmal um und fing einen Blick von Weide auf, die aus dem diesigen Sonnenlicht hinter ihm herschaute, dann waren sie im Dunkeln.

Am anderen Ende angelangt, führte ihn der Flußherr an einem Kanalufer entlang. Blumenbeete und sorgfältig gestutzte Hecken säumten den Weg. Sie erreichten einen Park am Rande des Amphitheaters. Kinder spielten hier, kleine, herumspringende Geschöpfe, die so unterschiedlich und vielfältig gestaltet waren wie ihre Eltern. Ihre Stimmen klangen fröhlich und hell. Es war lange her, seit Ben Kindern beim Spielen zugeschaut hatte, und abgesehen von ihrer Erscheinung benahmen sie sich wie die Kinder aus seiner eigenen Welt.

Aber jetzt war dies hier seine Welt!

»Ich weiß, daß Ihr nach Eldero gekommen seid, um mich um meine Allianz mit dem Thron zu bitten«, begann der Flußherr mit ausdruckslosem, maskenhaftem Gesicht unvermittelt das Gespräch. »Ich weiß auch, daß Ihr zunächst die Herren von Grünland mit dem gleichen Anliegen aufgesucht habt und daß sie sich geweigert haben.« Ben sah ihn prüfend an. »Oh, Ihr braucht nicht überrascht zu sein, daß ich solche Dinge weiß, Hoheit. Ich stamme aus den Elfenreichen und ich besitze noch immer einen Teil jener Zauberkraft, die mir einst geläufig war. Ich kann in die meisten Winkel des Tales blicken.«

Er machte eine Pause und erläuterte dann Einzelheiten über die Anlage des Parks und des Kanalsystems, das die ganze Stadt durchzog. Ben hörte geduldig zu. Offenbar wollte der Flußherr die Unterredung auf seine Weise steuern, und Ben war es zufrieden. Sie verließen den Park und betraten einen Ulmenhain, der das Gebiet der Baumgiganten umgab.

»Ich achte Eure Initiative und Euren Mut, diese Reise zu den Völkern des Tales unternommen zu haben, Hoheit.« Der Flußherr kam wieder auf das eigentliche Thema zurück. »Ich halte Euch für stärker als jene Männer, die vor Euch den Thron von Landover innehatten. Euer Auftritt in Rhyndswehr hat das deutlich gezeigt. Ich halte Euch zudem für einen entschlossenen Mann, der die Dinge direkt und ohne Umschweife anpackt, darum will ich Euch die umständlichen Manöver der Diplomatie ersparen. Ich habe Euer Anliegen, das mir, wie gesagt, bekannt ist, eingehend überdacht und ich muß es ablehnen.«

Schweigend gingen sie weiter. Ben war wie vor den Kopf gestoßen. »Darf ich Euch nach den Gründen fragen?« brachte er schließlich hervor.

»Ich erkenne keinen Vorteil darin, es zu gewähren.«

»Ich würde behaupten, daß Ihr eine ganze Reihe von Vorteilen darin sehen solltet.«

Der Flußherr nickte. »Ja, ich weiß. Ihr würdet anführen, daß Stärke in der Zahl liegt, daß eine zentrale Regierung dem Land in seiner Gesamtheit nützte. Ihr würdet anführen, daß die Völker von Landover einander nicht über den Weg trauen können, solange sie nicht einen gemeinsamen König akzeptieren. Ihr würdet anführen, daß wir von außen von benachbarten Welten bedroht werden und von innen durch den Markus und seine Dämonen. Ihr würdet anführen, daß das Land von Krankheit befallen ist, die durch das Nachlassen jener magischen Kräfte verursacht wird, die einst Landover geschaffen haben, und daß das Land möglicherweise daran zugrunde gehen wird.« Er sah Ben an. »Habe ich die Argumente, die Ihr aufzählen würdet, korrekt wiedergegeben?«

Ben nickte nachdenklich. »Und wie würdet Ihr darauf antworten?«

»Ich würde Euch eine Geschichte erzählen.« Der Flußherr verlangsamte seine Schritte und lenkte Ben zu einer in den Fels geschlagenen Bank. Sie ließen sich darauf nieder. »Die Bewohner des Seenlandes sind aus den Elfenreichen gekommen, Hoheit – die meisten zu einer Zeit, die von allen außer uns selbst längst vergessen ist. Wir sind Elfenwesen, die sich entschlossen haben, in einer Menschenwelt zu leben. Wir haben uns entschieden, sterblich zu werden, uns der Vergänglichkeit preiszugeben, obwohl wir einst unsterblich waren. Wir sind Naturgeister – Geschöpfe von Wald, Erde und Wasser –, Schrate, Nymphen, Gnome, Naiaden, Wichtel und vieles andere. Wir verließen die Elfenreiche und erkoren das Seenland zu unserer Heimat. Wir haben es zu dem gemacht, was es ist – ein Land von Schönheit, Frieden, Anmut, Grazie und Gesundheit. Wir haben es dazu gemacht, weil dies der eigentliche Grund und unser Hauptanliegen war, um dessentwillen wir nach

Landover gezogen sind. Wir kamen, um dem Land Leben zu geben – nicht nur dem Seenland, sondern dem ganzen Tal.«

Nach einer kleinen Pause sprach er weiter. »Wir haben diese Kraft, Hoheit – die Kraft, Leben zu geben.« Er beugte sich näher wie ein ernster Lehrer, der seinen Schüler unterweist. »Wir haben nicht alle Zauberkräfte verloren, versteht Ihr? Wir besitzen noch immer die Kraft des Heilens. Wir können ein Land von Krankheit und Befall heilen und gesunden lassen. Kommt mit. Ich zeige Euch, was ich meine.«

Er erhob sich und ging ein paar Schritte weit zu einem Gebüsch am Rande des Ulmenhains. Ben folgte ihm. Die Blätter zeigten Spuren von Befall, ähnlich wie die Blaubonnies, die Ben bei seiner Ankunft in Landover angetroffen hatte.

»Seht Ihr den Befall der Blätter?« fragte der Flußherr.

Er bückte sich und legte seine Hände knapp über dem Boden an den Busch. Er konzentrierte sich, atmete langsamer und beugte den Kopf, bis sein Kinn auf der Brust ruhte. Der Busch bewegte sich, als reagiere er auf die Berührung. Die Flecken und welken Ränder verschwanden und der Busch streckte sich frisch und grün in der Nachmittagssonne.

Der Flußherr stand auf. »Wir besitzen die Kraft zu heilen«, wiederholte er. Die Konzentration war in seinen Augen noch zu erkennen. »Wir würden das ganze Land davon profitieren lassen, wenn man uns ließe. Doch es gibt viele, die uns mißtrauen, und noch mehr, denen egal ist, was wir tun. Ihnen ist es lieber, wenn wir im Seenland bleiben, und wir haben uns ihrem Wunsch gefügt. Wenn es ihnen beliebt, uns für gefährlich zu halten, weil wir anders sind, dann sei es so. Doch sie belassen es nicht dabei, Hoheit. Sie fahren fort, das Land zu zerstören, durch die Art, wie sie damit umgehen. Sie sorgen dafür, daß die Krankheit sich ausbreitet, weil sie nachlässig und leichtfertig sind. Sie bringen die Krankheit nicht nur über ihr eigenes Gebiet, sondern auch in unser Land, sie verpesten unsere Flüsse und Wälder!«

Ben nickte. Vielleicht hatten sie am Ende doch eine gemeinsame Basis. »Eure Welt ist gar nicht so verschieden von der meinen, Flußherr. Auch dort gibt es viele, die das Land zerstören, die Gewässer verschmutzen und die Sicherheit und die Gesundheit der anderen in Gefahr bringen.«

»Dann, Hoheit, werdet Ihr auch das Ende meiner Geschichte verstehen können.« Der Flußherr sah ihm gerade in die Augen. »Das Seenland gehört uns – den Leuten, die hier leben und sich darum kümmern. Dies ist unsere Heimat. Wenn die anderen Bewohner des Tales ihre Heimat zerstören wollen, so betrifft uns das nicht. Wir haben die Kraft, unsere Wälder und unsere Gewässer gesund zu halten, und das werden wir tun, solange es nötig ist. Der Schwund unserer magischen Fähigkeiten, der mit dem Tod des alten Königs einsetzte, hat die Probleme für uns nicht vergrößert. Die Herren von Grünland, die Trolle, Kobolde, Gnome und all die anderen haben die Verpestung ihrer Landschaft schon lange vorher begonnen. Für uns hat sich nichts geändert. Wir sind immer ein Volk außerhalb gewesen, und ich nehme an, das werden wir wohl auch immer bleiben.«

Er schüttelte nachdenklich den Kopf. »Ich wünsche Euch Erfolg, Hoheit, doch ich werde mich nicht mit Euch verbünden. Daß Ihr den Thron von Landover übernommen habt, ändert das Leben der Bewohner des Seenlandes nicht.«

Ben schaute noch einmal auf den Busch und schlug dann mit feierlicher Geste die Arme übereinander. »Questor Thews hat mir berichtet, daß der Flußherr und sein Volk fähig sind, die Krankheit, die ganz Landover befallen hat, zu heilen. Aber trifft es nicht zu, daß es mit jedem Tag schwieriger wird, die Krankheit aus Eurem Gebiet fernzuhalten? Der Magieschwund läßt die Krankheit zu schnell um sich greifen, Flußherr. Der Tag wird kommen, an dem auch Eure Fähigkeiten nicht mehr ausreichen, an dem die Krankheit so überhand nimmt, daß die Magie des Landes selbst sterben wird.«

Das Gesicht des Flußherrn war wie aus Stein. »Mag sein, daß die anderen zugrunde gehen, weil sie nicht in der Lage sind zu überleben, Hoheit. Doch das betrifft uns nicht.«

»Diese Behauptung Eurer Unabhängigkeit klingt reichlich optimistisch, meint Ihr nicht? Und was ist mit dem Markus und seinen Dämonen? Könnt Ihr die überleben?«

»Die können uns nicht einmal sehen, wenn wir es nicht wollen. Wir sind imstande, sofort in den Nebeln zu verschwinden. Sie bedeuten für uns keine Gefahr.«

»Wirklich nicht? Und wenn sie Eldero besetzen?«

»Dann würden wir es neu bauen. Es wäre nicht das erste Mal. Das Land bietet immer die Möglichkeit zu überleben, wenn man über die Zauberkraft verfügt.«

Seine Selbstsicherheit war zum verrücktwerden. Er war ein Abbild des sprichwörtlichen Elfenbeinturmbewohners, der nur mit seinen Büchern lebt und nichts wahrnimmt, das nicht darin beschrieben wird. Abernathys Unkenrufe hatten wohl doch einen Wahrheitskern gehabt. Bens Gehirn arbeitete fieberhaft, prüfte Argumente und verwarf sie gleich wieder. Der Flußherr hatte offenbar beschlossen, sich keinem König von Landover unterzuordnen, und es sah so aus, als ob es unmöglich sei, ihn umzustimmen. Doch Ben mußte – komme, was wolle – einen Weg finden.

Ihm kam eine Idee. »Was war eigentlich der Grund, der Euch bewogen hat, nach Landover zu kommen, Flußherr? Wie steht es mit Eurer Arbeit hier?«

Das steinerne Gesicht betrachtete ihn nachdenklich. »Meine Arbeit, Hoheit?«

»Eure Arbeit – die Arbeit, derentwegen Euer Volk die Elfenreiche verlassen hat und nach Landover gekommen ist. Was ist damit? Ihr habt das Paradies, habt zeitlose Unsterblichkeit aufgegeben, um in einer Welt von Zeit und Tod zu leben. Ihr habt hingenommen, daß Ihr menschlich werdet. Und das habt Ihr getan, weil Ihr Landover reinhalten wolltet, weil Ihr den Boden, die Bäume, die Gebirge und die Gewässer gesund und sauber erhalten wolltet! Ich weiß nicht, warum Ihr dies zu tun gewählt habt, doch Ihr habt es getan. Und jetzt sagt Ihr mir, Ihr hättet aufgegeben! Doch Ihr seht nicht aus, wie jemand der aufgibt. Seid Ihr wirklich gewillt abzuwarten, bis das ganze Tal krank wird und verrottet, nur um irgend etwas zu beweisen? Wenn die Krankheit einmal tief genug eingedrungen und weit genug verbreitet ist, wie wollt Ihr je genügend Zauberkraft aufbringen, um das rückgängig zu machen?«

Der Flußherr sah ihn wortlos an: Ein kaum wahrnehmbares Stirnrunzeln, ein Funken Zweifel?

Ben wagte sich weiter vor. »Wenn Ihr mich anerkennt, werde ich die Pollution der Gewässer und der Landschaft unterbinden. Ich werde der Verbreitung der Krankheit Einhalt gebieten – nicht nur hier im Seenland, sondern im ganzen Tal.«

»Ein edles Vorhaben, Hoheit.« Der Flußherr wirkte beinahe

traurig. »Wie wollt Ihr das anfangen?«

»Ich werde Wege finden.«

»Wie denn? Ihr besitzt nicht einmal jenes bißchen Magie, das der alte König hatte und das ihm die Kontrolle über den Paladin gab. Ihr tragt das Medaillon – ich sehe es unter Eurem Hemd –, doch es ist kaum mehr als ein Symbol Eures Amtes. Hoheit, Ihr seid nur dem Namen nach König. Wie könnt Ihr irgend etwas von dem, was Ihr versprecht, erfüllen?«

Ben holte tief Luft. Die Worte trafen ihn hart, doch er ließ es sich nicht anmerken. »Ich weiß es nicht. Aber ich werde einen Weg finden.«

Der Flußherr schwieg und hing seinen Gedanken nach. Dann nickte er schließlich. »Also gut, Hoheit. Es ist nichts verloren, wenn ich es Euch versuchen lasse. Ihr habt ein Versprechen gegeben, an das ich Euch binden möchte. Setzt der Pollution ein Ende. Haltet die Ausbreitung der Krankheit auf. Laßt die anderen Talbewohner versprechen, daß sie mit uns zusammen daran arbeiten wollen, das Land zu erhalten. Wenn Ihr das erreicht habt, werde ich Euch als meinen König anerkennen.«

Er streckte Ben die Hand entgegen. »Einverstanden, Hoheit?«

Ben ergriff sie mit festem Druck. »Einverstanden, Flußherr.«

In der Ferne ertönte Kinderlachen. Ben seufzte innerlich. Noch eine Bedingung zu erfüllen, bevor er seinem Ziel näher kommen konnte. Er war ein Mann, der ein Kartenhaus zu errichten im Begriff stand.

Er lächelte den Flußherrn mit seinem besten Gerichtssaallächeln an. »Ihr wißt nicht zufällig ein Mittel, wie man den Drachen aus dem Grünland fernhalten kann, oder?«

Eldero

Der Flußherr wußte kein Mittel, wie man den Drachen aus dem Grünland fernhalten konnte. Niemand wußte eines, soweit ihm bekannt war. Nachtschatten könnte eines kennen, überlegte er, während er Ben aus dem Ulmenhain in den Park mit den spielenden Kindern geleitete. Die Hexe des Tiefen Schlundes hatte mächtigere Zauberkraft als irgendein anderes Geschöpf des Tales – auch wenn sie noch nie gewagt hatte, sich mit Strabo zu messen. So oder so würde Nachtschatten ihm aber mit Sicherheit niemals helfen. Sie hatte die Könige von Landover immer gehaßt, weil sie die Dienste des Paladin genossen und der Paladin noch stärker war als sie.

Die Zeiten haben sich geändert, dachte Ben unglücklich.

Da waren natürlich noch die Elfen, fügte der Flußherr hinzu. Die Elfen hatten die Drachen immer im Zaum halten können. Das war der Grund, warum die Drachen aus ihrer Welt geflüchtet oder vertrieben worden waren. Doch die Elfen würden Ben auch nicht unterstützen. Sie halfen niemandem, es sei denn, es war ihnen selber zuerst in den Sinn gekommen. Sie blieben in den Nebeln, verborgen in ihrer zeitlosen, alterslosen Welt, und lebten ihr eigenes Leben nach ihren eigenen Regeln. Ben konnte nicht einmal zu ihnen gehen und sie fragen. Niemand war je von dort wieder zurückgekehrt.

Sie spazierten zusammen durch Eldero, und der Flußherr sprach über die Geschichte der Stadt und ihrer Bewohner, während Ben darüber nachgrübelte, wie er als König erfolgreich sein könnte. Der Nachmittag verstrich. Die Stadt war eine aufregende, wundervolle Kreation, doch Ben konnte sich nicht daran freuen. Er hörte höflich zu, machte zur rechten Zeit Zwischenbemerkungen, stellte die richtigen Fragen und wartete mit Engelsgeduld auf einen passenden Moment, wo er sich zurückziehen könnte.

Doch dazu bekam er keine Gelegenheit. Es wurde schon dunkel, als der Flußherr ihn zu seiner Unterkunft begleitete – einer ebenerdigen Hütte mit Terrassen und Veranden und kleinen Gärtchen und einem eindrucksvollen Bestand an Blaubonnies; über ihm schraubten sich die lichten Baumwege durch den Dunst des Walddaches. Lachen und fröhliches Geschwätz tönten von überall her. Für manche war des Tages Arbeit vorüber.

Ben stapfte in die Hütte. Es wurde schnell dunkel. Das angekündigte Fest stand ihm bevor. Nach Feiern war ihm überhaupt nicht zumute.

Seine Gefährten erwarteten ihn. Er grüßte sie mit einem allgemeinen »Hallo« und ließ sich in einen bequemen Schaukelstuhl fallen.

»Ich bin wieder gescheitert«, gab er schwach zu.

»Er hat sich geweigert, Hoheit?« Questor setzte sich ihm gegenüber.

»Sozusagen. Er versprach mir, sich zu unterwerfen, wenn ich ein Mittel gefunden habe, die Verschmutzung des Tales durch die übrigen Bewohner zu stoppen. Ich muß ihnen einen Schwur aus der Nase ziehen, daß sie künftig mit dem Seenlandvolk zusammenarbeiten, um das Tal sauberzuhalten.«

»Ich habe Euch gewarnt, daß es schwierig werden würde, Hoheit«, triumphierte Abernathy. Ben sah ihn an. Er hatte die Bemerkungen des Hofschreibers etwas anders in Erinnerung, doch darüber zu diskutieren, brachte niemanden einen Schritt weiter. Also ließ er es auf sich beruhen.

»Ich denke, Ihr habt Eure Sache recht gut gemacht, Hoheit«, meinte Questor, ohne auf Abernathy zu achten.

Ben stöhnte. »Questor, bitte...«

»Ich meine das ganz ernsthaft, wirklich«, entgegnete der Zauberer schnell. »Ich hatte Sorge, er würde bedingungslos nein sagen. Dem alten König gegenüber war er loyal aus Respekt für eine Monarchie, die jahrhundertelang regiert hatte, und wohl auch, weil er nicht durch eine Verweigerung Schwierigkeiten und Unruhen hervorrufen wollte. Doch die Bewohner des Seenlandes haben sich nie wirklich dazugehörig gefühlt und sie sind von den anderen nie ganz akzeptiert worden.«

»Etwas Ähnliches ließ auch der Flußherr verlauten. Woran liegt das?« Questor überlegte. »In erster Linie ist es ein Mangel gegenseitigen Verstehens. Die Seenlandleute sind Elfen und besitzen magische Kräfte, welche die anderen im Tal nicht haben und nie haben werden. Die Seenlandbewohner sind aus einem Land, das von den meisten als perfekt angesehen wird – einer Welt ohne Zeit und Wandel, in der man unsterblich sein kann –, freiwillig hierher ins Exil gekommen. Die Leute des Seenlandes leben anders, denken anders, fühlen anders, ihre Prioritäten sehen anders aus. All das züchtet Mißtrauen, Neid, Eifersucht – lauter destruktive Gefühle.«

»Die Geschichte hat auch noch eine Kehrseite«, warf Abernathy aus dem Hintergrund dazwischen. »Die Leute aus dem Seenland haben schon immer Schwierigkeiten gehabt, sich mit den anderen zusammenzutun. Sie halten Distanz, doch sie wollen ihre Werte durchsetzen. Sie beschimpfen die anderen, sie würden der Verbreitung der Krankheit Vorschub leisten, weil sie Land und Gewässer falsch bewirtschaften, doch sie bleiben in ihren Nebeln und in ihrem Wald versteckt.«

Ben zog die Stirn in Falten. »Ist die Verunreinigung, über die sie sich beklagen, wirklich so verheerend?«

»Sie ist übel genug. Die Grünlandherren laugen den Boden aus und jagen alles, was kreucht und fleucht in den Wäldern. Die Trolle unterhöhlen die Gebirge, auf der Suche nach Erz, und ihre Schmelzöfen vergiften die Flüsse, die ins Tal fließen. Und andere tragen das ihre bei.«

»Es ist schwierig, es allen recht zu machen, Hoheit«, meinte Abernathy und schaute Ben nachdenklich unter seinen buschigen Brauen hervor an.

»Weise Worte.« Ben dachte plötzlich an das Leben in Chicago, das er verlassen hatte. »Je mehr die Dinge sich ändern, desto mehr bleiben sie gleich«, murmelte er zu sich selbst.

Abernathy und Questor blickten sich an. »Hoheit?« fragte Questor.

Ben stand auf und streckte sich. »War nichts Wichtiges. Aber, sagt mal, wie bald fangen die Festlichkeiten heute abend an?«

»Ziemlich bald, Hoheit.«

»Wie wär's mit einem Bad, Hoheit, und ein paar frischen Kleidern?« schlug Abernathy vor.

»Beides. Und wenn's geht, ein paar gute Ideen, wie wir es ihnen allen lange genug recht machen können, damit sie den verdammten Thron anerkennen!«

Parsnip und Bunion fauchten und grinsten aus der Ecke des Raumes. Ben warf ihnen einen finsteren Blick zu und ging zur Tür. Er blieb noch einmal stehen. »Der heutige Abend wäre ja noch zu ertragen, wenn ich das Gefühl hätte, ich könnte den Flußherrn umstimmen – aber das scheint völlig aussichtslos zu sein. Wie lange muß ich denn durchhalten?«

»Meistens dauern solche Festlichkeiten die ganze Nacht, Hoheit«, klärte Questor ihn auf.

Ben seufzte ergeben. »Na, wunderbar!« murmelte er und ging hinaus.

Questors Voraussage stimmte haargenau. Das Fest begann kurz nach Sonnenuntergang und dauerte bis zum Morgengrauen. Es wurde offiziell zu Ehren des zu Besuch weilenden Königs von Landover abgehalten, doch Ben war überzeugt, die Bewohner des Seenlandes waren bereit, irgendeinen Anlaß zum Feiern zu benutzen. Jedenfalls hatte nichts von dem, was da ablief, irgend etwas mit ihm zu tun.

Das Fest begann mit einem Umzug. Ben saß mit seinen Gefährten, dem Flußherrn und dessen Familie – Weide war auch unter ihnen – und einigen hundert anderen Zuschauern im Amphitheater, als Kinder und junge Leute mit Fackeln und farbigen Fahnen hereinströmten und die Arena mit einem Kaleidoskop von Farben und Lichtern füllten. Sie sangen dazu. Dann formierten sie sich zu konzentrischen Kreisen, die sich langsam gegeneinander zu drehen begannen. Das Publikum klatschte und applaudierte. Eine Gruppe von Musikern, die Flöten, Hörner, Streichinstrumente und Pfeifen spielten, saß direkt unterhalb von Ben. Die Musik war rhythmisch, hoch und trillernd und beschleunigte zunehmend das Tempo des Tanzes. Die Musik wurde immer schneller, und plötzlich lösten sich die konzentrischen Kreise in kleinere Kreise auf und die Tänzer drehten und wirbelten mit flatternden Fackeln und wehenden Fahnen über das Gras. Wein und Bier wurden ausgeschenkt, und das Publikum stimmte klatschend und singend in die immer schneller werdende Musik ein. Bald hallte der ganze Wald von Eldero von dem Gesang aus tausend Kehlen wider. Die Nebel lösten sich auf, und Landovers Monde hingen wie farbige Riesenballons über der Arena.

Ben gab sehr schnell die Hoffnung auf, mit dem Flußherrn nochmals über die Anerkennung des Thrones diskutieren zu können. Niemand hatte etwas anderes im Sinn, als sich aufs beste zu amüsieren. Das Singen, Rufen und Klatschen übertönte alle Versuche, eine normale Unterhaltung zu führen, und der Wein wurde mit einer Geschwindigkeit konsumiert, die Ben erstaunlich fand. Er nahm zögernd und aus Höflichkeit ein Glas an, fand den Wein recht gut, trank dann ein zweites und dann noch ein paar mehr, und nach kurzer Zeit war er in bester Stimmung. Questor und die Kobolde tranken mit ihm, waren offenbar ebenso frohgelaunt wie er, und nur Abernathy hielt sich zurück und murmelte etwas über Wein, der nicht gut für Tiere sei. Bald sangen und klatschten sie alle, und es war ihnen eigentlich egal, was sie besangen oder zu was sie klatschten.

Der Flußherr schien erfreut, daß Ben sich so gut amüsierte. Er kam immer wieder herüber, leicht erhitzt und mit glänzenden Augen, hieß Ben erneut willkommen in Eldero, wünschte ihm Glück und fragte, ob er irgend etwas brauche. Ben verkniff sich die Antwort, die ihm auf der Zunge lag. Der Flußherr meinte es wirklich gut, und die allgemeine Fröhlichkeit war ansteckend. Er hatte schon seit langer Zeit nicht mehr so viel Spaß gehabt.

Die Nacht schritt voran, und die Stimmung steigerte sich. Das Publikum strömte von den Sitzreihen hinunter in die Arena und mischte sich unter die Tänzer. Gesang und Tanz wurden wilder, und die Elfengestalten flitzten und sprangen umher, als seien sie noch jene Zauberwesen, die sie einst waren. Der Flußherr nahm die Hand einer seiner Frauen und zog sie mit sich in die Arena. Er rief Ben und den anderen zu, sie sollten auch kommen. Die meisten folgten ihm. Ben stand auf, zögerte, sah sich nach Weide um, doch sie war fort, und setzte sich wieder hin. Was dachte er sich eigentlich? Was hatte er für einen Grund zu feiern? Die Wirkung des Weines war plötzlich wie weggeblasen, als er an die unerfreulichen Wahrheiten seiner Mißerfolge dachte. Alle Lust zum Fröhlichsein war ihm vergangen.

Noch immer unentschlossen erhob er sich wieder, entschuldigte sich dann schnell bei den anderen und eilte zum nächsten Ausgang aus dem Amphitheater. Abernathy folgte ihm, doch er schickte ihn mit einem scharfen Befehl wieder zurück. Schrate, Nymphen,

Gnome, Naiaden und Wichtel wimmelten um ihn herum, singend und tanzend und voller Fröhlichkeit. Ben schlängelte sich eilig hindurch. Er hatte genug Leute um sich gehabt für einen einzigen Tag. Er wollte allein sein.

Er durchquerte den Tunnel und kam wieder in den Wald. Lichter blinkten auf den Baumwegen über seinem Kopf, und die Geräusche des Festes waren weniger laut zu hören. Er wollte schnell in seine Unterkunft, und nichts wie weg von dem fröhlichen Getummel. Sein Magen brannte vom Wein und er mußte sich plötzlich übergeben. Danach ging es ihm besser. Er eilte zu der Hütte, die der Flußherr ihm zugewiesen hatte, stieg auf eine der seitlichen Terrassen und ließ sich in einen hochlehnigen Korbstuhl fallen.

»Ben Holiday, du bist großartig!« gratulierte er sich bissig.

Er war deprimiert und entmutigt. Zu Anfang hatte er so großes Selbstvertrauen gehabt. Er hatte gewußt, daß er zum König von Landover taugte. Er war intelligent und fähig, er war einfühlsam, er besaß Erfahrung, mit Leuten zu arbeiten, und er verstand etwas von der Anwendung von Gesetzen in der Gesellschaft. Und vor allem hatte er diese Herausforderung gesucht und geglaubt, er sei ihr gewachsen. Doch das alles schien in dem Gesamtzusammenhang keine große Bedeutung zu haben. Seine Versuche, auch nur das Minimum an Anerkennung, das ein König braucht, zu gewinnen, waren erfolglos geblieben – nur ein paar an Bedingungen gebundene Versprechungen. Die Verbündeten des alten Königs hatten ihn abgewiesen, die übrigen ignorierten ihn. Er hatte die Dienste des königlichen Beschützers nicht zu seiner Verfügung, da dieser inzwischen so etwas wie ein Gespenst geworden war, und der Markus mit seinen Dämonenhorden lauerte auf seine Chance.

Er räkelte sich und starrte in die Nacht hinaus. Was soll's, dachte er störrisch. Nur der Selbstrespekt steht auf dem Spiel, oder? Er brauchte nichts weiter zu tun, als das Medaillon zu benutzen und nach Chicago zurückzukehren, um eine Million Dollars ärmer, doch gesund und in Sicherheit. Er hatte auch früher schon versagt und er würde gewiß wieder versagen. Also, gib es zu, alter Junge: Du hast versagt.

Er spielte eine Weile mit dem Gedanken, doch irgendwie kamen ihm dann die Gesichter der paar Leute in den Sinn, die zu seiner Krönung erschienen waren, die Bauern und Hirten und ihre Familien, die wenigen, die noch immer auf einen König hofften, an den sie glauben konnten. Pech für sie, dachte er, und im gleichen Moment wunderte er sich, daß er so überhaupt denken mochte.

»Offenbar bist du gar nicht so großartig«, murmelte er schwach.

Im Baumschatten nicht weit entfernt rührte sich etwas, und er schnellte hoch.

»Ben?«

Es war Weide. Sie schlüpfte zwischen den Bäumen hervor, eine geisterhafte Gestalt in weißer Seide, und ihr grünes Haar schimmerte im Licht. Sie erschien ihm wie ein mondbeschienener Nebelschleier über einem mitternächtlichen See, ephemer, doch unwahrscheinlich schön. Sie kam zu ihm, die Seide umwehte ihre Gestalt.

»Ich bin dir gefolgt«, raunte sie ihm leise zu, doch es klang nicht, als wolle sie sich dafür entschuldigen. »Ich wußte, daß du müde sein würdest und zu Bett gehen wolltest. Doch geh nicht gleich schlafen. Komm erst noch mit mir mit. Komm mit und sieh meine Mutter tanzen.«

»Deine Mutter?«

»Sie ist eine Waldnymphe, Ben – und so wild, daß sie nicht unter den Leuten von Eldero leben will. Meinem Vater ist es nie gelungen, sie hierherzubringen. Doch die Musik wird sie anlocken, und sie wird tanzen wollen. Sie wird sich zu den alten Kiefern begeben und nach mir Ausschau halten. Komm, Ben. Ich möchte, daß du dabei bist.«

Sie trat über die Schwelle und griff nach seiner Hand. »Oh, dein Gesicht! Du bist verletzt.« Er hatte die Schlägerei mit Kallendbor schon fast vergessen. Ihre Hand legte sich sanft auf seine Stirn. »Mir sind deine Verletzungen am Irrylyn gar nicht aufgefallen. Hier.«

Sie strich ihm leicht über das Gesicht, und die Schmerzen waren augenblicklich vergangen. Er konnte sein Staunen nicht verhehlen.

»Die kleinen Schmerzen lassen sich leicht heilen, Ben«, flüsterte sie. »Die, welche man sehen kann.«

»Weide...« setzte er an.

»Ich werde dich nicht wieder bitten, mit mir fortzugehen, nicht, bevor du dazu bereit bist.« Ihre Finger ruhten auf seiner Wange, warm und zärtlich. »Ich weiß jetzt, wer du bist. Ich weiß, daß du aus einer anderen Welt stammst und dich noch nicht im Einklang mit der unseren befindest. Ich werde warten.«

Er schüttelte den Kopf. »Weide...«

»Komm, Ben!« sie ergriff seine Hand und zog ihn vom Stuhl hoch. »Komm, beeil dich!« Sie zog ihn hinaus und unter die Bäume. »Meine Mutter wird nicht warten.«

Ben gab seinen Widerstand auf. Sie liefen in den Wald, Hand in Hand rannten sie zwischen den Bäumen hindurch und bald wußte er nicht mehr, wo er war. Es war ihm egal. Die Wärme ihrer Berührung durchglühte ihn und sein Sehnen nach ihr erwachte aufs neue.

Weit außerhalb von Eldero und tief im Wald wurden sie langsamer. Die Geräusche der Festlichkeiten drangen fern und leise bis hierher. Farbige Strahlen von Mondlicht fielen durch das Blätterdach und bildeten bunte Kleckse auf dem Waldboden. Weide hielt Bens Hand und ihre Wärme brannte wie Feuer in ihm. Ihre Haarmähne streichelte sein Handgelenk wie frisches Gras. Sie erreichten ein Kieferngehölz. Ben und Weide wanderten über den federnden, nadelbedeckten Boden und gelangten zu einer Lichtung.

Dort tanzte Weides Mutter im farbigen Schein der Monde.

Sie war von zierlicher Gestalt, kaum größer als ein Kind, zart und zerbrechlich. Silberhaar hing ihr bis über die Taille und ihre Haut war blaßgrün wie die ihrer Tochter. Sie war in weiße Schleier gehüllt und ein Schimmer umgab sie, als leuchte sie von innen heraus. Wirbelnd und springend tanzte sie in der mondbeschienenen Lichtung zu den Klängen der fernen Musik.

»Mutter!« hauchte Weide mit glücklicher Erregung in den Augen.

Die Waldnymphe blickte sie an, doch sie verlangsamte ihren Tanz nicht. Weide kniete sich vorsichtig hin und zog Ben neben sich. Schweigend saßen sie und sahen dem unwirklichen Schauspiel zu.

Wie lange sie tanzte und wie lange sie dort saßen und zuschauten, wußte Ben nicht zu sagen. Die Zeit stand still in der Lichtung. Alles, was ihn bei seiner Rückkehr aus dem Amphitheater beunruhigt hatte, verlor seine Bedeutung und war vergessen. Es gab nur Weide und Ben und die Tänzerin. Er fühlte sich eins mit ihnen durch die Anmut und Grazie des Tanzes. Er fühlte sich mit ihnen in einer Weise verbunden, die er nicht verstand, doch die er verzweifelt brauchte. Er fühlte, wie diese Bindung ihn einfing, und er wehrte sich nicht dagegen.

Dann war der Tanz vorüber. Plötzlich war es still in der Lichtung. Weides Mutter wandte sich ihnen einen flüchtigen Moment lang zu und war verschwunden. Ben riß die Augen auf. Er hörte die Musik des Festes wieder, doch die Waldnymphe war fort, als sei sie nie dagewesen.

»O Mutter!« flüsterte Weise. Sie weinte. »Sie ist so schön, Ben. Ist sie nicht wunderschön?«

Ben nickte und spürte ihre kleine Hand in der seinen. »Ja, sie ist sehr schön, Weide.«

Die Sylphe erhob sich und zog ihn hoch. »Ben.« Sie sprach ganz leise. »Ben, ich gehöre zu dir. Landovers König und die Tochter der Elfen sind eins. Du mußt meinen Vater bitten, daß ich bei dir bleiben darf, wenn du gehst. Du mußt ihm sagen, daß du mich brauchst – denn du brauchst mich, Ben –, und wenn du ihm das erklärst, wird er mich dich begleiten lassen.«

Ben schüttelte hastig den Kopf. »Weide, ich kann ihn nicht bitten...«

»Du bist König, und deine Bitte kann dir nicht abgeschlagen werden«, unterbrach sie ihn und legte ihm einen Finger auf die Lippen. »Ich bin nur eines von meines Vaters vielen Kindern, eines, dessen Mutter nicht einmal mit dem Mann leben will, den sie liebte, um mich zu zeugen. Seine Gunst gibt und nimmt er mir je nach wechselnder Stimmung. Ben, du mußt ihn um mich bitten.«

Annies Bild stand ihm vor Augen, und in seinem Körper brannte das Verlangen nach diesem Mädchen. »Ich kann das nicht tun.«

»Du verstehst den Zauber der Elfen nicht, Ben. Ich sehe es in deinen Augen. Ich höre es in deiner Stimme. Doch Landover *ist* das Herz dieses Zaubers, und du mußt das akzeptieren, mit allem, was daraus folgt!«

Dann ließ sie langsam seine Hand los und trat zurück. »Ich muß jetzt gehen. Ich muß Kraft aus dem Boden schöpfen, den meine Mutter geweiht hat. Laß mich jetzt allein, Ben. Kehr durch den Wald zurück. Der Weg wird sich dir auftun.«

»Nein, warte noch, Weide...«

»Bitte um mich, Ben. Mein Vater muß mich gehen lassen.« Sie hob ihr zartes Gesicht den pastellenen Mondstrahlen entgegen. »O Ben, es ist, als ob meine Mutter überall um mich ist, mich umschlingt und an sich zieht. Ich kann sie noch immer fühlen. Ihre Kraft greift nach mir aus dem Boden. Heute nacht kann ich bei ihr sein. Laß mich jetzt allein, Ben. Lauf heim.«

Doch er blieb wie angewurzelt stehen und weigerte sich zu tun, worum sie ihn gebeten hatte. Warum bestand sie darauf, daß sie zu ihm gehörte? Warum erkannte sie nicht, daß das, was sie suchte, unmöglich war?

Sie wirbelte ins Zentrum der Lichtung, schön, sinnlich und zartgliedrig. Er begehrte sie so sehr, daß ihm Tränen in die Augen stiegen.

»Weide!« rief er und rannte ihr nach.

Sie hörte auf, sich zu drehen und blieb vor ihm stehen. Ihre Füße standen fest auf dem Boden der Lichtung. Sie hob die Arme in die Höhe. Ben hielt inne. Ein Strahlen ging plötzlich von der Sylphe aus, so wie von ihrer tanzenden Mutter. Weide schimmerte und wurde durchsichtig. Sie begann zu wachsen und sich zu verwandeln. Ben sank auf ein Knie und hielt sich vor Entsetzen die Hände vors Gesicht. Weide verwandelte sich vor seinen Augen, ihre Arme und Beine wurden dunkel, knorrig, streckten sich, spalteten sich, wurden länger...

Er rieb sich die Augen. Weide war verschwunden. Statt dessen stand ein Baum, eine Weide, vor ihm. Sie war eine Weide geworden.

Ben starrte darauf und eine Welle von Entsetzen und Abscheu schlug über ihm zusammen. Er versuchte, sich dagegen zu sträuben, doch es überkam ihn übermächtig. Sie hatte gesagt, daß sie Kraft aus dem Boden schöpfen wollte. Sie hatte ihm erzählt, daß sie fühlen konnte, wie ihre Mutter nach ihr griff. Du meine Güte, was war sie für ein Wesen?

Er fand keine Antwort auf die Frage.

Ben hätte vielleicht die ganze Nacht dort gewartet, wenn nicht Bunion plötzlich aufgetaucht wäre. Er erschien am Rande der Lichtung, nahm Ben am Arm und führte ihn wie ein ungehorsames Kind davon. Ben folgte dem Kobold, ohne zu murren. Er war zu betäubt, um irgend etwas anderes zu tun. Widerstreitende Gefühle wüteten in ihm. Weide war so bezaubernd und lebendig, und die Sehnsucht nach ihr war übermächtig. Gleichzeitig war er angewidert von ihr, von einer Kreatur, die sich so ohne weiteres in einen Baum verwandeln konnte.

Er sah sich nicht um, als sie die Lichtung verließen. Er schämte sich seiner Gefühle zu sehr. Er bahnte sich einen Weg zwischen den alten Bäumen hindurch und folgte Bunion wortlos. Der Kobold mußte ihm nachgeschlichen sein, sagte er sich. Oder Questor hatte ihn hinter ihm hergeschickt. Seit seinem Verschwinden am Irrylyn gingen sie kein Risiko mehr ein.

Er wünschte, sie hätten ihn nie gefunden in dieser Nacht. Er wünschte, er wäre verschwunden. Er wünschte tausend andere Dinge, die vielleicht geschehen wären und nun nicht geschehen würden.

Der Heimweg war kurz. Die anderen erwarteten ihn mit ängstlichen Gesichtern in der Hütte. Sie brachten ihm einen Stuhl und setzten sich dazu.

»Ihr hättet uns von der Sylphe erzählen sollen, Hoheit«, bemerkte Questor freundlich, nachdem er ein paar Worte mit Bunion gewechselt hatte. »Wir hätten Euch darauf vorbereiten können, was Ihr zu erwarten hattet.«

»Ich habe ihn schon einmal gewarnt, daß die Leute des Seenlandes nicht so sind wie wir«, meinte Abernathy vorwurfsvoll, und Ben wußte nicht, ob er weinen oder lachen sollte. Questor machte dem Schreiber ein Zeichen, er solle den Mund halten.

»Ihr müßt wissen, Hoheit«, fuhr er zu Ben gewandt fort, »Weide ist das Kind eines Schrats und einer Waldnymphe. Ihr Vater ist nur zur Hälfte menschlich, ihre Mutter noch weniger; sie ist vor allem ein Teil des Waldes, ein Naturgeist, der sein Leben aus dem Boden erhält. Etwas davon hat Weide geerbt und sie braucht die gleiche Nahrung. Sie ist ein Wandelwesen. Es ist natürlich, daß sie beide Formen annehmen kann; sie ist so. Aber Euch muß es fremd vorkommen, das ist mir klar.«

Ben schüttelte benommen den Kopf. Seine inneren Konflikte lösten sich langsam. »Es befremdet mich nicht mehr als alles andere, das geschehen ist, glaube ich.« Er fühlte sich elend und erschöpft. Er brauchte Schlaf.

Questor schien laut zu denken. »Sie muß Euch sehr zugetan sein.«

Ben nickte. »Sie sagte, daß sie zu mir gehöre.«

Questor warf Abernathy einen vielsagenden Blick zu. Die Kobolde starrten Ben mit unverhohlener Neugier an. Ben starrte zurück.

»Aber das stimmt nicht«, erklärte er schließlich. »Sie gehört ins Seenland. Sie gehört zu ihrer Familie und zu ihrem Volk.«

Abernathy murmelte irgend etwas Unverständliches und wandte sich ab. Questor sagte gar nichts. Ben betrachtete sie eine Weile schweigend und erhob sich dann. »Ich gehe schlafen«, meinte er.

Ben schritt zur Tür. Die Blicke der anderen folgten ihm. Er blieb stehen. »Wir kehren nach Hause zurück«, entschied er und wartete. »Morgen, bei Tagesanbruch.«

Niemand entgegnete etwas. Er schloß die Tür hinter sich und stand allein im Dunkeln.

G'heim Gnome

Kurz nach Tagesanbruch verließen sie am nächsten Morgen Eldero. Nebel hing über dem Seenland wie ein Leichentuch, und die Morgenluft war feucht und still. An einem solchen Tag wurden Geister und Gnome lebendig. Der Flußherr kam, um sie zu verabschieden, und sah weder wie das eine noch wie das andere aus. Questor hatte nach ihm rufen lassen, und er war sofort erschienen. Er konnte noch nicht viel geschlafen haben, denn das Fest war kaum zu Ende, doch er wirkte frisch und wach. Ben dankte auch im Namen seiner Gefährten für die Gastfreundschaft, die man ihnen gewährt hatte, und der Flußherr verbeugte sich leicht. Sein Gesicht war so ausdruckslos, wie aus Stein gehauen. Ben schaute sich mehrfach nach Weide um, doch sie war nirgends zu sehen. Er dachte an ihren Wunsch, von ihrem Vater die Erlaubnis zu erbitten, mit ihnen nach Silber Sterling gehen zu dürfen. Einerseits wünschte er, sie sei bei ihm, doch andererseits konnte er es nicht zulassen. Unentschlossen ließ er die Zeit verstreichen, und schließlich machten sie sich auf den Weg, ohne daß er sie erwähnt hätte.

Den ganzen Tag ritten sie nordwärts, verließen das Seenland, durchquerten die westlichen Ebenen von Grünland und erreichten schließlich die bewaldeten Hügel in der Umgebung von Silber Sterling. Während der ganzen Reise drang das Sonnenlicht kaum durch die Wolkendecke und es roch nach Regen. Die Nacht fiel ein, als sie endlich aus dem Seegleiter stiegen und die letzten Meter zu den Toren der Burg zu Fuß zurücklegten. Dicke Regentropfen begannen niederzuprasseln.

Es regnete die ganze Nacht. Die Tropfen fielen dicht und regelmäßig, doch sie saßen im Trockenen. Ben holte die Flasche Glenlivet hervor, die er für besondere Gelegenheiten mitgebracht hatte, lud Questor, Abernathy und die Kobolde ein, sich zu ihm an den Eßtisch zu setzen, und betrank sich. Die anderen vier nippten nur zaghaft an ihren Gläsern, und er trank die ganze Flasche praktisch allein. Dabei erzählte er von dem Leben in seiner Welt, von Chicago und seinen Bewohnern, seinen Freunden, seiner Familie, von allem und nichts – außer Landover. Sie hörten zu und stellten höfliche Fragen, doch er erinnerte sich später nicht mehr, worüber sie im einzelnen gesprochen hatten. Es war ihm auch, ehrlich gesagt, egal. Nachdem die Flasche leer war, stand er auf und torkelte ins Bett.

Als er am nächsten Morgen erwachte, saßen Questor und Abernathy neben seinem Bett. Er fühlte sich miserabel. Draußen regnete es noch immer.

»Guten Morgen, Hoheit«, begrüßten sie ihn im Chor und mit düsteren Gesichtern. Sie schauten drein wie die Leichenträger bei einer Beerdigung.

»Kommt wieder, wenn ich gestorben bin«, befahl Ben, drehte sich auf die andere Seite, zog die Decke über die Ohren und schlief weiter.

Gegen Mittag wachte er ein zweites Mal auf. Diesmal war er allein. Der Regen hatte aufgehört, und die Sonne sandte ein paar blasse Strahlen durch den Dunst. Ben setzte sich auf. Sein Schädel brummte und er hatte einen scheußlich filzigen Geschmack im Mund. Er war so sauer auf sich selbst, daß er am liebsten laut gebrüllt hätte.

Er wusch sich, zog sich an und trödelte dann die Treppe hinunter. Er nahm sich Zeit und betrachtete die steinernen Mauern, die angelaufenen Silbersachen, die ausgebleichten Wandteppiche und Vorhänge. Er fühlte die Wärme der Burg wie eine mütterliche Liebkosung. Er hatte schon lange keine solche Zärtlichkeit empfunden. Zur Antwort ließ er seine Hände über die steinernen Mauern streichen.

Questor, Abernathy und die Kobolde waren alle im großen Saal mit irgendwelchen Arbeiten beschäftigt. Sie blickten auf, als er eintrat.

»Tut mir leid wegen gestern abend«, entschuldigte er sich. »Ich mußte mir das wohl von der Seele reden. Ich hoffe, Ihr seid alle gut ausgeruht. Wir haben viel zu tun.«

Questor schaute die anderen an und dann zu Ben. »Wohin gehen wir diesmal, Hoheit?« fragte er.

Ben grinste. »Wir gehen zur Schule, Questor.«

Sie begannen noch am gleichen Nachmittag mit dem Unterricht. Ben war der Schüler, Questor, Abernathy und die Kobolde die

Lehrer. Ben hatte alles genau überlegt. Seit seiner Ankunft in Landover war er blindlings herumgerannt. Questor mochte der Meinung sein, die Besuche in Grünland und Eldero hätten einem guten Zweck gedient – mag sein, daß er recht hatte. Doch alles in allem tappte er im Dunkeln. Er war fremd in diesem Land, dessen Existenz er nie für möglich gehalten hatte. Er versuchte, Länder zu regieren, die er noch nicht einmal gesehen hatte. Er verhandelte mit Regenten und Häuptlingen, über die er rein gar nichts wußte. Wie begabt, fleißig und wohlmeinend er auch sein mochte, es war ausgeschlossen, sich so schnell einzufühlen und anzupassen. Er mußte mehr wissen, und es war Zeit, daß er sich darum bemühte.

Er begann mit Silber Sterling. Den ganzen Nachmittag durchwanderte er die Burg von den Kellern bis zu den Turmspitzen. Abernathy und Questor begleiteten ihn. Er ließ sich von dem Schreiber die Geschichte der Burg und ihrer Könige erzählen, so weit die Überlieferungen zurückreichten. Der Zauberer fügte hinzu, was er wußte. Ben erfuhr alles, was sich in und um die Säle und Kammern, Türme und Zinnen, Grund und Gewässer im Laufe der langen Geschichte abgespielt hatte. Er sah und roch und fühlte die Burg und versuchte, sich mit ihr im Einklang zu finden.

Er aß sehr spät zu Abend und verbrachte anschließend noch weitere zwei Stunden mit Parsnip, der ihn die eßbaren und giftigen Nahrungsmittel des Tales zu unterscheiden lehrte. Questor übersetzte alles, was Parsnip sagte.

Am nächsten Tag benutzte er den Schauinsland. Die ersten Male nahm er Questor mit und durchquerte das Tal von einem Ende zum anderen, studierte die Geographie, die Provinzen, die Städte, Festungen und Burgen, und die Leute, die darin lebten. Am Nachmittag, als er sich mit der Magie schon vertrauter fühlte, machte er sich allein auf und benutzte den Schauinsland, um im Geiste die Informationen, die er inzwischen gesammelt hatte, mit den verschiedenen Örtlichkeiten in Verbindung zu bringen.

Auch an den folgenden Tagen übte er mit dem Schauinsland und konzentrierte sich auf die Geschichte von Landover und ihre Schauplätze. Questor war wieder sein Lehrer und erwies sich als außerordentlich geduldig. Es fiel Ben nicht leicht, Daten und Zeiten mit Orten und Plätzen zu verbinden, denn ihm fehlte so viel Hintergrundinformation. Questor mußte seine Lektionen noch und noch wiederholen. Doch Ben hatte ein gutes Erinnerungsvermögen, und er war vor allem sehr entschlossen. Nach einer Woche intensiver Lernarbeit besaß er eine recht gute Kenntnis des Landes, seiner Geographie und seiner Historie.

Er erkundete auch die nähere Umgebung von Silber Sterling, zu Fuß, nicht mit der Magie des Schauinsland. Bei diesen Ausflügen war Bunion sein Lehrer. Der Kobold nahm ihn mit in die Wälder und Hügel in der Nachbarschaft der Burg und zeigte ihm die verschiedenen Lebensformen, die in der Region vorkamen. Sie beobachteten einen Holzwolf, verfolgten einen Grottengrauler bis in seinen Bau, und sie scheuchten ein Paar Schlammwumpel auf. Sie fanden Tunnelratten, Schlangen und einige andere Reptilien, jagten verschiedene Katzenarten und beobachteten die Nester unterschiedlicher Raubvögel. Sie studierten auch die Vegetation. Anfangs war Questor als Dolmetscher dabei, doch bald stellten Ben und der Kobold fest, daß sie sich recht gut ohne ihn verständigen konnten.

Zehn Tage später beschloß Ben, mit dem Schauinsland Strabo aufzuspüren. Er ging diesmal allein. Der Ausflug sollte zeigen, wie gut er die Magie inzwischen kontrollieren konnte. Er hatte zunächst überlegt, ob er Weide aufsuchen sollte, doch es wäre ihm vorgekommen, als spioniere er ihr nach, und das wollte er nicht. Also nahm er sich statt dessen den Drachen vor. Der Drache machte ihm höllische Angst, und er wollte gleichzeitig sehen, wie er mit seiner Angst fertig werden konnte. Er brauchte fast den ganzen Tag, bis er das Monster schließlich fand, das gerade dabei war, im Norden des Grünlandes ein halbes Dutzend Stück Vieh zu verzehren. Er lag da und kaute und knabberte genüßlich an Knochen und Fleischfetzen herum und schien Bens Gegenwart zu fühlen, denn er hob seine Schnauze und schnupperte in Bens Richtung. Dann fletschte er die schwärzlichen Zähne und schnappte nach ihm. Ben blieb standhaft und zählte langsam bis fünf, bevor er sich befriedigt wieder davonmachte.

Ben hatte Lust, allein und zu Fuß einen Streifzug durch die Wälder von Silber Sterling zu unternehmen, um zu testen, was er von Bunion gelernt hatte, doch Questor bestand darauf, daß Bunion ihn begleite. Schließlich kamen sie überein, daß der Kobold ihm folgen und sich nur einmischen würde, wenn akute Gefahr bestand. Ben machte sich im Morgengrauen auf den Weg, kehrte bei Anbruch der Dämmerung zurück und hatte Bunion nicht ein einziges Mal gesehen. Aber auch den Schlammwumpel und die Riesenbaumnatter, die der Kobold unschädlich gemacht hatte, als sie Ben verspeisen wollten, hatte er nicht bemerkt. Er tröstete sich damit, daß er mehreren Grottengraulern, Wölfen und anderen Wumpeln und Reptilien sowie einer großen Raubkatze erfolgreich aus dem Weg gegangen war.

Nach zwei Wochen weiteren Unterrichts konnte Ben aus dem Gedächtnis die Geschichte des Landes, die geographischen Einzelheiten, die wichtigsten Verbindungsstraßen zwischen den verschiedenen Regionen und Städten, die eßbaren und giftigen Pflanzen, die Fauna, die Sozialstruktur der dominierenden Rassen seiner Untertanen und die Grundregeln für das Überleben in Landover rezitieren. Er arbeitete noch immer an dem Schauinsland. Sein Vertrauen in die Magie war noch nicht stark genug, um sich dem Abschlußtest, den er sich vorgenommen hatte, zu stellen: der Suche nach der Hexe Nachtschatten in den Niederungen des Tiefen Schlundes. Noch wagte er es nicht, dort einzudringen.

Er rang noch mit seiner Unsicherheit, als ein akuteres Problem vor den Toren der Burg auftauchte.

»Ihr habt Besuch, Hoheit«, verkündete Abernathy.

Ben saß über einen Arbeitstisch in einem der tiefer gelegenen Wohnzimmer gebeugt und studierte ein paar alte Landkarten des Tales. Überrascht blickte er auf und sah den Schreiber und, diskret dahinter, den Zauberer.

»Besuch?« fragte er erstaunt.

»Ja, Hoheit. Gnome«, unterrichtete Questor ihn.

»G'heim Gnome«, fügte Abernathy hinzu. In seiner Stimme klang eine Spur Verachtung mit.

Ben schob die Karten beiseite und sah die beiden an. »Was in aller Welt sind G'heim Gnome?« In Questors Lektionen waren sie nie vorgekommen.

»Eine ziemlich armselige Gnomenspezies, Hoheit«, gab Questor zur Antwort.

»Eine ziemlich wertlose Spezies, wollt Ihr sagen«, korrigierte Abernathy ihn eisig.

»Nicht unbedingt.«

»Grundsätzlich!«

»Ich bedaure bemerken zu müssen, daß Ihr nur Eure persönlichen Vorurteile zum Ausdruck bringt, Abernathy.«

»Ich gebe eine wohlüberlegte Meinung kund, Questor Thews.«

»Was spielt Ihr hier – Dick und Doof?« unterbrach Ben. Sie schauten ihn verständnislos an. »Unwichtig. Bitte verratet mir aber endlich, was G'heim Gnome sind.«

»Ein Gnomenstamm, der in den Hügeln unterhalb der hohen Berge von Melchor lebt«, antwortete Questor und schob sich ein wenig vor Abernathy. »Sie sind Höhlenbewohner, leben in Tunneln und Gruben, die sie sich selber graben, und bleiben meistens unter der Erde...«

»Wo sie auch hingehören«, warf Abernathy dazwischen.

»...doch hin und wieder durchstreifen sie die Umgebung.« Er warf Abernathy einen vernichtenden Blick zu. »Sie sind ziemlich unbeliebt. Sie neigen dazu, sich Dinge anzueignen, die ihnen nicht gehören, und sie geben nichts dafür im Tausch. Ihre Plünderzüge können zu echter Plage werden, wenn sie sich über Weideland oder Kornfelder hermachen. Sie sind außerordentlich seßhaft. Wenn sie sich einmal irgendwo niedergelassen haben, bleiben sie da, egal, wer der Eigentümer des Landes ist.«

»Das Schlimmste habt Ihr noch nicht erwähnt, Questor!«

»Sagt's ihm selbst.«

»Sie essen Hunde, Hoheit!« Abernathy konnte sich nicht länger zurückhalten. Er fletschte die Zähne. »Es sind Kannibalen!«

»Das ist leider wahr«, bestätigte Questor. »Doch sie essen auch Katzen, und ich habe Euch *darüber* nie klagen gehört!«

Ben grinste. »Na, großartig. Und was ist das für ein komischer Name?«

»Eine Abkürzung, Hoheit«, erläuterte Questor. »Die Gnome wurden so lästig mit ihrer Klauerei, daß jeder ihnen zurief, was er dachte: Geh heim, Gnom! Wo immer das gerade sein mochte. Mit der Zeit wurde die Aufforderung »Geh heim, Gnom« zu ihrem Spitznamen, der ihnen geblieben ist.

Ben schüttelte den Kopf. »Das klingt wirklich wie eine Geschichte aus Grimms Märchen. Die G'heim Gnome. Ja, und was bringt uns die Gnome her?«

»Das wollen sie Euch nur persönlich mitteilen, Hoheit. Wollt

Ihr sie empfangen?«

Abernathy sah so aus, als wolle er nach Questor schnappen, doch er hielt sich zurück und fletschte nur die Zähne. Questor sah Ben abwartend an.

»Der königliche Terminkalender ist im Moment nicht allzu überlastet, wie mir scheint«, sagte Ben und blickte erst Abernathy und dann Questor an. »Ich sehe nicht, was es schaden kann, wenn ich jemanden empfange, der sich die Mühe gemacht hat, bis hierherzukommen.«

»Ich hoffe, Ihr werdet Euch später daran erinnern, daß Ihr es wart, der das geäußert hat, Hoheit«, schnaubte Abernathy. »Es sind zwei. Soll ich sie beide hereinbitten?«

Ben mußte sich ein Grinsen verkneifen. »Ja, bitte.«

Abernathy verschwand und kam kurz darauf mit den G'heim Gnomen zurück.

»Fillip und Sot, Hoheit«, führte Abernathy sie ein.

Die Gnome kamen heran und verbeugten sich so tief, daß ihre Köpfe den Steinboden berührten. Es waren die armseligsten Kreaturen, die Ben je zu Gesicht bekommen hatte. Sie waren nur wenig über einen Meter groß, mit haarigen, stämmigen Körpern. Sie hatten Gesichter wie Frettchen und Bärte, die von der Nase bis zum Nacken reichten. Ihre Kleider hingen in Fetzen und sie sahen aus, als hätten sie sich seit ihrer Geburt noch nicht gewaschen. Staub bedeckte Körper und Kleidung, Schmutz klebte in den Runzeln ihrer Haut und unter den eklig und entzündet aussehenden Fingernägeln. Kleine, spitze Ohren ragten unter den Kappen hervor, die sie mit roten Federn geschmückt hatten, und Zehen mit verkrümmten Fußnägeln lugten aus den zerfetzten Stiefeln.

»Mächtige Hoheit«, ließ sich der erste vernehmen.

»Großartige Hoheit«, fügte der zweite hinzu.

Sie hoben die Köpfe und sahen ihn blinzelnd an wie Maulwürfe, die ans Tageslicht gekommen waren.

»Ich heiße Fillip«, stellte sich der eine vor.

»Ich heiße Sot«, der andere.

»Wir sind gekommen, dem König von Landover unseren Treueschwur im Namen aller G'heim Gnome zu leisten«, fuhr Fillip fort.

»Wir sind gekommen, Euch Glück zu wünschen«, fügte Sot an.

»Wir wünschen Euch Gesundheit und ein langes Leben«, erklärte feierlich Fillip.

»Und viele Kinder«, ergänzte Sot.

»Wir stellen Euch alle unsere Fähigkeiten zur Verfügung. Ihr könnt darüber bestimmen, wie es Euch beliebt«, versprach Fillip.

»Wir stellen Euch unsere Dienste anheim«, gelobte Sot.

»Doch zunächst haben wir ein kleines Problem«, bekannte Fillip.

»Das haben wir«, bestätigte Sot.

Sie warteten. Ben war nicht sicher, ob sie zu Ende gekommen waren oder ob ihnen nur die Luft ausgegangen war. »Was habt ihr denn für ein Problem?« fragte er dann freundlich.

Sie sahen sich an. Ihre Maulwurfgesichter kräuselten sich und kleine, dolchspitze Zähne kamen zum Vorschein.

»Trolle«, gab Fillip zur Antwort.

»Klippentrolle«, erläuterte Sot.

Wieder schwiegen sie. Ben räusperte sich. »Und was ist mit ihnen?« Von den Klippentrollen hatte er schon gehört.

»Sie haben unsere Leute geholt«, klagte Fillip.

»Nicht alle, aber fast«, schränkte Sot ein.

»Uns haben sie nicht gekriegt«, verkündete Fillip.

»Wir waren unterwegs«, erklärte Sot.

»Sie haben unsere Höhlen und Tunnel überfallen und alle mitgenommen«, berichtete Fillip.

»Sie haben jeden geschnappt, den sie erwischen konnten«, führte Sot weiter an.

»Sie haben sie nach Melchor verschleppt und lassen sie in den Bergwerken arbeiten«, vervollständigte Fillip ihre Hiobsbotschaften.

»Und an den Schmelzöfen«, fügte Sot noch hinzu.

Ben bekam langsam ein Bild der Geschichte. Die Klippentrolle waren eine ziemlich primitive Volksgruppe, welche die Berge von Melchor bewohnte. In der Hauptsache gruben sie nach Erz, schmolzen es und schmiedeten Waffen daraus, die sie an die anderen Bewohner des Tales verkauften. Die Klippentrolle galten als zurückgezogenes, unfreundliches Volk, doch sie verursachten selten irgendwelchen Ärger mit ihren Nachbarn und hatten, soviel bekannt war, bisher nie Sklaven für die Arbeit eingesetzt.

Ben schaute an den Gnomen vorbei auf Questor und Abernathy. Der Zauberer zuckte mit den Achseln und der Schreiber warf ihm einen von seinen »Hab-ich's-nicht-gesagt«-Blicken zu.

»Warum haben die Klippentrolle eure Leute geholt?« fragte Ben die Gnome.

Fillip und Sot sahen sich nachdenklich an und schüttelten die Köpfe.

»Wir wissen es nicht, große Hoheit«, meinte Fillip.

»Wir wissen es nicht«, bestätigte Sot.

Sie waren zweifellos die ungeschicktesten Lügner, die Ben je untergekommen waren, doch er beschloß, taktvoll zu sein. »Was *glaubt* ihr, warum die Klippentrolle eure Leute geholt haben?« bohrte er.

»Das ist schwer zu sagen«, wich Fillip aus.

»Sehr schwer«, echote Sot.

»Alles mögliche könnte der Grund sein«, vermutete Fillip.

»Alles mögliche«, wiederholte Sot.

»Es ist möglich, könnte ich mir denken, daß wir auf unseren Streifzügen etwas an uns genommen haben, das nach Meinung der Trolle ihnen gehörte«, spekulierte Fillip.

»Es ist denkbar, daß wir uns etwas angeeignet haben, das wir für niemandes Eigentum gehalten haben, das aber in Wirklichkeit aus dem Besitz der Trolle stammte«, fügte Sot hinzu.

»Solche Fehler kommen schon mal vor«, räumte Fillip ein.

»Manchmal«, gab Sot zu.

Ben nickte. Er glaubte nicht im geringsten, daß ein Beutezug bei den Trollen aus Versehen stattgefunden hatte. Sie waren nur in den Fehler verfallen zu glauben, sie kämen ungeschoren davon.

»Und wenn so ein Fehler passiert wäre, würden die Klippentrolle nicht einfach die Rückgabe des Eigentums fordern?«

Den Gnomen war es offensichtlich nicht wohl in ihrer Haut. Sie verfielen in Schweigen.

Ben furchte die Stirn. »Was für eine Art von Eigentum mag denn eurer Meinung nach fälschlicherweise enteignet worden sein?« fragte er weiter.

Fillip schaute auf seine Stiefel und wackelte mit den Zehen. Sots Frettchengesicht verzerrte sich, als würde es sich am liebsten hinter dem Bart verkriechen.

»Die Trolle halten gerne Haustiere«, antwortete Fillip schließlich.

»Die Trolle lieben Haustiere sehr«, gab Sot als Grund an.

»Am liebsten haben sie die langhaarigen Baumfaultiere«, erklärte Fillip.

»Sie geben sie ihren Kindern zum Spielen«, fügte Sot hinzu.

»Wie kann man ein wildes Baumfaultier von einem zahmen unterscheiden?« überlegte Fillip.

»Woher soll man wissen, welches welches ist?« fragte Sot.

Ben hatte einen Verdacht. »Aber ihr könnt doch ein irrtümlicherweise angeeignetes Haustier jederzeit zurückgeben, oder?« wollte er wissen.

»Nicht immer«, entgegnete Fillip und schaffte es irgendwie, gekränkt auszusehen.

»Nein, nicht immer«, bestätigte Sot.

Aus dem Augenwinkel sah Ben Abernathy die Nackenhaare sträuben wie ein Stachelschwein.

»Ihr habt diese Baumfaultiere gegessen, nicht wahr?« fragte er die Gnome.

Sie antworteten nicht. Sie schauten auf ihre Stiefel. Sie schauten die Wände an. Sie schauten überall hin, nur nicht zu Ben. Abernathy knurrte leise und drohend, und Questor machte ihm Zeichen, zu schweigen.

»Bitte wartet draußen«, wies Ben die Gnome an.

Fillip und Sot drehten sich um und hasteten aus dem Raum. Ihre kleinen Gestalten schaukelten seltsam mit jedem Schritt. Fillip blickte sich um, als wolle er noch etwas sagen, besann sich dann aber und eilte hinaus. Questor ging hinterher und schloß die Tür hinter ihnen.

Ben sah seine Berater an. »Na, was haltet Ihr davon?«

»Nun«, meinte Questor, »ich würde behaupten, es ist leichter, ein zahmes Baumfaultier zu fangen als ein wildes.«

»Ich empfehle, jemand sollte mal ein paar davon essen und sehen, wie ihm das schmeckt«, schnaubte Abernathy.

»Hättet Ihr Interesse an einer solchen Mahlzeit?« stichelte Questor.

Ben fuhr dazwischen. »Ich habe Euch nicht um Eure Meinung über ihr Vergehen gebeten. Ich frage, was Ihr davon haltet, ihnen zu helfen.«

Abernathy war entsetzt. Er legte die Ohren flach an den Kopf, und die Brille rutschte ihm über die Schnauze. »Lieber würde ich mit Flöhen schlafen, Hoheit! Lieber würde ich mit Katzen mein Zimmer teilen!«

»Und die Tatsache, daß die Trolle diese Leute zu Sklavenarbeit zwingen?«

»Es ist doch eindeutig, daß diese Leute sich das selbst zuzuschreiben haben!« gab der Schreiber steif zur Antwort. »Jedenfalls habt Ihr wichtigere Probleme als die der G'heim Gnome.«

Eine tiefe Furche stand auf Bens Stirn. »Wirklich?«

»Hoheit«, unterbrach Questor und trat vor. »Der Melchor ist ein gefährliches Gebiet, und die Klippentrolle waren nie besonders loyale Untertanen des Königs. Sie sind ein Stammesvolk, sehr primitiv und sehr wenig offen für Interventionen von außen. Der alte König hielt sie im Zaum, indem er sich nicht in ihre Angelegenheiten mischte. Und wenn er einschreiten mußte, hatte er sein Heer hinter sich.«

»Und ich habe kein Heer hinter mir, nicht wahr?« fügte Ben hinzu, »ich kann nicht einmal über die Dienste des Paladin verfügen.«

»Hoheit, die G'heim Gnome haben nichts als Ärger gemacht, so lange irgendwer sich erinnern kann!« Abernathy hatte sich neben Questor aufgebaut. »Wo immer sie auftauchten, sind sie eine Belästigung! Sie sind Kannibalen und Diebe! Wie könnt Ihr nur daran denken, Ihnen bei ihrem Streit zu Hilfe zu kommen?«

Questor nickte zustimmend. »Diese Art von Ansinnen solltet Ihr am besten zurückweisen, Hoheit.«

»Nein, Questor«, antwortete Ben bestimmt. »Das ist genau die Art von Ansinnen, die ich nicht zurückweisen kann.« Er sah von einem zum anderen und schüttelte den Kopf. »Ihr versteht mich nicht, nicht wahr? Ich bin nach Landover gekommen, um König zu sein. Ich kann nicht wählen, wann ich König sein werde und über wen. Ich bin jetzt König und immer und für jeden, der mich braucht. So ist das in Monarchien. So viel weiß ich aus der Geschichte meiner eigenen Welt. Ein König muß die Gesetze des Königreiches erlassen und sie allen seinen Untertanen gegenüber gerecht und gleichermaßen vertreten. Es darf keine Bevorzugten geben und keine Ausnahmen. Was ich für die Herren von Grünland und die Schrate und Nymphen von Eldero täte, muß ich auch für die G'heim Gnome tun. Wenn ich einmal davon abgehe, erzeuge ich einen Präzedenzfall für das nächste Mal und das übernächste und so fort, wenn immer es gelegen kommt.«

»Doch Ihr könnt dafür mit keinerlei Unterstützung rechnen, Hoheit«, gab Questor zu bedenken.

»Mag sein. Doch wenn es mir gelingt, den G'heim Gnomen zu helfen, werde ich vielleicht beim nächsten Mal selbst Unterstützung bekommen. Die Gnome haben ihre Ergebenheit zugesagt, das ist eine mehr, als ich hatte, bevor sie hier eingetroffen sind. Sie haben etwas dafür verdient. Vielleicht werden auch andere sich unterordnen, wenn sie merken, daß der Thron sogar für die G'heim Gnome nützlich sein kann. Vielleicht überlegen sie sich dann ihre Position neu.«

»Und vielleicht fliegen Kühe über die Burg«, murrte Abernathy.

»Vielleicht«, stimmte Ben zu. »Ich habe seltsamere Dinge gesehen, seit ich in Landover angekommen bin.«

Eine Weile sahen sie einander schweigend an.

»Diese Idee gefällt mir absolut nicht«, äußerte Questor mit zweifelnd verrunzeltem Eulengesicht.

»Mir auch nicht«, schloß Abernathy sich an.

»Dann sind wir uns einig«, schloß Ben. »Ich mag sie auch nicht. Aber wir gehen trotzdem. Wir gehen, weil wir müssen. Die Schule ist aus, es ist Zeit, dem Leben in der Wirklichkeit ins Auge zu blikken. Laßt die Gnome wieder eintreten.«

Questor und Abernathy verbeugten sich und verließen, vor sich hinmurmelnd, den Raum.

Die G'heim Gnome kamen wieder herein und sprudelten Versicherung ihrer besten Absichten hervor. Die langhaarigen Baumfaultiere waren ein Lieblingsessen ihres Volkes, betonte Fillip. Ja, die langhaarigen Baumfaultiere waren wirklich sehr köstlich, stimmte Sot zu. Ben unterbrach sie. Ihre Bitte würde erfüllt werden, versprach er ihnen. Er würde mit ihnen nach Melchor gehen und sehen, was sich tun ließe, um die Gefangenen der Klippentrolle zu befreien. Sie würden Silber Sterling im Morgengrauen verlassen. Fillip und Sot glotzten ihn ungläubig an und fielen dann mit ekelerregender Unterwürfigkeit vor ihm auf die Knie. Ben ließ sie sofort hinausbringen.

Nach dem Abendessen ging er zum Schauinsland hinauf. Abernathy hatte die Gnome in ihre Zimmer verbannt, weil er ihnen nirgendwo sonst traute, und die anderen waren mit den Reisevorbereitungen beschäftigt. Ben war frei zu tun, was ihm beliebte. Er beschloß, einen kleinen Abstecher ins Seenland zu machen.

Die Nacht war diesig und finster, wie so viele Nächte; sieben von Landovers bunten Monden schimmerten schwach durch die Wolken; weit entfernte Sterne glitzerten wie Straßenlaternen durch den nächtlichen Nebel. Der Schauinsland brachte ihn augenblicklich ins Seenland und über Eldero ging er tiefer. Die Stadt war von Fackeln auf den Baumwegen und Straßen hell erleuchtet, und viele Leute waren noch unterwegs. Die Geräusche von Gelächter und fröhlicher Unterhaltung waren ihm unbehaglich, er fühlte sich wie ein ungebetener Eindringling. Er glitt über das Amphitheater, die Wege und Geschäfte, an der Hütte vorbei, in der er untergebracht gewesen war, und schließlich in den Wald. Er fand die alten Kiefern, unter denen Weides Mutter getanzt hatte. Niemand war dort. Der Baum, in den Weide sich verwandelt hatte, war verschwunden. Weide war nirgendwo zu sehen.

Er blieb eine Weile im Wald und dachte an Annie. Er wußte nicht zu erklären, warum, doch er mußte an sie denken. Er brauchte sie, doch Annie war fort, und es war nutzlos, darüber zu klagen. Er fühlte sich einsam. Er hatte sich von allem losgesagt, und die Gründe, warum er es getan hatte, erwiesen sich als ärmlich. Er brauchte jemanden, mit dem er reden konnte, jemanden, der ihm bestätigen würde, daß das, was er tat, richtig war, daß es sich lohnte, daß bessere Zeiten kämen.

Aber es gab niemanden, der das tun könnte. Er war allein.

Mitternacht strich vorüber, bis Ben endlich wieder nach Silber Sterling zurückkehrte. Widerstrebend nahm er die Hände vom Geländer des Schauinsland und war wieder zu Hause.

Klippentrolle

Auf die Nacht folgte der Morgen, doch Ben erwachte mit der Frage, ob das notwendigerweise immer so sein müsse. Er war in düsterer Stimmung und durch einen deprimierenden, scheußlichen Traum von Tod und persönlicher Unfähigkeit genervt. In diesem Traum waren Leute um ihn herum gestorben, und er war machtlos gewesen, sie zu retten. Keinen von ihnen hatte er in seinem wachen Leben gekannt, doch im Traum waren sie sehr real. Sie schienen seine Freunde zu sein. Er hatte nicht gewollt, daß sie sterben, doch er war nicht in der Lage gewesen, es zu verhindern. Er hatte aufzuwachen versucht, um den Ereignissen zu entkommen, doch es war ihm nicht gelungen. Er hatte jenes beängstigende Gefühl von Zeitlosigkeit erlebt, bei dem das Unterbewußtsein suggeriert, die einzige Realität sei die des Traumes. Als er schließlich doch die Augen aufschlug, dämmerte es schon und diesiges, graues Licht drang durch die Fenster seines Schlafgemachs. Auch in der Welt seines Traumes war es grau und diesig gewesen, Zwielicht, das weder Tag noch Nacht zu sein schien.

So erwachte er mit dem Gedanken, ob es Welten gebe, wo der Morgen nicht selbstverständlich auf die Nacht folgte, wo es nur entweder das eine oder das andere gab, oder eine ständige Mischung von beidem. Er fragte sich, ob Landover, wenn die Magie erlosch, nicht eine solche werden würde.

Diese Aussicht war zu finster, um länger daran zu denken, und er befreite sich davon, indem er hastig aus dem Bett sprang, sich wusch und anzog, seine Siebensachen für die Reise zusammenpackte. Dann begrüßte er Questor, Abernathy, Bunion, Parsnip, Fillip und Sot, schlang sein Frühstück hinunter, überwachte das Verschnüren des Gepäcks auf den Lasteseln, bestieg Wishbone und gab schließlich das Kommando zur Abreise. Er hatte sich absichtlich keine Zeit gelassen, an den Traum zurückzudenken, der jetzt langsam verblaßte. Landovers König und sein Gefolge, einschließlich der G'heim Gnome, waren wieder unterwegs.

Sie zogen nordwärts durch das Hügelland, überquerten bewaldete Steilhänge, von Gestrüpp überwucherte Niederungen, Schluchten und von Dickicht versteckte Seeufer. Sie nahmen ihren Weg westlich am Grünland vorbei und ließen den Tiefen Schlund im Osten liegen. Die Sonne schien, doch sie vermochte kaum durch die dichten Nebel und Wolkenfelder zu dringen. Die Landschaft wirkte winterlich und krank. Die Blätter der Bäume und Pflanzen waren dunkel und welk, die Gräser sahen wie vom Frost verbrannt aus, und die Bäume waren von weißem Schimmel befallen. Die Krankheit griff um sich.

Gegen Abend flog Strabo über die Reisenden hinweg. Er kam von Westen, und sein gewaltiger, geflügelter Schatten war noch dunkler als der düstere Abendhimmel. Die G'heim Gnome sahen ihn zuerst und krabbelten hastig von dem Pferd, das sie gemeinsam ritten, um sich im Gebüsch zu verkriechen. Die anderen beobachteten schweigend, wie der Drache ostwärts weiterflog. Es dauerte fünfzehn Minuten, bis Ben und seine Gefährten die Gnome überreden konnten, aus ihrem Versteck zu kommen und die Reise fortzusetzen.

Sie campierten in einer Felsenschlucht unter Apfelbäumen und einer Gruppe von Birken. Es wurde sehr schnell dunkel, und sie aßen ihr Abendessen im Finstern. Niemand hatte viel zu erzählen. Jeder hing seinen eigenen Gedanken nach. Gleich nach dem Essen legten sie sich schlafen.

Der nächste Tag war genauso grau, diesig und unfreundlich. Sie ritten von der Grenze des Grünlandes in die Hügel am Fuße des Melchor. Die Nebel der Elfenreiche, die im Tal hingen, schienen bis in das Hochgebirge gedrungen zu sein und bildeten eine dicke graue Decke, die alles verhüllte. Sie ritten darauf zu. Es war Nachmittag, als sie davon verschlungen wurden.

Bunion führte sie sicheren Fußes und ohne zu zögern. Er sah schärfer als seine Reisegefährten. Sie folgten einem von Felsbrokken übersäten Weg, der bald zu einem Pfad und schließlich zu einer schmalen, kaum erkennbaren Spur wurde. Steilwände und Schatten umgaben sie. Als sie den Melchor erreicht hatten, begann es schon wieder zu dunkeln. Inzwischen waren sie gezwungen, ihre Pferde zu führen; der Weg war so gefährlich geworden, daß die Tiere stolperten und zu stürzen drohten. Fillip und Sot klammerten sich aneinander fest und murmelten vor sich hin. Es war ihnen gar nicht wohl in ihrer Haut. Der Nebel war so dick wie Milchsuppe; man sah kaum die eigene Hand vor Augen.

Ben Holiday konnte seine Hoffnungslosigkeit und seine Depression nicht länger unterdrücken. Er hatte den ganzen Tag dagegen angekämpft, doch am Ende überkamen sie ihn doch. Diese Expedition ins Land der Klippentrolle, um die gefangenen G'heim Gnome zu befreien, war wichtiger, als er sich gerne eingestand. Es war möglicherweise seine letzte Chance. Er hatte bisher keinen Erfolg verzeichnen und nicht einen einzigen Alliierten gewinnen können. Es war ihm nicht eine positive Aktion geglückt, seit er König war. Wenn er auch hier versagte – mit diesen allgemein verachteten und erbärmlich abhängigen Gnomen –, was würde er danach noch unternehmen können? Die Kunde von seinen Fehlschlägen würde sich schnell verbreiten. Niemand würde ihn vermutlich je wieder um Hilfe bitten. Er wäre der Möchtegernkönig, als den Lord Kallendbor ihn beschimpft hatte.

Es wurde Nacht. Der Weg wurde noch unsicherer, und sie kamen nur noch sehr langsam voran. In der Ferne grollte Donner und Blitze zuckten auf. Ein düster-rötlicher Schein färbte die Finsternis. Ben betrachtete den Schimmer mit Argwohn. Donner und Blitz klangen nicht wie ein aufkommendes Gewitter.

Bunion ließ die Gruppe anhalten und tauschte ein paar Worte mit Questor. Der Zauberer wandte sich zu Ben. Der rötliche Schimmer stammte von den Schmelzöfen der Trolle. Donner und Blitz kamen von Schmiedehämmern und Blasebälgen.

Ben befahl Abernathy, das königliche Banner auszurollen, und sie setzten ihren Weg fort.

Minuten später überschritten sie eine Bergkuppe, und der Weg wurde wieder breiter. Sie befanden sich am Eingang zur Hölle. Ben jedenfalls schien es so. Vor ihnen lag ein von schroffen Felsklippen umzingeltes Tal, in dem überall Feuer brannten. Riesige steinerne Brennöfen glühten vor Hitze, in Kesseln blubberte und rauchte geschmolzenes Erz, in ausgehobenen Gruben loderten Flammen und auf eisernen Pfeilern wurden Leuchtfeuer unterhalten, die den Rand des Tales erhellten. Alles war in rotes Licht getaucht. Ein kleiner Fluß schlängelte sich durchs Tal, sein Wasser von blutroter Farbe. Schatten zuckten wie angekettete Lebewesen über die Felswände, animiert vom Flackern der Flammen. Kleine, flache Steinhäuser standen zwischen den Feuern verstreut, und dahinter lagen die Ställe. Sie bestanden aus Eisengittern und Drahtgeflecht. Darin befanden sich Haustiere – und Gnome: In dem größten der Pferche hockte eine Gruppe von ungefähr fünfzig Gnomen, zerlumpte, verängstigt ausschauende Gestalten, doch auch außerhalb davon waren überall Gnome zu sehen. Sie schürten die Feuer. Mit gebeugten Rücken, ihre Leiber angeschwärzt und versengt, schaufelten sie Brennmaterial, füllten ungeschmolzenes Erz nach, beheizten die Brennöfen, hämmerten das ausgeschmolzene Metall. Sie waren die Verdammten dieser Erde, die ihre ewige Strafe verbüßten.

Die Trolle sorgten dafür, daß die Strafe wirklich abgedient wurde. Hunderte von ihren häßlichen Gestalten schlenderten wachsam von Feuer zu Feuer, manche legten selbst Hand an die Arbeit, die anderen überwachten nur deren Ausführung. Die Trolle waren schwerfällige, plumpe Geschöpfe mit ausdruckslosen Gesichtern, unproportionierten, muskulösen Gliedmaßen. Ihre Arme und Beine waren kräftig und im Verhältnis zum Körper viel zu lang, auf viel zu breiten Schultern ruhte ein länglicher Schädel, halslos, wie direkt aus der Brust herausgewachsen, bedeckt mit krausem Haar. Ihre Haut sah aus wie verbrannter Toast und schien das Licht der Feuer nicht zu reflektieren, sondern zu absorbieren. Knorrige, gespreizte Füße krallten sich mit der Sicherheit von Bergziegen auf Stein und Erde fest.

Ben blieb die Luft weg. Trotz der erdrückenden Hitze, die im Tal herrschte, wurde ihm kalt. Sie waren schon entdeckt worden. Köpfe drehten sich nach ihnen um, und einige der häßlichen Gestalten kamen auf sie zu. Gelb leuchtende Augen waren auf sie gerichtet.

»Absitzen!« befahl Ben ruhig.

Auch er stieg von seinem Pferd und stellte sich neben Questor und Abernathy. Parsnip kam herbei und baute sich neben Bunion auf. Die Kobolde fauchten den Trollen warnend entgegen, und ihre Zähne leuchteten blutrot im Schein der Feuer. Fillip und Sot kauerten dicht aneinandergedrängt hinter Ben.

Zwei Dutzend Klippentrolle standen fast augenblicklich vor ihnen. Ihre gelben Augen waren alles andere als freundlich. Ein Feuergeyser brach aus einer der brennenden Gruben hervor, doch keiner drehte den Kopf danach um.

»Zeigt ihnen die Fahne«, befahl Ben dem Schreiber.

Abernathy hielt die Fahnenstange etwas tiefer, so daß die Insignien deutlich sichtbar wurden. Die Trolle betrachteten sie ohne Interesse. Ben wartete einen Moment, warf einen kurzen Blick auf Questor und trat vor.

»Ich bin Ben Holiday, König von Landover!« rief er. Seine Stimme hallte von den Felswänden wider. »Wer ist Euer Anführer?«

Die Trolle starrten ihn an. Keiner rührte sich. Der Stamm hatte einen Häuptling, soviel wußte Ben von seinen Studien mit Questor. »Wer spricht für Euch?« fragte er und ließ seine Stimme entschlossen und hart klingen.

Andere Klippentrolle hatten sich inzwischen dazugesellt. Sie bildeten eine Gasse, und ein Troll trat hervor. Er trug eine Halskette aus Silberperlen. Er sprach schnell und in einer Sprache, die Ben nicht verstand.

»Er will wissen, was wir hier zu suchen haben, Hoheit«, übersetzte Questor. »Er ist recht ungehalten.«

»Versteht er, was ich sage?«

»Ich weiß es nicht, Hoheit. Möglicherweise.«

»Sprecht in seiner Sprache zu ihm, Questor. Wiederholt noch einmal, wer ich bin. Gebt ihm zu verstehen, daß ich, da er nicht zu meiner Krönung gekommen ist, ihn statt dessen meinerseits aufgesucht habe, und daß er mir seine Unterwerfung unter den Thron zu erklären hat.«

»Hoheit, ich glaube nicht…«

Bens Gesicht war hart. »Übermittelt ihm das, Questor!«

Questor sprach kurz zu dem Troll, und ein unzufriedenes Gemurmel ging durch die Reihen. Der Troll hob eine Hand und es verstummte. Dann sprach er etwas zu Questor.

»Er sagt, er hätte von keiner Krönung etwas gewußt, es gebe keinen König von Landover seit der alte König tot sei, und er ordne sich niemandem unter.«

»Wunderbar.« Ben hielt seinen Blick auf den Häuptling gerichtet. Langsam holte er das Medaillon unter seinem Hemd hervor und hielt es so, daß die Trolle es sehen konnten. Ein Geraune des Erkennens war zu hören. Die Klippentrolle sahen einander an und wichen unbehaglich ein paar Schritte zurück. »Laßt sie wissen, daß ich über die Zauberkraft verfüge, Questor«, befahl Ben. »Und daß ich bereit bin, ihnen einen Beweis zu liefern, wenn es sein muß.«

Questor übersetzte wieder. Die Trolle murmelten und bewegten sich unbehaglich hin und her. Der Häuptling blickte unentschlossen drein. Ben wartete. Die Hitze der Feuer war unerträglich, seine Kleider trieften vor Schweiß. Er fühlte, wie die G'heim Gnome sich an seine Beine klammerten und von dort aus die Trolle beobachteten. Die Sekunden verstrichen, ohne daß etwas geschah. Ben wußte, daß er schnell handeln mußte, wenn er den winzigen Vorteil, den er errungen hatte, nicht wieder verlieren wollte.

»Questor, erklärt dem Häuptling noch einmal, daß er sich dem Thron zu unterwerfen habe. Sagt ihm, daß er mir zum Zeichen seines guten Willens die G'heim Gnome, die er gefangenhält, übergeben müsse, damit sie mir dienen. Sagt ihm, er solle das sofort tun, denn ich habe nicht viel Zeit mit ihm zu vertrödeln, und sagt ihm, daß ich als nächstes zu der Hexe im Tiefen Schlund zu gehen gedenke. Sagt ihm auch, er solle mich nicht provozieren.«

»Hoheit!« stöhnte Questor ungläubig.

»Sagt ihm das alles!«

»Und wenn er Euch herausfordert und ich den Zauber nicht hinkriege?«

»Dann schmoren wir mit den Gnomen in den Feuern, verdammt noch mal!« Ben war vor Zorn rot geworden.

»Vorsicht, Hoheit!« warnte Abernathy plötzlich. Seine Schnauze war ganz dicht an Bens Ohr.

»Ach, zum Teufel mit der Vorsicht!« wütete Ben. »Bluff oder nicht, wir müssen irgendwas unternehmen...«

Abernathy unterbrach ihn und zischte: »Hoheit, ich glaube, er hat verstanden, was Ihr gesagt habt!«

Ben erstarrte. Der Häuptling sah ihn mit abschätzigem Blick an. Er *hatte* jedes Wort verstanden.

»Zaubert was, Questor«, flüsterte Ben.

Das Gesicht des Zauberers war ganz grau.

»Hoheit, ich weiß nicht, ob ich kann!«

»Wenn nicht, dann sitzen wir in der Tinte!« Ben hielt seinen Blick starr auf Questor gerichtet. »Los! Tut was!«

Questor stand unentschlossen da. Dann sprang er plötzlich mit wedelnden Armen auf die Klippentrolle zu, die vor Verblüffung aufkreischten. Er fuchtelte mit seinen Armen in der Luft herum, und ein Schwall unverständlicher Worte kam aus seiner Kehle. Ein helles Licht blitzte auf.

Und plötzlich regnete es Blumen.

Aus dem Nichts kamen Blumen heruntergerieselt, Rosen, Veilchen, Lilien, Gänseblümchen, Chrysanthemen, Orchideen, Margeriten und was sonst noch so blühte. Sie senkten sich auf die Versammlung nieder, blieben in dem Kraushaar der Trolle hängen, kullerten eimerweise über die verblüfften Gesichter und fielen zu Boden.

Schwer zu sagen, wer am meisten überrascht war. Jedenfalls hatten alle etwas ganz anderes erwartet – an erster Stelle Questor, der einen verzweifelten Versuch machte, nach dem ersten Schock die Situation wieder unter Kontrolle zu bekommen. Er hob wieder die Arme und probierte einen neuen Spruch, doch es war zu spät. Die Klippentrolle hatten schneller reagiert. Sie stürzten sich auf die kleine Gruppe. Sie sahen aus wie Monster. Ben rief den anderen eine Warnung zu. Er gewahrte, wie die Kobolde lossprangen, hörte sie fauchen, vernahm, wie Abernathys Gebiß zuschnappte, fühlte, wie sich die Gnome an seine Beine klammerten und roch eine Mischung aus glühender Asche und Rauch.

Dann stürzten sich die Klippentrolle auf ihn. Er wurde zurückgeworfen und verlor das Gleichgewicht unter dem Angriff. Sein Kopf schlug auf einen Stein, er sah einen Lichtblitz, und dann wurde ihm schwarz vor Augen.

Als er wieder zu sich kam, war er gefangen in Dantes Inferno. Er war mit schweren Hand- und Fußschellen an einen Pfosten im Hauptstall gekettet und saß gegen ihn gelehnt am Boden. Die Gesichter von Dutzenden von strubbeligen Gnomen starrten ihn durch einen Schleier von Rauch an. Sein Schädel dröhnte, und er war schweißgebadet. Der Gestank der Schmelzöfen und der brennenden Abfallgruben verursachte ihm Übelheit. Die Feuer tauchten alles in blutrotes Licht.

Ben blinzelte und drehte sich vorsichtig um. Questor und Abernathy waren neben ihm ebenfalls angekettet. Sie waren wach und flüsterten leise miteinander. Die Kobolde lagen daneben, an Händen und Füßen mit Ketten an Eisenringen gefesselt, die im Steinboden verankert waren. Sie schienen bewußtlos. Draußen patrouillierten Klippentrolle auf und ab. Ihre ungestalten Leiber glitten wie drohende Schatten geräuschlos durch die Nacht.

»Seid Ihr wach, Hoheit?«

»Seid Ihr unverletzt, Hoheit?«

Fillip und Sot tauchten aus der Menge der ihn anstarrenden Gesichter. Frettchenaugen sahen ihn besorgt und angsterfüllt an. Ben wünschte, er wäre frei, um die beiden auf der Stelle zu erdrosseln. Er kam sich vor wie im Zoo. Er fühlte sich wie ein kurioses Ausstellungsstück. Und vor allem fühlte er sich als Versager. Sie waren schuld daran, daß er sich so empfand. Ihretwegen war er hier! Verdammt noch mal, sie hatten ihn in diese Lage gebracht!

Er wußte, daß das nicht stimmte. Er war hier, weil er beschlossen hatte herzukommen.

»Seid Ihr wohlbehalten, Hoheit?« erkundigte sich Fillip.

»Könnt Ihr uns hören, Hoheit?« fragte Sot.

Ben überwand seinen ungerechten Ärger. »Ich kann Euch hören. Ich bin okay. Wie lange war ich bewußtlos?«

»Nicht sehr lange, Hoheit.«

»Nur ein paar Minuten.«

»Sie haben uns alle gefangen«, stellte Fillip fest.

»Sie haben uns in den Stall gesperrt«, fügte Sot hinzu.

»Keiner ist entkommen«, ergänzte Fillip.

»Keiner«, echote Sot.

Dann sagt mir doch etwas, das ich nicht schon weiß, dachte Ben bitter. Er sah sich um. Sie waren von einem gut zwei Meter hohen Drahtzaun umgeben. Die Tür war aus schwerem Holz und mit Ketten verschlossen. Prüfend zerrte er an den Ketten, mit denen er an den Pfosten gebunden war. Es würde nicht leicht sein zu entkommen.

Entkommen? Er lachte innerlich. Was bildete er sich denn ein? Wie sollte er das bewerkstelligen?

»Hoheit?« Questor hatte gemerkt, daß er wach war. »Seid Ihr verletzt, Hoheit?«

Ben schüttelte verneinend den Kopf. »Wie steht es mit Euch und Abernathy? Und den Kobolden?«

»Okay, glaube ich.« Sein Eulengesicht war schwarz verrußt. »Bunion und Parsnip hat's am schlimmsten erwischt, fürchte ich. Sie haben Euch wild verteidigt. Es brauchte ein halbes Dutzend Trolle, um sie kleinzukriegen.«

Die Kobolde rührten sich. Ben schaute sie eine Weile an. »Was werden sie mit uns machen?« fragte er dann.

»Ich habe keine Ahnung. Nichts Erfreuliches jedenfalls.«

»Könnt Ihr uns mit Eurer Magie freizaubern?«

Questor schüttelte den Kopf. »Die Magie wirkt nicht, wenn ich an den Händen gefesselt bin. Sie hat keine Kraft, wenn ich mit Eisen angebunden bin.« Er zögerte einen Moment mit verzerrtem Gesicht. »Hoheit, es tut mir furchtbar leid, daß ich so versagt habe. Ich wollte ausführen, was Ihr mir befohlen habt. Ich habe versucht, den Zauber einzusetzen. Es hat einfach nicht funktioniert. Ich... habe nicht die Kontrolle darüber, die ich gerne hätte.« Er hielt inne, weil ihm die Stimme nicht mehr gehorchte.

»Ihr könnt nichts dafür, Questor«, tröstete Ben ihn schnell. »Ich bin derjenige, der uns in diese Lage gebracht hat – nicht Ihr.«

»Aber ich bin doch der Hofzauberer!« beharrte Questor leidenschaftlich. »Ich sollte über genügend Zauberkraft verfügen, um mit einem Haufen Trolle fertig zu werden!«

»Und ich sollte genügend Hirn haben, um das gleiche zu tun! Es sieht so aus, als ob wir diesmal beide versagt hätten, also vergessen wir das jetzt mal, Questor. Vergeßt diese Geschichte. Wir sollten uns lieber darauf konzentrieren, wie wir aus diesem Viehstall entkommen!«

Questor sackte niedergeschmettert in sich zusammen. Er wirkte völlig gebrochen. Nichts mehr erinnerte an den selbstbewußten Führer, der Ben nach Silber Sterling geleitet hatte. Selbst Abernathy sagte nichts. Ben sah weg.

Fillip und Sot krochen näher an ihn heran.

»Ich habe Hunger.«

»Ich habe Durst.«

»Wann können wir von hier fort, Hoheit?«

»Wann?«

Ben starrte sie ungläubig an. Wie wäre es am zwölften von Niemals? Oder im nächsten Jahrzehnt? Glaubten die beiden, sie würden so einfach hier hinausspazieren? Er mußte fast lachen. Offenbar glaubten sie das.

»Laßt mich darüber nachdenken«, schlug er vor und lächelte ermutigend.

Er wandte sich von ihnen ab und blickte über den Vorplatz des Zwingers. Er hätte vielleicht eine Waffe aus seiner Welt mitbringen sollen. Eine Bazooka vielleicht. Oder einen kleinen Tank? Bitterkeit stieg in ihm auf. Es war ihm, als er beschlossen hatte, nach Landover auszuwandern, gar nicht in den Sinn gekommen, daß er je eine Waffe brauchen könnte. Er hatte sich nicht vorgestellt, daß er sich in einer solch prekären Situation wiederfinden könnte.

Dann fragte er sich plötzlich, warum der Paladin diesmal nicht erschienen war, als die Trolle sich auf ihn gestürzt hatten. Geist oder nicht, der Paladin war jedenfalls bisher immer aufgetaucht, wenn er in Gefahr geraten war. Sein Erscheinen wäre in dieser Situation höchst willkommen gewesen. Er dachte eine Weile darüber nach und stellte fest, daß der einzige Unterschied darin bestand, daß er diesmal nicht an das Medaillon gedacht hatte, als er sich in Gefahr befand. Doch das war nur ein schwacher Hinweis, denn er hatte ja versucht, den Paladin herbeizulocken, als er damals das Medaillon getestet hatte, und nichts war geschehen.

Er ließ sich gegen den Pfosten sinken. Sein Schädel dröhnte nicht mehr so schlimm. Die Hölle schien nicht mehr so entsetzlich wie vor fünf Minuten. Vorher war es unerträglich gewesen, jetzt war es beinahe zu ertragen. Er grübelte eine Weile über sein Leben nach. Er kramte in seiner Erinnerung seine schlimmsten Erfahrungen hervor und verglich sie mit seiner jetzigen Lage. Der Vergleich brachte nichts. Er dachte an Annie und überlegte, was sie wohl gesagt hätte, würde sie ihn hier sehen. Annie hätte sich mit der Situation wahrscheinlich besser zurechtgefunden als er; sie war immer flexibler gewesen, stets die Entschlossenere.

Ben kamen Tränen in die Augen. Sie hatten so viel miteinander geteilt. Sie war ihm der einzige wahre Freund gewesen. Ach, wenn er sie noch einmal sehen könnte!

Er rieb sich die Augen an seinem Ärmel trocken. Er versuchte, an Miles zu denken, doch alles, was ihm in den Sinn kam, war, daß Miles ihn gewarnt hatte. Er dachte an seine Entscheidung, nach Landover zu kommen, in ein Märchenkönigreich, das es nicht geben konnte. Er dachte an das Leben, das er hinter sich gelassen hatte, an all die kleinen Unannehmlichkeiten und Ärgernisse, die er nun nie mehr erleben würde. Er dachte an die Wünsche und Träume, die sich nun nie mehr erfüllen würden.

Und dann wurde ihm bewußt, was er da tat. Er gab sich auf. Er unterschrieb sein Todesurteil.

Das beschämte ihn zutiefst. Die eisenharte Entschlossenheit, die ihn in so vielen Kämpfen gerettet hatte, bekam wieder die Oberhand. Er würde nicht aufgeben, schwor er sich. Auch diesen Kampf würde er gewinnen.

Dann lächelte er bitter. Wenn er nur wüßte, wie.

Zwei Frettchengesichter schoben sich in sein Blickfeld.

»Habt Ihr Zeit gehabt, darüber nachzudenken, Hoheit?« fragte Fillip.

»Habt Ihr beschlossen, wann wir fortgehen, Hoheit?« wollte Sot erfahren.

Ben seufzte. »Ich arbeite daran«, versicherte er ihnen.

Die Zeit verstrich. Mitternacht ging vorüber, und die Klippentrolle gingen schlafen. Einige blieben, um die Schmelzöfen zu bedienen und um Wache zu halten, doch die meisten verschwanden in ihren Steinhütten. Questor und Abernathy und die meisten G'heim Gnome schliefen ein. Fillip und Sot rollten sich zu Bens Füßen zusammen. Nur die Kobolde wachten mit Ben. Sie waren am Boden gefesselt und konnten sich nicht aufsetzen. Sie schauten ihn an, und ihre weißen Zähne reflektierten das blutrote Licht. Ben lächelte ihnen zu. Sie waren zähe, kleine Geschöpfe. Er bewunderte sie, und es tat ihm leid, sie in diese miese Lage gebracht zu haben. Er bedauerte, daß er sie alle in diese Lage gebracht hatte.

Gegen Morgen fühlte er eine Hand, die ihn leicht berührte. Er war eingeschlummert und schreckte auf. Dunst und Nebel lasteten auf dem Tal. Es war kühl geworden. Die Feuer brannten auf kleiner Flamme.

»Ben?«

Er fuhr herum. Es war Weide. Sie kauerte direkt hinter ihm neben dem Pfosten. Ihre schlanke Gestalt war in einen erdfarbenen Umhang gehüllt, und eine Kapuze überschattete ihr Gesicht. Er blinzelte ungläubig, denn er hielt sie für einen Teil eines halberinnerten Traumes.

»Ben?« fragte sie wieder und sah ihn aus ihren meergrünen Augen an. »Bist du gesund?«

Er nickte. Sie war wirklich da. »Wie hast du mich finden können?« flüsterte er.

»Ich bin dir gefolgt«, gab sie zurück und rückte näher zu ihm. Ihr Gesicht war ganz nah an seinem. Sie war so unwahrscheinlich schön. »Ich habe dir gesagt, daß ich dir gehöre, Ben. Hast du mir nicht geglaubt?«

»Es ist nicht die Frage, ob ich dir glaube, Weide«, versuchte er zu erklären. »Du kannst mir nicht gehören. Niemand kann das.«

Sie schüttelte den Kopf. »Es wurde vor langer Zeit beschlossen, daß es so sei, Ben. Warum kannst du das nicht verstehen?«

Hilflosigkeit packte ihn. Er erinnerte sich daran, wie sie nackt im Irrylyn vor ihm gestanden hatte, er rief sich ins Gedächtnis zurück, wie sie sich in jenen knorrigen Baum verwandelt hatte. Sie erregte und ekelte ihn gleichzeitig, und er kam mit den entgegengesetzten Gefühlen nicht klar.

»Warum bist du hier?« fragte er frustriert.

»Um dich zu befreien«, antwortete sie und zog einen Schlüsselbund aus ihrem Umhang. »Du hättest meinen Vater um mich bitten sollen, Ben. Er hätte es erlaubt, wenn du gefragt hättest. Aber du hast es nicht getan, und darum war ich gezwungen, so fortzugehen. Jetzt kann ich nie mehr zurückkehren.«

»Was willst du damit sagen?«

Sie begann, einen Schlüssel nach dem anderen auszuprobieren. »Niemand darf das Land ohne die Erlaubnis meines Vaters verlassen. Die Strafe ist das Exil.«

»Exil? Aber du bist doch seine Tochter!«

»Nicht mehr, Ben.«

»Dann hättest du nicht kommen dürfen, verdammt noch mal! Du hättest nicht fortgehen dürfen, wenn du wußtest, daß das die Strafe ist.«

Sie schaute ihn fest an. »Ich hatte keine Wahl.«

Der dritte Schlüssel paßte, und die Ketten fielen ab. Ben starrte die Sylphe voll Ärger und Frustration an. Sie glitt neben Questor und Abernathy und die Kobolde. Einem nach dem anderen löste sie die Ketten. Hinter den Bergen im Osten begann es zu tagen. Bald würden die Trolle aufwachen.

Weide war wieder neben ihm. »Wir müssen schnell von hier

fort, Ben.«

»Wie bist du ungesehen hereingekommen?« wollte er wissen.

»Niemand kann die Leute aus dem Seenland sehen, wenn sie nicht gesehen werden wollen, Ben. Nach Mitternacht bin ich ins Tal geschlichen und habe dem Wächter die Schlüssel gestohlen. Die Tore waren nicht verschlossen. Die Ketten waren nur in die Ringe eingehängt. Doch wir müssen sofort aufbrechen. Sie werden es bald merken.«

Sie reichte ihm die Schlüssel, und seine Hand streifte die ihre. Er zögerte einen Moment und dachte an das Risiko, das sie auf sich genommen hatte. Sie mußte ihm seit seinem Besuch im Seenland gefolgt sein. Sie mußte ihn die ganze Zeit beobachtet haben.

Dann umarmte er sie und drückte sie fest an sich. »Ich danke dir, Weide«, flüsterte er.

Ihre Arme umschlangen ihn, und ihr Körper drängte sich an seinen. Er fühlte ihre Wärme.

»Hoheit!« Questor zerrte an seinem Arm.

Er ließ Weide los und schaute sich um. Die G'heim Gnome regten sich und streckten ihre pelzigen Gliedmaßen. Einige waren schon wach.

»Ist es Zeit, daß wir aufbrechen, Hoheit?« erkundigte sich Fillip und kam schläfrig auf die Füße.

»Ja, ist es Zeit?« fragte Sot und stand ebenfalls auf.

Ben schaute sie entgeistert an und dachte daran, warum er hierhergekommen war. Plötzlich trat Abernathy ganz nah an ihn heran. »Hoheit, es wird schwierig genug sein, daß wir fünf unbemerkt entfliehen. Wir können nicht hoffen, eine ganze Herde von Gnomen mitzuschleppen.«

Ben schaute noch mal um sich. Es fing schon an, hell zu werden. In manchen Steinhütten begann es, sich zu regen. Innerhalb der nächsten Minuten würde das ganze Dorf wach sein.

Er blickte auf die ängstlichen Gesichter von Fillip und Sot. »Alle kommen mit«, befahl er leise.

»Hoheit...!« versuchte Abernathy zu protestieren.

»Questor!« Ben beachtete den Schreiber nicht. Questor kam herbei. »Wir brauchen ein Ablenkungsmanöver.«

Der Zauberer wurde blaß. »Hoheit, ich habe schon einmal versagt...«

»Dann tut es nicht ein zweites Mal!« fuhr Ben ihn an. »Ich muß es haben, sobald wir durch die Tür von diesem Stall sind. Macht etwas, das die Klippentrolle ablenkt. Laßt einen von ihren Schmelzöfen explodieren oder laßt einen Berg auf sie plumpsen. Irgendwas, aber tut was!«

Er nahm Weides Arm und steuerte auf den Ausgang zu. Bunion und Parsnip schlüpften noch vor ihm hindurch und führten sie den Weg durch die Dämmerung. Pelzige, frettchengesichtige Gestalten drängten und schubsten hinter ihnen her.

Ben entdeckte einen Klippentroll, der sich dem Stall näherte. »Bunion!« zischte er.

Der Kobold war sofort draußen. Er packte den überraschten Troll und brachte ihn zum Schweigen, ehe der wußte, wie ihm geschah.

Ben und Weide eilten hinaus, Questor und Abernathy, gefolgt von den G'heim Gnomen direkt hinter ihnen. Alarmrufe gellten durch die Stille. Die Trolle stürzten aus den Steinhütten. Die Gnome stieben auseinander, schneller, als Ben für möglich gehalten hatte. Überall tauchten Klippentrolle auf.

»Questor!« schrie er verzweifelt.

Über ihren Köpfen gab es einen blendenden Blitz und Strabo erschien. Der Drache flog feuerspeiend über das Tal. Die Klippentrolle hasteten davon, um sich zu verstecken, und die G'heim Gnome schrien vor Entsetzen. Ben konnte es nicht glauben. Wo kam der Drache plötzlich her?

Dann sah er den Zauberer wild mit den Armen fuchteln und entdeckte gleichzeitig, daß der Drache nur ein Bein hatte, daß seine Flügel nicht ganz symmetrisch waren und daß seltsame Federbüschel an seinem Nacken wuchsen. Das Feuer des Drachen entzündete nichts. Der Drache war nicht echt! Questor hatte die Ablenkung erzaubert.

Weide hatte es auch gesehen. Sie packte ihn am Arm, und sie rannten zusammen auf den Gebirgspaß zu, über den sie am Vorabend gekommen waren. Die übrigen folgten, Questor am Schluß. Der falsche Drache begann schon zu verblassen, Teile seines Körpers lösten sich auf, während er über dem Tal der verblüfften Trolle hin und her flog. Ben und seine Gefährten jagten zwischen ihnen hindurch. Zweimal versuchte einer, sie aufzuhalten, doch

Bunion erledigte die Angreifer mit erschreckender Geschwindigkeit. Nach wenigen Augenblicken hatten sie den Paß erreicht, und der Weg war frei.

Ben schaute sich im Laufen noch einmal um. Der Drache war inzwischen völlig auseinandergefallen wie ein Puzzle. Die Trolle waren noch gelähmt vor Staunen.

Die Flüchtlinge rannten in die Schatten der Berge und ließen die Trolle, das Tal, die Feuer und den Wahnsinn hinter sich.

Der Kristall

Es war schon heller Vormittag, als Ben und seine Gefährten schließlich ihre Flucht unterbrachen. Sie hatten den Melchor hinter sich gelassen und waren weit unterhalb der nebelumhüllten Klippen und Steilwände außer Reichweite der Trolle. Sie befanden sich in dem Bereich der Hügel, wo die G'heim Gnome damals gefangengenommen worden waren. Die Gnome waren schon lange ihre eigenen Wege gegangen, und die Klippentrolle hatten die Verfolgung längst aufgegeben. Es schien kein Grund mehr zu bestehen weiterzurennen.

Ben ließ sich keuchend am Fuße einer großen Eiche nieder und lehnte sich gegen den Stamm. Es war ein schmähliches Eingeständnis: Sie waren davongerannt. Es hätte wesentlich besser geklungen zu sagen, sie seien entkommen oder so was. Doch die Wahrheit war, daß sie um ihr Leben gerannt waren.

Weide, Questor, Abernathy und die Kobolde setzten sich im Kreis vor ihn ins winterlich gefärbte Gras. Dicke Wolken wälzten sich über den Himmel, und es roch nach Regen. Sie aßen ein kurzes Mahl aus Blaubonnieblättern und Stengeln und tranken ein wenig Wasser aus einem Bächlein, das den Berg herunterfloß. Etwas anderes besaßen sie nicht. Alle ihre Habe, einschließlich der Pferde, war bei den Trollen zurückgeblieben.

Ben kaute an den Blättern herum und war darum bemüht, seine Gedanken zu ordnen. Die Dinge standen nicht gut für den Regenten von Landover. Seine Erfolgsliste war erbärmlich. Außer denen, die da um ihn saßen, hatte er keinen einzigen Verbündeten finden können. Die Grünlandbarone, traditionsgemäß Stützen des Throns, hatten ihn kühl empfangen, hatten erfolglos versucht, ihn zu bestechen, und ihn schließlich rausgeschmissen. Der Flußherr hatte ihn wesentlich höflicher empfangen, doch auch nur, weil er völlig desinteressiert an dem war, was der Thron vorbrachte oder tat, überzeugt, daß die Rettung seines Volkes ausschließlich in seinen eigenen Händen lag. Die Klippentrolle hatten ihn gefangengesetzt und hätten ihn mit Sicherheit gebraten, wenn es nicht gelungen wäre, aus ihrem Viehstall zu entkommen – dank, so mußte er sich eingestehen, nicht seiner eigenen Fähigkeiten, sondern dank Weides Ausdauer und eines glücklichen Umstandes, der Questor ausnahmsweise befähigte, einen Zauber mehr oder weniger korrekt hinzukriegen.

Da waren natürlich die G'heim Gnome. Fillip und Sot hatten ihn in ihrem Namen als König anerkannt. Aber was war das wert? Wozu taugte die Allianz mit den Höhlenbuddlern, die von allen als Diebe, Räuber und Schlimmeres verachtet wurden?

»So, und wie sieht es jetzt aus?« fragte er laut. Sie sahen ihn überrascht an. »Folgendermaßen: Die Herren von Grünland – Kallendbor, Strehan und die anderen – werden sich dem Thron unterordnen, wenn ich sie eines Tages von dem Drachen befreie, was noch niemandem gelungen ist. Der Flußherr wird mich als König anerkennen, wenn ich das Versprechen der Grünlandbarone und verschiedener anderer Talbewohner bekommen habe, die Verschmutzung seines Landes und seiner Gewässer zu stoppen und mit ihm zusammenzuarbeiten, das Tal sauberzuhalten. Höchst unwahrscheinlich. Die Klippentrolle werden sich mir unterwerfen, wenn ich eines Tages wieder in den Melchor hinaufsteigen kann, ohne fürchten zu müssen, gebraten zu werden. Auch nicht sehr aussichtsreich.« Er machte eine Pause. »Ich würde sagen, das ist in etwa die Situation, oder?«

Alle verharrten in Schweigen. Questor und Abernathy warfen sich unsichere Blicke zu. Weide sah aus, als verstehe sie nichts – was sie, so gestand er sich ein, möglicherweise wirklich nicht konnte. Die Kobolde grinsten ihn wissend an.

Er errötete plötzlich in einer Mischung aus Scham und Wut. »Die Wahrheit ist, daß ich nicht den geringsten Fortschritt gemacht habe. Nichts. Null. Zero. Hat jemand was dazu zu sagen?« Er hoffte, irgendwer würde es wenigstens versuchen.

Questor tat es. »Hoheit, ich glaube, Ihr seid viel zu hart mit Euch selbst.«

»Ach, wirklich? Was von dem, was ich dargelegt habe, stimmt denn nicht, Questor Thews?«

»Das was Ihr angeführt habt, war soweit richtig, Hoheit. Doch Ihr überseht dabei etwas Wesentliches.«

»So? Was denn?«

»Die Schwierigkeit Eurer Position. Es ist auch unter den besten Voraussetzungen nicht leicht, König von Landover zu sein.«

Die anderen nickten zustimmend. »Nein!« donnerte Ben. »Das kann ich nicht akzeptieren. Ich kann das nicht auf die Umstände schieben. Die Umstände sind, wie sie sind, und man muß sehen, wie man damit zurechtkommt und das Beste daraus macht!«

»Und warum glaubst du, daß du das nicht getan hast, Ben?« wollte Weide wissen.

Die Frage verwirrte ihn. »Weil ich gescheitert bin! Ich konnte weder die Herren von Grünland noch deinen Vater oder die verdammten Trolle dazu bringen, das zu tun, was ich von ihnen wollte. Wenn du uns nicht gefolgt wärest und wenn es Questor nicht gelungen wäre, seinen Zauber einzusetzen, dann wären wir vermutlich alle tot!«

»Ich würde die Hilfe, die Ihr durch meinen Zauber erhalten habt, nicht allzuhoch in Rechnung stellen«, murmelte Questor leise und verlegen.

»Immerhin habt Ihr die Gnome befreit, Hoheit«, bemerkte Abernathy steif. »Ich persönlich betrachte das zwar als eine überflüssige Anstrengung, doch was ihr Leben auch wert sein mag, sie verdanken es jetzt einzig und allein Euch. Ihr wart derjenige, der darauf bestanden hat, sie mitzunehmen.«

Die anderen nickten wieder zustimmend. Ben sah sie der Reihe nach an. »Ich danke Euch für Eure Vertrauenskundgebung, doch ich halte sie nicht für angebracht. Warum akzeptieren wir nicht, was wir alle wissen: Ich tauge nicht für den Job.«

»Ihr tut, was Ihr könnt, Hoheit«, gab Questor zurück. »Niemand kann mehr verlangen.«

»Oder mehr tun«, fügte Abernathy hinzu.

»Aber vielleicht *kann* ein anderer mehr tun«, erklärte Ben scharf. »Vielleicht *sollte* ein anderer mehr tun.«

»Hoheit!« Abernathy erhob sich. Er schob sich die Brille zurecht und legte die Ohren an. »Ich bin seit mehr Jahren Hofschreiber gewesen, als Ihr alt seid. Das ist bei meiner derzeitigen Gestalt vielleicht nicht so leicht zu erkennen.« Er warf einen giftigen Blick auf Questor. »Aber ich möchte, daß Ihr dennoch meine Worte ernst nehmt. Ich habe Könige von Landover kommen und gehen sehen – den alten König und viele nach ihm. Ich habe ihre Versuche zu regieren beobachtet. Ich habe sie ihr Wissen und ihre Verantwortung einsetzen sehen. Manche waren fähig, manche nicht.« Mit der rechten Pfote machte er eine pathetische Geste zu Ben. »Doch ich will Euch eines sagen, Hoheit. Niemand, nicht einmal der alte König, war vielversprechender als Ihr!«

Nachdem er geendet hatte, setzte er sich langsam wieder hin. Ben war verblüfft. Nicht in den kühnsten Träumen hätte er erwartet, ein so positives Kompliment von dem zynischen Schreiber zu bekommen.

Weide griff nach seiner Hand. »Ben, du mußt auf ihn hören. Das Erbe meiner Mutter in mir fühlt, daß du etwas Besonderes an dir hast. Ich bin fest davon überzeugt, daß du dazu bestimmt bist, König von Landover zu sein. Ich glaube, niemand anderes sollte das überhaupt versuchen.«

»Weide, du kannst das nicht be...« begann er, doch ein Fauchen der Kobolde unterbrach ihn. Sie redeten kurz miteinander, dann sprach Bunion zu Questor.

Der Zauberer schaute zu Ben. »Die Kobolde stimmen der Sylphe zu. Sie fühlen, daß Ihr anders seid. Ihr zeigt Mut und Stärke. Ihr seid der König, dem sie dienen wollen.«

Ben ließ sich erschöpft gegen den Baum sinken. »Was muß ich tun, um Euch zur Einsicht zu bringen, daß Ihr Euch in mir irrt? Ich bin überhaupt nicht anders, nicht außergewöhnlich, nichts, was mich zu einem besseren König macht, als den nächsten, der herkommt. Seht Ihr denn nicht, daß Ihr das gleiche tut wie ich, als ich das Land gekauft habe – Ihr macht Euch was vor! Auf dem Papier mag dies ein Märchenkönigreich sein, aber es ist real genug, und wir müssen die Tatsache akzeptieren, daß weder heftiges Wünschen noch Glauben seine Probleme lösen werden!«

Niemand antwortete. Sie sahen ihn schweigend an. Er holte Luft, um noch etwas zu sagen, doch ließ er es dann. Dem war nichts hinzuzufügen.

Schließlich erhob sich Questor. Er bewegte sich so, als laste plötzlich das Gewicht der ganzen Welt auf seinen Schultern. Sein Eulengesicht war so verzerrt, als habe er heftige Schmerzen. Langsam richtete er sich auf.

»Hoheit, es gibt noch etwas, das Ihr wissen solltet.« Er räusperte sich nervös. »Ich habe Euch schon berichtet, daß mein Halbbruder Euch als Käufer ausgewählt hat, weil er der Meinung war, Ihr würdet als König versagen und das Land würde dadurch wieder an ihn zurückfallen – wie bislang jedesmal, wenn es verkauft wurde, seit dem Ableben des alten Königs. Er hielt Euch für einen typischen Versager, Hoheit. Er verließ sich darauf.«

Ben faltete schützend die Hände vor der Brust. »Nun, dann wird er nicht enttäuscht sein, wenn er erfährt, wie die Dinge sich entwickelt haben, nicht wahr?«

Questor räusperte sich wieder und trat unbehaglich von einem Fuß auf den anderen. »Die Sache ist die, Hoheit. Er ist genau informiert, wie die Dinge derzeit stehen und er ist äußerst enttäuscht.«

»Also, ehrlich gesprochen, Questor, mir ist es völlig...« Plötzlich hielt er inne und starrte den Zauberer an. »Was habt Ihr gesagt? Meint Ihr tatsächlich, er weiß, wie die Dinge sich entwickeln, weiß *genau* wie die Dinge stehen?«

Er stand auf und ging auf den Zauberer zu. »Wie ist das möglich, Questor? Seine Zauberkraft reicht nicht mehr bis in diese Welt, oder? Ihr habt behauptet, daß er außer dem Medaillon nichts hat mitnehmen können. Alles andere mußte er zurücklassen. Wenn dem so ist, wie kann er dann wissen, was hier vorgeht?«

Questors Gesicht war ausdruckslos wie eine Totenmaske. »Ich berichte ihm, was passiert, Hoheit«, gab er leise zu.

Einige Sekunden lang herrschte überraschtes Schweigen. Ben traute seinen Ohren nicht. »Ihr berichtet ihm?« wiederholte er.

»Ich kann nicht anders, Hoheit.« Er senkte seinen Blick zu Boden. »Das war der Handel, den ich mit ihm abgeschlossen habe, als er mit dem Sohn des alten Königs das Land verließ. Ich konnte in seiner Abwesenheit Hofzauberer sein, doch ich mußte mich damit einverstanden erklären, ihn über die Ereignisse in Landover auf dem laufenden zu halten und ihm über die Erfolge und Mißerfolge der zukünftigen Könige, die er aus Eurer Welt herschicken würde, in Kenntnis zu setzen. Er wollte diese Informationen benutzen, um sie bei der Auswahl der künftigen Käufer zu verwenden. Er würde auf gewisse Schwächen achten, die sich aus dem Verhalten gegenüber den Problemen ablesen ließen.«

Die anderen waren inzwischen auch aufgestanden. Questor ignorierte sie. »Ich möchte, daß es zwischen uns keine Geheimnisse mehr gibt«, fuhr er schnell fort. »Es hat schon zuviele davon gegeben, fürchte ich. Also werde ich Euch auch das letzte enthüllen, das ich Euch bisher vorenthalten habe. Ihr habt mich einmal gefragt, wie viele Könige es seit dem Tod des alten Königs versucht haben. Ich sagte Euch, es seien über dreißig gewesen. Was ich Euch verschwiegen habe, ist, daß die letzten acht über *Rosen* hergekommen sind, und zwar alle innerhalb der vergangenen zwei Jahre! Fünf von ihnen haben innerhalb der Zehntagefrist die Waffen gestreckt und sind zurückgekehrt. Bedenkt, was das bedeutet, Hoheit. Es bedeutet, daß das Unternehmen mindestens fünfmal dem Kunden sein Geld zurückerstatten mußte und daß mein Halbbruder fünfmal seine Provision verloren hat. Jedesmal eine Million, Hoheit. Schlechte Reklame, schlechtes Geschäft. Ich glaube, weder *Rosen* noch mein Halbbruder hätten solche riesigen Einbußen hingenommen. Darum vermute ich, daß diese Verluste nie aufgedeckt worden sind. Ich nehme sogar an, daß diese Verkäufe zum großen Teil vor *Rosen* geheimgehalten wurden. Und ich folgere daraus, daß die daraus resultierende Unzufriedenheit des Kunden auf eine möglichst schnelle und effiziente Weise vertuscht worden ist.«

Er machte eine Pause.

»Questor, was sagt Ihr da?« flüsterte Ben.

»Daß, wenn Ihr jetzt in Eure Welt zurückkehren würdet, Euer Geld verloren wäre und Eure Lebenserwartung sich beträchtlich verkürzen würde.«

Abernathy war außer sich vor Zorn. Er fletschte die Zähne. »Ich *wußte*, daß man Euch nicht trauen kann, Questor Thews!« knurrte er drohend.

Ben hob die Hand. »Nein, wartet einen Moment. Er war nicht gezwungen, mir das zu eröffnen. Er tat es freiwillig. Warum, Questor?«

Der Zauberer lächelte unerwartet freundlich. »Damit Ihr begreift, wie sehr ich an Euch glaube, Hoheit Ben Holiday. Die anderen haben ihren Glauben wortreich und überzeugend vorgebracht, doch Ihr scheint nichts davon hören zu wollen. Ich hoffe, daß mein Geständnis erreicht, was ihnen nicht geglückt ist: daß Ihr an Euch selber glaubt. Ich halte Euch für den König, den Landover braucht und auf den es gewartet hat. Auch mein Halbbruder fürchtet das. Er war ziemlich besorgt darüber, daß Ihr nicht aufgegeben habt, wo andere längst abgehauen wären. Er fürchtet, daß es Euch gelingen könnte, den Thron zu halten, Hoheit. Er hat Angst vor Euch.«

Weide packte Ben am Arm. »Hör auf ihn, Ben. Ich glaube ihm.«

Questor seufzte. »Ich war der Meinung, gute Gründe zu haben, zu tun, was mein Halbbruder wünschte. Im Falle einer Weigerung hätte ich den Posten als Hofzauberer nicht bekommen. Ich wußte, daß ich ohne diesen Posten nichts unternehmen konnte, um das Land zu retten. Ich glaubte, daß das Gute, was ich als Hofzauberer tun konnte, den Schaden, den meine Berichte anrichten würden, aufwiegen könnte. Erst vor kurzem begann ich zu ahnen, welches Schicksal denen blühte, die das Königreich gekauft hatten und dann beschlossen zurückzukehren. Doch da war es zu spät, um ihnen noch zu helfen...«

Questors Stimme war ganz rauh geworden. »Mein Halbbruder traf noch ein weiteres Abkommen mit mir, Hoheit, das ich, ich schäme mich, es einzugestehen, nicht zurückweisen konnte. Die Zauberbücher, die Geheimnisse der Zauberer seit Urzeiten, sind irgendwo in Landover versteckt. Nur er weiß, wo. Er hat sie nicht mitnehmen können und er hat sie mir versprochen. Jedesmal, wenn wieder ein König versagte, gab er mir ein kleines bißchen mehr von den magischen Geheimnissen preis. Ich tue nichts, um seine Pläne zu unterstützen, Hoheit, doch das magische Wissen ist ein unwiderstehlicher Köder. Kleine Hinweise helfen mir bei meinen Studien. Ich weiß, daß er mir die Bücher nie geben wird. Ich weiß, daß er mich ausnutzt. Doch ich bin überzeugt, daß er eines Tages ein Wort mehr sagt, als er sollte, ein Geheimnis mehr preisgibt, und ich in der Lage sein werde, die Bücher selber zu finden und sie zu benutzen, um seinem Treiben ein Ende zu setzen.«

Sein Eulengesicht legte sich in noch tiefere Falten. »Ich habe mich benutzen lassen, Hoheit, weil ich keine andere Möglichkeit sah. Meine Absichten waren immer lauter. Ich will, daß dieses Land wieder wird, was es einst war. Ich würde alles tun, um das zu erreichen. Ich liebe das Land mehr als mein eigenes Leben!«

Ben betrachtete ihn schweigend. Widersprüchliche Gefühle zerrissen ihn innerlich. Weide klammerte sich noch immer an seinen Arm und drückte ihn, um ihm zu verstehen zu geben, daß sie glaubte, Questor spreche die Wahrheit. Abernathy schaute noch immer mißtrauisch drein, und die Kobolde standen stumm neben ihm, und Ben konnte in ihren dunklen Gesichtern nichts lesen.

Dann schaute er wieder zu Questor. Auch seine Stimme klang rauh. »Questor, Ihr habt mich mehr als einmal darauf hingewiesen, daß ich mit Hilfe des Medaillons sicher in meine Welt zurückkehren könne.«

»Es war nötig, um das Ausmaß Eurer Bereitschaft zu erkennen, Hoheit«, flüsterte der andere grimmig. »Es war wichtig, daß Ihr die Wahl hattet!«

»Und wenn ich mich dafür entschieden hätte, das Medaillon zu benutzen?«

Das Schweigen dauerte eine Ewigkeit. »Ich möchte gerne glauben, Hoheit... daß ich Euch hätte davor zurückhalten können.«

Der Zauberer hatte Tränen in den Augen. Ben sah die Mischung aus Scham und Schmerz sich darin spiegeln. »Ich möchte das ebenfalls gerne glauben, Questor«, entgegnete er freundlich.

Er dachte einen Augenblick nach, dann legte er dem Zauberer die Hand auf die Schulter. »Wie nehmt Ihr Kontakt mit Meeks auf, Questor? Wie kommuniziert Ihr mit ihm?«

Questor brauchte einen Moment, um sich wieder zu fassen, dann griff er in die Falten seines Gewandes und holte etwas daraus hervor. Es war der Kristall, den Questor getragen hatte, als Ben gerade in Landover angekommen war. Ben hatte ihn völlig vergessen. Er hatte ihn zwar danach auch ab und zu gesehen, ohne sich allerdings Gedanken darüber gemacht zu haben.

»Der Kristall gehört ihm, Hoheit«, erläuterte Questor. »Er gab ihn mir, als er Landover verließ. Wenn ich ihn mit den Händen aufwärme, erscheint sein Gesicht in dem Kristall, und ich kann mit ihm sprechen.«

Ben betrachtete den Kristall eine Weile. Ein Ring war daran befestigt, durch den die Silberkette gezogen war, an der er hing.

»Hat Meeks irgendeine andere Kontaktmöglichkeit mit Landover?« fragte Ben.

Der Zauberer schüttelte den Kopf. »Nein, ich glaube nicht.«

Ben wog den Kristall in seiner Hand. »Habt Ihr genug Vertrauen zu mir, um auf den Kristall zu verzichten, Questor?« fragte er mit leiser Stimme.

»Der Kristall gehört Euch, Hoheit«, gab der Zauberer, ohne zu zögern, zurück.

Ben nickte und lächelte ein wenig. Dann reichte er Questor den Kristall zurück. »Ruft Mr. Meeks für mich, seid so freundlich.«

Questor zögerte nur für einen Bruchteil einer Sekunde, dann nahm er den Kristall zwischen die Handflächen und wärmte ihn. Weide, Abernathy und die Kobolde kamen näher. Bens Herz schlug heftig. Er hatte nicht erwartet, Meeks so bald wiederzusehen, doch jetzt, wo es geschehen würde, war er höchst erpicht darauf.

Questor öffnete vorsichtig die Hände und ergriff den Kristall an der Kette. Meeks starrte daraus hervor. In seinen harten Augen stand Überraschung.

Ben bückte sich, so daß seine Augen auf der gleichen Höhe waren wie die von Meeks. »Guten Tag, Mr. Meeks«, begrüßte er ihn. »Nun, wie stehen die Dinge in New York?«

Das runzlige, alte Gesicht rötete sich vor Wut. Ben hatte noch nie so viel Haß in den Augen eines Menschen gesehen.

»Keine Lust zu reden?« Ben lächelte sein schönstes Gerichtssaallächeln. »Kann's Ihnen nicht übelnehmen. Die Dinge laufen nicht allzu gut für Sie, nicht wahr?«

Die schwarz behandschuhte Hand fuhr warnend in die Höhe, als Meeks etwas erwidern wollte.

»Nein, nein. Machen Sie sich nicht die Mühe zu antworten«, kam ihm Ben schnell zuvor. »Nichts, was Sie zu sagen hätten, interessiert mich. Ich will nur, daß Sie eines wissen.« Er nahm Questor den Kristall aus der Hand und hob ihn hoch. Das Lächeln verschwand aus seinem Gesicht. »Ich möchte, daß Sie sich im klaren sind, daß Ihre Karre im Dreck steckengeblieben ist!«

Dann trug er den Kristall zu einer Felsgruppe, die an einem nahe gelegenen Hang aus dem Boden aufragte, und schmetterte ihn so lange dagegen, bis er in tausend Stücke zerborsten war. Die Splitter grub er mit den Stiefelabsatz in den Boden.

»Ade, Mr. Meeks«, sagte er ruhig.

Er wandte sich wieder seinen Gefährten zu, die ihn schweigend anschauten.

»Ich nehme an, das war das Letzte von Mr. Meeks. Und wir stehen wieder am Start.«

»Hoheit, bitte erlaubt mir ein Wort.« Questor war erregt, doch er riß sich zusammen. »Hoheit, Ihr könnt nicht aufgeben.« Er schaute unbehaglich zu den anderen. »Wahrscheinlich habe ich jedermanns Vertrauen verloren, durch das, was ich getan habe. Es wäre wahrscheinlich am besten, wenn ich nicht länger mit Euch gehe. Das würde ich akzeptieren. Aber Ihr müßt weitermachen. Abernathy, Bunion, Parsnip und auch Weide werden Euch beistehen. Ihr besitzt das Wissen, die Einfühlungsgabe, die Kraft und den Mut, von dem sie gesprochen haben. Doch Ihr habt noch etwas, Hoheit Ben Holiday. Ihr habt etwas, das seit vielen Jahren kein anderer König von Landover hatte – etwas, worüber ein König von Landover verfügen muß. Ihr zeigt Entschlossenheit. Ihr weigert Euch aufzugeben, wo ein anderer aufgäbe. Ein König braucht dies mehr als alles andere.«

Er hielt inne und richtete sich auf. »Ich habe nicht gelogen, als ich sagte, daß mein Halbbruder die Entschlossenheit in Euch erkannt und Angst vor ihr hat. Gebt jetzt nicht auf, Hoheit. Seid der König, der zu sein Ihr hergekommen seid!«

Questor hatte zu Ende gesprochen und wartete auf Bens Antwort. Ben sah die anderen an – Weide, deren Augen leuchteten und mehr reflektierten als nur ihr Vertrauen; Abernathy, spöttisch und abwartend; Parsnip und Bunion, deren Affengesichter scharf und klug verstecktes Wissen preisgaben. Die Gesichter waren wie Masken von Schauspielern in einem bizarren Theaterstück, das noch nicht zu Ende war. Wer waren sie wirklich? Und wer war er?

Plötzlich befand er sich ein Lebensalter von all dem entfernt, das vor seiner Reise in diese seltsame Welt gewesen war. Fort waren die Wolkenkratzer, die Anwälte, das Gerichtswesen der Vereinigten Staaten, die Städte, die Regierungen, die Gesetzbücher und die Gesetze. Alles, was einmal war, gab es nicht mehr. Es gab nur noch, was es nie gegeben hatte – Drachen, Hexen, allerlei Märchengestalten, Burgen und Ritter, Edelfräulein und Zauberer, Dinge der Magie und Dinge der Verzauberung. Er begann ein neues Leben, und alle Regeln waren neu. Er war in den Abgrund gesprungen und er fiel noch immer.

Ziemlich unerwartet begann er zu grinsen. »Questor, ich habe nicht die Absicht aufzugeben.« Sein Grinsen wurde breiter. »Wie könnte ich angesichts solch eloquenter Vertrauenszusicherungen aufgeben? Wie könnte ich aufgeben, wenn ich Freunde wie Euch habe, die mir beistehen?« Er schüttelte langsam den Kopf, sowohl über ihre Verrücktheit wie auch über seine eigene. »Nein. Das Leben geht weiter. Und wir auch.«

Weide lächelte. Die Kobolde fauchten ihre Zustimmung. Questor sah erleichtert aus, und selbst Abernathy nickte zum Einverständnis.

»Allerdings unter einer Bedingung.« Das Grinsen verschwand aus seinem Gesicht. Er legte seine Hand freundlich auf Questors Schulter. »Wir haben zusammen begonnen und wir werden es auch zusammen zu Ende bringen. Was vergangen ist, ist vorbei, Questor. Wir brauchen Euch.«

Der Zauberer starrte ihn entgeistert an. »Hoheit, ich würde alles tun, was Ihr von mir verlangt, aber... Ich kann nicht...« Er schaute verlegen auf die anderen.

»Eine Abstimmung«, rief Ben sofort. »Soll Questor mit uns gehen? Parsnip? Burnion?« Die Kobolde nickten. »Weide?« Die Sylphe nickte.

Er wartete einen Moment und sah Abernathy an. »Abernathy?«

Abernathy rührte sich nicht. Ben wartete. Der Schreiber hätte aus Stein geschnitzt sein können. »Abernathy?« wiederholte er freundlich.

Der Hund zuckte mit den Schultern. »Ich glaube, er besitzt noch weniger Menschenkenntnis, als er Zauberkenntnisse hat, aber ich glaube auch, daß er nichts wirklich Böses tun wollte. Er soll bei uns bleiben.«

Ben lächelte. »Gut so, Abernathy. Wir sind wieder eine Gemeinschaft.« Dann schaute er zu Questor. »Questor, kommt Ihr mit uns?«

Errötend und mit einem zaghaften Lächeln in den Mundwinkeln nickte der Zauberer eifrig. »Ja, Hoheit. Ich komme mit.«

Ben blickte nochmals in die Runde und dachte, wir haben alle eine Meise. Dann erhob er seine Augen zum Himmel. Die Sonne stand als weißer, runder Ball hinter dichten Nebeln und Wolken direkt über ihnen. Es war Mittag.

»Ich denke, wir sollten uns lieber auf den Weg machen.«

Abernathys Zähne knirschten. »Ähm... wohin, Hoheit?« fragte er zögernd.

Ben trat auf ihn zu und legte ihm die Hände auf die pelzigen

Schultern. Dann schaute er verschwörerisch in die Runde. »Dorthin, wo ich den Klippentrollen angekündigt habe, daß es mein nächstes Ziel sei, Abernathy. Wir hätten schon längst dorthin gehen sollen.«

»Und wo ist das, Hoheit?« fragte der Schreiber.

»Zum Tiefen Schlund, Abernathy. Zur Hexe Nachtschatten.«

Der Tiefe Schlund

Sie hielten Ben Holiday für verrückt. Es gab vielleicht Unterschiede in der Einschätzung, *wie* verrückt er sei, doch die Meinung war einhellig. Die Kobolde drückten es mit einem schnellen Fauchen und einem beängstigenden, völlig humorlosen Grinsen aus. Weides Augen spiegelten es und sie schüttelte unwillig ihr taillenlanges, grünes Haar zurück. Questor und Abernathy waren entsetzt und fingen gleichzeitig zu sprechen an.

»Ihr habt Euren Verstand verloren, Hoheit!« platzte der Schreiber heraus.

»Ihr könnt doch nicht das Risiko eingehen, Euch in die Hände der Hexe zu begeben!« warnte der Zauberer.

Ben ließ sie alle erst einmal ausreden. Dann bat er sie, sich um ihn herumzusetzen, und erklärte ihnen geduldig die Situation.

Er hatte nicht den Verstand verloren, versicherte er ihnen. Im Gegenteil. Er wußte ganz genau, was er tat. Es mochte ein gewisses Risiko sein, sich in den Tiefen Schlund zu begeben und Nachtschatten gegenüberzutreten, doch fast jede der Alternativen barg ebenfalls eine große Gefahr in sich, und keine andere Möglichkeit war ebenso sinnvoll und versprach so viel.

»Überlegt es Euch gut«, drängte er. Der Schlüssel zu all den Türen, die sich vor ihm geschlossen hatten, lag im Einsetzen oder Erwerben von Zauberkraft. Magie war es gewesen, die dem Land und jenen, die am Anfang hier lebten, das Leben gegeben hatte; es war der Magieschwund, der jetzt das Leben hier bedrohte. Das Medaillon war ein magisches Objekt, das es ihm erlaubt hatte, aus seiner Welt hierherzukommen – und, wenn nötig, auch wieder dorthin zurückzukehren. Der Paladin war magisch, und es bedurfte der Magie, um ihn wieder zurückzubringen. Die Burg Silber Sterling war magisch, und Magie war vonnöten, um sie zu retten. Die meisten Geschöpfe des Landes waren magische Wesen, Magie konnten sie verstehen, sie respektierten sie und fürchten sie. Die Herren von Grünland wollten, daß Ben sie von dem Drachen befreie, und das würde nur durch Zauberkraft zu ermöglichen sein. Der Flußherr wollte die Bewohner des Landes dazu bringen, mit ihm zu kooperieren und das Land zu heilen. Auch das würde wahrscheinlich eine Form von Magie voraussetzen. Der Markus und seine Dämonen waren finstere Magie, die sie alle zu zerstören drohte, und es würde ein Einsatz von außerordentlich starker, weißer Magie nötig sein, um das zu verhindern.

Er machte eine Pause. Wer hätte denn wohl am ehesten Zugang zu der Magie, die es brauchte, um die Dinge wieder in Ordnung zu bringen? Wer besaß magische Fähigkeiten, über welche die anderen nicht verfügten?

Sicher. Das Risiko war groß. Risiko gab es immer. Aber seit vielen Jahren war niemand mehr zu Nachtschatten gegangen. Niemand hatte auch nur daran gedacht, es zu wagen. Kein König von Landover hatte seit dem Tod des alten Königs versucht, sie als Verbündete zu gewinnen. Schon vorher nicht, warf Abernathy dazwischen – der alte König hatte auch nichts mit ihr zu tun haben wollen. Ein Grund mehr, sie jetzt aufzusuchen, beharrte Ben. Man konnte mit ihr reden. Vielleicht konnte man sie überzeugen. Und vielleicht konnte man sie, wenn alles andere versagte, austricksen.

Seine Gefährten starrten ihn entsetzt an.

Er zuckte mit den Schultern. Na gut. Vergessen wir das mit dem Austricksen. Aber sie blieb dennoch ihre größte Chance. Sie besaß die stärkste Zauberkraft des Landes – soviel hatte Questor ihm beigebracht. Die anderen sahen den Zauberer vorwurfsvoll an. Ein kleines bißchen von ihrer Magie könnte die Dinge wenden. Er brauchte nicht viel. Nur gerade so viel, daß er eines der Probleme lösen könnte. Das wäre schon ausreichend. Und selbst, wenn sie ihre eigene Zauberkraft verweigerte, würde sie vielleicht bereit sein, ein Treffen mit den Elfen zu arrangieren. Vielleicht konnte er auf deren Hilfe zurückgreifen.

Er sah, wie Weide bei der Erwähnung der Elfen zusammenzuckte, und wurde einen Augenblick lang unsicher. Doch dann schüttelte er das Gefühl ab und fuhr mit seinen Argumenten fort. Er hatte alle Möglichkeiten durchdacht, und die Lösung seines Problems war eindeutig. Er mußte einen Verbündeten finden, der helfen würde, die anderen Bewohner des Landes zur Vernunft zu bringen. Er konnte keinen mächtigeren Verbündeten finden als Nachtschatten.

Auch keinen gefährlicheren, bemerkte Questor trocken.

Doch Ben ließ sich nicht umstimmen. Die Sache wurde beschlossen, und sie machten sich auf den Weg zum Tiefen Schlund. Jeder, der lieber nicht mitkommen wollte, konnte zurückbleiben. Er hatte Verständnis dafür.

Keiner blieb zurück, doch sie sahen sich voller Unbehagen an.

Mittag war schon vorüber, und bis zum Einbruch der Nacht zogen sie südwärts. Das Wetter blieb unbeständig, Wolken türmten sich, und es drohte zu regnen. Der Dunst verwandelte sich in dichten Nebel, und als es Abend wurde begann es zu nieseln. Die Gruppe verkroch sich unter einem überhängenden Felsen, der von uralten Eschen bewachsen war. Feuchtigkeit und Finsternis nahmen schnell zu, und die sechs Reisenden kauerten sich dicht zusammen und aßen ein paar Blaubonnieblätter und seltsame Wurzeln, die Parsnip zu finden gewußt hatte. Dazu tranken sie ein wenig Quellwasser. Es wurde kalt, und Ben sehnte sich nach einem Schluck von seinem geliebten Glenlivet.

Das Essen dauerte nicht lange, und sie überlegten, wie sie sich wohl zum Schlafen einrichten sollten. Sie hatten alle ihre Schlafsachen bei den Trollen zurücklassen müssen. Questor bot an, seine Zauberkünste einzusetzen, und diesmal stimmte Ben zu. Die Kobolde waren vielleicht zäh genug, doch die übrigen riskierten, sich eine Lungenentzündung zu holen, wenn sie sich nicht vor Kälte und Nässe schützten. Schließlich hatte Questor im Melchor gezeigt, daß seine Kontrolle über die Magie besser geworden war.

An diesem Abend war das allerdings nicht der Fall. Der Zauber sprühte Funken und pupte, und ein paar Dutzend geblümter Gästehandtücher materialisierten sich. Questor schimpfte über das Wetter und versuchte es noch einmal. Diesmal produzierte er ein paar Jutesäcke. Abernathy begann, vor sich hin zu knurren, und die Stimmung erhitzte sich trotz der Kälte. Beim dritten Versuch zauberte Questor ein bunt gestreiftes Laubenzelt, komplett mit Sitzkissen und Girlanden. Ben entschied, daß sie sich damit zufriedengeben würden.

Sie installierten sich, und einer nach dem anderen fiel in Schlaf. Abernathy schlief mit der Schnauze nah am Zelteingang, nicht ganz überzeugt, daß die Trolle ihre Verfolgung aufgegeben hätten.

Nur Ben blieb wach. Er lag im Dunkeln und lauschte auf das

Trommeln der Regentropfen auf dem Zeltdach. Alle die Ungewißheiten, die er bisher erfolgreich hatte verdrängen können, überfielen ihn jetzt. Seine Zeit verstrich unaufhaltsam. Schneller, als ihm lieb sein konnte, das wußte er, würde sie um sein. Dann ergriff ihn der Markus oder irgendein anderes Übel, gegen das er keinen wirklichen Schutz besaß. Dann wäre er gezwungen, das Medaillon zu verwenden, um sich in Sicherheit zu bringen, obwohl er geschworen hatte, es nicht zu tun. Wie würde er sich dann entscheiden? Was würde er unternehmen, wenn sein Leben *wirklich* bedroht war – nicht durch Landbarone, die ihn niederschlagen, oder Trolle, die ihn einsperren wollten, sondern durch irgendein Monster, das ihm durch einen einfachen Gedanken den Atem ausblasen konnte? Es gab solche Monster da draußen, er wußte es. Nachtschatten gehörte dazu.

Er zwang sich, eine Weile über die Hexe des Tiefen Schlundes nachzudenken. Er hatte es bislang nicht getan. Es war einfacher, sie zu ignorieren. Und es half auch nichts, darüber zu sinnieren, wie gefährlich es sein mochte. Nachtschatten jagte seinen Freunden höllische Angst ein, und außer dem Markus gab es sonst nichts, das sie so zu fürchten schienen. Mag sein, daß er wieder einen zu großen Bissen genommen hatte, den er nicht würde kauen können; er brachte sie möglicherweise in eine noch schlimmere Lage, als die, aus der sie gerade noch entkommen waren. Er kaute nachdenklich an seiner Unterlippe. Diesmal würde keiner kommen, um sie zu retten. Er würde sehr vorsichtig sein müssen und Maßnahmen ergreifen müssen, um sie zu beschützen.

Besonders Weide, dachte er. Er schaute zu ihr und versuchte, ihre zarte Gestalt im Dunkeln auszumachen. Sie hatte sich heute nicht in einen Baum verwandelt. Offenbar tat sie das nur ab und zu. Er stellte fest, daß ihm der Gedanke nicht mehr so abstoßend schien. Vielleicht war es nur der Schock gewesen, der ihm zu schaffen gemacht hatte. Jetzt hatte er sich an den Gedanken gewöhnt.

Ben schüttelte unwillig den Kopf. Was du in Wirklichkeit fühlst, Holiday, ist, daß sie dir das Leben gerettet hat und du sie folglich akzeptieren kannst. Mach dir doch nichts vor!

Sein Atem wurde ruhiger und er schloß die Augen. Wenn sie doch nicht so viel aufgegeben hätte für ihn! Er wünschte, sie hätte weniger impulsiv gehandelt. Er fühlte sich für sie verantwortlich, und das wollte er nicht. Aber sie wollte das natürlich. Sie sah die Dinge wie ein Kind – das Schicksal, geflochten in die Ranken eines Hochzeitsbettes, zwei Leben, vereint durch eine Zufallsbegegnung bei einem nächtlichen Bad. Sie erwartete etwas von ihm, das er nicht mehr bereit war, irgendwem zu geben.

Seine Gedanken wanderten dahin und seine Widerspenstigkeit lockerte sich langsam. Vielleicht lag das Problem gar nicht bei ihr. Vielleicht lag es bei ihm selbst. Vielleicht lag das eigentliche Problem darin, daß er ihr das, was sie von ihm erwartete, nicht geben konnte. Vielleicht hatte er all das verloren, als Annie starb. Die Überlegung gefiel ihm nicht, aber vielleicht war es so.

Überrascht stellte er fest, daß ihm die Tränen in die Augen gestiegen waren. Er wischte sie schnell ab und war dankbar, daß ihn niemand hatte sehen können.

Endlich ließ er seine Gedanken davonschwimmen und versank in Schlaf.

Er erwachte früh, das Tageslicht war erst ein schwacher Schimmer am östlichen Horizont, wo die Nebel über die Hügel zogen. Auch seine Reisegefährten waren wach, streckten die steifen Gliedmaßen und gähnten. Der Regen hatte aufgehört, und nur die Tropfen von den Bäumen klatschten unregelmäßig auf das Zeltdach. Ben trat hinaus in die Dämmerung und ging zu einer kleinen Quelle zwischen den Felsen unter dichtem Gestrüpp. Er beugte sich tief hinunter und sammelte das kalte Wasser in seinen Händen, um sich das Gesicht zu waschen, als plötzlich zwei kleine Frettchengesichter aus dem Gebüsch auftauchten.

Ben sprang erschreckt zurück, einen Fluch auf den Lippen.

»Große Hoheit«, grüßte eine Stimme.

»Mächtige Hoheit«, eine zweite.

Fillip und Sot. Ben erholte sich von dem Schreck und unterdrückte einen Impuls, sie beide auf der Stelle zu erwürgen. Dann wartete er geduldig, bis sie sich aus dem Gestrüpp freigestrampelt hatten. Die G'heim Gnome waren schmutzig, ihre Kleider zerfetzt und ihr Fell triefte. Sie sahen noch dreckiger aus als sonst, wenn das überhaupt möglich war.

Sie watschelten auf ihn zu.

»Wir hatten gewisse Schwierigkeiten, die Klippentrolle abzuhängen, Hoheit«, erklärte Fillip.

»Sie haben uns verfolgt, bis es dunkel wurde, und dann wußten wir nicht, wohin Ihr gegangen wart«, fügte Sot hinzu.

»Wir hatten Angst, daß man Euch wieder gefangen hätte«, fuhr Fillip fort.

»Wir hatten Angst, daß Ihr nicht entkommen wäret.«

»Aber wir haben Eure Spur gefunden und sind ihr gefolgt.«

»Wir sehen nicht sehr scharf, aber wir haben einen sehr ausgeprägten Geruchssinn«, erläuterte Sot.

Ben betrachtete sie hilflos und kopfschüttelnd. »Warum seid ihr denn überhaupt gekommen?« fragte er und kniete sich hin, so daß sie auf einer Höhe waren. »Warum seid ihr nicht mit euren Leuten nach Hause gegangen?«

»O nein, Hoheit!« rief Fillip aus.

»Niemals, Hoheit!« protestierte Sot.

»Wir haben Euch versprochen, Euch zu dienen, wenn Ihr uns helft, unser Volk zu befreien.«

»Wir haben unser Wort gegeben.«

»Ihr habt Euer Wort gehalten, Hoheit«, sagte Fillip.

»Und jetzt halten wir unsers«, beendete Sot.

Ben betrachtete sie erstaunt. Loyalität war das letzte, was er von diesen beiden erwartet hatte. Es war auch das letzte, was er brauchen konnte. Fillip und Sot würden wahrscheinlich eher eine Belastung darstellen als eine Hilfe.

Er setzte an, um ihnen das klarzumachen, doch dann sah er die Entschlossenheit in ihren kleinen Gesichtern. Er erinnerte sich daran, daß die G'heim Gnome die ersten waren, die auf ihn zugekommen waren und ihre Unterwerfung unter Landovers Thron angeboten hatten – die ersten und bislang die einzigen. Es war nicht recht, ihr Angebot auszuschlagen.

Er richtete sich langsam auf. »Wir gehen in den Tiefen Schlund«, erklärte er ihnen. »Ich will Nachtschatten aufsuchen.«

Fillip und Sot sahen einander an und nickten.

»Dann können wir Euch nützlich sein, Hoheit«, versicherte Fillip.

»Das können wir wirklich«, bestätigte Sot.

»Wir sind schon oft in den Tiefen Schlund gegangen.«

»Wir kennen die Niederung sehr gut.«

»Wirklich?« Ben versuchte nicht einmal, seine Überraschung zu verstecken.

»Ja, Hoheit«, antworteten die beiden im Duett.

»Die Hexe kümmert sich wenig um Geschöpfe wie uns«, erläuterte Fillip.

»Die Hexe sieht uns nicht mal«, ergänzte Sot.

»Wir werden Euch sicher hineingeleiten, Hoheit«, versprach Fillip.

»Und dann werden wir Euch auch wohlbehalten wieder hinausführen«, fügte Sot hinzu.

Ben schüttelte den beiden die Hände. »Abgemacht.« Er grinste. Die Gnome strahlten. »Noch eine Frage: Warum seid ihr erst jetzt aus eurem Versteck gekommen? Wie lange habt ihr da in dem Gebüsch gehockt?«

»Die ganze Nacht, Hoheit«, gab Fillip zu.

»Wir hatten Angst vor dem Hund«, flüsterte Sot.

Ben nahm sie mit ins Lager und erklärte den anderen, daß die Gnome sie in den Tiefen Schlund begleiten würden. Abernathy war darüber ungehalten und machte keinen Hehl daraus. Es ging noch hin, den Zauberer in ihrer Gesellschaft zu dulden, denn der konnte sich unter Umständen als nützlich erweisen – auch wenn darüber berechtigte Zweifel bestehen konnten –, doch die Gnome waren eindeutig zu nichts nutze. Er knurrte, und die Gnome wichen ängstlich zurück. Die Kobolde fauchten sie an, und sogar Weide schaute zweifelnd drein. Doch Ben blieb fest. Die G'heim Gnome kamen mit.

Bei Sonnenaufgang machten sie sich auf den Weg. Sie aßen ein schnelles Frühstück aus Blaubonnieblättern und -stengeln, Questor ließ das Zelt mit einem Lichtblitz in einer Rauchwolke verschwinden, was die Gnome zu Tode erschreckte, und dann zogen sie los. Sie wanderten mal südlich, mal westlich aus dem Hügelland in die Wälder an der Grenze des Grünlandes. Bunion ging voran. Zwischendurch regnete es. Das Tal lag unter dicken Nebeln begraben, die alles mit einem bläulichen Licht überzogen. Blumen erblühten im Regen. Ben fand das merkwürdig. Sie waren pastellfarben und so zart, daß es nur ein paar Minuten dauerte, bis sie zu welken begannen. Regenblumen nannte Questor sie. Sie kamen und gingen. Früher hatten sie zwölf Stunden oder länger geblüht, doch sie waren auch von der Krankheit befallen. Die Magie gab ihnen nur noch ein kurzes Leben.

Am Vormittag legten sie eine kleine Rast ein an einer Quelle, die von Schilf, Lilien und Zypressen überwuchert war. Das Wasser war bräunlich-grün, und die Pflanzen in seiner Umgebung sahen nicht gesund aus. Bunion begab sich auf die Suche nach Trinkwasser. Es begann wieder zu regnen, und sie kauerten sich unter die Bäume. Ben wartete auf eine Gelegenheit, einen Augenblick mit Weide allein zu sein.

»Weide«, wandte er sich ihr freundlich zu. Ihm war klar, daß es nicht einfach sein würde. »Ich habe darüber nachgedacht, daß du mit uns in den Tiefen Schlund – und wo immer wir sonst noch hingeraten – gehen willst. Aber ich hielte es für besser, wenn du nicht mitkämest. Ich meine, du solltest nach Eldero zurückkehren.«

Sie sah ihn fest an. »Ich will nicht zurück, Ben. Ich will bei dir bleiben.«

»Das weiß ich. Aber es ist zu gefährlich für dich.«

»Nicht gefährlicher als für dich. Vielleicht brauchst du meine Hilfe wieder. Ich bleibe bei dir.«

»Ich werde deinem Vater einen Brief schreiben und ihm darlegen, daß ich dich bis hierher gerne bei mir haben wollte, so daß es keinen Ärger für dich geben wird. Später komme ich dann und erkläre es ihm persönlich.«

»Ich will nicht fort, Ben«, wiederholte sie.

Die Zypressen warfen Schatten auf ihren grünen Teint, und sie erschien Ben wie ein Teil des Baumes. »Ich weiß es zu schätzen, daß du die gleichen Risiken auf dich nehmen willst wie ich«, entgegnete er, »doch du hast keinen Grund dazu. Ich kann es nicht zulassen, Weide.«

Sie wich ein wenig zurück, und in ihren Augen loderte plötzlich ein Feuer. »Du hast nichts dazu zu sagen, Ben. Die Entscheidung liegt allein bei mir.« Sie hielt inne, und er hatte das Gefühl, sie starre glatt durch ihn hindurch. »Warum verrätst du mir nicht, was du wirklich denkst, Hoheit von Landover?«

Ben sah sie entgeistert an. Dann nickte er zögernd. »Also gut. Ich weiß nicht, wie ich es ausdrücken soll. Wenn ich dich bei mir behalten und gleichzeitig ehrlich zu mir selbst sein könnte, dann täte ich das. Aber ich kann es nicht. Ich liebe dich nicht, Weide. Mag sein, daß die Elfenwesen Liebe auf den ersten Blick erkennen können, aber bei mir ist das nicht so. Ich glaube nicht an das, was die Ranken und Omen dir vorhergesagt haben. Ich teile nicht deine Überzeugung, daß du und ich dazu bestimmt sind, Liebende zu sein. Ich denke, wir sollen Freunde sein, doch ich kann nicht zulassen, daß du deshalb dein Leben riskierst!«

Er hielt inne, als sie freundlich nach seiner Hand faßte.

»Du verstehst es noch immer nicht, Ben, nicht wahr?« flüsterte sie. »Ich gehöre dir, weil es so sein soll. Es ist Wahrheit, die in die magische Substanz des Landes eingewoben ist. Auch wenn du es nicht sehen kannst, wird es geschehen, Ben. Ich liebe dich, weil ich liebe wie Elfen lieben – auf den ersten Blick und auf Grund der Voraussage. Ich erwarte das nicht von dir, Ben. Du wirst mich eines Tages auch lieben, Ben. Es wird geschehen.«

»Das mag sein«, gab er zu und drückte ihre Hand gegen seinen Willen. Er fand sie so bezaubernd, daß er beinahe zugegeben hätte, daß sie recht behalten möge. »Aber jetzt liebe ich dich nicht. Du bist das schönste Geschöpf, das ich je gesehen habe. Ich fühle solches Verlangen nach dir, daß ich hart dagegen ankämpfen muß, Weide. Aber ich kann nicht an die Zukunft glauben, die du so klar vor dir zu sehen scheinst. Du gehörst nicht mir! Du gehörst dir selbst!«

»Ich gehöre nirgendwo hin, wenn nicht zu dir!« beharrte sie. Ihr Gesicht lehnte sich nah an seines. »Hast du Angst vor mir, Ben? Ich lese Angst in deinen Augen und ich verstehe sie nicht.«

Er holte tief Luft. »Es gab eine andere Frau, Weide – eine Frau, die wirklich zu mir gehörte und ich zu ihr. Sie hieß Annie. Sie war meine Frau, und ich habe sie sehr geliebt. Sie war nicht so schön anzusehen wie du, doch sie war hübsch und sie war... etwas Besonderes. Sie starb vor zwei Jahren bei einem Unfall und ich... ich habe sie nicht vergessen können, nicht aufhören können, sie zu lieben, niemand anderen lieben können.«

Seine Stimme brach. Er hatte nicht erwartet, daß es ihm so schwerfallen würde, von Annie zu sprechen nach so langer Zeit.

»Du hast mir nicht gesagt, wovor du Angst hast, Ben«, drängte Weide mit leiser, doch beharrlicher Stimme.

»Ich weiß nicht, wovor ich Angst habe!« Er war verwirrt. »Ich weiß es nicht. Ich glaube, daß ich etwas verloren habe, als Annie starb, etwas von mir selbst... etwas so Kostbares, das ich vielleicht nie wieder zurückbekommen kann. Manchmal fürchte ich, daß ich nichts mehr fühlen kann. Daß ich nur so tue als ob.«

Sie hatte plötzlich Tränen in den Augen. Er erschrak. »Bitte, weine nicht«, bat er sie.

Weide lächelte bitter. »Ich glaube, du hast Angst, dir zu erlauben, mich zu lieben, weil ich so anders bin, als sie war«, vermutete die Sylphe leise. »Ich glaube, du hast Angst, mich zu lieben, weil du fürchtest, sie dann irgendwie zu verlieren. Das will ich nicht. Ich will, was du warst und bist und sein wirst – dich. Aber das geht nicht, weil du Angst vor mir hast.«

Er setzte an, das abzuleugnen, doch schwieg dann. Sie hatte recht mit ihrer Vermutung, daß er Angst vor ihr hatte. Er erinnerte sich daran, wie sie in der Lichtung zwischen alten Kiefern getanzt und sich in einen Weidenbaum verwandelt hatte, ihre Wurzeln tief in dem Boden, auf dem ihre Mutter getanzt hatte. Die Verwandlung verursachte ihm noch immer Abscheu. Sie war kein Mensch. Sie war etwas anderes.

Wie konnte er je ein Geschöpf lieben, das so anders war als Annie...?

Sie wischte die Tränen ab, die jetzt ihm über die Wangen liefen. »Ich bin ein Leben aus der Magie und unterliege ihrem Willen, Ben. So mußt auch du werden; so wirst auch du werden. Mutter Erde und Vater Himmel schufen uns beide, und das Land bindet uns aneinander.« Sie küßte ihn auf die Wange. »Du wirst die Angst vor mir verlieren und mich eines Tages lieben. Daran glaube ich.« Ihr Atem streichelte sein Gesicht. »Ich werde warten, Ben, gleich wie lange. Doch ich werde dich nicht verlassen – nicht wenn du mich bittest, nicht wenn du es mir befiehlst. Ich gehöre dir. Ich gehöre an deine Seite. Ich werde bei dir bleiben, auch wenn die Gefahren zehnmal größer sind als jetzt. Ich werde bei dir ausharren, selbst wenn ich mein eigenes Leben für deines geben muß!«

Sie stand auf und schüttelte ihr langes Haar zurecht. »Verlange nie wieder von mir, daß ich dich verlassen soll«, bat sie.

Dann eilte sie davon. Ben sah schweigend hinter ihr her und wußte, daß er es nicht tun würde.

Sie erreichten den Tiefen Schlund gegen Mittag. Das Wetter hatte sich aufgeklärt, auch wenn noch immer dicke Wolken über den Himmel zogen. Die Luft roch feucht und dumpf, und es war noch immer recht kalt.

Ben stand mit seinen Gefährten am Rande des Tiefen Schlundes und starrte hinunter. Außer dem oberen Rand der Senke war alles hinter undurchdringlichem Nebel verborgen. Er wälzte sich träge über alles hinweg und ließ nur die Baumspitzen herausragen, die wie zerborstene Knochen eines Skeletts daraus hervorstanden. Gestrüpp bedeckte die höher gelegenen Abhänge der Niederung, Büsche und Dickicht wirkten winterlich und verkümmert. Nichts rührte sich in der Tiefe. Kein Geräusch war zu hören. Ein offenes Grab, das auf einen Insassen wartete.

Ben beäugte es voll Unbehagen. Von hier aus wirkte es noch beängstigender – weit schlimmer als vom Schauinsland: Ein gewaltiges, gähnendes Einsturzloch mitten in der Landschaft, in dem alles verrottete. In der Nähe stand eine Gruppe von Blaubonnies. Sie waren welk und angefault.

»Hoheit, es ist noch nicht zu spät. Ihr könnt es Euch noch einmal überlegen«, meinte Questor leise neben ihm.

Ben schüttelte wortlos den Kopf. Die Entscheidung war gefallen.

»Vielleicht sollten wir bis morgen warten«, schlug Abernathy mit einem Blick auf den bewölkten Himmel vor.

Ben schüttelte abermals den Kopf. »Nein. Keine weiteren Verzögerungen. Ich gehe jetzt sofort.« Er wandte sich ihnen zu und schaute einem nach dem anderen ins Gesicht. »Hört mir gut zu. Ich will keinen Widerspruch hören. Fillip und Sot werden mich führen. Sie behaupten, das Gelände gut zu kennen. Ich werde noch einen von Euch mitnehmen. Die übrigen werden hier warten.«

»Hoheit! Nein!« rief Questor ungläubig aus.

»Ihr wollt Euch diesen ... diesen Kannibalen anvertrauen!« wetterte Abernathy.

»Ihr werdet vielleicht unseren Schutz brauchen«, drängte Questor.

»Es ist Wahnsinn, sich da allein hineinzubegeben!« schnaubte Abernathy.

Die Kobolde fauchten und fletschten die Zähne in unverkennbarer Mißbilligung, die G'heim Gnome duckten sich und wichen vor dem Konflikt zurück, der Schreiber und der Zauberer argumentierten weiter, beide gleichzeitig, und nur Weide schwieg dazu. Doch sie schaute Ben so intensiv an, daß er es auf der Haut zu fühlen meinte.

Ben hob die Hände, und sie wurden still. »Das reicht! Ich habe gesagt, daß ich keinen Widerspruch hören will! Ich weiß, was ich tue. Ich habe es reichlich durchdacht. Wir werden nicht noch einmal wiederholen, was im Melchor geschehen ist. Wenn ich nicht zu gegebener Zeit zurück bin, möchte ich, daß noch jemand verfügbar ist, um mich zu suchen.«

»Dann mag es für Euch schon zu spät sein, Hoheit«, bemerkte Abernathy trocken.

»Ihr erwähntet, Ihr würdet noch einen von uns mitnehmen, Hoheit«, warf Questor schnell dazwischen. »Ich vermute, Ihr meintet mich damit. Meine Zauberkraft könnte Euch vielleicht von Nutzen sein.«

»Das ist tatsächlich möglich, Questor«, gab er zu. »Doch nur, wenn ich Schwierigkeiten mit Nachtschatten bekomme und jemanden brauche, der die heißen Kastanien aus dem Feuer holt. Ihr bleibt hier mit Abernathy und den Kobolden. Weide wird mich begleiten.«

Die Sylphe war sichtlich überrascht.

»Ihr wollt das Mädchen mitnehmen?« rief Questor. »Wie soll *sie* Euch denn beschützen können?«

»Gar nicht. Ich will keinen Schutz, Questor. Ich will nicht, daß sie denkt, der König von Landover *brauche* Schutz, und das würde sie vermutlich, wenn ich mit Euch allen auftauche. Weide stellt keine Bedrohung dar. Weide ist eine Elfenkreatur wie die Hexe selbst. Sie haben eine gemeinsame Vergangenheit, und zusammen können Weide und ich vielleicht einen Weg finden, Nachtschatten für unsere Sache zu gewinnen.«

»Ihr kennt die Hexe nicht, Hoheit!« rief Questor leidenschaftlich.

»Ihr habt keine Ahnung!« bestätigte Abernathy.

Weide trat neben ihn und nahm ihn sanft am Arm. »Sie mögen recht haben, Ben. Es ist nicht wahrscheinlich, daß Nachtschatten meinetwegen ihre Hilfe anbieten würde. Ihr sind die Leute aus dem Seenland ebenso egal wie der Königshof von Silber Sterling. Ihr ist alles egal. Das ist sehr gefährlich.«

Sie hatte nicht vorgeschlagen zurückzubleiben, sondern hatte schon Stiefel und Umhang abgelegt. Barfuß stand sie jetzt neben ihm, in kurzen Hosen und einem ärmellosen Hemd. »Ich weiß«, antwortete er ihr. »Darum sollen ja Questor, Abernathy und die Kobolde hierbleiben – damit sie uns retten können, wenn's nötig ist. Wenn wir alle zusammen gehen, riskieren wir alle, in die gleiche Falle zu tappen. Wenn die Stärksten von uns zurückbleiben, besteht eine gewisse Chance für unsere Rettung.« Er sah die anderen an. »Versteht Ihr das?«

Alle murmelten irgendwas. »Ich möchte respektvoll bemerken, daß diese Idee sowohl gefährlich als auch töricht ist, Hoheit«, erklärte Abernathy.

»Mir wäre es lieber, wenn ich dabeisein könnte, um Euch zu beraten«, meinte Questor.

Ben nickte geduldig. »Ich respektiere Eure Gefühle, doch ich habe meine Entscheidung gefällt. Welches auch immer das Risiko ist, ich will nicht, daß irgendwer es unnötig mit mir teilt. Wenn ich diese Angelegenheiten ganz allein regeln könnte, ohne irgendwen in Gefahr zu bringen, dann täte ich es. Unglücklicherweise kann ich das nicht.«

»Niemand hat Euch je darum gebeten, Hoheit«, bemerkte Questor leise.

Ben schaute ihn an. »Ich weiß. Bessere Freunde als Euch hätte ich nicht finden können.« Er machte eine kleine Pause. »Aber hier sind wir an einem Punkt angelangt, wo das alles zu Ende ist. Ihr habt getan, was Ihr konntet. Zeit und Auswahlmöglichkeiten werden knapp. Ich muß dafür sorgen, daß etwas geschieht, wenn ich König von Landover sein will. Ich habe diese Verantwortung – Euch gegenüber, dem Land gegenüber und mir selbst gegenüber.«

Questor antwortete nicht. Ben schaute die anderen an. Keiner sagte etwas. Er nickte und nahm Weide bei der Hand. Ein Frösteln lief ihm über den Rücken.

»Auf geht's!« befahl er Fillip und Sot.

Sie begannen den Abstieg in den Tiefen Schlund.

Nachtschatten

Das Gefühl war so ähnlich, wie wenn man in einen Tümpel mit schwarzem, fauligem Wasser steigt. Der Nebel kam ihnen entgegen und läppelte gierig an ihren Füßen. Er kletterte bis zu den Schenkeln und umringte ihre Taillen. Dann kroch er bis zu den Schultern, dem Hals, und dann waren sie völlig darin eingebettet. Ben hielt den Atem an.

Er umklammerte Weides Hand.

Der Nebel war undurchdringlich. Er klebte an ihrer Haut wie feuchte Finger, er verursachte ein Jucken, das mit Kratzen nicht zu kurieren war. Der Gestank faulenden Holzes und verrottender Erde lag darin und vergiftete die Atemluft. Auch war es unangenehm warm, als sei ein riesiges Etwas in die Falle gegangen und schwitze vor Entsetzen, während ihm der Lebenssaft ausgesaugt wurde.

Ben erkannte, daß es sein eigenes Entsetzen war und er focht dagegen an. Der Rücken und die Ärmel seines Hemdes waren naßgeschwitzt, und er atmete schwer. Noch nie hatte er solche Angst gehabt. Es war noch schlimmer als in der Zeitpassage, als ihn der Markus verfolgt hatte, schlimmer als seine Begegnung mit dem Drachen. Es war die Angst vor etwas, das man fühlte, jedoch nicht sehen konnte. Seine Füße stapften automatisch durchs Gestrüpp den Abhang hinunter; er war sich ihrer Bewegung kaum bewußt. Er konnte die stämmigen Gestalten der Gnome etwa einen Meter vor sich erkennen, wie sie sich ihren Weg durch das Dickicht bahnten. Er konnte Weide neben sich sehen, ihre grünhäutige Gestalt war gespensterhaft vom Nebel umschleiert. Hier und da lagen Felsbrocken verstreut, Büsche, Dickicht standen vereinzelt in der Gegend. Er nahm sie wahr und war doch blind für sie. Seine Aufmerksamkeit war auf das gerichtet, was er nicht sehen, doch fühlen konnte.

Mit der freien Hand tastete er nach dem Medaillon unter seinem Hemd und befühlte es durch den Stoff.

Die Minuten vergingen, während sich die vier den Weg durch

den Nebel suchten. Dann wurde der Hang flacher, der Nebel dünner und das Gestrüpp ging über in Buschwerk und Wald. Sie hatten ein Plateau etwa fünfzehn bis zwanzig Meter über dem Grund der Senke erreicht. Ben rieb sich die Augen. Er konnte wieder sehen. Vor ihnen lag ein Urwald aus Bäumen, Stämmen, Ranken und Gesträuch, unterbrochen von steilen Felszacken. Der Rand der Senke war vom Nebeldach verborgen.

Ben ging an den Gnomen vorbei zu einem kleinen Felsvorsprung und schaute hinunter in die Wildnis. Ihm blieb die Luft weg.

»O mein Gott!« flüsterte er.

Vor ihm breitete sich die Niederung aus, so weit das Auge reichte – weiter als vorstellbar war. Der Tiefe Schlund hatte sich in etwas so Gewaltiges vergrößert, daß es innerhalb seines Randes keinen Platz haben konnte. Der Tiefe Schlund war so groß wie Landover selbst!

»Weide!« rief er.

Sie stand sofort neben ihm. Er zeigte auf den endlosen Wald. Entsetzen stand in seinen Augen. Er verstand nicht, was er da sah. Sie erkannte es sofort und drückte seine Hand. »Das ist nur eine Illusion, Ben«, erklärte sie ihm schnell. »Was du siehst, ist nicht wirklich da. Das ist nur Nachtschattens Magie. Sie hat die Gesamtheit der Niederung tausendfach widergespiegelt, um uns fortzuschrecken.«

Ben schaute genauer hin. Er sah nichts anderes, doch er nickte trotzdem. »Natürlich – ist nur ein magischer Trick, um uns Angst einzujagen.« Er holte tief Luft und war wieder ruhiger. »Weißt du was, Weide? Es wirkt verdammt echt.«

Er lächelte sie an. »Wie kommt es, daß du nicht darauf reinfällst?«

Sie grinste zurück. »Der Elfenanteil in mir spürt solche Tricks.«

Sie setzten ihren Abstieg zum Grund der Senke fort. Fillip und Sot schienen von der Illusion nicht beeindruckt zu sein. Das lag wahrscheinlich daran, daß sie so schlecht sahen, sagte sich Ben. Unwissenheit *war* manchmal ein Segen.

Sie erreichten den Talboden und machten halt. Die Wildnis vor ihnen schien endlos. Knorrige Stämme und Äste waren ineinander verwoben und sahen aus wie Spinnweben vor dem Nebeldach;

Ranken ringelten sich wie Schlangen, und das Gestrüpp schien an sich selbst zu ersticken. Der Boden war feucht und gab unter den Schritten nach.

Sot und Fillip hoben ihre Frettchengesichter und schnupperten. Dann gingen sie weiter. Weide und Ben folgten. Sie schlüpften durch die Wildnis und fanden Pfade, wo man nie welche vermutet hätte. Die Steilwände um die Niederung verschwanden hinter ihnen, und der Dschungel schloß sich um sie. Es war gespenstisch still. Sie hörten oder sahen kein anderes Lebewesen. Kein Tier rief, kein Vogel flatterte, kein Insekt summte. Das Licht war dämmrig. Die Sonne drang kaum durch die Nebeldecke und das Blätterdach. Schatten lag über allem. Es war, als seien sie bei lebendigem Leibe verschluckt worden. Als seien sie in eine Falle gegangen.

Sie waren noch nicht viel weiter gekommen, als sie auf die Eidechsen trafen.

Sie hatten gerade mit dem Abstieg begonnen, als Ben am Grund eine Bewegung sah. Er ließ die anderen anhalten und schaute angestrengt in die Dunkelheit. Dutzende von Eidechsen hockten dort, ihre schuppigen, schwarz-grünen Leiber glitten übereinander weg und sie züngelten mit ihren gespaltenen Zungen den Eindringlingen entgegen. Manche waren so groß wie Krokodile, manche winzig wie Frösche. Sie versperrten den Weg.

Weide drückte Bens Hand und lächelte. »Wieder eine Täuschung, Ben«, versicherte sie ihm.

»Hier entlang, Hoheit«, rief Fillip.

»Kommt, Hoheit«, forderte Sot ihn auf.

Sie stiegen in die Schlucht hinunter, und die Eidechsen verschwanden. Ben schwitzte wieder und wünschte, er würde sich nicht so albern vorkommen.

Andere Täuschungen erwarteten sie, und Ben fiel jedesmal drauf rein: Ein gewaltiger, alter Eschenbaum voller Riesenfledermäuse; ein Fluß, in dem Schwärme piranhaartiger Fische herumschwammen; eine Lichtung – und das war die schlimmste –, aus deren Boden menschliche Gliedmaßen ragten, die mit Krallenfingern nach dem Vorübergehenden grabschten, oder Füße, die nach ihm traten. Jedesmal führten Weide und die Gnome ihn resolut weiter, und die eingebildeten Gefahren lösten sich in Dunst auf.

Eine gute Stunde später gelangten sie an den Sumpf. Mittag war lange vorbei. Ein weites Gebiet von Schilf und Treibsand breitete sich vor ihnen aus. Der Sumpf dampfte, und der Treibsand blubberte, als würde darunter Gas freigesetzt.

Ben warf einen schnellen Blick auf Weide. »Täuschung?« fragte er und erwartete die übliche Antwort.

Doch diesmal schüttelte sie den Kopf. »Nein, der Sumpf ist echt.«

Die Gnome schnupperten wieder. Ben ließ seinen Blick darüber wandern. Eine Krähe saß auf einem toten Ast mitten im Sumpf. Es war ein häßlicher Vogel mit einer weißen Strähne im Kopfgefieder. Sie starrte ihn aus kleinen, schwarzen Augen an und legte nachdenklich den Kopf schief.

Ben schaute weg. »Was nun?« fragte er die Gnome.

»Weiter vorne ist ein Weg, Hoheit«, gab Fillip Bescheid.

»Ein Weg, der hindurchführt«, bestätigte Sot.

Sie watschelten voraus, am Rand des Sumpfes entlang und hielten schnuppernd ihre Frettchengesichter in die Höhe. Ben und Weide folgten ihnen. Nach ungefähr dreißig Metern bogen die Gnome in den Sumpf ein und begannen, ihn zu überqueren. Er sah hier nicht anders aus als überall sonst, doch der Boden war fest genug, um sie zu tragen, und nach wenigen Minuten waren sie auf der anderen Seite. Ben blickte sich nach der Krähe um. Sie schaute ihn noch immer an.

»Nur nicht paranoid werden«, murmelte er vor sich hin.

Sie drangen wieder in den Urwald ein. Sie waren nur ein kleines Stück weit gegangen, als Fillip und Sot plötzlich aufgeregt wurden. Ben drängte sich nach vorn und erkannte, daß die Gnome ein Nest von Waldmäusen entdeckt hatten. Fillip schlüpfte bäuchlings ins Gebüsch und schlängelte sich geräuschlos hindurch. Dann kam er mit einer unglücklichen Waldmaus fest im Griff wieder zum Vorschein. Er biß ihr den Kopf ab und gab den Rest an Sot weiter. Ben zog eine Grimasse, trat Sot in den Hintern und befahl beiden ärgerlich, weiterzugehen. Doch das Bild von der kopflosen Maus blieb ihm im Gedächtnis haften.

Er vergaß die Maus, als eine Brombeerhecke plötzlich vor ihnen aufragte. Die stacheligen Ranken wuchsen gut vier Meter hoch, so weit das Auge reichte. Ben schaute Weide an.

»Die Brombeeren sind auch echt«, erklärte sie.

Fillip und Sot prüften wieder die Gerüche, gingen in beiden Richtungen ein Stück weit an der Hecke auf und ab und wandten sich dann schließlich nach rechts. Nach ungefähr zwanzig Metern sah Ben die Krähe wieder. Sie saß oben auf der Hecke genau über ihnen und starrte ihn an. Er hielt ihrem Blick einen Augenblick lang stand und hätte schwören können, daß die Krähe ihm zugeblinzelt hatte.

»Hier, Hoheit«, rief Fillip.

»Ein Durchgang, Hoheit«, verkündete Sot.

Die Gnome schlüpften durch die Hecke, als existiere sie gar nicht, und Ben und Weide folgten. Auf der anderen Seite richtete sich Ben auf und schaute zurück. Die Krähe war fort.

Danach beobachtete er die Krähe noch ein paarmal, auf Bäumen oder Sträuchern, und sie schaute ihn jedesmal aus ihren kleinen, schwarzen Augen an. Er sah sie nie fliegen und hörte sie nie krächzen. Einmal fragte er Weide, ob sie sie auch gesehen habe – nicht ganz sicher, ob er wieder auf eine Illusion hereingefallen war. Weide entgegnete, sie hätte sie auch bemerkt, doch sie wisse nicht, was sie hier tue.

»Es scheint der einzige Vogel in der Niederung zu sein«, überlegte er.

Weide nickte. »Vielleicht gehört sie Nachtschatten.«

Das war kein sehr beruhigender Gedanke, doch Ben konnte nichts daran ändern und versuchte, nicht weiter darüber nachzudenken. Der Urwald war etwas lichter geworden, zwischen den Stämmen und Ranken gab es ab und zu kleine Lichtungen, in denen Nebelschwaden hingen. Auch der Himmel über ihnen hatte sich aufgehellt, und sie schienen sich dem Dschungelrand zu nähern. Doch die Steilwände, die den Tiefen Schlund umschlossen, waren nicht auszumachen, und die Niederung wirkte so endlos, wie sie ihm zuerst von oben vorgekommen war.

»Wißt ihr, wo wir sind oder wie weit wir eingedrungen sind?« fragte er, doch die anderen schüttelten schweigend die Köpfe.

Dann traten sie plötzlich aus dem Wald und befanden sich vor einer Burg, die alles übertraf, was Ben je gesehen oder sich vorgestellt hatte. Die Burg erhob sich vor ihnen wie ein Gebirge, ihre Türme ragten bis in die Nebel und Wolken hinauf, so daß sie dem Blick entzogen waren, und ihre Mauern erstreckten sich kilometerweit bis zum Horizont. Wachtürme, Zinnen, Befestigungsanlagen, Mauern, Brüstungen und Wälle türmten sich übereinander in erstaunlichen, geometrischen Strukturen, und das Ganze war so riesig, daß es ohne weiteres eine ganze Stadt innerhalb seiner Schale aus Steinblöcken hätte beherbergen können. Es thronte auf einem großen Plateau, das von dichtem Urwald umgeben war. Ein von Geröll übersäter Pfad führte von dort, wo sie standen, zu den Toren der Burg.

Ben betrachtete das Bauwerk fassungslos. Nichts konnte so groß sein, sagte ihm sein Instinkt. Nichts konnte von so monströser Größe sein. Es mußte eine Täuschung sein – ein magischer Trick, wie die anderen, auf die er hereingefallen war...

»Weide, was ist das?« platzte er heraus.

»Ich weiß es nicht, Ben.« Sie stand neben ihm und starrte auf das unglaubliche Gebilde. »Ich verstehe es nicht. Das hier ist keine Täuschung – und ist es gleichzeitig doch. Da ist Magie am Werk, doch nur an einem Teil von dem, was wir sehen.«

Auch die G'heim Gnome waren verwirrt. Sie trappelten unbehaglich hin und her, schnupperten nach Gerüchen, die ihnen vertraut waren, doch sie schienen nichts zu finden. Dann murmelten sie leise zueinander.

Ben riß seinen Blick von der Burg los und schaute sich nach etwas um, das ihm als Schlüssel zu dem Geheimnis dienen könnte. Zunächst entdeckte er nichts als den Urwald und den Nebel.

Dann erblickte er die Krähe.

Sie hockte auf einem Ast einige Meter entfernt und starrte ihn an. Es war die gleiche Krähe mit dem weißen Fleck am Kopf. Ben konnte es nicht erklären, doch er war sicher, daß der Vogel Bescheid wußte. Es machte ihn wütend, daß dieser dort saß, um neugierig zu beobachten, was sie als nächstes tun würden.

»Kommt!« forderte er Weide auf und begann, den Pfad hinaufzusteigen.

Vorsichtig gingen sie weiter und näherten sich der Burg. Doch sie begann nicht zu schimmern und zu verblassen, wie Ben erwartet hatte. Im Gegenteil, sie wirkte noch grimmiger und beängstigender, als die Einzelheiten immer besser wahrzunehmen waren und der Wind, der zwischen den Türmen und Wällen hindurchblies, deutlicher zu hören war. Ben schritt voraus, Weide folgte dicht hinter ihm. Die Gnome klammerten sich an seine Hosenbeine und ihre Frettchengesichter schauten sich ängstlich um. Trockene Blätter und Grasbüschel raschelten über den Weg, und die Wärme des Urwalds war fröstelnder Kälte gewichen.

Der Eingang der Burg gähnte ihnen als schwarzes Loch mit eisernen Zähnen entgegen. Alles, was dahinterlag, war von undurchdringlichem Schatten versteckt. Ben verlangsamte seine Schritte und strengte sich an, im Finsteren etwas zu erkennen. Er konnte nur so etwas wie einen Hof ausmachen, in dem ein paar Bänke und Tische standen, ein verwittertes Podest mit einem verstaubten und mit Spinnweben überzogenen Thron. Mehr war nicht zu sehen.

Ben ging wieder voraus, die anderen hinterdrein. Sie ließen die Schattenzone unter dem Fallgatter hinter sich und betraten den Hof. Er war groß, ungepflegt und leer. Ihre Schritte hallten hohl durch die Stille.

Ben hatte den Hof halbwegs überquert, als er die Krähe wieder entdeckte. Irgendwie war sie vor ihnen angekommen. Sie saß auf dem Thron und fixierte ihn. Ben blieb stehen.

Die Krähe blinzelte und plötzlich wurden ihre Augen blutrot.

»Nachtschatten!« zischte Weide ihm warnend zu.

Die Krähe begann sich zu verwandeln. Sie schien sich auszudehnen, schimmerte in einer Aura scharlachroten Lichtes, und ihr Schatten wuchs über den Thron wie ein freigesetzter Spuk. Die geschwärzten Eckpfeiler flammten auf, und ein greller Blitz erhellte die Finsternis. Die G'heim Gnome schrien auf und rannten durch das Burgtor davon. Weide klammerte sich an seine Hand, als wäre es ein Rettungsring, der sie vor dem Ertrinken bewahrte. Ben sah, wie die Krähe sich in etwas noch Finstereres verwandelte und fürchtete, er habe einen gewaltigen Fehler begangen.

Die rote Aura verblaßte, und nur noch die Fackeln auf den eisernen Eckpfeilern leuchteten. Die Krähe war verschwunden. Nachtschatten saß auf dem verfallenen Thron.

»Willkommen im Tiefen Schlund, große und mächtige Hoheit«, grüßte sie ihn. Ihre Stimme war kaum mehr als ein leises Zischen.

Sie war nicht, was Ben erwartet hatte. Sie sah nicht wie eine Hexe aus – auch wenn er nicht daran zweifelte, daß sie eine war. Sie war groß, mit scharfen Gesichtszügen, ihre Haut war weiß und makellos, ihr Haar rabenschwarz mit einer weißen Strähne. Sie schien weder jung noch alt. Sie hatte etwas von einer zeitlosen Marmorstatue. Ben wußte nicht, ob der Künstler, der sie geschaffen hatte, ein Gott oder ein Teufel gewesen war, doch er hatte sich Mühe gegeben. Nachtschatten war eine eindrucksvolle Frau.

Sie erhob sich. Ihre schwarzen Gewänder wallten um ihre große, schlanke Gestalt. Sie stieg vom Thron herab und blieb wenige Meter vor Ben und Weide stehen. »Ihr zeigt mehr Entschlossenheit, als ich einem Hochstapler zugetraut hätte. Die Magie erschreckt Euch nicht, wie sie sollte. Liegt das daran, daß Ihr dumm seid oder einfach nur tollkühn?«

Bens Gehirn arbeitete fieberhaft. »Es kommt daher, daß ich fest entschlossen bin«, gab er zur Antwort. »Ich bin nicht in den Tiefen Schlund gekommen, um mir Angst einjagen zu lassen.«

»Pech für Euch«, hauchte sie, und die Farbe ihrer Augen änderte sich von rot in grün. »Ich habe die Könige von Landover nie leiden können; Ihr macht da keine Ausnahme. Mir ist es egal, ob Ihr aus einer anderen Welt stammt, und es ist mir auch gleichgültig, warum Ihr gekommen seid. Wenn Ihr etwas von mir begehrt, dann seid Ihr ein Dummkopf. Ich habe nichts, was ich Euch geben wollte.«

Ben schwitzte. Es lief gar nicht gut. »Und wenn ich etwas hätte, das ich Euch geben wollte?«

Nachtschatten lachte, daß es ihren ganzen Körper schüttelte. »Ihr wollt mir etwas geben? Landovers König will der Hexe des Tiefen Schlundes etwas geben?« Sie hörte auf zu lachen. »Ihr seid wirklich ein Dummkopf. Ihr besitzt nichts, was ich haben will.«

»Vielleicht doch. Vielleicht irrt Ihr Euch.«

Er wartete und schwieg. Nachtschatten kam näher. Ihr gespenstisches Gesicht beugte sich ihm entgegen und betrachtete ihn genau. Ihre Haut war straff über die Schädelknochen gespannt. »Ich kenne Euch, Möchtegernkönig«, sagte sie. »Ich habe Euch beobachtet, wie Ihr von Grünland über das Seenland in den Melchor und schließlich hierher gereist seid. Ich weiß, daß Ihr die Allianz der Talvölker sucht und über nichts weiter verfügt als die fehlgeleitete Loyalität dieses Mädchens hier, den Scharlatan Questor Thews, einen Hund, zwei Kobolde und die beiden armseligen Gnome. Ihr besitzt das Medaillon, doch Ihr habt keine Kontrolle über seinen Zauber. Der Paladin bleibt Euch unerreichbar. Der Markus jagt Euch. Ihr seid nur einen Schritt davon entfernt, eine Erinnerung der Vergangenheit zu sein!«

Sie lehnte sich über ihn. Sie war einen Kopf größer als er und ihre düstere Gestalt war wie ein Todesgeist. »Was könnt Ihr mir anbieten, Möchtegernkönig?«

Ben stellte sich vor Weide. »Schutz.«

Die Hexe starrte ihn sprachlos an. Ben fixierte sie und versuchte, sie mit reiner Willenskraft zurückzudrängen. Doch Nachtschatten rührte sich nicht.

»Ich bin König von Landover, Nachtschatten, und ich habe vor, König zu bleiben«, erklärte er unvermittelt. »Ich bin nicht der Möchtegernkönig, als den Ihr mich bezeichnet, und ich bin kein Dummkopf. Ich stamme zwar nicht aus dieser Welt, und ich weiß auch noch nicht alles über sie, das ich wissen sollte. Aber ich weiß genug, um die Probleme des Landes zu erkennen. Landover braucht mich. Ihr braucht mich. Wenn Ihr mich verliert, riskiert Ihr, Euch selbst zu verlieren.«

Nachtschatten staunte ihn an, als sei er wahnsinnig, und schaute dann auf Weide, als wolle sie feststellen, ob auch die Sylphe ihn für wahnsinnig hielt. Ihre Augen funkelten, als sie sich Ben wieder zuwandte. »Worin besteht denn das Risiko für mich?«

Er hatte ihr Interesse geweckt und holte tief Luft. »Die Magie schwindet, Nachtschatten. Die Zauberkraft wird immer schwächer, einfach, weil es keinen König gibt, wie es vorgesehen war. Alles bricht zusammen, und die Krankheit breitet sich aus. Ich sehe es und ich weiß, woran es liegt. Ihr braucht mich. Der Markus bedroht das Land, und eines Tages wird er es in seine Gewalt bringen. Der Dämon wird Euch nicht dulden. Er wird Euch vertreiben. Er wird niemanden ertragen, der stärker ist als er.«

»Der Markus wird mich nicht herausfordern!« schnaubte sie wütend.

»Jetzt noch nicht«, beeilte er sich zu sagen. »Nicht im Tiefen Schlund. Doch was geschieht, wenn sich das ganze Land in ein wüstes Ödland verwandelt hat und nur der Tiefe Schlund geblieben ist? Dann seid Ihr ganz allein. Der Markus will alles. Und dann wird er stark genug sein, Euch herauszufordern!«

Er äußerte nur Vermutungen, doch in den Augen der Hexe sah

er, daß er richtig lag. Nachtschatten straffte sich. »Und Ihr glaubt, daß Ihr mich beschützen könnt?«

»Das glaube ich! Wenn sich die Völker des Tales mit mir verbünden, wird der Markus uns nicht so schnell den Kampf ansagen. Er käme nicht gegen uns an. Er würde es vermutlich nicht einmal versuchen. Und wenn Ihr Euch als erste mit mir verbündet, müssen die übrigen das gleiche tun. Ihr seid die Mächtigste, Nachtschatten; Eure Zauberkraft ist die stärkste. Wenn Ihr eine Allianz mit mir eingeht, werden die anderen folgen. Mehr will ich nicht von Euch. Und ich garantiere Euch dafür, daß die Niederung Euch immer ganz allein gehören wird. Niemand wird Euch hier belästigen. Niemals!«

Sie lächelte fast. »Ihr bietet mir nichts, das ich nicht schon hätte. Ich brauche Euch nicht, um vor dem Markus zu bestehen. Das kann ich selbst, wenn immer ich will. Ich kann die anderen zu meiner Unterstützung rufen, und sie werden kommen, weil sie mich fürchten!«

O Himmel! dachte Ben. »Sie werden nicht kommen, Nachtschatten. Sie werden sich verstecken und davonrennen, oder sie werden Euch bekämpfen. Sie werden sich nicht von Euch führen lassen, wie sie sich von mir führen ließen.«

»Das Volk des Seenlandes wird Euch nie akzeptieren, Nachtschatten«, flüsterte Weide bestätigend.

Nachtschatten runzelte die Stirn. »Das sagt die Tochter des Flußherrn«, schnaubte sie. »Doch Ihr unterschätzt, mit wem Ihr es zu tun habt, Sylphe. Mein Zauber würde zehnfach krank machen, was Euer Vater heilen kann – und schneller als das!«

Sie packte Weide am Handgelenk und der Arm der Sylphe wurde schwarz und trocken. Weide schrie auf und Ben schlug dazwischen. Der Arm wurde sofort wieder gesund. Weide hatte zornige Tränen in den Augen. Ben stellte sich vor die Hexe.

»Packt mich, wie Ihr sie gepackt habt!« drohte er, und seine Hand faßte nach dem Medaillon.

Nachtschatten sah es und wich zurück. »Droht mir nicht, Möchtegernkönig!« warnte sie finster.

Ben war so wütend wie sie. »Und Ihr nicht mir und meinen Freunden!« gab er zurück.

Nachtschatten schien sich in ihre Gewänder zurückzuziehen.

Ihr scharfkantiges Gesicht duckte sich unter ihr rabenschwarzes Haar und sie hob die Hand und zeigte auf Ben. »Ich gestehe Euch Entschlossenheit zu, Möchtegernkönig. Ich billige Euch einen gewissen Mut zu. Doch ich gewähre Euch nicht meine Allianz. Wenn Ihr die wünscht, dann müßt Ihr mir beweisen, daß Ihr sie verdient. Wenn Ihr schwächer seid als der Markus, würde sie mir zum Nachteil gereichen. In dem Fall kann ich mich ebensogut mit dem Dämonen durch ein magisches Bündnis verbinden, das er nicht brechen kann. Nein, ich werde Euretwegen kein Risiko eingehen, bis ich nicht weiß, wie stark Ihr seid.«

Ben wußte, daß er in der Klemme saß. Nachtschatten hatte sich ein Urteil über ihn gebildet, das sie nicht so leicht revidieren würde. Sein Gehirn arbeitete fieberhaft. Nachtschatten war seine letzte Chance. Er durfte sie nicht verlieren. Seine Hoffnung begann zu schwinden, doch er kämpfte eisern dagegen an, sie aufzugeben.

»Wir brauchen uns gegenseitig, Nachtschatten«, gab er zu bedenken, während er nach einem Ausweg suchte. »Wie kann ich Euch überzeugen, daß ich die Stärke besitze, die ein König braucht?«

Die Hexe schien die Sache zu überdenken. Ihr blasses Gesicht verschwand unter ihrer schwarzen Mähne. Dann hob sie langsam den Kopf. Ein unangenehmes Lächeln umspielte ihre Lippen. »Möglicherweise brauchen wir einander wirklich – und vielleicht gibt es etwas, das uns beiden helfen könnte. Wie wäre es, wenn ich Euch verriete, daß es einen Zauber gibt, der die Herren von Grünland von dem Drachen befreien könnte?«

Ben furchte die Stirn. »Strabo?«

»Strabo.« Ihr Lächeln blieb. »Es gibt einen solchen Zauber – einen Zauber, der Euch zum Meister über den Drachen macht, einen Zauber, der Euch die Kontrolle über alles gibt, was er tut. Benutzt ihn, und er wird gehorchen. Ihr könnt ihn aus dem Grünland vertreiben. Dann müssen die Barone sich Euch unterordnen.«

»Das wißt Ihr also auch«, staunte Ben und versuchte, Zeit zum Nachdenken zu gewinnen. Er prüfte sorgfältig ihr Gesicht. »Warum wäret Ihr bereit, mir diese Magie zur Verfügung zu stellen, Nachtschatten? Ihr habt mir deutlich genug zu verstehen gegeben, was Ihr von mir haltet.«

Die Hexe lächelte wie ein Wolf angesichts seiner Abendmahlzeit. »Ich habe nicht gesagt, daß ich Euch die Magie *geben* würde, Möchtegernkönig, sondern wie es wäre, wenn ich Euch *verriete*, daß es einen solchen Zauber gibt. Der Zauber befindet sich nicht in meinem Besitz. Ihr müßt ihn von dort holen, wo er versteckt ist, und Ihr müßt ihn mir bringen. Dann werden wir beide ihn teilen, Ihr und ich. Bringt ihn mir, und ich werde an Eure Stärke glauben und Euch als König anerkennen. Tut es, und Ihr habt Eure Zukunft in Händen.«

»Ben...« setzte Weide an.

Ben hieß sie mit einer Kopfbewegung schweigen. »Wo kann ich den Zauber finden?« fragte er Nachtschatten.

»In den Nebeln«, antwortete sie leise. »Ihr könnt ihn in den Elfenreichen finden.«

Weides Hand packte die seine. »Nein, Ben!« rief sie aus.

»Der Zauber heißt Io-Staub«, fuhr Nachtschatten fort und ignorierte das Mädchen. »Er wächst auf einem mitternachtblauen Busch mit silbernen Blättern in faustgroßen Schoten.« Sie hielt ihre Faust vor Bens Nase. »Bringt zwei Schoten – eine für Euch, eine für mich. Der Staub einer Schote genügt, um Euch die Kontrolle über den Drachen zu geben!«

»Ben, du kannst dich nicht in die Elfenreiche begeben!« Weide war außer sich. Sie sprang auf die Hexe zu. »Warum holt Ihr sie nicht selbst, Nachtschatten? Warum schickt Ihr Ben Holiday dorthin, wenn Ihr selbst nicht gehen wollt?«

Nachtschatten wandte sich voll Abscheu von der Sylphe ab. »Jemand, dessen Volk freiwillig die Elfenreiche verließ, will mich kritisieren? Ihr seid vergeßlich, Sylphe. Ich kann nicht in die Elfenreiche zurückkehren. Ich wurde verstoßen und darf nicht zurück. Es bedeutet meinen sicheren Tod, wenn ich es tue.« Sie warf ein kaltes Lächeln auf Ben. »Vielleicht hat er mehr Glück als ich. Ihm jedenfalls ist der Zutritt nicht verboten.«

Weide riß Ben herum und starrte ihn an. »Du kannst nicht gehen, Ben. Es ist dein Tod, wenn du es tust. Niemand kann die Elfenreiche betreten und überleben, wenn er nicht dort geboren und zu Hause ist. Hör auf mich! Mein Volk verließ jene Welt, weil sie ist, was sie ist – eine Welt, in der die Realität eine Projektion von Emotionen und Gedanken ist, von Abstraktion und Einbildung.

Außerhalb von uns gab es keine Wirklichkeit, keine Wahrheit außer uns selbst! Ben, in einer solchen Umgebung kannst du nicht überleben. Es verlangt eine Disziplin und Kenntnisse, über die du nicht verfügst. Es wird dich vernichten!«

Ben schüttelte den Kopf. »Vielleicht nicht. Vielleicht bin ich fähiger, als du glaubst.«

Sie hatte Tränen in den Augen. »Nein, Ben. Es wird dich dein Leben kosten«, wiederholte sie tonlos.

In ihrem Gesicht lag so viel Inbrunst, daß es ihm Angst machte. Ben sah ihr in die Augen und wappnete sich gegen das Flehen, das sich darin spiegelte. Langsam zog er sie an sich und drückte sie gegen seinen Körper. »Ich muß gehen, Weide«, flüsterte er so leise, daß nur sie es hören konnte. »Ich habe keine andere Wahl!«

»Sie will dich reinlegen, Ben!« flüsterte Weide zurück. Sie hielt ihr Gesicht ganz nah an seines. »Das ist eine Falle! Ich höre die Falschheit in ihrer Stimme!« Sie zitterte. »Ich weiß jetzt, was die Burg ist. Eine Projektion der Magie gegen die Mauern des Nebels! Wenn du tief genug hineinwanderst, gelangst du in die Elfenreiche! Ben, sie hat diese Täuschung erzeugt! Sie wußte, daß du kommen würdest und warum! Sie wußte es die ganze Zeit!«

Er nickte und schob sie sanft von sich. »Das ändert nichts, Weide. Ich muß es versuchen. Aber ich werde vorsichtig sein, das verspreche ich. Ich werde äußerst vorsichtig sein.« Sie schüttelte wortlos mit dem Kopf, und Tränen liefen ihr über die Wangen. Er zögerte einen Moment, dann küßte er sie zärtlich auf den Mund. »Ich werde wiederkommen.«

Sie riß sich zusammen. »Wenn du gehst, dann begleite ich dich!« erklärte sie.

»Er geht allein!« entschied Nachtschatten kalt, »kein Geschöpf der Elfenreiche soll ihm zu Hilfe kommen. Ich will nicht, daß irgendwer eingreift. Ich möchte sehen, ob der Möchtegernkönig die Stärke besitzt, die zu haben er vorgibt. Wenn er mir die Io-Staubschoten bringt, habe ich den Beweis, den ich brauche.«

»Ich muß mit ihm gehen«, beharrte Weide, »ich gehöre zu ihm.«

»Nein«, widersprach ihr Ben sanft und suchte nach den richtigen Worten. »Du gehörst nach Landover, Weide – ich noch nicht. Vielleicht werde ich es eines Tages. Doch ich muß zuerst dem Land gehören, ehe ich daran denken kann, seinen Bewohnern zu gehören. Ich habe das noch nicht verdient, Weide – und das muß ich!« Sein Lächeln war bestimmt. »Warte hier auf mich. Ich werde dich abholen kommen.«

»Ben…«

»Ich werde zurückkehren!« wiederholte er.

Ben wandte sich wieder Nachtschatten zu. Er fühlte sich hohl und hin und her gerissen, als sei ein kleines bißchen Leben in einem Ozean von Scherben und stürmischen Winden freigelassen worden. Er würde zum erstenmal, seit er nach Landover gekommen war, völlig alleine sein und er hatte wahnsinnige Angst.

»Wohin muß ich mich wenden?« fragte er Nachtschatten und versuchte, seine Stimme ruhig klingen zu lassen.

»Folgt diesem Korridor dort.« Sie wies auf einen Gang hinter dem Thron. Der Schein der Fackeln warf ein flackerndes Licht auf die Wände eines Korridors, durch den Nebelfetzen wie lebendige Wesen wirbelten. »An seinem Ende werdet Ihr eine Tür finden. Die Elfenreiche liegen dahinter.«

Ben nickte und ging wortlos an der Hexe vorbei. Sein Kopf summte mit flüsternden Warnungen, die er gezwungen war zu ignorieren. Am Eingang des Durchgangs wandte er sich noch einmal um. Weide stand da, wo er sie verlassen hatte. Ihre schlanke Gestalt war wie ein blaßgrüner Schatten, und über ihr schönes, fremdes Gesicht liefen Tränen. Er war plötzlich verwundert, wie es möglich sein konnte, daß dieses Mädchen so an ihm hing. Er war doch nur ein Fremdling, jemand, dem sie zufällig begegnet war. Sie hatte sich mit Fabeln und Träumen blind für die Wirklichkeit gemacht. Sie glaubte an Liebe, wo keine war. Er konnte es nicht begreifen.

Nachtschatten sah ihm kalt und ausdruckslos nach.

Ben drehte sich langsam wieder um und betrat die Nebelzone.

Die Elfenreiche

Auf der Stelle war alles um ihn herum verschwunden. Die Nebel schlossen sich um ihn wie ein Leichentuch, und Ben Holiday war allein. Vor ihm lag der Korridor, der sich wie eine Schlange zwischen paarweise angebrachten Fackeln hindurchwand, die ein fahles Schimmern auf die Wände aus feuchten Steinblöcken warfen. Er hörte dumpf den Hall seiner Schritte auf dem Boden. Sonst war nichts zu hören oder zu sehen.

Er ging lange Zeit, und die Furcht, die sich in ihm eingenistet hatte, begann sich wie ein Krebsgeschwür auszubreiten. Er dachte ans Sterben.

Doch schließlich endete der Korridor vor einer eisenbeschlagenen Holztüre mit geschweifter Klinke. Ohne zu zögern, drückte er sie nieder und die Tür öffnete sich. Er trat ein.

Er fand sich in einem Aufzug wieder, und die aufleuchtenden Lämpchen sagten ihm, daß er aufwärts fuhr.

Ben war so verblüfft, daß er eine Weile nur auf die Lämpchen starren konnte. Dann schnellte er herum und suchte die Tür, durch die er gekommen war. Sie war verschwunden. Vor ihm war nur die Aufzugwand aus Eichenimitation mit einer Plastikleiste eingefaßt. Er tastete nach einer versteckten Klinke, doch es gab keine.

Der Aufzug hielt in der fünften Etage, und ein Hauswart stieg ein.

»Morg'n«, grüßte er freundlich und drückte auf den Knopf der achten Etage.

Ben nickte zur Antwort. Was zum Teufel ging hier vor? Er starrte entgeistert auf die Kontrolltafel und fand sie seltsam vertraut. Er sah sich hastig um und stellte fest, daß er sich in dem Aufzug befand, der zu seinem Anwaltsbüro gehörte.

Er war wieder in Chicago!

Seine Gedanken wirbelten durch sein Gehirn. Irgendwas war falsch gelaufen. Irgendwas *mußte* schiefgegangen sein. Warum war er sonst hier? Er lehnte sich gegen die Wand. Es gab nur eine Erklärung. Er war ganz durch die Nebel hindurchgegangen, er war durch die Elfenreiche hindurch in seine eigene Welt gekommen.

Der Aufzug hielt im achten Stock, und der Hauswart stieg aus. Ben sah ihm nach, bis sich die Türen wieder schlossen. Er hatte diesen Mann noch nie gesehen, und er war der Meinung gewesen, daß er das gesamte Personal des Gebäudes kannte, wenn auch nur vom Sehen, nicht namentlich. Sonntags machten sie die Büros sauber. Das war der einzige Tag, an dem sie die Aufzüge benutzen durften. Er war dann auch immer hier, um liegengebliebene Arbeit aufzuarbeiten. Dieser Mann war ihm unbekannt. Wie kam das?

Nun, vielleicht war es ein Neuer, sagte er sich – jemand, der gerade erst eingestellt worden war. Aber neues Personal würde nicht am Sonntag alleine hier arbeiten, wenn sie Zugang zu... Natürlich! Sonntag! Es mußte Sonntag sein, wenn die Hauswarte die Aufzüge benutzten! Er mußte lachen. Er hatte nie mehr nach dem Wochentag gefragt, seit er nach Landover gekommen war!

Der Fahrstuhl fuhr weiter aufwärts. Er sah die Kontrollämpchen aufblinken. Der Fahrstuhl brachte ihn zu seinem Büro. Aber er hatte den Knopf gar nicht gedrückt, oder? Er sah verwirrt an sich herunter und schrak zusammen. Er trug nicht mehr dieselben Kleider, die er angehabt hatte, als Nachtschatten ihn in die Nebel geschickt hatte. Er trug den Jogginganzug, den er angehabt hatte, als er in den *Blue Ridge* gefahren war.

Was ging hier vor?

Der Fahrstuhl hielt im fünfzehnten Stock, und die Türen öffneten sich. Ben trat in die Eingangshalle. Linker Hand waren die Glastüren zu den Büros von *Holiday & Bennett*. Sie standen offen, und Ben trat ein.

Miles Bennett lehnte am Empfangstresen mit ein paar Papieren in der Hand. Er erblickte Ben, und die Papiere entglitten ihm und segelten zu Boden. »Ben!« flüsterte er.

Ben war wie gelähmt. Es war Miles, den er da vor sich sah, doch nicht der gleiche, den er zurückgelassen hatte. Dieser Miles hier war nicht einfach schwer, er war aufgedunsen, wie jemand, der zu viel trinkt. Sein dunkles Haar war grau und schütter geworden, Sorgenfalten zerfurchten sein Gesicht.

Die Überraschung seines Partners verwandelte sich langsam in unverhohlenen, bitteren Groll. »So, so – Ben Holiday.« Miles sprach seinen Namen voller Abscheu aus. »Der Teufel soll mich holen, wenn das nicht der alte Ben ist.«

»Hallo, Miles.« Ben streckte ihm die Hand zum Gruß entgegen.

Miles ignorierte sie. »Das kann doch nicht wahr sein. Ich dachte, ich würde dich nie wiedersehen – niemand würde dich je wiedersehen. Verdammt noch mal. Ich war sicher, du würdest längst in der Hölle braten, Ben Holiday.«

Ben lächelte verwirrt. »He, Miles, so lange ist das doch noch gar nicht her.«

»Nein? Zehn Jahre sind keine lange Zeit? Zehn gottverdammte Jahre?« Miles mußte grinsen, als er Bens entgeistertes Gesicht sah. »Ja, Ben, zehn Jahre! Kein Mensch hat seit zehn Jahren auch nur einen Mucks von dir gehört. Niemand, nicht einmal ich – dein verdammter Partner, falls du das vergessen haben solltest!« Er stolperte über seine Worte, verschluckte sich. »Du armer, blöder Tölpel! Du weißt nicht einmal, was dir in der Zwischenzeit passiert ist, während du dich in deinem Märchenwald rumgetrieben hast, oder? Na, dann laß dich aufklären! Du bist pleite! Du hast alles verloren!«

Ben fröstelte es. »Was?«

»Ja, alles, Ben.« Miles lehnte sich an den Tresen. »So geschieht es, wenn man für tot erklärt wird – sie nehmen alles, verteilen es an die Erben oder an den Staat! Erinnerst du dich an deine Gesetze, Ben? Weißt du noch, wie die funktionieren? Erinnerst du dich an irgendwas, verdammt noch mal?«

Ben schüttelte ungläubig den Kopf. »Zehn Jahre bin ich fortgewesen?«

»Du bist immer schnell von Begriff gewesen, Ben.« Miles spottete unverhohlen. »Der große Ben Holiday. Die Gerichtssaallegende. Wie viele Fälle hast du gewonnen? Wie viele Kämpfe überlebt? Spielt keine Rolle mehr, oder? Alles, wofür du gearbeitet hast, ist futsch!« Die geplatzten Adern in seinem Gesicht leuchteten hochrot. »Du hast nicht einmal mehr einen Platz in dieser Firma, Ben. Du bist nichts weiter, als ein Haufen alter Geschichten, die ich den Grünschnäbeln erzähle!«

Ben schaute die Schrift auf der Glastür an. *Bennett & Co* stand da geschrieben. »Miles, mir kommt es nur wie ein paar Wochen vor…« stammelte er hilflos.

»Wochen? Ach, fahr zur Hölle, Ben!« Miles brüllte jetzt. »All die Gesetzesdrachen, die du erschlagen wolltest, all die Hexen und Zauberer der Ungerechtigkeit, die du dir vorknöpfen wolltest – warum, zum Teufel, bist du nicht hiergeblieben und hast es getan? Warum mußtest du dich in dein verfluchtes Märchenland verdrükken? Du warst doch vorher kein Drückeberger, Ben. Du warst viel zu dickköpfig, um dich zu drücken. Vielleicht warst du deshalb so ein guter Anwalt. Das warst du nämlich. Du warst der beste, den ich je gesehen hatte. Du hättest irgendwas tun können, und ich hätte meinen rechten Arm dafür geopfert, um dir zu helfen. So habe ich dich bewundert. Aber nein! Du konntest nicht in der gleichen Welt leben wie wir anderen. Du mußtest deine eigene, verfluchte Welt haben! Du bist einfach aus dem Schiff ausgestiegen und hast mich mit den Ratten zurückgelassen! Das ist es, was passiert ist. Die Ratten kamen aus ihren Löchern und nahmen überhand – Ratten, die überall rumschnüffelten, wie an altem Käse. Ich wurde allein damit nicht fertig! Ich hab's versucht, aber die Klienten wollten dich, das Geschäft lief nicht ohne dich, und die ganze Scheiße rutschte in die Röhre!«

Er schluchzte. »Schau dich an, du Ekel! Du bist nicht einen Tag älter geworden! Und sieh mich an – ein versoffenes, ausgebranntes Wrack...« Er ging mit geschwollenen Adern auf Ben zu. »Weißt du, was ich bin? Ich bin toter Ballast, Ben. Ja, das bin ich. Ich nehme nur Platz weg, bin etwas, das die Grünschnäbel, wenn sie eine Möglichkeit finden, aus dem Weg schaffen!« Er schluchzte wieder. »Eines Tages werden sie es tun, Ben! Eines Tages werden sie mich einfach aus meinem eigenen Büro schmeißen...«

Er brach völlig zusammen. Ben wurde übel, als er seinen alten Freund so die Fassung verlieren sah. Er wollte auf ihn zugehen, doch er konnte sich nicht rühren. »Miles...« versuchte er.

»Verschwinde, Ben!« schnauzte der andere ihn an. Er machte eine Geste mit der Hand. »Du gehörst nicht mehr hierher. Alles, was hier dein Eigentum war, haben sie vor langer Zeit weggeholt. Du bist ein toter Mann. Mach, daß du hier verschwindest!«

Er drehte sich um und stolperte hastig in sein Büro. Ben stand wie angewurzelt da, dann folgte er ihm. Die Tür von Miles Büro war geschlossen. Er drückte auf die Klinke und trat ein.

Nebel wirbelte ihm ins Gesicht...

Der Nebel löste sich auf, und er fand sich in einem Apfelgarten wieder. Grünes Sommergras bewegte sich sanft im Wind, und der Duft von Geißblatt lag in der Luft. Eine von einem weißen Bretterzaun eingefaßte Weide war ein Stückchen weiter zu sehen. Pferde grasten darauf. Die Ställe waren nicht weit davon entfernt, und dahinter stand ein prächtiges Farmhaus aus Ziegelsteinen und Fachwerk, von dem man von einem schattigen Hügel aus alles überblicken konnte.

Er wirbelte geschockt um sich selbst, doch er wußte schon, daß Miles, das Büro und der Fahrstuhl verschwunden wären. Sie waren es. Keine Spur mehr von ihnen. Hatte er sie sich eingebildet? War das alles nur eine Vision gewesen? Die entsetzliche Konfrontation mit Miles hallte noch in ihm wider, und die Gefühle, die sie ausgelöst hatte, stachen ihn messerscharf in sein Gewissen. Hatte man ihm die ganze Geschichte nur vorgegaukelt?

Eilig prüfte er seine Kleidung. Statt des Jogginganzugs trug er jetzt lockere Hosen, ein kurzärmeliges Hemd und Wanderschuhe.

Was in aller Welt ging vor?

Er versuchte, die Angst, die ihn gepackt hatte, unter Kontrolle zu halten und klaren Kopf zu bewahren. War er durch den Zeittunnel geschlüpft? Er hielt es nicht für wahrscheinlich. Aber es war möglich, daß er es sich eingebildet hatte, und alles war eine Illusion gewesen. Es wirkte nicht so, doch es hätte eine sein können. Die Nebel konnten ihn vielleicht geblendet haben. Die Passage durch die Elfenreiche konnte ihn irgendwie getäuscht haben. Vielleicht war er auch nirgendwo hingegangen. Doch wenn das der Fall war, was war es, das er jetzt erblickte…?

»Ben?«

Er drehte sich um, und da stand Annie. Sie sah genauso aus, wie er sie in Erinnerung hatte, ein zierliches, anziehendes Mädchen mit großen, braunen Augen, Stupsnase und schulterlangem, rotbraunem Haar. Sie trug ein weißes Sommerkleid mit Bändern an der Taille und den Schultern. Ihre Haut war blaß und sommersprossig, und die Luft um sie herum schien in der Mittagssonne zu gleißen.

»Annie«, flüsterte er ungläubig. »O mein Gott, bist du's wirklich, Annie?«

Da lächelte sie jenes Klein-Mädchen-Lächeln, mit dem sie ihm immer begegnet war, wenn sie ihn komisch fand, und er wußte, daß sie es wirklich war. »Annie«, wiederholte er. Er hatte Tränen in den Augen.

Er ging auf sie zu, doch sie hob abwehrend die Hände. »Nein, Ben. Faß mich nicht an. Du darfst mich nicht berühren.« Sie machte einen Schritt zurück, und er blieb verwirrt stehen. »Ben, ich bin nicht mehr lebendig«, hauchte sie. Auch ihre Augen waren feucht. Sie war bemüht, dennoch zu lächeln. »Ich bin ein Geist, Ben. Ich bin nur ein Bild deiner Erinnerung. Wenn du versuchst, mich anzufassen, verschwinde ich.«

Verständnislos stand er vor ihr. »Was... was machst du hier, wenn du ein Geist bist?«

Sie lachte fröhlich, und es war, als hätte er sie nie verloren. »Ben Holiday! Dein Gedächtnis ist so ausgezeichnet wie eh und je. Erinnerst du dich nicht an diesen Ort? Schau dich um. Weißt du nicht, wo wir sind?«

Er blickte um sich und sah wieder die Weide mit den Pferden, die Ställe, das große Farmhaus auf dem schattigen Hügel – und plötzlich kam es ihm wieder. »Das Haus deiner Eltern!« rief er. »Das ist das Landhaus deiner Eltern! Ich hatte es völlig vergessen! Ich bin schon seit... ach, ich weiß nicht mehr wann, nicht mehr hiergewesen!«

Wenn sie lachte, legte sich ihre Nase in Fältchen. »Es war dein Zufluchtsort, wenn die Härten des Stadtlebens zu unerträglich wurden. Erinnerst du dich? Meine Eltern machten sich immer lustig über dich als Stadtkind. Sie meinten, du könntest die Vorderseite eines Pferdes nicht von seinem Hintern unterscheiden, und du sagtest, da wäre wirklich kein großer Unterschied. Aber du warst gern hier, Ben. Du hast die Freiheit geliebt, die du hier hattest.« Sie schaute sich sehnsüchtig um. »Deswegen komme ich noch immer hierher, weißt du? Es erinnert mich an dich. Ist das nicht verrückt? Wir sind so selten hier gewesen, doch es ist der Ort, der mich am stärksten in der Erinnerung mit dir vereint. Ich glaube, es ist das Gefühl von Freiheit, das du hier hattest, das mich so glücklich gemacht hat – mehr als meine eigene Liebe zu diesem Land.«

Sie drehte sich um und zeigte auf den Hof. »Entsinnst du dich an den Durchgang unter dem Dach, der die Schlafzimmer durch die

Wandschränke miteinander verband? Wir haben immer darüber gelacht, Ben. Wir haben immer gesagt, daß dort Gremlins hausen würden – wie in dem Film. Wir drohten damit, sie mit Brettern zu verschlagen, wenn je etwas Seltsames geschehen sollte, solange wir hier waren. Du hattest vor, das Haus eines Tages zu übernehmen, wenn meine Eltern tot wären, und dann würden wir sie mit Sicherheit vernageln!«

Ben nickte lächelnd. »Ja, Annie. Ich bin immer schrecklich gerne hier gewesen!«

Sie verschränkte die Arme vor der Brust und ihr Lächeln verschwand. »Aber du hast das Haus nicht behalten, Ben. Du bist nicht einmal zu Besuch hergekommen.«

Der Kummer in ihrem Blick traf ihn ins Herz. »Deine Eltern waren tot, Annie. Es... war zu schmerzhaft für mich, nachdem ich auch dich verloren hatte.«

»Du hättest das Haus nicht verkaufen dürfen, Ben. Du wärest hier glücklich gewesen. Wir hätten hier noch immer zusammensein können.« Sie wiegte ihren Kopf langsam hin und her. »Wenigstens hättest du zu Besuch kommen sollen, Ben. Aber du bist nicht ein einziges Mal mehr hiergewesen. Ich warte immer darauf, daß du kommst, doch du tust es nicht, Ben. Ich vermisse dich so. Ich muß dich in meiner Nähe haben... auch wenn ich dich nicht berühren und umarmen kann, wie ich es sonst tat. Es hilft, dich in der Nähe zu wissen...« Sie wurde leiser und verstummte eine Weile. »Ich kann mich dir nicht sichtbar machen in der Stadt, Ben. Dort kannst du nichts sehen. Ich mag die Stadt nicht. Wenn ich schon ein Geist sein muß, dann spuke ich lieber auf dem Land, wo alles frisch und grün ist. Aber wenn du nie kommst, ist es auch hier nicht schön.«

»Es tut mir schrecklich leid, Annie«, beeilte er sich, ihr zu versichern. »Ich habe es nie für möglich gehalten, daß ich dich je wiedersehen könnte. Hätte ich geahnt, daß du hier bist, wäre ich sofort gekommen!«

»Das glaube ich nicht, Ben. Ich glaube nicht, daß ich dir noch irgendwas bedeute. Selbst dein Kommen jetzt war ein Zufall. Ich weiß, was du in deinem Leben suchst. Geister sehen klarer als Lebende. Ich weiß, daß du beschlossen hast, mich zu verlassen und in eine andere Welt zu ziehen – eine Welt, in der ich nur noch eine Erinnerung sein werde. Ich weiß von dem Mädchen, das du getroffen hast. Sie ist außerordentlich hübsch – und sie liebt dich.«

»Annie!« Er hätte trotz der Warnung beinahe nach ihr gegriffen. Er mußte sich zwingen, seine Hände nicht nach ihr auszustrecken. »Annie, ich liebe dieses Mädchen nicht. Ich liebe dich. Ich habe dich immer geliebt. Ich bin fortgegangen, weil ich es nicht ertragen konnte, ohne dich zu leben. Ich mußte etwas Neues versuchen, um mich nicht ganz zu verlieren!«

»Aber du hast nie nach mir Ausschau gehalten, Ben«, beharrte sie mit leiser, trauriger Stimme. »Du hast mich aufgegeben. Jetzt habe ich dich für immer verloren. Du bist in jene andere Welt gegangen, und ich kann dich nie wieder zurückbekommen. Ich kann dir nicht dorthin folgen. Ich kann dich nicht in meiner Nähe haben, und das fehlt mir schon, Ben. Auch ein Geist braucht die Nähe dessen, den er liebt.«

Ben spürte, daß seine Emotionen ihn fortzureißen drohten. »Ich kann noch immer zurückkommen, Annie. Ich habe die Mittel dafür. Ich muß nicht in Landover bleiben.«

»Ben«, flüsterte sie. Ihre braunen Augen waren leer und traurig. »Du gehörst nicht mehr in diese Welt. Du hast dich entschieden, sie zu verlassen. Du kannst nicht zurück. Ich weiß, daß du mit Miles Bennett gesprochen hast. Was er sagte, ist wahr. Zehn Jahre sind vergangen, Ben. Du hast nichts mehr, wohin du zurückgehen könntest. Alles, was du einst hattest, dein Besitz, deine Position, dein Ruf als Anwalt, alles ist fort. Du hast vor zehn Jahren eine Entscheidung getroffen, und du mußt dich damit abfinden, daß es nun zu spät ist, daran etwas zu ändern. Du kannst nie wieder zurückkommen!«

Ben versuchte vergeblich zu antworten. Es war Wahnsinn! Wie war das möglich? Vielleicht war es gar nicht Wirklichkeit. Vielleicht war das alles Teil der Illusion, die er schon vorher vermutet hatte, ein Trick der Nebel der Elfenreiche, ohne jede Realität. Diese Möglichkeit machte ihn stutzig. Aber Annie schien so real, verdammt noch mal! Wie konnte sie es nicht sein?

»Papi?«

Er schaute sich um. Ein kleines Mädchen stand im Schatten eines Apfelbaumes wenige Meter vor ihm. Ihr kleines Gesichtchen war ein Ebenbild von Annies. »Das ist deine Tochter, Ben«, hörte er Annie flüstern. »Sie heißt Beth.«

»Papi?« rief ihn das kleine Mädchen und streckte ihre Ärmchen nach ihm aus.

Aber Annie fing sie ein und drückte sie fest an sich. Ben ließ sich langsam auf ein Knie sinken und hielt die Arme fest vor der Brust gefaltet, um nicht zu zittern. »Beth?« wiederholte er dumpf.

»Papi«, sagte das kleine Mädchen wieder und lächelte.

»Sie lebt bei mir, Ben«, erklärte ihm Annie und schluckte. »Wir kommen manchmal aufs Land, und ich versuche, ihr zu zeigen, wie ihr Leben ausgesehen hätte, wenn...«

Sie konnte nicht weitersprechen und versteckte ihr Gesicht an Beths Schulter. »Weine nicht, Mami«, bat das kleine Mädchen leise. »Es ist alles in Ordnung.«

Aber es war nicht in Ordnung. Nichts war in Ordnung, und Ben wußte, daß es nie wieder in Ordnung käme. Er fühlte, wie er innerlich zerbrach, ihre Nähe brauchte, sie umarmen mußte, und doch nichts tun konnte, als hilflos dazustehen.

»Warum hast du uns verlassen, Ben?« fragte Annie wieder. Ihr Blick suchte den seinen. »Warum bist du in jene Welt gegangen, wo wir dich doch so sehr in der unseren brauchten? Du hättest uns nie im Stich lassen dürfen, Ben. Jetzt sind wir für dich verloren – und du für uns. Wir haben uns für immer verloren!«

Er sprang auf die Füße, ein Schrei entwich seiner Brust, und er stolperte blind und mit ausgestreckten Armen auf sie zu. Er sah, wie Beth ihre Ärmchen zu ihm hob.

Nebel wirbelte ihm übers Gesicht...

Er strauchelte und stürzte. Ihm war schwindelig, bis er wieder atmen konnte. Kühle Luft strich über ihn hinweg. Er blinzelte in die Dämmerung und seine Hände stützten sich auf trockenen, harten Boden.

Annie und Beth – wo waren seine Frau und sein Kind?

Er erhob sich langsam. Er stand am Rande eines Tales, das von Nebel und Zwielicht überzogen war. Es sah aus wie eine sterbende Kreatur, deren Tod eine lange, schmerzhafte Qual darstellte. Die Wälder waren ihres Laubes beraubt und die knorrigen Stämme faulten. Die Ebenen waren winterlich, das Gras verdörrt, die Blumen welk. Gebirge ragten in den wolkigen Himmel, doch ihre Hänge waren kahl. Ein paar Hütten und Burgen waren über das

Land verstreut, doch sie waren verfallen. Dämpfe stiegen von den Gewässern auf.

Horror packte ihn. Er erkannte das Tal. Es war Landover. Er sah auf seine Kleidung hinunter. Er trug das gleiche, was er anhatte, als er in den Tiefen Schlund gestiegen war.

»Nein!« flüsterte er.

Annie und Beth waren vergessen. Er suchte verzweifelt nach einem Lebenszeichen in dem zerstörten Land. Er suchte nach einer Bewegung in der Umgebung der Burgen und Hütten, doch er konnte keine entdecken. Er suchte Silber Sterling und fand nur eine leere Insel in einem See schwärzlichen Wassers. Er suchte den Tiefen Schlund, Rhyndswehr, das Seenland, den Melchor und alle markanten Landschaften, die er kannte, doch er fand nichts als verwüstetes Land. Alles war zerstört.

»O mein Gott!« stöhnte er.

Er stolperte vorwärts und bald rannte er den Hügel hinunter, noch immer auf der Suche nach etwas, das er hinter sich gelassen hatte, als er in die Elfenreiche gegangen war. Gräser strichen trocken und steif an seinen Beinen entlang und kleine Äste brachen vom ausgedörrten Gestrüpp mit leisem Knacken, während er hindurchrannte. Er kam an einer schwarz gewordenen Gruppe von Blaubonnies vorbei, er prüfte die Bäume eines Obstgartens und fand sie verdörrt. Kein Vogel flog durch den zwielichtigen Himmel. Keine Kleintiere huschten davon. Kein Insekt summte.

Er war außer Atem und kam taumelnd zum Stehen. Vor ihm lag schwarz und verödet das Tal Landover war ein Grab.

»Das darf doch nicht sein...« sagte er leise zu sich selbst.

Aus dem Nebel tauchte ein Schatten. »So hat also Landovers König schließlich seinen Weg zu uns zurückgefunden«, grüßte ihn eine ätzende Stimme.

Es war Questor Thews. Seine grauen Gewänder und seine bunten Seidentücher waren zerfetzt und schmierig, sein weißes Haar zerzaust und verfilzt. Er hatte nur noch ein Bein und humpelte auf einer Krücke. Narben und Schorf zeichneten sein Gesicht und seine Arme, seine Finger waren schwarz und in seinen Augen brannte Fieber.

»Questor«, wisperte Ben entsetzt.

»Ja, Hoheit. Questor Thews, einst Hofzauberer und Ratgeber der Könige von Landover, jetzt ein heimatloser Bettler, der durch ein Land wandert, in dem nur die Vergessenen noch leben. Freut es Euch, mich so zu sehen?«

Es klang so bitter, daß Ben einen Schritt zurücktrat. »Freuen? Wie sollte es das?« brachte er schließlich hervor. »Was ist geschehen, Questor?«

»Was geschehen ist, Hoheit? Wißt Ihr es wirklich nicht? Schaut Euch doch um! Dann seht Ihr, was geschehen ist! Das Land starb aus Mangel an Magie, die ein König ihm hätte geben können! Das Land starb. Und als das Land starb, starben auch seine Bewohner. Nichts ist geblieben, Hoheit – es ist alles hin!«

Ben sah ihn verwirrt an. »Aber wie war das möglich...?«

»Es war möglich, weil Landovers König sein Land im Stich gelassen hat!« schnitt der andere ihm das Wort ab, Wut und Schmerz in der Stimme. »Es konnte geschehen, weil Ihr nicht hier wart, um es zu verhindern! Ihr wart in den Elfenreichen, um Eure eigenen Ziele zu verfolgen, und wir mußten sehen, wie wir zurechtkamen! Oh, wir haben versucht, Euch zu finden und zurückzuholen, doch einmal innerhalb der Elfenreiche wart Ihr für uns unauffindbar. Ich hatte Euch gewarnt, Hoheit. Ich sagte Euch, daß niemand gefahrlos in die Elfenreiche gehen kann. Doch Ihr habt nicht auf mich gehört. Nein, Ihr habt Euch an Eure eigenen, törichten Klugschwätzereien gehalten und seid in jene Welt von Nebeln und Träumen gewandert und wart für uns verloren. Ihr wart ein ganzes Jahr fort, Hoheit. Ein ganzes Jahr! Niemand konnte Euch finden. Das Medaillon war fort. Alle Hoffnungen, einen neuen König zu finden, waren verloren. Es war unser Ende!«

Er stolperte näher, mühsam auf die Krücke gestützt. »Die Magie schwand schnell, Hoheit; das Gift verbreitete sich. Die Geschöpfe des Landes, Menschen wie alle anderen, wurden krank und starben. Es ging so schnell, daß niemand etwas dagegen unternehmen konnte – weder der Flußherr mit all seinen Heilzaubern, noch Nachtschatten mit all ihrer Macht. Jetzt sind sie alle tot. Nur ein paar wenige sind übrig – wie ich! Wir leben noch, weil es uns nicht gelingt zu sterben!« Seine Stimme zitterte. »Ich dachte, Ihr kämet rechtzeitig zu uns zurück, Hoheit. Ich habe gehofft, Ihr tätet es.

Ich war ein Dummkopf. Ich habe an Euch geglaubt, doch ich hätte wissen müssen, daß Ihr es nicht wert wart!«

Ben schüttelte energisch den Kopf. »Questor, Ihr...«

Eine verkrüppelte Hand wischte seinen Protest beiseite. »Jetzt brauchen nur noch der Markus und seine Dämonen zu kommen und das Land zu übernehmen. Es gibt niemanden mehr, der ihnen die Stirn bieten könnte – niemanden! Sie sind alle tot. Auch der Stärkste konnte den Schwund der Magie nicht überleben!« Er sah Ben aus seinen fieberglänzenden Augen an. »Warum seid Ihr nicht eher zurückgekommen, Hoheit? Warum seid Ihr so lange fortgeblieben, obwohl Ihr wußtet, daß Ihr gebraucht wurdet? Ich habe dieses Land und seine Leute so geliebt! Ich dachte, Ihr liebtet es ebenso. Oh, wenn ich nur stark genug wäre, dann würde ich diese Krücke nehmen und...«

Er zitterte am ganzen Leib und hob drohend die Krücke. Ben sprang entsetzt zurück, doch Questor konnte sie nur wenige Zentimeter anheben, dann brach er zusammen und stürzte zu Boden. Tränen liefen ihm übers Gesicht.

»Ich hasse Euch für das, was Ihr getan habt!« rief er und hob mühsam den Kopf. »Wißt Ihr, wie sehr ich Euch hasse? Ahnt Ihr es? Ich werde es Euch zeigen!« In seinen Augen stand blanker Wahnsinn. »Wißt Ihr, was aus Eurer geliebten Sylphe geworden ist, nachdem Ihr sie im Stich gelassen habt? Wißt Ihr, was aus Weide geworden ist? Erinnert Ihr Euch, daß sie sich aus dem einst so fruchtbaren Boden des Landes ernährte? Schaut ins Tal hinunter, dort bei jenem See! Schaut dort, wo die Schatten am tiefsten sind! Seht Ihr jenen verdrehten, schwarzen Stamm, dessen Wurzeln zu...«

Ben ertrug es nicht mehr. Er drehte sich um und rannte weg. Er rannte ohne Gedanken, gejagt von Horror und Wut, über die er keine Kontrolle hatte, auf verzweifelter Flucht vor dem haßerfüllten alten Mann, der ihn für alles verantwortlich machte, was geschehen war. Er rannte ohne Richtung, blindlings, nur fort, durch Nebel und Schatten. Schreie verfolgten ihn und er wußte nicht, ob sie aus seinem Inneren kamen oder von außen. Seine Welt brach zusammen wie ein Kartenhaus im Wind. Alles war verloren – seine alte Welt, seine neue, seine alten Freunde, seine neuen, seine Vergangenheit und seine Zukunft. Vertraute Gesichter umringten ihn,

Miles, Annie, Questor – ihre Stimmen klagten ihn an, flüsterten von seinem Versagen, Schmerz und Enttäuschung in ihren Augen.

Er rannte schneller, sein Herz klopfte zum Zerbersten. Er schrie.

Plötzlich kam er nicht mehr von der Stelle. Er rannte noch immer, doch unter seinen Füßen war kein Boden mehr. Er hing in der Luft. Wilde Schmerzen durchfuhren ihn plötzlich und er zappelte auf der Suche nach der Ursache...

Krallenfüße klammerten sich an seine Schultern und drangen durch das Hemd in sein Fleisch. Eine gewaltige, unförmige Gestalt mit schuppigem, stinkendem Leib hatte ihn gepackt. Ben verdrehte seinen Kopf und sah Strabo, der sich anschickte, nach ihm zu schnappen.

Ben schrie.

Nebel wirbelte ihm ins Gesicht...

Es geschah schon wieder. Zeit und Ort verschoben sich. Er schloß sofort die Augen und hielt sie geschlossen. Irgendwas stimmte hier absolut nicht. Er fühlte es instinktiv. Sein gesunder Menschenverstand sagte ihm, daß so schnelle Wechsel von Zeit und Raum unmöglich waren. Sie schienen sich zu vollziehen, doch in Wirklichkeit taten sie es nicht. Sie waren Täuschungen oder Träume oder so etwas Ähnliches. Doch was immer sie waren, sie drohten ihn zu zerreißen. Er mußte sie aufhalten, ehe sie ihn zerstörten.

Er hielt die Augen fest geschlossen und versteckte sich in der Dunkelheit seines Bewußtseins. Er zwang sich, dem Klopfen seines Herzens zu lauschen, das Pulsieren des Bluts in seinen Adern zu fühlen. Sei still, sagte er zu sich. Sei friedlich. Laß dich nicht fangen von dem, was zu geschehen scheint.

Langsam gewann er die Selbstkontrolle zurück. Doch er hielt die Augen weiter geschlossen. Er fürchtete, daß, wenn er sie öffnete, ein neuer Schrecken auf ihn wartete. Er mußte erst verstehen, was da mit ihm geschehen war.

Sorgfältig durchdachte er es. Er war nirgendwo hingegangen, entschied er. Er befand sich noch immer in den Elfenreichen, innerhalb der Nebel. Auch waren nicht zehn Jahre, nicht einmal ein Jahr vergangen. Das war nicht möglich. Die Verschiebungen in Zeit und Raum waren von etwas oder jemandem aus den Elfenreichen verursacht worden oder durch seine eigene Reaktion auf eines von beidem. Er mußte herausfinden und erkennen, warum.

Stein um Stein baute er sich das Fundament zu seinem Verstehen. Nichts von dem, was er gesehen hatte, war wirklich gewesen – davon ging er aus. Wenn nichts wirklich war, dann war alles falsch, und wenn alles falsch war, dann mußte es einen Grund dafür geben, warum es gerade diese Form angenommen hatte. Warum hatte er gerade diese Visionen gehabt? Er tauchte tief in sein Bewußtsein, in die tiefsten, schwärzesten Regionen, wo es nichts mehr gab jenseits des Geräusches seines eigenen Denkens. Questor, Miles und Annie – warum hatte er sie so gesehen? Er ließ sich in die Schwärze sinken. Weide hatte ihn vor den Gefahren der Elfenreiche gewarnt. Was hatte die Sylphe gesagt? Sie hatte ihm erklärt, daß die Realität in den Elfenreichen eine Projektion von Gefühlen und Gedanken sei. Sie hatte gesagt, daß es dort keine Realität und keine gültige Wahrheit gäbe außer ihm selber. Wenn das stimmte, dann war das, was er gesehen hatte, eine Projektion aus seinem eigenen Selbst. Was er gesehen hatte, war eine Manifestation seiner Gefühle...

Er atmete langsam und tief ein und wieder aus. Sein Verstehen begann sich zu strukturieren. Seine Visionen waren Schöpfung seiner eigenen Gefühle – aber welcher Gefühle? Er ließ die Begegnungen mit Miles, Annie und Questor noch einmal vor seinem inneren Auge ablaufen. Alle waren sie böse und enttäuscht gewesen über das, was er ihnen angetan hatte. Alle hatten ihn für ihr Mißgeschick verantwortlich gemacht. Täuschungen. Doch so hatte er sie wahrgenommen. Er hatte sie als Opfer seiner eigenen Fehlurteile und Unfähigkeiten gesehen. Warum waren sie ihm so erschienen? Er testete die verschiedenen Möglichkeiten, und plötzlich kam ihm die Antwort. Er hatte Angst, daß das, was er da gesehen hatte, wirklich geschehen könnte! Er hatte Angst, das könnte alles wahr sein! Angst! Angst war das Gefühl, das sein Denken bestimmt hatte!

Das war sehr einleuchtend. Angst war das stärkste Gefühl überhaupt. Angst war das am schwersten zu kontrollierende Gefühl. Deshalb war er durch Raum und Zeit gesprungen, und hatte die schrecklichen Schicksale seiner Freunde gesehen – die Angst hauchte seinen schlimmsten Vorstellungen Leben ein. Er hatte gefürchtet, er würde versagen, seit er sich entschlossen hatte, nach Landover zu gehen. Und die natürliche Folge seines Versagens wären die Szenen gewesen, die er gerade erlebt hatte. Er würde von seinem alten Leben völlig abgeschnitten sein, ohne eine Chance, dorthin zurückzukehren, er würde alles verlieren, was er zu gewinnen hoffte in seinem neuen Leben, und er würde seine Freunde und seine Familie gleichermaßen enttäuschen. Er wäre ein Mann, der alles verloren hat.

Eine Welle der Erleichterung überkam ihn. Jetzt hatte er es verstanden. Und jetzt wußte er auch, was er zu tun hatte. Wenn er lernte, seine Gefühle zu kontrollieren, konnte er auch die Alpträume verhindern. Wenn er die Angst ausschalten konnte, bewußt oder unbewußt, war er in der Lage, sich zurück in die Gegenwart zu holen. Es stellte eine große Aufgabe dar, aber es war auch seine einzige Chance.

Er nahm sich Zeit, seine Gedanken zu sammeln und auf sein bevorstehendes Vorhaben zu konzentrieren. Er erinnerte sich daran, was für ein guter Anwalt er gewesen war und welche Fähigkeiten ihn dazu gemacht hatten. Er sagte sich, daß alles, was er gesehen hatte, Lügen darstellte, die seiner eigenen Imagination entsprungen waren. Statt dessen malte er sich aus, wie sich ihm die Welt offenbarte, als er die Zeitbarriere passierte, die ihn nach Landover gebracht hatte: als Wald mit einem Leichentuch aus Nebeln.

Langsam öffnete er die Augen. Um ihn war der Wald, tief, einsam und frühlingshaft. Nebelschleier strichen sanft zwischen den Bäumen hindurch. Vage Visionen tanzten auf ihnen, doch sie bedrohten ihn nicht. Die Alpträume waren fort, die Lügen gebannt. Sein Verstand hatte ihn nicht im Stich gelassen. Er atmete tief und ließ sich durch die kühle, friedliche Dunkelheit gleiten. Substanzlose Trugbilder kamen und gingen. Vorsichtig begann er, nach dem Zauber zu suchen, den zu finden er hergekommen war: Io-Staub. Er glaubte, Mitternachtsblau und Silber gesehen zu haben, doch nichts Zusammenhängendes. Er schwebte weiter, und plötzlich zersplitterte er wie Eis auf einem Stein. Er zerbrach in lauter Stücke, die nicht zusammenpassen wollten. Mit aller Gewalt unterdrückte er diese Empfindung und suchte nach festem Boden unter den Füßen.

Das Gefühl des Zersplitterns verging. Der Nebel schloß sich um ihn.

Er war nicht mehr allein. Stimmen flüsterten.

– Willkommen, Hoheit von Landover –

– Ihr habt Euch selbst gefunden und so fandet Ihr uns –

Er versuchte zu sprechen, doch es gelang ihm nicht. Gesichter drängten näher, schmal und scharf, ihre Züge im Zwielicht undeutlich. Es waren die Gesichter, die er im Zeittunnel gesehen hatte. Es waren die Gesichter der Elfen.

– Nichts ist verloren, das wir nicht als verloren sehen, Hoheit. Glaubt an seine Rettung, und es mag gerettet werden. Visionen, aus der Angst geboren, gebären unser Versagen. Visionen, aus der Hoffnung geboren, gebären unseren Erfolg –

– Was möglich ist, lebt in uns, und wir brauchen es nur zu entdecken. Könnt Ihr den Träumen, die in Euch sind, Leben geben, Hoheit? Schaut in die Nebel und seht –

Ben schaute tief in die Nebel, beobachtete, wie sie sich plötzlich teilten. Ein Land von unglaublicher Schönheit tat sich auf, Sonnenlicht kleidete es in Gold, das Leben blühte und war gefüllt mit grenzenloser Kraft. Erregung und Hoffnung lagen darin, jenseits aller Vorstellbarkeit. Er wollte schreien vor Glück über diesen Anblick.

Langsam schwand die Vision. Die Stimmen wisperten.

– Eine andere Zeit und ein anderer Ort für solche Visionen, Hoheit. Ein anderes Leben. Bündnisse wie diese müssen ihre Geburt abwarten –

– Ihr seid ein Kind unter Erwachsenen, Hoheit, doch Ihr seid ein vielversprechendes Kind. Ihr habt die Wahrheit hinter den Lügen entdeckt, die Euch täuschen wollten, und Ihr habt sie als Eure eigenen erkannt. Ihr habt das Recht verdient, mehr zu erfahren –

Dann zeigt es mir, wollte er rufen. Doch er konnte nicht, und die Stimmen wisperten weiter.

– Ihr habt die Angst entlarvt, die Euch zerstört hätte, Hoheit. Ihr habt große Geistesgegenwart bewiesen. Doch Angst hat viele Masken, nimmt viele Gestalten an. Ihr müßt lernen, sie zu erkennen. Ihr müßt Euch erinnern, was sie wirklich sind, wenn sie Euch das nächste Mal heimsuchen –

Ben brachte keinen Laut aus seiner Kehle hervor. Er verstand nicht. Was meinte die Elfe?

– Ihr müßt jetzt zurückkehren, Hoheit. Landover braucht Eure Hilfe. Die Anwesenheit ihres Königs ist nötig, um ihm zu dienen.

– Doch Ihr mögt mit Euch nehmen, was Ihr zu finden gekommen seid –

Vor Ben materialisierte sich ein mitternachtsblauer Busch mit silbernen Blättern. Er fühlte, wie ihm etwas in beide Hände gedrückt wurde. Er sah hinunter und hielt eine längliche Schote in jeder Hand.

– Io-Staub, Hoheit. Atmet ihn ein und Ihr gehört dem, der ihn Euch gegeben hat, bis er Euch freiläßt. Es bedarf nur eines einzigen Atemzugs. Doch seid wachsam. Die Hexe Nachtschatten will den Staub für ihre eigenen Zwecke. Sie plant, Euch nichts davon abzugeben. Sobald Ihr ihn ihr ausgehändigt habt, seid Ihr für sie wertlos –

– Seid schneller als sie, Hoheit. Seid geschwind –

Ben nickte stumm. Entschlossenheit zeichnete sein Gesicht.

– Geht jetzt. Nur ein Tag ist Euch verloren, doch der Tag muß verloren bleiben. Euch schneller zurückzubringen, würde Euch Schaden zufügen, der nicht zu beheben wäre. Versteht darum, daß die Dinge so sein müssen, wie Ihr sie finden werdet –

– Kommt wieder zu uns, Hoheit, wenn die Magie wiedergefunden ist –

– Kommt wieder zu uns, wenn es nötig ist –

– Kommt…

…wieder –

Stimmen, Gesichter und zarte Gestalten verschwanden im Nebel.

Der Nebel wirbelte dicht um ihn herum und löste sich auf.

Ben Holiday blinzelte ungläubig. Er stand wieder im Zwielicht des Tiefen Schlundes und hielt in jeder Hand eine Schote Io-Staub. Er sah sich vorsichtig um und stellte fest, daß er allein war. Bruchstücke seiner eingebildeten Begegnungen mit Miles, Annie und Questor Thews schossen ihm durch den Kopf und schmerzten wie scharfe Klingen. Er zuckte zusammen und fegte sie dann eilig fort. Sie waren nicht wirklich gewesen. Es waren Lügen gewesen. Sein Zusammentreffen mit den Elfen war die einzige Wirklichkeit.

Er hob die Io-Staub-Schoten hoch und betrachtete sie nachdenklich. Er konnte es nicht verhindern. Er grinste wie die Cheshire-Katze. Er hatte das Unmögliche getan. Er hatte sich in die Elfenreiche begeben und war, trotz allem, wieder heil herausgekommen.

Er fühlte sich wie neu geboren.

Io-Staub

Cheshire-Katzen-Lächeln und Wohlgefühl hielten etwa dreißig Sekunden an – so lange, wie es dauerte, bis ihm die Warnung der Elfen vor Nachtschatten wieder einfiel.

Er ließ seinen Blick durch die dunstige Dämmerung des Tiefen Schlundes gleiten. Er fand keine Spur der Hexe, doch sie war hier irgendwo, erwartete ihn und hatte vor, ihn unschädlich zu machen, sobald sie den Io-Staub in der Hand hätte. Das mußte von Anfang an ihre Absicht gewesen sein – ihn in die Elfenreiche zu schicken, damit er das tue, wozu sie nicht imstande war, um ihn dann bei seiner Rückkehr zu beseitigen. Er runzelte die Stirn. Hatte sie gewußt, daß er wiederkommen würde? Wohl kaum. Für sie war dies unwichtig. Es kostete sie nichts, es ihn versuchen zu lassen. Doch die Worte der Elfen hatten geklungen, als ob sie ihn zurückerwartete. Das bereitete ihm Sorge. Wie konnte die Hexe so sicher sein, daß ihm etwas gelänge, das kein anderer zuwege bringen konnte?

Er wog die Schoten in den Händen und holte tief Luft. Er hatte jetzt keine Zeit, darüber nachzugrübeln, was die Hexe wußte und was nicht. Er mußte Weide wiederfinden und so schnell wie möglich aus dem Tiefen Schlund entkommen. Er hatte Angst um die Sylphe; es war nicht zu erwarten, daß die Hexe sie besser behandelt hatte als ihn. Während seiner Abwesenheit konnte dem Mädchen alles mögliche zugestoßen sein, und was auch immer geschehen sein mochte, es war seine Schuld. Ein ganzer Tag war vergangen, hatten die Elfen gesagt. Das war verdammt lang. Weide war der Hexe nicht gewachsen. Schlimmer noch. Die anderen Gefährten mochten, auf der Suche nach ihrem verlorenen König, in den Tiefen Schlund gestiegen und der Hexe in die Falle gegangen sein.

Er knirschte mit den Zähnen in Gedanken an all die unerfreulichen Möglichkeiten und schaute sich noch einmal um, um festzustellen, wo er sich befand. Nebel umgab ihn von allen Seiten, und in allen Richtungen sah es gleich aus. Die Wolken hingen tief über dem Blätterdach des Waldes und verdeckten Sonne und Himmel.

Es gab nichts, woran er sich hätte orientieren können.

»Mist!« schimpfte er leise vor sich hin.

Er prüfte die Windrichtung und stapfte los. Ben Holiday hatte viel erlebt, seit er nach Landover gekommen war, und das meiste war unerfreulich gewesen. Jedesmal, wenn er versucht hatte, einen Schritt vorwärts zu machen, war er gezwungen gewesen, zwei Schritte rückwärts zu gehen. Es sah so aus, als ob nichts klappen könnte. Doch das sollte sich ändern! Diesmal würde er Erfolg haben. Er hatte sich in die Elfenreiche gewagt und war mit dem Io-Staub zurückgekommen, obwohl alles dagegen gesprochen hatte. Er war jetzt im Besitz der Mittel, das Grünland von Strabo zu befreien und die Allianz des wichtigsten Verbündeten zu gewinnen. Das war ein großer Schritt voran. Egal, ob da ein ganzes Dutzend Nachtschatten in den Nebeln lauerten, diese Gelegenheit würde er sich nicht entgehen lassen!

Zwei pelzige Gesichter tauchten aus dem Gebüsch direkt vor seinen Füßen auf. Mit einem Aufschrei sprang er zurück.

»Große Hoheit!«

»Mächtige Hoheit!«

Es waren Fillip und Sot. Ben atmete aus und wartete, daß sein Herzklopfen wieder leiser wurde. Das war also seine mutige Entschlossenheit!

Die G'heim Gnome kamen aus dem Busch gekrabbelt, schnupperten wachsam und drängten sich an ihn.

»Hoheit, seid Ihr es wirklich? Wir hatten nicht geglaubt, Euch je wiederzusehen!« begann Fillip.

»Niemals. Wir glaubten Euch in den Nebeln verloren!« fügte Sot hinzu.

»Wo wart ihr zwei denn?« fragte Ben, als er sich erinnerte, wie sie bei der Verwandlung der Hexe geflüchtet waren.

»Wir haben uns versteckt!«

»Wir haben beobachtet.«

»Die Hexe hat lange nach uns gesucht«, erzählte Fillip.

»Aber sie konnte uns nicht finden.«

»Nicht, nachdem wir unter die Erde gegangen waren.«

»Nicht in unseren unterirdischen Gängen.«

Ben seufzte. »Gut für euch!« Er sah sich um. »Und wo ist sie jetzt?«

»Wieder dort in der Lichtung, wo Ihr sie verlassen habt, Hoheit«, beschied ihm Fillip.

»Sie wartet noch immer auf Eure Rückkehr«, bestätigte Sot.

Ben nickte. »Und Weide?«

Fillip warf Sot einen Blick zu. Sot schaute zu Boden.

Ben kniete sich vor sie hin, ein hohles Gefühl in der Magengegend. »Was ist mit Weide geschehen?«

Die Frettchengesichter verzogen sich unbehaglich. »Hoheit, wir wissen es nicht«, gestand Fillip schließlich ein.

»Wir haben keine Ahnung«, gab auch Sot zu.

»Als Ihr nicht wieder zurückkamt, machten sich die anderen auf, um Euch zu suchen«, berichtete Fillip.

»Sie betraten den Tiefen Schlund«, fügte Sot hinzu.

»Wir wußten es nicht einmal.«

»Sonst hätten wir sie gewarnt.«

»Aber wir hatten uns versteckt«, gab Fillip als Entschuldigung an.

»Wir hatten solche Angst«, beichtete Sot.

Ungeduldig fegte Ben ihre Erklärungen beiseite. »Bitte, erklärt mir ganz genau, was passiert ist!«

»Sie hat sie alle gefangengenommen, Hoheit.«

»Allesamt.«

»Und jetzt sind sie verschwunden«, fügte Fillip noch an.

»Keine Spur von ihnen«, bestätigte Sot.

Ben setzte sich auf seine Absätze. Alle Farbe war aus seinem Gesicht gewichen. »O mein Gott!« stöhnte er. Seine schlimmsten Befürchtungen hatten sich bewahrheitet. Weide, Questor, Abernathy und die Kobolde – Nachtschatten hatte sie alle in ihrer Gewalt. Seinetwegen. Er dachte lange über die Situation nach, dann stand er wieder auf. Entkommen konnte er jetzt nicht. Nicht ohne seine Freunde. Io-Staub hin oder her, er würde sie nicht zurücklassen.

»Könnt Ihr mich zu Nachtschatten bringen?« fragte er die Gnome.

Fillip und Sot sahen ihn in unverhohlenem Entsetzen an.

»Nein, Hoheit!« flüsterte Fillip.

»Unmöglich!« stimmte Sot zu.

»Sie wird Euch auch gefangennehmen!«

»Sie wird Euch wie die anderen verschwinden lassen!«

Durchaus möglich, dachte Ben. Doch er lächelte die Gnome aufmunternd an. »Vielleicht nicht«, sagte er zu ihnen. Er holte eine der Io-Staub-Schoten unter dem Hemd hervor, wo er sie verborgen hatte und schaute sie nachdenklich an. »Vielleicht nicht«, wiederholte er.

Er nahm sich fünf Minuten Zeit, um die Konfrontation mit Nachtschatten vorzubereiten. Dann erläuterte er seinen Plan den Gnomen, die beflissen zuhörten und ihn völlig perplex anstarrten. Sie schienen nicht ganz zu verstehen, wovon er redete, doch es war unnütz, es ihnen noch mal zu erklären.

»Ihr braucht nur zu wissen, was ihr zu tun habt und wann«, gab er ihnen schließlich zu verstehen.

Sie machten sich wieder auf den Weg, die Gnome voran. Ben folgte ihnen. Es war schon später Nachmittag, und bald würde es dämmern. Ben schaute sich unbehaglich um, als er hinter sich im Dunst irgendwelche Schatten wahrgenommen zu haben glaubte. Die Elfenreiche waren dort irgendwo im Hintergrund, und mit ihnen die Gespenster seiner Einbildung. Er konnte noch immer ihre Blicke auf sich geheftet spüren, die der Lebenden und die der Toten, die der alten Welt und die der neuen. Was er gesehen hatte, waren Lügen gewesen, seine eigenen Ängste, die Gestalt angenommen hatten. Doch die Lügen lauerten noch immer und flüsterten Wahrheiten, die daraus werden konnten. Er hatte niemanden in der Weise im Stich gelassen, wie ihm die Nebel der Elfenreiche vorgespiegelt hatten. Doch es konnte geschehen, wenn er nicht schnell genug war, wie ihm die Elfen geraten hatten. Er konnte noch immer versagen.

Minuten vergingen. Ben wollte die Gnome drängen, schneller zu laufen, doch er ließ es bleiben. Fillip und Sot gingen kein Risiko mit der Hexe ein. Auch er sollte es nicht tun.

Zwischen Bäumen und dichtem Gestrüpp sah er schließlich eine Lichtung schimmern. Fillip und Sot kauerten sich nieder, und schauten ihn wortlos an. Er duckte sich ebenfalls nieder, und ganz vorsichtig robbten sie noch ein kleines Stückchen weiter.

Nachtschatten saß wie eine Statue auf dem von Spinnweben und Staub bedeckten Thron und starrte auf den Boden. Verwitterte Tische und Bänke standen um sie herum, und auf den schwärzlichen

Eckpfeilern des Podestes flackerten kleine Flämmchen. Der Hof, die Fallgatter und die ganze Burg waren verschwunden.

Nachtschattens blutrote Augen blinzelten, doch sie schaute nicht auf.

Ben und die Gnome krochen geräuschlos außer Hörweite. Dann schickte er sie los, zu tun, was er ihnen aufgetragen hatte. Ohne ein Geräusch zu verursachen, verschwanden sie zwischen den Bäumen. Ben sah ihnen nach. Den Blick zum Himmel gewandt, verharrte er.

Er ließ nach seiner Berechnung ungefähr eine Viertelstunde verstreichen und machte sich dann mutig auf den Weg. Er durchquerte das Gestrüpp und betrat die Lichtung, wo Nachtschatten wartete.

Die Hexe hob langsam den Kopf und beobachtete sein Herankommen. In ihrem scharf geschnittenen Gesicht stand Freude und Überraschung und – Erregung. Ben näherte sich vorsichtig. Er war noch immer gut zehn Schritte entfernt, als sie sich erhob und ihm ein Handzeichen machte stehenzubleiben.

»Habt Ihr ihn?« fragte sie leise.

Ben nickte nur.

Ihre schmale Hand strich sich durchs rabenschwarze Haar. »Ich wußte, daß Ihr mehr seid als der Möchtegernkönig, als den ich Euch beschimpft habe«, flüsterte sie mit strahlendem Lächeln. Groß und majestätisch stand sie vor ihm. Ihre dunklen Gewänder zeichneten sich eindrucksvoll vor der Kulisse des Waldes ab. »Ich wußte, daß Ihr etwas … Besonderes seid. Zeigt mir den Io-Staub.«

Er sah sich suchend um. »Wo ist Weide?«

Ihre blutroten Augen verengten sich ein wenig. »Sie wartet. In Sicherheit. Zeigt ihn mir jetzt!«

Er wollte auf sie zugehen, doch sie hob die Hand wie einen Schild. »Von dort aus!« zischte sie ihn an.

Er hatte beide Hände in den Taschen. Langsam zog er die linke hervor und hielt eine der länglichen Schoten hoch.

Ihr Gesicht strahlte vor Erregung. »Io-Staub!« Zitternd winkte sie ihn näher. »Bringt ihn mir. Vorsichtig!«

Ben gehorchte, blieb jedoch außer Reichweite vor ihr stehen. »Ich meine, Ihr solltet mir erst verraten, wo Weide ist«, wandte er ein.

»Erst den Staub«, beharrte sie und streckte ihre Hand aus.

Er reichte ihr eine Schote. »Oh, ist schon gut. Ich kann sie sehen, dort zwischen den Bäumen.« Er ging an der Hexe vorbei.

»Weide!« rief er. »Komm her!«

Sein Rufen und sein Stoßgebet wurden gehört. Es raschelte im Gebüsch und jemand näherte sich. Nachtschatten schnellte erschreckt herum.

In dem Moment zog Ben seine rechte Hand aus der Tasche und schleuderte der Hexe eine Handvoll Io-Staub direkt ins Gesicht. Überrascht schnappte sie nach Luft – und atmete den Staub ein. Wut und Horror verzerrten ihr Antlitz. Ben warf ihr eine zweite Handvoll Staub ins Gesicht, den sie auch einatmete. Sie stolperte über ihre Gewänder, als Ben sie grob zurückstieß. Die Schote flog ihr aus der Hand, und Nachtschatten stürzte zu Boden.

Ben war über ihr mit der Gewandtheit einer Katze. »Rühr mich nicht an!« schrie er warnend. »Wage es nicht, mich verletzen zu wollen! Du bist in meiner Gewalt und wirst tun, was ich dir befehle, sonst nichts!« Er sah, wie sie wutentbrannt die Zähne fletschte, und er fühlte, wie ihm der Schweiß über den Rücken lief. »Sag, daß du mich verstanden hast!«

»Ich hab' verstanden«, wiederholte sie. In ihren Augen brannte Haß.

»Gut!« Er holte tief Luft und richtete sich auf. »Steh auf!« befahl er ihr.

Sie kam langsam auf die Füße, als gehorche sie einem inneren Zwang, gegen den sie erfolglos ankämpfte. »Ich werde dich zerstören!« fauchte sie. »Ich werde dich quälen, wie du dir nicht einmal in deinen schlimmsten Träumen ausmalen kannst!«

»Nein, nicht heute«, murmelte er, mehr zu sich selbst als zu ihr. Dann sah er sich um. »Fillip! Sot!«

Die G'heim Gnome kamen vorsichtig aus dem Gebüsch gekrochen, wo sie sich versteckt und auf Bens Zeichen gewartet hatten, um so zu tun, als seien sie Weide, wenn er nach ihr rief. Ängstlich schauten sie ihn an.

»Große Hoheit«, flüsterte Fillip.

»Mächtige Hoheit«, echote Sot.

Keiner von beiden klang sehr sicher, und er selbst war es auch nicht. Sie bewegten sich wie Ratten, die bei der leisesten Bewegung davonspringen würden. Nachtschatten sah sie an und sie krümmten sich unter ihrem Blick.

»Sie kann Euch nichts tun«, versicherte Ben ihnen – und sich selbst. Er hob die abgelegte Schote auf und hielt sie Nachtschatten unter die Nase. »Sie ist leer«, sagte er und zeigte auf ein Loch, das er in die Hülse gebohrt hatte. »Ich habe den Staub herausgeholt und in meiner Tasche verwahrt, um ihn an dir zu verwenden. Genau das, was du mit mir vorhattest, nicht wahr? Antworte!«

»Ja, das stimmt«, gab sie giftig zu.

»Ich will, daß du hier stehenbleibst und tust, was ich von dir verlange. Wir werden mit ein paar Fragen beginnen. Ich werde sie stellen, und du wirst sie beantworten. Du wirst mir die Wahrheit sagen, Nachtschatten – keine Lügen. Verstanden?« Sie nickte. Ben holte die zweite Schote aus seiner Tasche und hielt sie hoch. »Wird der Staub aus dieser Schote ausreichen, um den Drachen unter Kontrolle zu halten?«

Sie lächelte. »Ich weiß es nicht.«

Das hatte er nicht erwartet. Ein plötzlicher Zweifel überkam ihn. »Habe ich dir genug Staub verpaßt, so daß du mir gehorchen mußt?«

»Ja.«

»Für wie lange?«

Wieder lächelte sie. »Ich weiß es nicht.«

Er ließ sich nichts anmerken. Offenbar gab es nicht viel Spielraum für Fehler. »Wenn du merkst, daß der Zwang, mir zu gehorchen, nachläßt, mußt du es mir mitteilen. Verstanden?«

Sie sah ihn haßerfüllt an. »Ja.«

Er traute ihr absolut nicht, Io-Staub hin oder her. Er wollte die Sache so schnell wie möglich hinter sich bringen und den Tiefen Schlund verlassen. Fillip und Sot sahen aus, als seien sie schon zwölf Schritte voraus. Sie hockten unter einem der kaputten Tische und versteckten ihre Schnauzen in ihrem Pelz.

Er wandte sich wieder zu Nachtschatten. »Was hast du mit Weide und meinen Freunden gemacht?«

»Ich habe sie gefangengenommen.«

»Questor Thews, den Schreiber Abernathy und die beiden Kobolde? Alle?«

»Ja. Sie kamen dich suchen, und ich habe sie gefangen.«

»Was hast du mit ihnen gemacht?«

»Ich habe sie eine Weile festgehalten und dann habe ich sie fortgeschickt.«

Sie sah aus, als wäre sie mit dem Lauf der Dinge fast zufrieden. Ben zögerte, dann fragte er weiter. »Was heißt das, du hast sie fortgeschickt?«

»Ich hatte keine Verwendung für sie, also habe ich sie fortgeschickt.«

Da stimmte was nicht. Nachtschatten hatte sie mit Sicherheit nicht freigelassen. Niemals hätte sie seinen Freunden die Freiheit geschenkt! Er starrte sie an, und ihre Augen wurden plötzlich grün. »Wohin hast du sie geschickt?« fragte er schnell.

Ihre Augen funkelten. »Nach Abaddon. Zum Markus.«

Ben lief es eiskalt den Rücken hinunter. Er hatte seine Freunde wirklich in eine üble Lage gebracht. »Hol sie zurück!« befahl er scharf. »Bring sie auf der Stelle zurück!«

»Das kann ich nicht«, schnaubte sie. »Sie sind außerhalb meiner Reichweite!«

Er packte sie am Kragen. »Du hast sie dorthin geschickt – also kannst du sie auch wieder herholen!«

Sie lächelte zufrieden. »Das kann ich nicht, Möchtegernkönig! Sobald sie sich einmal in Abaddon befinden, sind sie nicht mehr in meiner Gewalt! Sie sitzen in der Falle!«

Ben ließ sie los und trat zurück. Er hätte das vorhersehen müssen! Er hätte es verhindern müssen! Er kämpfte um seine Selbstkontrolle. Er suchte fieberhaft nach einer Lösung.

Dann schnauzte er sie an. »Du wirst dich nach Abaddon begeben und sie zurückholen!« befahl er.

»Auch das kann ich nicht, Möchtegernkönig. In Abaddon habe ich keine Macht. Ich wäre so hilflos wie sie!«

»Dann gehe ich selbst! Wo ist der Eingang, Hexe?«

Sie lachte. »Es *gibt* keinen Eingang, Dummkopf. Abaddon ist unzugänglich. Nur ein paar...!«

Ihr Triumph hatte sie mitgerissen, war so vollständig, daß es ihr mißlang, sich rechtzeitig zu beherrschen. Schnell schloß sie den Mund, doch es war zu spät. Ben packte sie wieder an ihrem Gewand.

»Ein paar? Wer? Wer, außer den Dämonen? Du?« Sie schüttelte

wortlos den Kopf. »Wer denn, verflucht noch mal? Sag es mir!«

Sie schüttelte und wand sich. »Strabo!« schrie sie plötzlich heraus.

»Der Drache!« entfuhr es ihm. Er ließ sie los und trat zurück. »Der Drache! Warum kann der Drache nach Abaddon und du nicht?«

Nachtschatten kochte vor Zorn. »Seine Magie… umfaßt eine größere Reichweite als meine…!«

Und ist stärker, vollendete Ben, was sie nicht über die Lippen brachte. Er schwitzte. Das klang glaubhaft. Er hatte Strabo zum ersten Mal an der Nebelgrenze gesehen, innerhalb der Elfenreiche. Wenn der Drache in die Elfenreiche gehen konnte, konnte er auch nach Abaddon gelangen.

Und er konnte Ben dorthin mitnehmen.

Er atmete auf. Das plötzliche Zusammentreffen der Umstände und der sich daraus ergebenden Notwendigkeiten war erschrekkend. Er hatte den Io-Staub nur verwenden wollen, um den Drachen aus Landover zu verjagen. Das allein wäre schon schwierig und gefährlich genug gewesen. Nun mußte er den Io-Staub einsetzen, um Strabo zu zwingen, ihn nach Abaddon zu tragen, wo seine Freunde gefangen waren, und sie alle wieder zurückbringen. Das war eine wahnwitzige Aufgabe. Er mußte das ohne Hilfe und Führung bewerkstelligen, völlig allein. Doch es stand außer Frage, daß er es tun mußte. Weide, Questor, Abernathy und die Kobolde hatten ihr Leben für ihn aufs Spiel gesetzt. Es war eine Verpflichtung jenseits seiner Obliegenheiten als König, daß er sie zu retten hatte.

Sein Blick kreuzte sich wieder mit dem der Hexe. Er sah unverhohlene Befriedigung darin gespiegelt. »Du hast geschworen, mich zu zerstören, Nachtschatten, doch es ist an mir, dich zu vernichten«, fauchte er.

Fillip und Sot waren unter dem Tisch hervorgekommen und zupften zaghaft an seinen Hosenbeinen.

»Können wir jetzt gehen, Hoheit?« fragte Fillip.

»Können wir fort von hier, Hoheit?« piepste Sot.

»Sie macht uns Angst!«

»Sie will uns übel.«

Ben schaute auf sie hinunter und sah die Furcht in ihren Augen. Sie kamen ihm vor wie schmutzige Kinder, die auf ihre Strafe warteten, und sie taten ihm leid Sie hatten schon einiges durchgemacht.

»Nur noch ein kleines Weilchen«, versprach er und wandte sich wieder der Hexe zu. »Wie lang ist es her, daß du meine Freunde nach Abaddon geschickt hast?«

Die Hexe kniff ihre grünen Augen zusammen. »Ich habe sie heute morgen fortgeschickt – ziemlich früh.«

»Hast du ihnen irgendein Leid angetan?«

»Nein.«

»Dann geht es ihnen also gut?«

Sie lachte. »Vielleicht – wenn die Dämonen ihrer inzwischen nicht müde geworden sind.«

Er hätte sie am liebsten erwürgt, doch er riß sich zusammen. »Wenn ich in Abaddon angelangt bin, wo kann ich sie dann finden?«

Nachtschatten schien in ihren Gewändern zusammenzuschrumpfen. »Der Drache kann sie für dich ausfindig machen – sofern er dir noch immer gehorcht.«

Ben nickte. Da war dies Problem noch immer. Wie lange würde der Io-Staub den Drachen unter seiner Gewalt halten? Wie lange dauerte es, bis der Effekt des Zaubers nachließ? Es gab halt nur einen Weg, das herauszubekommen.

Er schüttelte den Gedanken ab. »Wo kann ich den Drachen treffen?«

Nachtschatten lächelte höhnisch. »Überall, Möchtegernkönig.«

»Das ist mir klar.« Er überdachte seine Frage. »Wo wird er mit Sicherheit hingehen, so daß ich dort auf ihn warten kann?«

»Zu den Feuerquellen!« Ihre Stimme war ein helles Zischen. »Er hat sich bei den Feuerquellen einquartiert!«

Ben erinnerte sich an die Quellen von seinen Studien in Silber Sterling her. Lavatümpel oder Öllachen oder so was; östlich hinter dem Grünland tief in den Ödzonen.

»Hoheit!« rief Fillip drängend und unterbrach Bens Gedanken.

»Hoheit!« Sot zupfte an seinem Hosenbein.

Er nickte den beiden noch einmal zu. Der Tag neigte sich seinem Ende zu, es begann schon zu dämmern. Er verspürte keine Lust, nach Einbruch der Dunkelheit noch immer im Tiefen Schlund zu sein.

Er baute sich genau vor Nachtschatten auf. »Ich bin König von Landover, Nachtschatten. Mag sein, daß du anderer Meinung bist, mag sein, daß auch andere daran zweifeln, doch bis ich nicht anders entscheide, ist es so. Ein König hat eine gewisse Verantwortung. Dazu gehört, daß er seine Untertanen zu schützen hat. Du hast diese Verantwortung willentlich durchkreuzt und Leute, die nicht nur meine Untertanen, sondern auch meine Freunde sind, in extreme Gefahr gebracht – so extrem, daß ich sie vielleicht nie wiedersehen werde!«

Er machte eine Pause. Nachtschattens Augen funkelten haßerfüllt und wurden wieder blutrot. »Du hast dein eigenes Urteil gefällt, Nachtschatten. Was du mit meinen Freunden gemacht hast, werde ich jetzt mit dir tun. Ich befehle dir, dich wieder in jene Krähe zu verwandeln und in die Nebel der Elfenreiche zu fliegen. Weiche nicht von deinem Kurs ab. Fliege, bis du in deine alte Heimat gelangst und fliege … bis geschieht, was auch immer geschehen mag.«

Die Hexe zitterte vor Wut und Frustration, doch plötzlich schimmerte Furcht in ihren Augen. »Die Elfenzauber werden mich zerstören!« flüsterte sie.

Ben blieb ungerührt. »Tu, was ich dir gesagt habe! Und zwar sofort!«

Nachtschatten wurde steif, dann leuchtete ihre ganze Gestalt rot auf. Flammen schossen aus den Fackeln auf den Eckpfeilern. Die Hexe verschwand, und statt ihrer saß da die Krähe. Krächzend schlug sie mit den Flügeln und flog in den Wald.

Ben sah ihr nach. Halbwegs rechnete er damit, daß sie zurückkommen würde. Doch sie tat es nicht. Nachtschatten war fort. Sie würde fliegen, wie er es ihr befohlen hatte, bis sie die Nebel der Elfenreiche erreicht hätte, die zu betreten ihr verboten war. Er wußte nicht, was ihr dort widerfahren würde, doch er zweifelte, daß es angenehm wäre. Pech für sie. Er hatte ihr mindestens ebensoviele Überlebenschancen gegeben, wie sie seinen Freunden. Es war nur gerecht.

Ihm lief ein Schauder über den Rücken. Wohl war ihm bei der Sache trotzdem nicht.

»Laßt uns schnell von hier verschwinden«, murmelte er zu Fillip und Sot. Zu dritt machten sie sich eilig auf den Weg.

Strabo

Ben verbrachte die Nacht in einem Pappelhain ein paar Kilometer südlich des Tiefen Schlundes. Als er bei Sonnenaufgang erwachte, machte er sich auf die Reise zu den Feuerquellen.

Ben nahm Fillip und Sot mit, obwohl die beiden deutlich widerstrebten. Es ging nicht anders. Er fürchtete, daß er ohne sie Umwege machen oder sich gar verlaufen würde. Von seinen Studien in der Burg kannte er das Land relativ gut, doch es bestand immer die Gefahr, auf irgend etwas zu stoßen, das ihm bisher entgangen war, und das durfte nicht geschehen. Er hatte keine Zeit zu verlieren und die G'heim Gnome mußten es noch ein kleines Weilchen mit ihm aushalten.

Auch so beanspruchte die Reise fast drei Tage. Sie hätte noch länger gedauert, wenn nicht Fillip und Sot ein Paar Ackerpferde gefunden hätten, deren beste Tage allerdings schon lange vorüber waren. Sie hatten durchhängende Rücken und schwankten bei jedem Schritt, doch sie kamen schneller voran als zu Fuß. Ben fragte die Gnome nicht, woher sie die Gäule hatten. In diesem Fall mußten moralische Bedenken hinter der Dringlichkeit der Aufgabe zurückstehen.

Sie verließen das waldige Hügelland unterhalb des Tiefen Schlundes, durchquerten die weiten Ebenen des Grünlandes und zogen ostwärts in die Ödzone, die sich bis zum äußeren Rand des Tales erstreckte. Die Reise schien endlos. Die Angst um seine Freunde nagte an Ben; zu vieles konnte ihnen zustoßen, ehe er sie gefunden hätte. Fillip und Sot hatten Angst um ihre eigene Haut. Sie fühlten sich wie Opferlämmer, die auf des Drachen Eßtisch dargebracht werden sollten. Die drei sprachen nur das Notwendigste miteinander. Keiner fühlte sich wohl.

Ben dachte oft an Nachtschatten und seine Gedanken waren gar nicht erfreulich. Es war schon schlimm, daß er Weide allein und schutzlos zurückgelassen hatte, als er in die Elfenreiche gegangen war, schlimm genug, daß Questor und die anderen in den Schlund gekommen waren, um ihn zu suchen, und schlimmer als schlimm, daß die Hexe sie allesamt nach Abaddon zu den Dämonen geschafft hatte, während Nachtschatten gemütlich auf seine Rückkehr wartete. Aber es war unverzeihlich, daß er die Hexe nicht besser ausgenutzt hatte, solange sie mit Hilfe des Io-Staubes fügsam war. So vieles hätte er tun sollen, das er versäumt hatte. Er hätte sie zwingen sollen, den Drachen herbeizuschaffen – ihn wenigstens in die Nähe zu locken. Und wenn das ihre Möglichkeiten überstiegen hätte, dann hätte er sie wenigstens dazu bringen sollen, *ihn* in die Nähe des Drachen zu zaubern. Das hätte ihm drei Tage auf dem Rücken eines alten Ackergaules erspart! Er hätte sich von ihr mit einem Teil ihrer Zauberkraft ausstatten lassen sollen. Ein wenig zusätzlicher Schutz hätte nichts schaden können. Und er hätte sie nicht so glimpflich davonkommen lassen sollen – nicht nach dem, was sie getan hatte. Er hatte nicht einmal dafür gesorgt, daß sie ihm in Zukunft keine neuen Schwierigkeiten bereiten würde. Hätte er doch wenigstens ihre Unterwerfung gefordert, falls sie den Elfen entkommen würde.

Doch je länger die Reise dauerte, desto mehr verblaßten diese Gedanken. Hätte, sollte, könnte – was hieß das jetzt noch? Er hatte getan, was er konnte, er hatte nur nicht an alles gedacht. Eine erzwungene Unterwerfung war wahrscheinlich wertlos, unbekannte Magie wahrscheinlich gefährlicher als gar keine. Vielleicht war es besser so, und er würde einen Weg finden, ohne das zurechtzukommen.

Sie erreichten die Feuerquellen gegen Abend des dritten Tages. Die Gnome hatten ihn tief in die Ödzone östlich des Grünlandes geführt. Es war ein scheußliches Gebiet. Kahle Ebenen aus Sand und Staub, Hügel mit Steppengras, Dickicht und verkrüppelten Bäumen, Sümpfe aus rotem Schlamm und Treibsand, tote Wälder, wo die Bäume umgestürzt wie gebrochene Knochen aus der Erde ragten. Die Gegend war winterlich und tot, schlimmer als irgendwo anders im Tal. Nicht einmal Blaubonnies wuchsen hier. Sie hatten sich an einem steilen Abgrund entlang durch abgestorbenes Dornengestrüpp und dichtes Unterholz gekämpft. Sie mußten die Pferde führen. Es war unmöglich, durch das Dickicht zu reiten. Düstere Nebelwolken wälzten sich über alles hin und rochen nach sterbendem Land.

»Dort, seht doch, Hoheit!« rief Fillip plötzlich und zerrte wild an Bens Ärmel.

»Die Feuerquellen, Hoheit!« verkündete Sot und zeigte in die Ferne.

Ben strengte sich an, durch den Nebel zwischen den Bäumen hindurch etwas wahrzunehmen, doch er konnte nichts sehen. Er starrte in die angegebene Richtung. Ach ja, dort, ein fernes Flakkern, das von den Wolken reflektiert wurde.

»Laßt uns etwas näher herangehen. Von hier aus kann ich nichts erkennen«, drängte er.

Sie gingen ein kleines Stück weiter und blieben wieder stehen. Fillip und Sot schauten einander an, dann ihn, dann wieder einander. Sie senkten ihre Frettchengesichter und scharrten mit den Füßen.

»Das ist nah genug, Hoheit«, warnte Fillip.

»Näher gehen wir nicht, Hoheit«, erklärte Sot.

»Wir haben keinen Schutz vor dem Drachen.«

»Gar keinen.«

»Er würde uns verschlucken, ohne zweimal hinzuschauen.«

»Er würde uns mit seinem Feueratem in Kohle verwandeln.«

Fillip zögerte. »Der Drachen ist zu gefährlich, Hoheit. Laßt ihn und kommt fort von hier.«

Sot nickte ernst. »Laßt den Drachen in Ruhe, Hoheit. Laßt ihn.«

Ben schaute sie eine Weile an und schüttelte dann den Kopf. »Das kann ich nicht, Freunde. Ich brauche ihn.« Er lächelte traurig und legte jedem eine Hand auf die Schulter. »Würdet ihr hier auf mich warten? Bis ich zurückkomme?«

Fillip schaute zu ihm auf. »Wir werden auf Euch warten, Hoheit. Bis Ihr zurückkommt.«

Sot kratzte sich geistesabwesend am Ohr. »*Falls* Ihr zurückkommt.«

Ben ließ sie mit den Ackergäulen zurück und bahnte sich den Weg durchs Gestrüpp. Er ging vorsichtig und versuchte, so wenig Geräusch wie möglich zu verursachen. Er sah Dampf jenseits des Kammes aufsteigen, der sich mit den Nebelwolken vermischte. Das Licht flackerte heller, und ein scheußlicher Gestank nach verfaultem Fleisch drang ihm in die Nase.

Staub und Schweiß verklebten sein Gesicht, doch innerlich war ihm kalt.

Er fühlte in seinen Taschen nach. Der Io-Staub, den er aus der einen Schote geleert hatte, befand sich in der rechten Tasche, die volle Schote in der linken. Er hatte noch keinen Plan, wie er den Staub einsetzen würde. Er hatte keine Ahnung, was für eine Taktik funktionieren könnte. Er konnte nur darauf bedacht sein, so nah wie möglich an den Drachen heranzukommen und abwarten, daß sich eine Gelegenheit ergeben würde.

Ein König von Landover sollte einen besseren Plan bereit haben, dachte er finster, doch er hatte keinen.

Er erklomm den Kamm und schaute vorsichtig hinüber. Vor ihm lag eine weite Schlucht mit einer Vielzahl von Kratern unterschiedlicher Größe und Form, gefüllt mit einer seltsamen, bläulichen Flüssigkeit, auf der gelbliche Flammen tanzten und loderten. Ihr Schein flackerte gegen die Nebelschwaden. Dickicht, Erdhügel und Felsbrocken umgaben die Krater als bemerkenswerte Hindernisse für jeden, der vorhatte, in die Schlucht einzudringen.

Ben suchte die Schlucht sorgfältig mit den Augen ab. Der Drache war nirgendwo zu sehen.

»Auch das noch!« murmelte er vor sich hin.

Er überlegte eine Weile, was er jetzt tun sollte. Er konnte entweder dort bleiben, wo er war, bis Strabo zurückkam, oder er konnte in die Schlucht hinuntersteigen und unten warten. Er entschied sich für die zweite Möglichkeit. Er wollte so nah wie möglich bei dem Drachen sein, wenn er schließlich auftauchen würde.

Also begann er mit dem Abstieg. Eine Stimme tief drinnen flüsterte ihm zu, daß er wahnsinnig sei. Ben gab ihr recht. Er konnte nicht glauben, was er da tat. Er hatte höllische Angst vor dem Drachen. Am liebsten hätte er den Schwanz eingeklemmt und wäre davongerannt, so schnell ihn seine zitternden Beine trugen. Er war nicht sonderlich tapfer. Er war nur verzweifelt. Erst jetzt wurde ihm klar, wie verzweifelt er war.

Aber er würde sie nicht im Stich lassen, schwor er sich, als er an Weide und die anderen dachte. Was immer passierte!

Er erreichte den Grund der Schlucht und sah sich um. Dampf zischte aus einem Krater in der Nähe und erschreckte ihn. Flammen schossen in die Höhe. Er konnte kaum erkennen, wo er ging, doch er stapfte entschlossen weiter. Er nahm an, daß er am besten mitten zwischen den Feuerquellen wartete, doch auch nicht zu weit in der Mitte. Sein Atem ging schwer und keuchend. Er wünschte, er hätte die Kontrolle über den Paladin. Er wünschte, Questor und die Kobolde seien mit ihm. Er wünschte, *irgendwer* sei mit ihm. Er wünschte, er wäre jemand anderes.

Hitze und Dampf brannten in seiner Nase, und er verzog das Gesicht. Der Gestank war unerträglich. Überall lagen Knochen herum, einige von ihnen ziemlich frisch. Er zwang sich, sie zu ignorieren. Das Dickicht war fast undurchdringlich und dornig, doch er stapfte tapfer weiter um einen Felsbrocken herum. Das Skelett eines ziemlich großen Tieres lag dahinter. Er war weit genug gegangen. Dort vorne war ein Erdhügel mit einem Felsen an einem Ende. Das schien ein gutes Versteck zu sein, um die Rückkehr des Drachen abzuwarten.

Er hatte keine Ahnung, wie lange das dauern würde. Die Feuerquellen mochten zwar die Heimat des Drachen sein, doch das hieß nicht, daß er allzuoft hierherkäme. Vielleicht geschah das auch nur einmal im Jahr? Er hätte die Hexe danach fragen sollen! Verdammt! Er hätte...

Er war nur noch etwa vier Meter von dem Felsen entfernt, hinter dem er sich verstecken wollte, als er entgeistert stehenblieb. Der Erdhügel hatte sich gerade bewegt!

Nein. Das mußte er sich eingebildet haben! Er machte einen Schritt vorwärts.

Der Hügel rührte sich wieder.

»O mein Gott!« hauchte er.

Eine kleine Staubwolke stieg über seinem Felsbrocken auf und ein riesiges Auge öffnete sich.

Ben Holiday, der gefeierte Anwalt, der waghalsige Abenteurer und Möchtegernkönig von Landover, hatte einen großen Fehler begangen.

Der Drache bewegte sich träge und schüttelte eine Schicht Dreck und Staub ab, die sich auf ihm abgelagert hatte. Er hielt seinen Blick auf Ben fixiert wie eine Schlange auf ihre Beute. Ben erstarrte, wo er stand. Er müßte den Io-Staub hervorholen. Er müßte davonrennen. Er müßte irgendwas tun! Doch er konnte sich nicht rühren. Alles war verloren. In einer Anwandlung von schwarzem Humor fragte er sich, ob er gebraten oder gedünstet werden würde.

Strabo blinzelte. Sein gepanzerter Schädel hob sich schwerfällig, und schuppige Lippen ließen geschwärzte Zähne zum Vorschein kommen. Eine lange, gespaltene Zunge züngelte in Bens Richtung.

»Dich kenne ich doch von irgendwoher, oder?« fragte der Drache.

Ben war baff. Er hatte alles Mögliche erwartet, aber nicht, daß der Drache sprechen würde. Das änderte alles. Es milderte auch die Angst, die er vor dem Biest empfand. Und es veränderte die Perspektiven. Wenn man mit dem Drachen reden konnte, konnte man ihn vielleicht auch überzeugen! Er vergaß die Frage, ob er gebraten oder gedünstet werden würde. Er vergaß, sich zu verteidigen. Er suchte statt dessen nach Worten.

Strabo streckte sich. »Die Nebel am Rande der Elfenreiche – dort habe ich dich gesehen. Vor ein paar Wochen, nicht wahr? Ich habe geschlafen, und du bist vorbeigelaufen. Hast mich so angestarrt, daß ich davon aufgewacht bin. Sehr unhöflich von dir, muß ich schon sagen. Das warst du doch, oder?«

Ben nickte automatisch. Er hatte das Bild vor Augen, wie der Drache ihn davongeblasen hatte wie eine Feder im Wind. Er verscheuchte es. Er konnte es noch immer nicht fassen, daß das Vieh reden konnte. Es hatte eine Stimme wie ein Motor in einer Echokammer.

»Wer bist du?« fragte der Drache und senkte den Kopf wieder. »Was hast du in den Nebeln gemacht? Bist du ein Elf?«

Ben schüttelte den Kopf. »Nein, das bin ich nicht.« Sein Verstand kam wieder auf Touren. »Ich bin Ben Holiday aus Chicago. Das heißt, aus einer anderen Welt. Ich bin Landovers neuer König.«

»So, so.« Das schien den Drachen nicht zu beeindrucken.

»Ja.« Ben zögerte. Er wurde langsam wieder mutiger. »Weißt du, ich wußte nicht, daß Drachen sprechen können.«

Strabo rückte sich zurecht und sein riesiger Schlangenkörper wälzte sich herum, so daß Kraterflammen an seinem Schuppenpanzer züngelten. »Ach, einer von denen«, schnaubte er.

»Einer von was?« fragte Ben stirnrunzelnd.

»Einer von diesen Menschen, die meinen, Drachen seien ungebildete, dumme Viecher, die ihre Zeit damit vergeuden, mutwillig Unbill über arme, hart arbeitende, einfache Leute zu bringen, bis irgendein Kämpe kommt und sie beseitigt. Einer von denen bist du, oder?«

»Mag sein.«

»Du liest zu viele Märchen, Holiday. Wer, meinst du, verbreitet solche Geschichten über Drachen? Ganz sicher nicht die Drachen. Nein, das tun Menschen, und Menschen werden sich wohl kaum als die Bösen charakterisieren und den Drachen als das mißhandelte Opfer, oder? Du mußt quellenkritisch sein, wie man so sagt. Es ist einfacher, den Drachen als den Bösewicht zu beschimpfen – der Felder verbrennt, Vieh und Bauern verschlingt, hübsche Prinzessinnen raubt und Ritter in Rüstungen bekämpft. Das alles liest sich so schön, auch wenn es nicht der Wahrheit entspricht.«

Ben staunte. Was für ein Drache war das?

»Drachen gab es, bevor es Menschen gab. Es gab Drachen, bevor die meisten Elfenwesen auftauchten«, fuhr Strabo fort. Sein Atem war schauderhaft. »Die Schwierigkeiten entstanden nicht mit den Drachen. Sie kamen mit den anderen. Niemand wollte Drachen in der Nähe haben. Sie nahmen zu viel Platz weg. Alle hatten sie Angst vor ihnen und ihren Fähigkeiten – selbst wenn es nur ein paar wenige waren, die den übrigen den schlechten Ruf einbrachten! Außerdem war unsere Zauberkraft so viel stärker als die ihre, so daß sie uns nicht kontrollieren konnten, wie sie es gern getan hätten.«

Das Monster sah richtig melancholisch drein. »Aber man erreicht schließlich, was man will, wenn man nur hart genug daran arbeitet. Und sie taten alles, um uns loszuwerden. Wir wurden vertrieben, gejagt und vernichtet, einer nach dem anderen, bis nur noch ich übrigblieb. Auch mich würden sie zerstören, wenn sie könnten.«

Er spezifizierte nicht, wer »sie« waren, doch Ben nahm an, er meinte jedermann im allgemeinen. »Heißt das, daß du für das, was man dir vorwirft, nicht verantwortlich bist?« fragte er zweifelnd.

»Was für eine törichte Frage, Holiday – natürlich bin ich dafür verantwortlich! Ich töte die Leute und ihr Vieh, wenn es mir paßt. Ich verbrenne ihre Ernte und ihre Häuser, wenn ich Lust dazu habe. Ich stehle ihre Partner, wenn es mir Spaß macht. Ich hasse sie.«

Seine Zunge schnellte hervor. »Aber das war nicht immer so,

verstehst du? Es war nicht so, bis es einfacher für mich wurde, das Scheusal zu sein, für das sie mich hielten, als zu überleben als das, was ich eigentlich war...« Er schien sich in Erinnerungen zu verlieren. »Ich lebe seit fast tausend Jahren, weißt du, und seit fast zweihundert Jahren bin ich allein. Es gibt keine Drachen mehr. Die anderen sind Legende. Ich bin der einzige – wie der Paladin. Du hast von ihm gehört, Holiday? Wir sind beide die Letzten unserer Art.«

Ben schaute zu, wie der Drache an einer Feuerquelle trank und langsam die Flammen einatmete. »Warum erzählst du mir das alles?« fragte er, ehrlich verwundert.

Der Drache blickte auf. »Weil du hier bist.« Er trank weiter. »Warum bist du eigentlich hier?« fragte er dann.

Ben zögerte und erinnerte sich plötzlich wieder, warum er hergekommen war. »Nun... ähm...«

»Ach, ja«, unterbrach ihn Strabo. »Du bist Landovers neuer König. Gratuliere!«

»Danke. Ich bin's noch nicht lange.«

»Nein. Das hatte ich auch nicht angenommen, denn sonst wärest du nicht hier.«

»Nein?«

»Kaum.« Der Drache beugte sich näher zu ihm. »Als der alte König noch lebte, hielt er mich hier in der Ödzone im Exil. Der Rest des Tales war mir verboten. Der Paladin sorgte dafür, daß ich hier blieb. Der Paladin war so stark wie ich. Ich flog manchmal nachts über den Himmel, doch ich durfte mich von Menschen nicht sehen lassen und auch nicht in ihr Leben eingreifen...« Seine Stimme wurde plötzlich hart. »Ich habe mir damals geschworen, daß ich eines Tages wieder frei sein würde. Dieses Tal gehörte mir ebenso wie den anderen. Und als der alte König starb und der Paladin verschwand, *war* ich frei, Holiday – und kein König von Landover wird mich je wieder einsperren!«

Ben erkannte die Wende in ihrer gegenseitigen Situation, doch er tat so, als merke er nichts. »Deswegen bin ich nicht hier«, erklärte er.

»Du bist hier, um meine Allianz mit dem Thron zu erbitten, nicht wahr?«

»Nun, auch daran hatte ich gedacht«, gab Ben zu.

Strabos Schnauze öffnete sich breit für ein lautes, zischendes Lachen. »Wie mutig, Holiday! Aber umsonst! Nie habe ich mich Landovers Königen untergeordnet, niemals in den tausend Jahren meines Lebens. Warum sollte ich? Ich bin anders als die übrigen, die hier leben. Ich bin nicht an Landover gebunden wie sie. Ich kann reisen, wohin es mir gefällt!«

»Kannst du das wirklich?« Ben schluckte trocken.

Der Drache wälzte sich herum. Sein Schwanz ringelte sich jetzt hinter Ben. »Nun, vielleicht nicht überallhin. Aber fast. Ich kann nicht sehr tief in die Elfenreiche eindringen, noch in Welten, in denen man nicht an Drachen glaubt. Glaubt man in deiner Welt an Drachen?«

»Nicht wirklich.«

»Das erklärt, warum ich dort noch nicht war. Ich fliege nur in Länder, in denen Drachen Wirklichkeit sind, oder wenigstens einst waren. Ich frequentiere etwa ein halbes Dutzend Welten in der Nachbarschaft. In den meisten habe ich auch gejagt. Ich mußte es dort, als der alte König mir das Tal verboten hatte.« Sein Blick wurde heimtückisch, als er die Lider halb schloß. »Aber das Jagen außerhalb des Tales ist anstrengender, als mir lieb ist. Es ist einfacher, hier auf Beute auszugehen. Und viel befriedigender!«

Die Atmosphäre war eisig geworden. Mit dem Drachen konnte man wohl reden, doch überzeugen konnte man ihn gewiß nicht. Ben sah, wie sich alle möglichen Türen eine nach der anderen geschlossen hatten. »Nun, dann hat es wohl wenig Sinn, dir etwas anderes vorzuschlagen, oder?«

Der Drache richtete sich langsam auf. »Ich habe unsere Unterhaltung genossen, Holiday, doch sie scheint zu einem Ende gekommen zu sein.« Er räkelte sich. »Unglücklicherweise bedeutet das auch dein Ende.«

»Oh, nicht so eilig!« erwiderte Ben, so schnell er konnte. Sein Gehirn arbeitete fieberhaft. »Unsere Unterhaltung muß noch nicht zu Ende sein, oder? Ich glaube, wir sollten noch ein wenig länger miteinander reden.«

»Ich kann verstehen, daß du sie gerne noch fortsetzen würdest«, äußerte der Drache sanft. »Doch ich beginne, mich zu langweilen.«

»Langweilen? Okay. Dann laß uns das Thema wechseln.«

»Das würde nichts ändern.«

»Nein? Und wenn ich mich einfach davonmachen würde, auf Wiedersehen, bis ein andermal?« Ben geriet in Panik.

Der Drache stand als riesiger, geschuppter Schatten über ihm. »Das würde das Unvermeidliche nur vertagen. Du würdest eines Tages wiederkommen. Du wärest dazu gezwungen, denn du bist Landovers König. Gesteh dir's ein, Holiday – ich bin der Feind. Entweder mußt du mich zerstören oder ich dich. Mir ist letzteres lieber.«

»Warum, in Gottes Namen, muß einer von uns den anderen vernichten?«

»Warum? Weil das so ist zwischen Drachen und Königen. So ist es immer gewesen!«

Bens Frustration hatte einen entscheidenden Punkt erreicht. »Wenn dem so ist, wozu dann die langen Reden über die Ungerechtigkeit, die den Drachen von geschichtenerzählenden Menschen angetan worden ist? Warum hast du dann Zeit darauf verschwendet, mir das alles zu erzählen, wenn du mich ohnehin anschließend braten wolltest?«

Der Drache mußte lachen. »Was für eine amüsante Art, die Dinge zu sehen!« Er hielt inne. »Ja, warum eigentlich? Eine gute Frage.« Er dachte einen Moment nach. »Ich nehme an, weil sich eine Gelegenheit bot, etwas zu tun. Hier draußen gibt's nicht viel Möglichkeiten, glaub mir.«

Ben fühlte seine letzte Hoffnung schwinden. Das war das Ende. Er hatte einen Punkt in den Nebeln der Elfenreiche gewonnen, einen zweiten in seiner Auseinandersetzung mit Nachtschatten. Doch der dritte würde seinem Gegner gehören. Er beobachtete, wie sich der Drache langsam erhob und einzuatmen begann. Ein Feuerstoß, und das wär's dann gewesen! Er mußte irgendwas unternehmen. Verdammt, er konnte doch nicht einfach dastehen und darauf warten, in Kohle verwandelt zu werden!

»Warte!« rief er schnell. »Tu's nicht!« Seine Hand zog das Medaillon unter dem Hemd hervor. »Ich habe noch immer dieses hier! Ich setze seinen Zauber ein, wenn es sein muß!«

Strabo atmete langsam aus. Er starrte auf das Medaillon, und seine Zunge schnellte mehrmals durch die Luft. »Du hast keine Gewalt über die Magie, Holiday!«

»Doch! Ich rufe den Paladin herbei, wenn du mich nicht gehen läßt!«

Eine Weile herrschte absolute Stille. Der Drache betrachtete ihn nachdenklich und sagte nichts. Ben sandte ein stilles Stoßgebet zum Himmel. Es war seine letzte Hoffnung. Der Paladin war ihm jedesmal zur Hilfe gekommen, wenn er sich in Gefahr seiner erinnert hatte. Vielleicht...

Seine Hand schloß sich um das Medaillon. Plötzlich kam ihm eine unerwartete Erleuchtung. Er konnte jetzt auf der Stelle entkommen, wenn er wollte! Das Medaillon würde ihn im gleichen Augenblick in seine alte Welt zurückbringen. Er brauchte es nur vom Hals zu nehmen.

Das würde bedeuten, daß er seine Freunde ihrem Schicksal auslieferte. Das würde bedeuten, daß er Landover für immer verließe. Das würde bedeuten, er gäbe auf.

Es würde auch bedeuten, am Leben zu bleiben. Er wog den Gedanken ab. »Ich glaube, du lügst, Holiday«, bemerkte der Drache plötzlich und begann wieder, Luft zu holen.

Ade, du schöne Welt, dachte Ben und machte sich bereit, einen verzweifelten Fluchtversuch zu unternehmen.

Doch in dem Augenblick blitzte ein gleißendes Licht auf und der Paladin erschien! Ben traute seinen Augen nicht. Der Ritter materialisierte sich aus dem Nichts, eine einsame, verbeulte Gestalt auf einem alternden Pferd mit stolz erhobener Lanze. Strabo schnellte voller Schrecken herum. Flammen schossen aus seinen Nüstern und verhüllten den Ritter und sein Pferd. Ben hielt sich schützend die Hände vors Gesicht, doch schaute schnell wieder hin.

Der Paladin war unversehrt.

Strabo ließ sich langsam auf seine Hinterläufe nieder, die Flügel wie Schilde erhoben, und seine halbgeschlossenen Augen suchten Ben. »Zwanzig Jahre – zwanzig Jahre sind es her!« zischelte er leise. »Ich dachte, er sei für immer fortgegangen. Wie hast du ihn zurückgebracht, Ben Holiday? Wie?«

Ben, ebenso verblüfft über das Auftauchen des Paladin, setzte stammelnd an, etwas zu erwidern, doch hatte sich gleich wieder in der Gewalt. Dies war die Gelegenheit, auf die er gewartet hatte!

»Das Medaillon!« rief er. »Das Medaillon hat ihn hergebracht!

Die magischen Worte sind darauf eingeritzt – auf der Rückseite. Hier, sieh es dir an!«

Er hielt das silberne Amulett an der Kette baumelnd in die Höhe. Strabo bückte sich näher. Ben hielt den Atem an. »Schau – hier steht es!« rief er und dachte: nur noch ein kleines Stückchen!

Das schuppige Drachenhaupt kam züngelnd näher.

Bens freie Hand schnellte aus der Tasche und schleuderte eine große Ladung Io-Staub direkt in die Nüstern des Monsters. Strabo atmete ihn überrascht ein und nieste. Ben wurde fast davon umgeblasen, doch irgendwie konnte er sich gerade noch halten. Er ließ das Medaillon für einen kurzen Moment fahren, langte in die andere Tasche und holte die Schote hervor. Strabos zahngespicktes Maul wollte ihn schon packen, da schleuderte ihm Ben die Schote entgegen. Der Drachen schnappte sie aus der Luft und zermalmte sie.

Zu spät erkannte er seinen Fehler. Io-Staub schwebte überall und Wölkchen davon stoben aus dem Drachenmaul wie aus einer Dampflokomotive. Strabo stieß einen grauenerregenden Schrei aus und spie Feuer. Ben warf sich zur Seite, überschlug sich zweimal, kam auf die Füße und flüchtete sich hinter die Felsengruppe, an der er bei seiner Ankunft vorbeigekommen war. Der Drache wütete wie ein Berserker. Er wälzte sich über den Boden der Schlucht und schleuderte Felsbrocken um sich. Ein Krater explodierte, und eine Stichflamme schoß in den Himmel. Der Drache brüllte und spie Feuer. Der Paladin verschwand. Ben kauerte sich hinter den Felsen und hoffte, daß er schnell genug gewesen war und der Drache ihn aus den Augen verloren habe.

Es dauerte geraume Zeit, bis das Getöse und die Flammen erstarben und es wieder still wurde. Ben wartete geduldig in seinem Versteck, während der Drache herumschnüffelte.

»Holiday?«

Die Drachenstimme klang rauh vor Ärger. Ben blieb, wo er war.

»Holiday? Das war Io-Staub, Holiday! Das war eine ganze Schote Io-Staub! Wo hast du die her? Du hast behauptet, du seist kein Elf! Du hast gelogen!«

Ben wartete. Ihm gefiel die Sache noch nicht. Er lauschte, als Strabo sich weiter nach links bewegte, lauschte, wie er seinen schweren Leib voranschleppte.

»Weißt du, wie gefährlich dieser Zauber ist, Holiday? Weißt du, wie sehr du mir damit schaden könntest? Warum hast du mich so ausgetrickst?«

Der Drache war stehengeblieben. Dann hörte Ben ihn trinken. Vielleicht hatte er einen Fehler gemacht, dachte er plötzlich. Vielleicht war eine ganze Schote zuviel gewesen. Vielleicht war der Drache verletzt.

Dann hörte er einen tiefen Seufzer. »Holiday, warum hast du mir das angetan? Was willst du von mir? Sag mir's, damit ich's hinter mich bringen kann!«

Der Drache klang eher gekränkt als verwundet. Ben wagte das Risiko. »Ich will dein Wort, daß du mir nichts antun wirst!« rief er.

Die Antwort klang wie ein zartes Fauchen. »Das hast du!«

»Ich will, daß du mir versprichst, alles zu tun, was ich von dir verlange, und sonst nichts. Das mußt du ohnehin, das weißt du.«

»Ich weiß. Ich versprech's. Sag mir, was du willst.«

Ben kam vorsichtig aus seinem Versteck gekrochen. Staubwolken und Rauch schwebten noch immer über der Schlucht. Strabo kauerte einige Meter entfernt zwischen brennenden Kratern und sah aus wie ein wütendes, gefangenes Tier. Sein häßlicher Panzerkopf wandte sich um und er entdeckte Ben. Ben duckte sich, um notfalls wieder hinter seinen Felsen springen zu können, doch der Drache glotzte ihn nur an und wartete.

»Komm her!« befahl Ben.

Der Drache kam demütig gekrochen. Unverhohlener Haß lag in seinen Augen. Ben beobachtete ihn, während er sich näherte. Der tonnenförmige Rumpf saß gekrümmt auf dicken, gepanzerten Füßen. Seine Flügel schlugen mit jeder Körperbewegung und sein langer Schwanz kringelte sich rastlos und schlangengleich. Ben kam sich vor wie Fay Wray gegenüber King Kong.

»Laß mich frei!« bat Strabo. »Laß mich frei und ich laß dich am Leben.«

Ben schüttelte den Kopf. »Das geht nicht.«

»Das heißt, du willst nicht«, flüsterte der Drache. »Aber du kannst mich nicht ewig binden, und wenn ich wieder freikomme…«

»Die Drohungen können wir beiseite lassen, einverstanden?«

»…dann wird von dir nicht genug übrigbleiben, um den winzigsten Grottengrauler zu füttern – und ich werde dir solche Schmerzen zufügen, daß du…«

»Kannst du mir endlich zuhören?«

Der Drache hob widerwillig den Kopf. »Ich werde mich nicht dem Thron unterwerfen, Holiday. Eine erzwungene Allianz wäre wertlos!«

Ben nickte. »Das weiß ich. Ich will deine Allianz nicht.«

Das Schweigen dauerte geraume Zeit, während der Drache ihn anstarrte. Der Haß in seinen Augen war schierer Neugier gewichen. Das Schlimmste schien vorüber. Der Drache gehörte ihm. Im Augenblick jedenfalls. Ben entspannte sich und stellte fest, daß er noch immer das Medaillon umklammerte. Er sah sich nach dem Paladin um, doch der war fort.

»Wie ein Geist…« murmelte er vor sich hin.

Er wandte sich wieder dem Drachen zu, der ihn noch immer anstierte. »Nun gut, Holiday. Ich gebe auf. Was willst du also von mir?«

Ben lächelte. »Warum machst du's dir nicht bequem, bevor ich anfange?«

Abaddon

Es war fast dunkel, als Ben die letzten Riemen des improvisierten Sattels befestigte und Strabo befahl, sich hinzuknien, damit er aufsitzen konnte. Sorgfältig rückte er sich auf dem Sitz zurecht, der zwischen mehreren knochigen Stacheln auf dem Rücken des Drachen befestigt war, testete die Spannung der Sicherheitsriemen und steckte seine Stiefel in die Steigbügel.

Wenigstens hatte er den Sattel. Er war zwar nicht besonders bequem, doch Ben konnte froh sein, ihn zu haben. Er hatte ihn aus Geschirr, Riemen, Schnallen und Ringen vom Zaumzeug verschiedener Nutztiere fabriziert, die dem Drachen zum Opfer gefallen und von ihm zum gemütlichen Verzehr zu den Feuerquellen gebracht worden waren. Ben hatte sie zwischen den Skeletten und Knochenhaufen gesammelt und zusammengeknüpft. Der Sattel saß gleich über Strabos Schulterblättern und war am Hals und kurz hinter den Vorderbeinen festgeschnallt. Zügel reichten bis zum Drachenschädel. Ben rechnete nicht etwa damit, daß er das Monster wie ein Pferd würde lenken können. Es war nur eine weitere Sicherheitsmaßnahme, damit er nicht herunterfiel.

»Wenn du runterfällst, kommst du in arge Schwierigkeiten, Holiday«, hatte der Drachen ihn gewarnt.

»Dann sorg gefälligst dafür, daß es nicht geschieht«, hatte Ben geantwortet. »Ich *befehle* dir, darauf zu achten, daß das nicht passiert!«

Er war allerdings nicht überzeugt, daß Strabo das tun konnte, Io-Staub hin oder her. Sie würden in die Niederwelt von Abaddon hinabsteigen, und ihrer beider Leben war bedroht. Strabo würde auch unter den besten Voraussetzungen Mühe haben, sie außer Gefahr zu halten, doch die geplante Rettung seiner Freunde aus dem Revier der Dämonen versprach alles andere als gute Voraussetzungen.

Am Kamm der Schlucht blieben sie einen Moment stehen, und Ben ließ seinen Blick über die Ödzone wandern. Die Feuerquellen mit den brennenden Kratern lagen hinter ihnen. Die Sonne verschwand gerade hinter dem Horizont, Nebel und Dunkelheit breiteten sich über Landover. Es wurde sehr schnell finster, und es sah aus, als würde das Tal vor Bens Augen verschwinden. Er hatte das unbehagliche Gefühl, daß es das wirklich tat – daß er es nie wiedersehen würde.

Er streckte sich in den Steigbügel und wappnete sich mit Entschlossenheit gegen solche Gedanken. Er zwang sich ein grimmiges Lächeln ab. Ben Holiday war unterwegs, ein Ritter auf seinem Roß, seine Freunde zu retten. Don Quichotte auf dem Weg in den Kampf mit den Windmühlen – was für ein Foto, wenn er seine Kamera mitgebracht hätte! Verdammt, er hätte nie gedacht – nie geglaubt –, daß er so etwas je tun könnte. Das ganze Leben, das er hinter Beton und Stahlwänden verbracht hatte, alle diese stickigen Gerichtssäle und staubigen Bibliotheken, all die sterilen Plädoyers und Verhöre, all die Gesetzbücher, Statuten, Reglements – wie weit war er jetzt davon entfernt!

Niemals würde er dorthin zurückkehren!

»He! Was machst du da oben, Holiday? Die Aussicht bewundern?« Strabos ungeduldiges Zischen riß ihn aus seinen Gedanken. »Laß uns aufbrechen!«

»In Ordnung! Auf geht's!«

Der Drachen breitete seine Schwingen aus und hob ab. Ben hielt sich an den Sattelriemen fest und schaute nach unten. Das Land fiel schnell tiefer. Er erhaschte einen Blick auf undurchdringliches Dickicht, Gestrüpp und abgestorbenen Wald, dann lag alles im Finstern. Da unten versteckten sich Fillip und Sot irgendwo. Er war kurz zu ihnen zurückgegangen, hatte sie davon in Kenntnis gesetzt, daß er auf Strabo nach Abaddon reiten würde, um die anderen zu retten, und hatte sie nach Silber Sterling geschickt, wo sie auf seine Rückkehr warten sollten. Sie waren in höchster Eile davongehuscht. In ihren entsetzten Frettchengesichtern hatte sich die Überzeugung gespiegelt, daß sie ihn zum letzten Mal gesehen hätten.

Mag sein, daß das der Fall war. Vielleicht hätte er sie nach Hause schicken sollen. Doch sie wären vermutlich nicht gegangen. Sie nahmen ihr gegebenes Versprechen noch immer sehr ernst.

Er erinnerte sich einen Moment daran, wie sehr sie ihm geholfen hatten – zwei diebische, schmuddelige, kleine Kannibalen. Wer das gedacht? Im stillen wünschte er ihnen alles Gute.

Strabo flog durch die Nacht, überquerte die östliche Ödzone, die Außengebiete des Grünlandes und hielt Kurs nach Westen. Inzwischen war es ganz dunkel geworden, und Landovers Monde kamen einer nach dem anderen über den Horizont. Sie waren alle zu sehen in dieser Nacht – weiß, pfirsichfarben, lavendelblau, altrosa, meergrün, türkis, jadegrün –, ihre Farben ungetrübt durch die Nebel, die das Tal tiefer unten bedeckten. Sie sahen aus wie gigantische Ballons.

Die Minuten verstrichen schnell. Strabos massiver Körper bewegte sich wellenförmig und rhythmisch unter Ben mit dem Schlagen der ledernen Flügel. Ben klammerte sich an die Riemen. Luftströme zausten und fröstelten ihn. Landover war wie eine Schüssel dampfender Suppe, über der er in der Luft aufgehängt war. So zu fliegen, erregte – und ängstigte ihn. Er war nie gerne auf Pferden geritten, doch auf Drachen ritt er noch weniger gern. Der Drache hielt eine stetige Geschwindigkeit bei, das half. Doch Ben traute der Situation nicht. Die Wirkung des Io-Staubes konnte jederzeit nachlassen, und das wäre sein sicheres Ende.

»Was für ein törichtes Unterfangen!« rief Strabo ihm zu, als hätte er seine Gedanken erraten. »Alles für eine Handvoll Menschen!«

»Meine Freunde!« schrie Ben gegen den Wind zurück.

»Deine Freunde bedeuten mir nichts!«

»Ist nur gerecht – du ihnen auch nicht! Außer Questor vielleicht. Er glaubt, du bist was Besonderes!«

»Der Zauberer? Pah!«

»Tu, was ich dir gesagt habe!« befahl Ben.

»Ich hasse dich, Holiday!«

»Bedaure – ist mir wurscht!«

»Eines Tages wirst du's bereuen! Ich werde wieder frei sein, und dann wirst du bereuen, daß du mich in dieser Weise benutzt hast!«

Ben antwortete nicht. Aber er hielt sich noch ein bißchen besser fest.

Sie flogen tief ins Grünland auf das Zentrum des Tales zu. Ben hatte keine Ahnung, wohin sie flogen. Er wußte nur, daß der Drache ihn nach Abaddon brachte, doch wo das lag, war ihm nicht bekannt. Abaddon stellte die Niederwelt von Landover dar, und die

Eingänge bildeten Zeittunnel von der Art, durch welchen Ben damals gekommen war. Es handelte sich jedoch nicht um die gleichen Zeittunnel. Sie befanden sich nicht in den Nebeln, die das Tal umschlossen, sie waren irgendwo innerhalb des Tales versteckt, hatte Strabo ihm gesagt – irgendwo, wo nur Dämonen und Drachen hingelangen konnten…

Strabo wurde plötzlich langsamer und legte sich schräg in die Kurve. Ben schaute nach unten. Das Tal war von einer Wolkendecke verhüllt. Strabos Schwingen breiteten sich weiter aus, und sie kreisten segelnd auf den Nachtwinden.

»Halt dich gut fest, Holiday!« rief der Drache ihm zu.

Strabo streckte den Kopf vor, legte die Flügel schräg nach hinten und schoß abwärts. Sie wurden immer schneller. Der Wind pfiff Ben in den Ohren. Der Boden kam immer näher. Sie waren zu schnell! Sie würden eine Bruchlandung machen!

Da zischte eine grelle, hochrote Flamme aus dem Drachenmaul. Die Luft schmolz wie Cellophanpapier. Ben blinzelte gegen den Wind und sah ein schwarzes Loch, das sich aufgetan hatte. Das Drachenfeuer verlosch, doch das Loch blieb, und sie schossen geradewegs hinein. Landover verschwand. Mit einem Sauggeräusch schloß sich die Öffnung hinter ihnen. Sie waren in einem tiefschwarzen Tunnel.

Strabo flog nun langsamer inmitten der Finsternis. Ben, der sich mit aller Kraft festgeklammert hatte, richtete sich wieder von seiner geduckten Lage auf dem Rücken des Drachens auf. Entgeistert schaute er sich um. Die Welt hatte sich vollständig verändert! Ein tintenschwarzer Himmel wölbte sich über ein von zackigen Felsspitzen und tiefen Schluchten übersätes Gebiet. Blitze tanzten am Horizont entlang, wo Erde und Himmel zusammenstießen. Vulkane grollten in der Ferne, glühende Lava floß aus den Kratern und ergoß sich wie Blut über die Landschaft. Die Erde bebte unter den Explosionen, und Lavafontänen sprühten hoch hinauf.

»Abaddon!« informierte ihn der Drache.

Er schoß mit schwindelerregender Geschwindigkeit in die Tiefe, und Ben hatte das Gefühl, sein Magen käme nicht so schnell mit. Berggipfel jagten vorbei, und Vulkane spritzten ihre blutrote Lava auf allen Seiten himmelwärts. Ben war zu Tode erschreckt. Abaddon entsprach seinen schlimmsten Alpträumen. Niemals hatte er etwas so Unwirtliches gesehen. In einer solchen Welt konnte kein Leben existieren.

Ein geflügelter Schatten huschte vorbei. Strabo fauchte warnend. Dann kam ein zweiter, und noch einer. Scharfes Fauchen, aufblitzende Zähne. Flammen schossen aus Strabos Maul, und einer der Schatten stürzte kreischend zu Boden. Ben kauerte sich in das Stachelnest auf dem Rücken des Drachen. Ein neuer Feuerstrahl spie aus Strabos Rachen. Ein zweiter Schatten taumelte auflodernd in die Tiefe. Strabo flog in Schlangenlinien, um weiteren Schattengestalten auszuweichen. Dann streckte er seinen massiven Körper und beschleunigte. Die schwarzen Dinger blieben zurück.

Eine Reihe ausgezackter Gipfel pfiff vorbei. Dann verringerte Strabo wieder seine Geschwindigkeit. »Mücken!« brummte er verächtlich. »Keine Gegner für mich!«

Ben war schweißgebadet und bekam kaum Luft. »Wie weit noch?«

Der Drache lachte hämisch. »Noch ein Stückchen, Holiday. Was ist los? Ist das mehr, als du verkraften kannst?«

»Mir geht's gut! Und du tust, was ich dir befohlen habe und suchst meine Freunde!«

»Geduld, Holiday!«

Der Drache flog weiter durch die feuerspeiende Finsternis. Die »Mücken« tauchten noch zweimal auf und zweimal verbrannte Strabo ein halbes Dutzend von ihnen, bevor sie seinen Kurs kreuzten. Unter ihnen zog Abaddon unverändert vorüber, eine Welt aus Stein und Feuer. Rundum am Horizont tanzten weiße Lichter, Lava glühte in ungezählten Kratern und wälzte sich blutrot talwärts, doch in den Tälern und Schluchten in der Tiefe blieb alles in undurchdringlich schwarzer Finsternis. Falls dort etwas Lebendiges existierte, war es jedenfalls aus der Luft nicht zu erkennen.

Ben überkam ein Gefühl der Machtlosigkeit. Seit fünf Tagen waren seine Freunde in dieser Hölle gefangen!

Strabo bog scharf nach rechts zwischen zwei riesigen Vulkanen hindurch und ging tiefer. Der Wind pfiff, und die Kraterränder waren von züngelnden Flammen gekrönt. Ben starrte in die brodelnde Lava hinunter. Da schwammen welche im Feuer herum! Irgendwer spielte da drin!

Ein monströser Schatten hob sich aus der Finsternis hinter einem der Gipfel und tentakelte drohend auf den Drachen zu. Strabo fauchte und spie Feuer dagegen. Die Polypenarme erbebten und krümmten sich zusammen. Der Schatten verschwand.

Dann blieben die Berge plötzlich zurück, und sie überflogen ein weites Tal. Strabo drosselte drastisch die Geschwindigkeit und begann, in Kreisen tiefer zu gehen. Sie waren nur noch etwa fünfzehn Meter über dem Boden. Becken glühender Lava blubberten rund um den Talrand und schleuderten Felsbrocken und Flammen in kleinen Explosionen himmelwärts. Schluchten und Schlitze spalteten den kahlen Talboden. Häßliche Kreaturen wuselten überall herum. Menschlich sahen sie nicht aus. Beim Anblick des Drachens schrien sie auf. Strabo brüllte zur Antwort.

Wieder erschienen die »Mücken«, dutzendweise diesmal. Andere Flügelwesen kamen in Sicht, größer und gefährlicher. Strabo beschleunigte erneut. Ben bückte sich so tief auf den Rücken des Drachens, daß er dessen Puls fühlen konnte. Die Beschleunigung zerrte an Riemen und Gurten. Ben konnte spüren, daß sie sich lokkerten.

Schließlich tauchte unten ein gewaltiges Feuerloch auf, sicher dreihundert Meter tief. Eine kleine Felsplatte hing an Ketten über dem brodelnden Schlund; sie war nicht mehr als vier Meter im Durchmesser. Sie tanzte und bebte unstet an der Aufhängung, und Flammen züngelten daran.

Ben blieb der Atem stehen. Eine Gruppe winziger Gestalten klammerte sich an die Felsplatte!

Seine Freunde!

Strabo schoß auf sie zu, verfolgt von »Mücken« und fliegenden Unwesen. Andere Dämonen, Hunderte von ihnen, waren um das Feuerloch versammelt, warfen mit Steinen nach den Gestalten, die sich an der schwebenden Felsplatte festkrallten, und zerrten an den Ketten, an denen sie aufgehängt war. Sie kreischten und jubelten. Es war ein Spiel für sie, stellte Ben mit Entsetzen fest. Die Dämonen hatten seine Freunde auf diese Felsplatte gebracht und warteten nun darauf, daß sie ins Feuer stürzen würden!

Sie näherten sich dem Feuersee. Die Dämonen hatten sie entdeckt und schrien auf. Hände griffen an die Ketten, an denen die Felsplatte am Beckenrand befestigt war und versuchten, sie mitsamt seinen Freunden ins Feuer zu werfen, bevor er sie erreichen konnte!

Panik packte Ben. Eine Kette nach der anderen fiel, und die Platte schaukelte und wankte. Strabo spie Feuer und verbrannte Dutzende von Dämonen, doch die übrigen machten sich weiter an den Ketten zu schaffen. Ben brüllte vor verzweifelter Wut. Er konnte sie jetzt deutlich erkennen – Questor, Abernathy, die Kobolde und – Weide! Strabo raste über den Beckenrand, haarscharf über die Köpfe der Dämonen hinweg. Zu spät, dachte Ben. Wir kommen zu spät!

Dann schien die Zeit stillzustehen. Es gab keine Zeit mehr und alle Zeit der Welt. Ben sah alles, was geschah, mit beängstigender Distanz, die ihn im Augenblick des Ereignisses gefangenhielt. Die Ketten auf der einen Seite der Platte fielen und die Platte sackte seitwärts. Seine Freunde kämpften auf allen vieren um Halt, doch sie begannen, auf den Abgrund zuzugleiten.

Strabo schoß darauf zu und erreichte die Felsplatte, als die fünf Gestalten den Halt verloren und stürzten. Mit der Krallenpranke fing er zwei in der Luft auf, einen Kobold schnappte er mit den Zähnen und schleuderte ihn durch eine rasche Kopfbewegung auf seinen Rücken, der andere Kobold hatte selbst einen der Riemen zu fassen bekommen und zog sich daran hoch.

Doch einer stürzte in die Tiefe. Es war Questor Thews.

Ben sah ihn fallen, sah, wie seine grauen Gewänder flatterten wie ein versagender Fallschirm. Strabo wendete nach unten und raste ihm nach in die Nacht, doch der Zauberer war zu weit weg, um ihn noch zu erreichen. Er konnte ihn nicht mehr retten.

»Questor!« schrie Ben.

Da geschah etwas wirklich Magisches, etwas so Unglaubliches, daß Ben, trotz der Ereignisse der letzten Sekunden, fassungslos staunte. Questors Sturz in die Tiefe schien sich zu verlangsamen. Der Zauberer hatte die Arme weit ausgebreitet – und begann plötzlich zu steigen, entfernte sich zusehends von der brodelnden Glut am Grunde des Beckens.

Gedanken jagten Ben durch den Kopf. Es gab nur eine Erklärung! Questor hatte tatsächlich den richtigen Zauber hingekriegt! Es hatte geklappt!

Strabo erkannte die Situation, wendete mit einer für seine massige Gestalt unglaublichen Behendigkeit, spie Feuer auf »Mücken« und anderes fliegende Getier, welche sich einzumischen versuchten, und erreichte Questor, als dieser gerade wieder auf die Höhe des Beckenrandes gelangt war. Er flog unter ihm hindurch und beförderte ihn wie einen gut gezielten Kopfball auf seinen Rücken.

Ben schnellte herum. Questor saß wie eine Statue hinter ihm. Sein Gesicht war aschfahl, und in seinen Augen glänzte pures Staunen. »Es... es war nur eine ganz kleine Drehung der Finger, Hoheit«, brachte er hervor und fiel in Ohnmacht.

Ben langte hinter sich und packte ihn am Gewand, während Strabo wild beschleunigend schnell an Höhe gewann. Gellendes Kreischen und Brüllen der Dämonen zerriß ihm fast das Trommelfell, doch es wurde rasch schwächer, als der Drache sich mit Höchstgeschwindigkeit entfernte. Die grausige Landschaft fiel tiefer und tiefer, die Blitze am Horizont tanzten, und ganz Abaddon schien zu erbeben.

Dann spie Strabo wieder Drachenflammen in die Luft, wieder schmolz der Himmel und öffnete ein schwarzes Loch, in das er mit seinen Passagieren hineinflog.

Ben schloß die Augen für eine Sekunde. Als er sie wieder öffnete, leuchteten Sterne und farbige Monde am diesigen Himmel.

Sie waren zurück in Landover.

Ben brauchte eine Weile, um seine Fassung wiederzugewinnen. Sie waren wieder in Landover, doch nicht über dem Grünland, sondern irgendwo nördlich, nicht weit vom Rand des Tales. Strabo kreiste eine Zeitlang über dichtem Wald und schroffem Gebirge, dann landete er schließlich auf einer Wiese.

Ben kletterte vom Drachenrücken. Bunion und Parsnip begrüßten ihn mit Fauchen und gefletschten Zähnen, so erregt, daß sie sich kaum halten konnten. Abernathy plumpste ungeschickt zu Boden, stand schnell wieder auf und verfluchte den Tag, an dem er in ihre Gesellschaft geraten war. Questor hatte wieder das Bewußtsein erlangt, ließ sich ängstlich an den Riemen auf die Erde gleiten und taumelte auf Ben zu. Er merkte kaum, was er tat. Sein Blick war gebannt auf den Drachen gerichtet.

»Niemals hätte ich geglaubt, daß ich den Tag erleben würde, an dem irgendwer diese... diese wunderbare Kreatur befehligen könnte!« flüsterte er atemlos. »Strabo – der letzte der alten Drachen, die großartigste der Elfenkreaturen, im Dienst eines Königs von Landover! Das muß Io-Staub gewesen sein, aber dennoch...«

Er stieß mit Ben zusammen und kam wieder in die Gegenwart zurück. »Hoheit! Ihr seid unversehrt! Wir waren sicher, Euch verloren zu haben! Wie Ihr Euren Weg aus den Elfenreichen zurückgefunden habt, werde ich nie begreifen! Wie Ihr das alles geleistet habt...« Sein Enthusiasmus machte ihn für einige Sekunden sprachlos und er packte Bens Hand und schüttelte sie vehement. Ben mußte trotz allem grinsen. »Nachdem Ihr nach einem Tag nicht zurückkamt, brachen wir auf, Euch zu suchen, doch die Hexe erwischte uns«, sprudelte Questor dann übereifrig weiter. »Sie schickte uns nach Abaddon und setzte uns auf jene Felsplatte als Spielzeug für die Dämonen. Fast fünf Tage, Hoheit! So lange waren wir dort gefangen! Fünf Tage, während derer diese ekelhaften, widerwärtigen...«

Die Kobolde fauchten und schnatterten aufgeregt und machten Zeichen.

Questor nickte erschreckt und sagte: »Ja, gut, daß Ihr mich unterbrecht – ich hatte es wirklich vergessen.« Er nahm Ben am Arm. »Ich schwatze, Hoheit, dabei gibt es viel dringendere Probleme. Die Sylphe ist sehr krank.« Er zögerte und zog dann Ben hinter sich her. »Hoheit, ich fürchte, es steht sehr schlimm um sie. Vielleicht muß sie sterben.«

Bens Lächeln war augenblicklich verschwunden. Er eilte an Strabo vorbei, der ihnen aus halbgeschlossenen Augen zuschaute, zu Abernathy, der schon neben Weides leblosem Körper im Gras hockte. Ben kniete sich neben ihn, und Questor und die Kobolde drängten nach.

»Der Moment, wo sie sich mit der Erde hätte verbinden müssen, kam, als wir in Abaddon gefangen waren«, flüsterte Questor leise. »Sie konnte das Bedürfnis nicht unterdrücken, doch der Felsen bot ihr nicht den notwendigen Untergrund.«

Ein Schauer lief Ben über den Rücken. Weide hatte sich verwandeln müssen, doch der Wandel war nur halbwegs vollzogen. Ihre Haut war runzlig und borkig, ihre Zehen waren zu Wurzeln ausgewachsen, Hände und Haar zu Zweigen. Ihr Anblick war so erschreckend, daß Ben es nicht mit ansehen konnte.

»Sie atmet noch, Hoheit«, stellte Abernathy leise fest.

Ben kämpfte seine Bestürzung nieder. »Wir müssen sie retten«, entgegnete er und versuchte verzweifelt, einen Gedanken zu fassen, wie das zu ermöglichen sei. Entsetzt nahm er wahr, wie Weides Körper sich plötzlich aufbäumte und neue Zweige aus ihrem Handgelenk sprossen. Die Augen der Sylphe öffneten sich, doch sie erkannte nichts von ihrer Umgebung. Dann schlossen sie sich wieder. Sie lag im Todeskampf.

Ohnmächtige Wut durchströmte Ben wie Feuer und er rief Questor zu: »Setzt Eure Magie ein, Questor, unternehmt doch was, verdammt noch mal!«

Questor schüttelte den Kopf. »Nein, Hoheit. Keiner meiner Zauber kann ihr helfen. Nur eines kann sie retten. Sie muß ihre Verwandlung vollenden.«

Ben sprang auf den Zauberer zu. »Wie soll sie das denn? Sie lebt ja kaum noch!«

Keiner sprach. Ben kniete sich wieder neben das Mädchen. Er hätte sie nie mit Nachtschatten allein lassen dürfen. Er hätte ihr gar nicht erst erlauben dürfen, überhaupt mitzukommen. Es war seine Schuld, daß dies passieren konnte. Es wäre seine Schuld, wenn sie stürbe...

Er fluchte vor sich hin und verdrängte den Gedanken. Sein Gehirn arbeitete fieberhaft.

Plötzlich erinnerte er sich. »Die alten Kiefern!« rief er. »Der Hain in Eldero, wo ihre Mutter getanzt hat und wo sie sich dann verwandelte. Der Platz bedeutete etwas Besonderes für sie! Dort kann sie vielleicht ihre Verwandlung vollenden!« Er war schon aufgesprungen. »Hier, helft mir, sie zu tragen. Strabo – bück dich!«

Sie trugen die Sylphe zum Drachen und banden sie auf den Sattel. Dann stiegen sie selber auf und legten, so gut es ging, Riemen und Gurte an. Ben saß vor dem bewußtlosen Mädchen, Questor und Abernathy hinter ihr, und die Kobolde standen zu beiden Seiten in den Steigbügeln.

Strabo knurrte gereizt als Antwort auf Bens Befehl und erhob sich dann in den Nachthimmel. Sie wandten sich nach Süden, und der Drache bewegte sich nach Kräften, um die Geschwindigkeit zu steigern. Der Luftzug drohte sie alle von seinem Rücken zu blasen. Minuten verstrichen. Sie verließen das Hügelland und überflogen die Grünlandebenen. Ben fühlte mit der Hand nach dem Arm der Sylphe. Ihre Haut war kalt und borkig. Sie würden sie verlieren! Die Zeit reichte nicht! Endlich tauchten unter ihnen die Wälder und Gewässer des Seenlandes auf. Der Drachen ging tiefer, strich jetzt knapp über die Baumwipfel. Ben zitterte vor Anspannung und Ungeduld. Seine Hand umklammerte noch immer Weides Arm, und er meinte, er könnte spüren, wie das Leben daraus entwich.

Strabo zog eine enge Linkskurve und schoß im Sturzflug in den Wald hinein. Eine Lichtung! Sie banden Weide los und brachten sie vorsichtig zu Boden. Der Wald stand schwarz wie eine Wand um sie herum, Nebelfetzen schwebten darüber. Bunion fauchte ihnen zu und führte sie mit sicherem Instinkt in den Kiefernhain. Ben fand die Stelle, an der Weides Mutter getanzt hatte, in der letzten Nacht, bevor er Eldero verließ.

Behutsam legten sie das Mädchen nieder. Ben fühlte das Handgelenk der Sylphe unterhalb der Stelle, wo Zweige und Wurzeln die Haut aufgebrochen hatten. Es war kalt und leblos.

»Sie atmet nicht mehr, Hoheit!« flüsterte Questor leise.

Ben geriet in Panik. Er nahm den leblosen Körper in die Arme. »Verdammt, du darfst nicht sterben, Weide! Das darfst du mir nicht antun!« rief er und drückte sie an sich. »Weide, antworte doch!«

Plötzlich war es Annie, die er im Arm hatte. Ihr Körper war zerfetzt und blutüberströmt nach dem Unfall, der sie das Leben gekostet hatte. Er konnte Knochen und Blut und verletztes Fleisch fühlen, und er spürte auch das zarte Leben seines ungeborenen Kindes. »O Gott, nein!« schluchzte er auf.

Er riß seinen Kopf hoch und das Bild verschwand. Er hielt wieder Weide in den Armen. Er beugte sich über sie, küßte ihre Wangen, ihren Mund, und seine Tränen rannen über ihr Gesicht. Er hatte Annie verloren, und das Kind, das sie trug. Weide auch zu verlieren, würde er nicht ertragen. »Stirb nicht«, flehte er. »Ich will nicht, daß du stirbst, Weide. Bitte!«

Ihr zerbrechlicher Körper bebte wie durch ein Wunder, und sie öffnete die Augen. Er blickte in diese Augen, jenseits des entstellten Gesichts und Körpers, jenseits der Verwüstung durch die unvollendete Verwandlung. Er fing das Fünkchen Leben auf, das noch darin glomm.

»Komm zurück zu mir, Weide!« bat er flehentlich. »Du mußt leben!«

Sie schloß die Augen wieder. Doch ihr Körper bewegte sich jetzt kraftvoller, versuchte, die Kontrolle über die Muskeln zurückzugewinnen.

Sie schluckte. »Ben, hilf mir auf. Halt mich.«

Schnell stellte er sie auf die Füße und die anderen traten einen Schritt zurück. Er hielt sie umfangen, spürte, wie Leben in sie zurückzufließen begann, fühlte, daß die Verwandlung wieder in Gang gekommen war. Ihre Wurzeln schlängelten sich tief in die Erde, ihre Äste und Zweige streckten sich und ihr Stamm wurde stark und fest.

Dann war es still. Ben blickte auf. Die Verwandlung war vollendet. Weide war der Baum, dessen Namen sie trug. Alles würde in Ordnung kommen.

Er schloß die Augen. »Danke!« flüsterte er, lehnte seinen Kopf gegen den Stamm und weinte.

Der Dämon erschien bei der ersten Morgendämmerung, eine häßliche Gestalt in Rüstung und Helm. Er materialisierte sich aus dem finsteren Nichts, der Wind rauschte, die Nebel wirbelten, und er war da.

Ben war sofort wach. Er hatte gedöst, hin und wieder ein wenig geschlafen, und seine Glieder schmerzten. Strabo war vermutlich noch in der Lichtung, wo Ben ihn zurückgelassen hatte.

Der Dämon kam näher, und Ben stand auf und ging ihm entgegen. Die Kobolde schoben sich augenblicklich dazwischen. Abernathy schreckte aus dem Schlaf und trat heftig nach Questor. Der Zauberer erwachte und kam auf die Füße. Der behelmte Kopf des Dämons drehte sich langsam von einem zum anderen, und seine feuerroten Augen beobachteten mißtrauisch die Gruppe und den Kiefernhain rundum.

Dann begann er zu sprechen. Ben verstand kein Wort, aber die Rede dauerte nur wenige Sekunden. Questor zögerte und wandte sich dann zu Ben. »Der Markus fordert Euch heraus, Hoheit. Er wünscht, daß Ihr ihm heute in drei Tagen im Herzen zum Kampfe gegenübertretet.«

Ben nickte wortlos. Was man ihm von Anfang an prophezeit hatte, traf jetzt ein. Die Frist war abgelaufen. Er war noch halb benommen vom Schlaf, erschöpft von den Ereignissen der letzten Tage, doch er erfaßte die Bedeutung der Herausforderung sofort.

Der Markus hatte die Nase voll von ihm. Der Dämon war ärgerlich.

Aber vielleicht – ganz vielleicht – machte er sich auch Sorgen. Questor hatte ihm einmal gesagt, der Dämon spreche seine Herausforderung mitten im Winter aus – und das war es noch lange nicht. Der Dämon beschleunigte die Dinge.

Er dachte einen Augenblick nach, versuchte abzuwägen und schüttelte dann verwirrt den Kopf. Es änderte nichts. Die Entscheidung, in Landover zu bleiben, war längst gefallen. Daran war nicht mehr zu rütteln. Es überraschte ihn, daß seine Entschlossenheit so stark war. Er freute sich darüber.

Er nickte dem Boten zu. »Ich werde da sein.«

In einem Nebelwirbel war der Dämon verschwunden. Ben starrte auf die Stelle, wo er gestanden hatte, und warf dann einen Blick zum Himmel. Das erste Morgenlicht begann am Horizont zu schimmern. »Legt Euch noch mal schlafen«, sagte er freundlich zu seinen Begleitern.

Er setzte sich wieder neben Weide, legte seine Wange an den rauhen Stamm und schloß die Augen.

Es war heller Morgen, als er wieder erwachte. Er lag lang ausgestreckt auf dem Waldboden unter den alten Kiefern. Sein Kopf ruhte auf Weides Schoß. Sie hatte sich wieder zurückverwandelt.

»Ben«, grüßte sie ihn liebevoll.

Er sah ihre schlanken Arme, ihren schlanken Körper und dann ihr Gesicht. Sie war wie in jener Nacht, als er sie zum erstenmal im Irrylyn erblickt hatte. Ihre Farbe, ihre bezaubernde Schönheit und ihre Lebenskraft waren wieder wie damals. Sie war die Vision, die er ersehnt und gefürchtet hatte. Doch die Vision schien ihm nicht mehr wichtig, es war das Leben, das darin pulsierte. Der Ekel, die

Furcht und das Gefühl des Befremdens waren verschwunden. Hoffnung war an ihre Stelle getreten.

Er lächelte. »Ich brauche dich«, raunte er ihr aus ehrlichem Herzen zu.

»Ich weiß, Ben. Ich habe es immer gewußt.«

Sie beugte sich über ihn und küßte ihn, und er streckte die Arme aus und zog sie an sich.

Der Eiserne Markus

Das erste, was Ben an diesem Morgen tat, bestand darin, Strabo von dem Io-Staub-Bann zu befreien, der den Drachen an ihn band. Er gab Strabo seine Freiheit unter der Bedingung, daß er weder im Grünland, noch in irgendeiner anderen besiedelten Gegend des Tales noch irgendeinen seiner Bewohner jagte, solange Ben König war.

»Die Dauer deiner Regentschaft in Landover ist wie ein Wassertropfen im Ozean meines Lebens, Holiday«, erklärte ihm der Drache kalt mit halbgeschlossenen Augenlidern. Sie standen in der Lichtung, wo Strabo die Nacht abgewartet hatte.

»Dann dürfte es dir ja nicht schwerfallen, meine Bedingung zu akzeptieren«, meinte Ben achselzuckend.

»Bedingungen, von einem Menschen gestellt, sind nie leicht anzunehmen – besonders, wenn der Mensch so hinterhältig ist wie du.«

»Schmeichelei bringt dir nicht mehr ein, als ich schon angeboten habe. Bist du einverstanden oder nicht?«

Die gepanzerte Schnauze öffnete sich breit, und die spitzen Zähne darin glänzten auf. »Du riskierst, daß mein Wort nichts wert ist – es mir abzuverlangen, solange der Bann mich bindet, macht es vielleicht ungültig!«

Ben seufzte. »Ja oder nein?«

Strabo fauchte tief aus der Kehle. »Ja!« Er streckte seine häutigen Flügel und bog seinen Hals himmelwärts. »Irgendwas, nur um von dir freizukommen!« Dann beugte er sich noch mal zu Ben. »Sei dir darüber im klaren – dies ist noch nicht zu Ende zwischen dir und mir, Holiday. Wir werden uns ein andermal wiedertreffen und du wirst die Schuld begleichen, die du mir gegenüber hast!«

Er schlug mit den Flügeln und hob sich in die Höhe. Sobald er über den Baumwipfeln war, wendete er nach Osten und flog dem Sonnenaufgang entgegen.

Questor Thews hatte kein Verständnis dafür. Zunächst war er erstaunt, dann ärgerlich und schließlich wunderte er sich nur noch.

Was hatte Hoheit sich denn bloß gedacht? Warum hatte er Strabo so einfach freigelassen? Der Drache war ein mächtiger Verbündeter, eine Waffe, gegen die niemand anzugehen wagte, ein sicheres Mittel, die Unterordnung der verschiedenen Völker von Landover zu gewinnen, die Hoheit doch so dringend brauchte!

»Aber gerade darum wäre es ja falsch, den Drachen festzuhalten«, versuchte Ben dem Zauberer zu erklären. »Ich würde ihn als Druckmittel verwenden, und die Leute würden sich mir unterwerfen – nicht weil sie der Meinung sind, daß sie es tun sollten, sondern weil sie höllische Angst vor dem Drachen haben. Das ist ungut. Ich will keine Loyalität aus Angst! Ich will Loyalität aus Respekt! Außerdem ist Strabo ein zweischneidiges Schwert. Früher oder später läßt die Wirkung des Io-Staubes nach, und was dann? Er würde sich auf der Stelle auf mich stürzen! Nein, Questor. Es ist besser, ihn jetzt gehen zu lassen und mein Glück zu versuchen.«

»Das habt Ihr wahrlich treffend ausgedrückt«, bemerkte der Zauberer giftig. »Ihr werdet in der Tat Euer Glück versuchen. Was wird denn geschehen, wenn Ihr dem Markus entgegentretet? Strabo hätte Euch beschützen können! Wenigstens so lange hättet Ihr ihn festhalten sollen!«

Ben schüttelte den Kopf. »Nein, Questor«, antwortete er leise. »Das ist nicht der Kampf des Drachen. Es ist meiner. Es ist der Kampf des Königs. So ist es doch immer gewesen, oder?«

Er ließ die Sache auf sich beruhen und weigerte sich, mit irgendwem weiterhin darüber zu diskutieren. Er hatte es sich sorgfältig überlegt und er hatte sich entschieden. Er hatte ein paar Dinge dazugelernt und ein paar weitere daraus gefolgert. Er sah ganz deutlich, was ein König von Landover sein mußte, um überhaupt irgendeinen Wert zu haben. Er wünschte, seine Freunde könnten das verstehen, doch er glaubte nicht, daß er es ihnen erklären konnte. Das Verstehen mußte auf einem anderen Wege erreicht werden.

Glücklicherweise gab es keine Gelegenheit, jetzt noch mal auf das Thema zurückzukommen. Der Flußherr erschien, nachdem er von seinen Leuten alarmiert worden war, daß seltsame Dinge im Hain der alten Kiefern vor sich gingen: Strabo war gegen Mitternacht angekommen und am Morgen wieder abgeflogen. Er hatte eine Handvoll Menschen mitgebracht, darunter den Mann namens

Holiday, der Landovers Thron prätendierte, den Zauberer Questor Thews und die verschwundene Tochter des Flußherrn. Ben begrüßte den Flußherrn mit Entschuldigungen, daß sie in sein Gebiet eingedrungen seien, und einer knappen Schilderung, was ihnen in den letzten Wochen widerfahren war. Er erklärte dem Flußherrn, daß Weide ihm auf seine Einladung hin gefolgt sei, daß er es versäumt habe, ihn rechtzeitig darüber zu unterrichten, und daß er die Sylphe gerne noch ein paar Tage bei sich hätte. Dann bat er ihn, in drei Tagen zum Herzen zu kommen.

Die Herausforderung durch den Markus erwähnte er nicht.

»Wozu soll ich Euch im Herzen treffen?« fragte der Flußherr spitz. Um ihn herum standen seine Untertanen und hielten ihren Blick auf Ben gerichtet.

»Ich werde Euch nochmals um Eure Unterwerfung unter den Thron bitten«, antwortete Ben. »Und diesmal werdet Ihr sie mir gewähren wollen, denke ich.«

Skepsis und Wachsamkeit spiegelten sich in den scharf geschnittenen Zügen des Wasserschrats. »Ich habe Euch meine Bedingungen für eine solche Allianz genannt«, gab der Flußherr zurück. Es lag ein warnender Unterton in seiner Stimme.

Ben schaute ihm in die Augen. »Ich weiß«, entgegnete er.

Der Flußherr nickte. »Also gut. Ich werde kommen.«

Dann umarmte er seine Tochter kurz, erlaubte ihr, bei Ben zu bleiben, und war verschwunden. Ben und seine Gefährten waren wieder allein.

Weide ging zu ihm und nahm seine Hand. »Er hat nicht vor, sich mit dir zu verbünden, Ben«, sagte sie leise zu ihm, so daß die anderen es nicht hören konnten.

»Ich weiß. Aber ich hoffe, daß ihm gar keine andere Wahl bleibt.«

Es war Zeit aufzubrechen. Er sandte Bunion mit einer Botschaft für Kallendbor und die anderen Barone nach Rhyndswehr. Er habe ihren Wunsch erfüllt und sie von Strabo befreit. Jetzt seien sie dran. Sie sollten ihn in drei Tagen im Herzen treffen und ihre Allianz mit ihm eingehen.

Bunion verschwand wortlos im Wald, und Ben machte sich mit den übrigen auf den Weg nach Silber Sterling.

Diesmal dauerte der Heimweg von Eldero und dem Seenland

länger, weil sie zu Fuß gehen mußten. Ben war das recht, denn es gab ihm Zeit zu überlegen. Und er hatte vieles zu bedenken. Weide ging den ganzen Tag neben ihm und sprach wenig. Questor und Abernathy stellten ihm immer wieder Fragen über seine Pläne, wie er mit dem Markus fertig zu werden gedachte, doch er gab ihnen keine Hinweise. Die Wahrheit war, daß er noch keine Pläne hatte, doch er wollte nicht, daß sie das wüßten. Es war besser, wenn sie ihn einfach für verschwiegen hielten.

Er nahm die Landschaften, durch die sie zogen, mit großer Aufmerksamkeit in Augenschein und stellte sich vor, wie sie ausgesehen haben mochten, bevor die Magie zu schwinden begann. Die Erinnerung an die Vision, welche die Elfen ihm gezeigt hatten, kam ihm immer wieder, ein strahlendes, wundervolles Bild, auf dem der Dunst, die Düsterkeit und das Verwelken des Lebens fehlten. Wie lange war es her, seit das Land so ausgesehen hatte, fragte er sich. Wie lange würde es dauern, bis es wieder so aussähe? Die Elfenvision war mehr gewesen als eine Erinnerung: sie war ein Versprechen. Er betrachtete die träge wirbelnden Nebel, die den Sonnenschein verschleierten und die Gebirge verhüllten, die schütter werdenden Blaubonniehaine, die welkten und kümmerten, die Seen und Flüsse, deren Wasser grau und trüb geworden waren, und die Wiesen und Weiden, die aussahen wie im Winter. Er dachte an die Bewohner des Landes und ihr Leben in einer Welt, die plötzlich karg und unfruchtbar geworden war. Er rief wieder die Gesichter der paar Wenigen in sein Gedächtnis zurück, die zu seiner Krönung erschienen waren – und der Leute, welche die Straßen gesäumt hatten, als sie nach Rhyndswehr kamen. Das konnte sich alles wieder ändern, wenn der Magieschwund aufgehalten werden könnte.

Ein König, der dem Lande diente und seine Völker klug regierte, der konnte das erreichen, glaubte Questor Thews. Zwanzig Jahre ohne einen König auf Landovers Thron hatten die Probleme in erster Linie verursacht.

Doch Ben bereitete es Schwierigkeiten, das Konzept in vollem Umfang zu verstehen. Warum sollte etwas so Banales, wie das Vorhanden- oder Nichtvorhandensein eines Königs einen so gewaltigen Einfluß auf das Leben in diesem Tale haben? Ein König war nur ein Mensch. Ein König war nur eine Gallionsfigur. Wie konnte von einem einzelnen Menschen eine so umfassende Veränderung abhängig sein?

Konnte es schon, sagte er sich schließlich, wenn das Land sein Leben aus der Zauberkraft schöpfte, die es einst erschaffen hatte, und diese Zauberkraft von der Regierung eines Königs abhängig war. In einer Welt, die ausschließlich den Naturgesetzen unterlag, war das vielleicht nicht möglich, doch hier konnte es durchaus so sein. Das Land bezog sein Leben aus der Magie. Das hatte Questor ihn gelehrt. Vielleicht bezog es das ebenfalls von seinem König.

Das Ineinandergreifen dieser Möglichkeit war umwerfend, und Ben konnte im Augenblick die vielen verschiedenen Folgerungen daraus nur ahnen. Er konzentrierte sich also erstmal auf die für das augenblickliche Problem relevantesten. Wie konnte er überleben? Ohne ihn schwand die Magie. Ohne Magie verrottete das Land. Zwischen den dreien bestand eine Verbindung. Wenn er die verstehen würde, konnte er sich retten. Das wußte er instinktiv. Die Elfen hatten nicht eines Tages Landover geschaffen, um dann zuzuschauen, wie es zerfiel, weil es keinen König mehr hatte. Sie mußten einen Weg und Mittel vorhergesehen haben, einen neuen König zu beschaffen. Einen anderen König, aber einen, der regieren und die Magie stärken würde.

Aber *was* hatten sie vorgesehen?

Der erste Tag der Heimreise schien endlos. Als schließlich die Nacht hereinbrach und seine Gefährten schliefen, lag Ben noch lange wach und dachte nach.

Der zweite Tag verging schneller, und gegen Mittag hatten sie die Inselburg Silber Sterling wieder erreicht. Bunion erwartete sie schon. Er berichtete schnell und heftig gestikulierend von seiner Mission im Grünland. Ben konnte ihm nicht folgen.

»Eure Botschaft wurde überbracht, Hoheit«, übersetzte Questor mit bitterer Stimme. »Die Herren von Grünland geben zur Antwort, daß sie, wie befohlen, zum Herzen kommen werden, doch daß sie ihre Entscheidung, ob sie sich dem Thron verbünden wollen, noch aufschieben.«

»Das überrascht mich nicht«, knurrte Ben und ignorierte den Blick, den Questor und Abernathy austauschten. »Danke für die Mühe, Bunion.«

Er eilte über den Innenhof und betrat gerade die Eingangshalle, als zwei zerlumpte Gestalten aus den Schatten eines Alkoven gestürzt kamen und sich vor seine Füße warfen.

»Große Hoheit!«

»Mächtige Hoheit!«

Die G'heim Gnome Fillip und Sot knieten vor ihm und winselten so unterwürfig, daß es richtig peinlich war. Ihr Fell war struppig, ihre Pfoten lehmverschmiert, und sie sahen aus, als hätte man sie aus einem Müllhaufen gezogen.

»Ach, Hoheit, wir dachten, der Drache hätte Euch verschlungen!« wimmerte Fillip.

»Wir glaubten Euch in den Tiefen der Niederwelt verloren!« weinte Sot.

»Wie mächtig Eure Magie ist, Hoheit!« schwärmte Fillip

»Ja, Ihr seid von den Toten auferstanden!« erklärte Sot.

Sie hatten sich an seine Hosenbeine geklammert und küßten seine Stiefel ab. Ben hätte sie am liebsten in die Ecke gekickt. »Würdet ihr mich bitte loslassen?« schimpfte er. Er versuchte, sie abzuschütteln, doch sie klammerten sich an ihn. »Laßt mich endlich los!« fauchte er sie an.

Schließlich ließen sie von ihm ab, aber rutschten noch immer auf dem Boden herum und schauten ihn erwartungsvoll an.

»Große Hoheit«, flüsterte Fillip.

»Mächtige Hoheit...«

»Parsnip, Bunion!« rief Ben. »Steckt diese zwei Schlammhasen in die Badewanne und laßt sie erst wieder an die Oberfläche kommen, wenn man erkennen kann, wie sie wirklich aussehen!«

Die Kobolde schleppten die beiden G'heim Gnome aus der Halle. Ben seufzte erschöpft. »Questor, ich möchte, daß Ihr und Abernathy noch einmal die Geschichte der Burg durcharbeitet und nachschaut, ob es irgendeinen Hinweis – irgendeinen – darauf gibt, wie Landover, seine Könige und die Magie miteinander verbunden sind. Ich weiß, daß wir danach schon gesucht und nichts gefunden haben, aber... nun, vielleicht haben wir etwas übersehen...«

Questor nickte. »Ja, Hoheit. Es ist möglich, daß uns etwas entgangen ist. Es kann nichts schaden, noch einmal nachzuschauen.«

Questor und Abernathy verschwanden.

Ben und Weide standen allein in der Halle. Er nahm die Sylphe liebevoll bei der Hand, und sie stiegen die Treppen zum Schauinsland empor. Er hatte das Bedürfnis, einen letzten Blick auf das Tal zu werfen – bei dem Gedanken biß er die Zähne zusammen – und wollte, daß das Mädchen bei ihm sei. Sie hatten nicht viel miteinander gesprochen, seit sie sich von ihrer Verwandlung erholt hatte, doch sie waren immer zusammengeblieben. Es half ihm, daß sie da war. Es gab ihm Zuversicht, die er nicht erklären konnte. Es gab ihm Kraft.

»Ich möchte, daß du eines weißt, Weide«, richtete er das Wort an sie, als sie zusammen auf der Plattform des Schauinsland standen, »ich habe keine Ahnung, wie das alles enden wird, aber ich bin sicher, wie auch immer es ausgeht, daß es gut war, deine Freundschaft gefühlt zu haben.«

Sie antwortete nicht. Statt dessen legte sie ihre Hand fest in die seine, und gemeinsam faßten sie das Geländer an. Die Burg versank unter ihnen im Dunst.

Sie blieben den ganzen Nachmittag fort.

In dieser Nacht schlief Ben tief und erwachte erst gegen Mittag. Er begegnete Questor auf der Treppe. Der Zauberer sah abgekämpft und müde aus.

»Sagt mir nichts«, lächelte Ben mitfühlend. »Laßt mich raten.«

»Da gibt's nichts zu raten, Hoheit. Abernathy und ich haben die ganze Nacht gearbeitet und nichts gefunden. Es tut mir leid.«

Ben faßte ihn um die knochigen Schultern. »Nichts, was Euch leid tun müßte – Ihr habt Euer Bestes getan! Legt Euch ein wenig schlafen. Wir sehen uns beim Abendessen.«

Ben ging in die Küche und aß etwas Käse und ein paar Früchte und trank ein Glas Wein. Parsnip schaute ihm schweigend zu. Dann suchte er allein die Kapelle des Paladin auf. Eine Weile kniete er dort im Dämmerlicht und überlegte, was wohl aus dem Kämpen geworden war und warum er nicht wiederkam. Er versuchte, Verständnis und Kraft zu finden, während er die verbeulte Rüstung auf dem Podest betrachtete. Träume und Wünsche zogen vor seinem inneren Auge vorbei, und er gab sich der Erinnerung an die schönen Momente seines Lebens hin. Die alte Welt und die neue. Seine glücklichen Erinnerungen bescherten ihm Frieden.

In den späten Nachmittagsstunden schlenderte er wieder durch die Burg. Er nahm sich Zeit, wanderte durch ihre Säle und Korridore, strich mit den Händen über ihre Steine und fühlte ihre Wärme. Die Magie, die ihr Leben spendete, glomm noch immer irgendwo in der Tiefe, doch sie wurde schwächer. Der Belag war schlimmer geworden, die Verfärbung war weiter fortgeschritten. Sie schwand schnell dahin. Er dachte an das Versprechen, das er sich selbst gegeben hatte – daß er eines Tages einen Weg finden würde, ihr zu helfen. Er war nicht mehr sicher, ob er es noch würde erfüllen können.

Zum Abendessen versammelte er seine Freunde – Weide, Questor, Abernathy, Bunion, Parsnip, Fillip und Sot. Es gab nicht viel zu essen. Die Speisekammern der Burg waren fast leer, und die Magie konnte die benötigte Menge an Nahrungsmitteln nicht mehr beschaffen. Jeder tat so, als sei das Essen trotzdem gut. Die Unterhaltung war stockend. Niemand klagte, niemand stritt. Und alle vermieden es sorgfältig zu erwähnen, was ihnen morgen bevorstand.

Als das Mahl vorüber war, erhob sich Ben. Es kostete ihn Mühe zu sprechen. »Ich hoffe, Ihr nehmt es mir nicht übel, aber ich sollte noch ein paar Stunden schlafen, bevor... ähm« Er machte eine Pause. »Ich dachte, ich sollte so gegen Mitternacht aufbrechen. Ich erwarte von keinem von Euch, daß er mich begleitet. Es mag sogar besser sein, wenn Ihr es nicht tut. Ich weiß es sehr zu schätzen, wie Ihr mir bis hierher beigestanden habt. Bessere Freunde hätte ich nicht finden können. Ich wünschte, ich...«

»Hoheit«, unterbrach ihn Questor mit sanfter Stimme und stand auf. »Bitte sprecht nicht weiter. Wir haben alle schon längst beschlossen, daß wir morgen mit Euch gehen werden. Gute Freunde sind Euch das schuldig. Warum legt Ihr Euch nicht gleich schlafen?«

Sie sahen ihn schweigend an – der Zauberer, der Schreiber, die Sylphe, die Kobolde und die Gnome. Er nickte und lächelte ihnen zu. »Danke. Dank noch mal für alles.«

Er ging hinaus und stieg zu seinen Schlafgemächern hinauf.

Weide kam ihn um Mitternacht wecken.

Sie standen im Schlafzimmer und umarmten sich. Ben schloß die Augen und sog die Wärme des Mädchens in sich auf.

»Ich habe Angst vor dem, was geschehen wird, Weide«, flüsterte er. »Nicht davor, was mir...« Er unterbrach sich. »Nein, das ist nicht wahr. Ich hab höllischen Schiß vor dem, was mir bevorsteht. Aber ich empfinde noch mehr Sorge, was aus Landover wird, wenn der Markus mich tötet. Wenn ich diesen Kampf nicht überlebe, ist Landover vielleicht verloren. Und ich fürchte, ich *werde* diesen Kampf nicht überleben, weil ich noch immer nicht weiß, wie ich den Markus daran hindern kann, mich zu besiegen!«

Sie drückte ihn an sich und munterte ihn mit fester Stimme auf: »Ben! Du mußt an dich selber glauben! Du hast so viel mehr erreicht, als irgendwer hätte erwarten können. Die Antworten, die zur endgültigen Lösung nötig sind, liegen bereit. Du hast sie jedesmal gefunden, wenn du sie gebraucht hast; es wird dir auch diesmal gelingen!«

Er schüttelte den Kopf. »Ich habe nicht genug Zeit, um sie zu finden, Weide. Der Markus hat sie mir nicht gelassen.«

»Du wirst die Antworten in der Zeit finden, die du zur Verfügung hast, Ben.«

Ben drehte sein Gesicht zur Seite. »Hör zu, Weide. Nur einer kann den Markus daran hindern, mich zu töten – nur einer! Der Paladin. Wenn der Paladin auftaucht und mich verteidigt, habe ich eine Chance. Es ist möglich, daß er kommt. Er hat mich schon mehrmals gerettet, seit ich in Landover bin.«

Er wandte sich ihr wieder zu. »Aber, Weide, er ist ein Geist! Er hat weder Substanz noch Kraft! Er ist ein Schatten und Schatten machen niemandem lange Zeit Angst! Ein Geist nützt mir nichts – ich brauche den Wirklichen! Und ich weiß nicht einmal, ob der Wirkliche noch existiert!«

Ihre grünen Augen sahen ihn ganz ruhig an. »Wenn er dir vorher zur Hilfe gekommen ist, Ben, dann wird er es auch wieder tun.« Sie schwieg einen Moment nachdenklich. »Erinnerst du dich daran, wie ich dir gesagt habe, daß du derjenige bist, der mir von jenem Schicksal bestimmt wurde, das in das Hochzeitsbett meiner Eltern geflochten ward? Du hast mir damals nicht geglaubt, doch inzwischen weißt du, daß es so ist. Ich habe dir damals noch etwas gesagt, Ben. Ich habe dir gesagt, ich fühlte, daß du anders bist; ich sagte, daß ich glaubte, du seist dazu bestimmt, König von Landover zu sein. Ich glaube das noch immer. Und ich glaube auch, daß der Paladin zu dir kommen wird. Ich glaube, daß er dich beschützen wird.«

Er sah sie lange wortlos an. Dann küßte er sie leicht auf die Lippen. »Mir scheint, es gibt nur eine Möglichkeit, das herauszufinden«, sagte er.

Er warf ihr ein tapferes Lächeln zu und nahm sie liebevoll bei der Hand. Zusammen gingen sie hinaus.

Dämmerung schlich auf Samtpfoten über das Herz; die ersten silbrigen Schimmer zeigten sich am östlichen Horizont über den Baumwipfeln. Ben und seine Gefährten waren vor einigen Stunden angekommen und hatten sich jetzt auf der Estrade versammelt. Während der Nacht waren auch andere eingetroffen. Der Flußherr hob sich, umgeben von Dutzenden seiner Untertanen, vor dem Hintergrund des Waldrandes ab, fast unsichtbar wie transparente Schatten. Auch die Barone des Grünlandes waren in Begleitung ihrer Garde erschienen. Sie trugen Kampfrüstungen und klirrten mit den Waffen. Ihre Schlachtrösser schnaubten, und neben ihnen hatten sich die Ritter wie eiserne Statuen postiert. Elfenwesen und Menschen standen sich gegenüber und beobachteten einander über die weißen Kniehocker und Sitzbänke hinweg im Zwielicht.

Ben saß reglos auf dem Thron in der Mitte der Estrade, Weide zu seiner Linken, Questor und Abernathy zu seiner Rechten. Die Kobolde hockten vor ihm am Boden. Nur Fillip und Sot waren nirgendwo zu sehen. Sie waren wieder mal verschwunden.

Fünf Meter unter der Erde vergraben, dachte Ben amüsiert.

»Abernathy«, rief Ben unvermittelt nach seinem Schreiber.

Der Hund fuhr zusammen, faßte sich und verbeugte sich steif. »Ja, Hoheit?«

»Begebt Euch zu Kallendbor und den Grünlandbaronen, und dann zum Flußherrn. Bittet sie, zum Thron zu kommen.«

»Ja, Hoheit.«

Er ging sofort. Abernathy hatte sich nicht ein einziges Mal mit Questor gestritten, seit sie die Burg verlassen hatten. Beide benahmen sich tadellos – beide bewegten sich wie auf rohen Eiern. Es machte Ben nervöser, als wenn sie sich normal benommen hätten.

»Hoheit.« Questor neigte sich zu ihm und flüsterte: »Es beginnt zu dämmern. Ihr tragt weder Rüstung noch Waffen. Darf ich vorschlagen, daß ich Euch jetzt damit ausstatte?«

Ben sah zu der gebeugten Gestalt auf, mit den grauen Gewändern, den bunten Tüchern, seinem strähnigen Haar und seinem zerfurchten, eifrigen Gesicht, und lächelte ihm freundlich zu. »Nein, Questor. Keine Waffen. Keine Rüstung. Sie würden mir gegen eine Kreatur wie den Markus nicht helfen. Auf die Weise kann ich ihn nicht schlagen. Ich muß es anders anfangen.«

Questor räusperte sich. »Habt Ihr denn etwas im Sinn, Hoheit?«

Ben fühlte die Kälte in seinem Inneren. »Vielleicht«, log er.

Questor trat zurück. Die Schatten, welche die Lichtung verhüllt hatten, begannen zu verblassen. Gestalten waren im zunehmenden Tageslicht sichtbar geworden: die Grünlandbarone auf der einen Seite, der Flußherr und seine Familie auf der anderen. Ben erhob sich und trat an den Rand der Estrade, vorbei an den wachsamen Kobolden.

Er holte tief Luft. Es war sinnlos, viele Worte zu verlieren. »Der Markus kommt bei Tagesanbruch, um mich herauszufordern«, erklärte er ruhig. »Werdet Ihr Euch an meiner Seite gegen ihn stellen?«

Es herrschte absolute Stille. Ben sah von einem zum andern und nickte. »Gut. Laßt es mich anders ausdrücken. Kallendbor und die Barone des Grünlandes gaben mir ihr Wort, daß sie sich dem Thron unterwürfen, wenn ich sie von dem Drachen Strabo befreite. Das habe ich getan. Er ist vom Grünland und allen besiedelten Gebieten des Landes verbannt worden. Ich bitte Euch nun um Eure Allianz. Wenn Euer Wort etwas wert ist, müßt Ihr sie mir gewähren.«

Er wartete. Kallendbor sah unentschlossen aus. »Welche Garantie haben wir«, warf Strehan barsch ein, »daß es ist, wie Ihr behauptet, und der Drache wirklich für immer fort ist?«

Er ist nicht für immer gegangen, war Ben versucht zu erwidern. Er ist nur so lange fort, wie ich König bin und nicht einen Augenblick länger, und Ihr tätet gut daran, darüber nachzudenken, wie Ihr mithelfen könnt, daß ich am Leben bleibe!

Aber er ließ nichts dergleichen verlauten und ignorierte Strehan, den Blick ausschließlich auf Kallendbor gerichtet. »Sobald Ihr die Allianz akzeptiert habt, werde ich anordnen, daß die Bewohner des Grünlandes aufhören, die Gewässer, die ins Seenland fließen, zu verschmutzen. Eure Untertanen werden mit denen des Flußherrn zusammenarbeiten, um jene Gewässer zu reinigen und sauberzuhalten.«

Er wandte sich zur anderen Seite. »Und Ihr, Flußherr, werdet dann Euer Versprechen einlösen und die Allianz mit dem Thron eingehen. Und Ihr werdet die Leute aus dem Grünland wieder die Geheimnisse Eurer Heilzauber lehren. Ihr werdet ihnen helfen, sie zu verstehen.«

Er hielt inne und sah dem Schrat in die Augen. Auch im Gesicht des Flußherrn lag Unentschlossenheit. Niemand sprach ein Wort.

Ein plötzlicher, scharfer Wind kam auf. In der Ferne dröhnte ein leiser Donner. Ben zwang sich, äußerlich die Ruhe zu bewahren. Der Tag brach an.

»Niemand«, sagte er leise, »ist gezwungen, mit mir gegen den Markus zu kämpfen.«

Questor packte ihn hart am Arm, doch Ben ignorierte ihn. Außer dem Wind und dem lauter werdenden Donnern war in der Lichtung nichts zu hören. Die Seenlandbewohner rückten tiefer in den Waldschatten, und die Ritter mit ihren Schlachtrössern wurden unruhig.

»Hoheit.« Kallendbor trat einen Schritt vor, seine dunklen Augen fest auf Ben gerichtet. »Es spielt keine Rolle, welche Versprechungen wir uns gegenseitig machen. Wenn der Markus Euch herausgefordert hat, seid Ihr ein toter Mann. Das wäret Ihr auch, wenn wir uns entschließen würden einzuschreiten. Keiner von uns, weder unter den Baronen noch unter den Elfenwesen, kann dem Markus die Stirn bieten. Er ist die Kraft, die nur von der stärksten Magie übertroffen werden kann. Wir alle besitzen diese Magie nicht. Menschen haben sie nie besessen und die Seenlandbewohner haben sie schon lange verloren. Nur der Paladin besaß die Magie – und der Paladin ist nicht mehr da.«

Auch der Flußherr trat einen Schritt vor. Seine Begleiter schauten sich ängstlich um. Der Wind hatte zu heulen begonnen, und der Donner ließ den Waldboden erzittern. Die Lichtung war plötzlich wie leergefegt, die Reihen weißer Hocker und Bänke standen da, wie ordentlich ausgerichtete Grabsteine.

»Vor Jahrhunderten bannte Elfenmagie die Dämonen, Hoheit.

Elfenmagie hielt sie von diesem Land fern. Der Talisman dieser Elfenmagie ist der Paladin, und niemand hier kann dem Eisernen Markus die Stirn bieten, wenn ihm der Paladin nicht zur Hilfe kommt. Bedaure, Hoheit, doch diesen Kampf müßt Ihr allein ausfechten.«

Er wandte sich um und verließ die Estrade. Seine Familie hastete ihm eilig nach.

»Kraft mit Euch, Möchtegernkönig«, murmelte Kallendbor und verschwand ebenfalls. Die übrigen Barone folgten ihm mit klirrenden Waffen.

Ben sah ihnen einen Augenblick lang nach und schüttelte den Kopf. Nein, er hatte nicht wirklich erwartet, daß sie ihm helfen würden.

Donner erschütterte die Estrade, und die Erde erbebte mit einem anhaltenden Rumpeln. Das fahle Licht des anbrechenden Tages wurde plötzlich überschattet.

»Zurück, Hoheit!« Questor stand neben ihm. Seine grauen Gewänder flatterten heftig im Wind. Auch Weide kam heran, und Abernathy und die Kobolde. Sie stellten sich schützend um ihn und hielten ihn fest. Bunion und Parsnip fauchten wild.

Die Dunkelheit verdichtete sich. »Geht zurück, alle miteinander!« befahl Ben. »Steigt sofort von der Estrade! Augenblicklich!«

»Nein, Hoheit!« rief Questor, entschlossen den Kopf schüttelnd.

Sie weigerten sich alle, und er versuchte, sie abzuschütteln. Der Wind heulte wütend auf. »Ich habe befohlen, Ihr sollt zurückgehen, verflucht! Laßt mich allein, und zwar sofort!«

Abernathy gehorchte. Die Kobolde zeigten die Zähne und zögerten. Ben packte Weide, schubste sie den Kobolden in die Arme und schob die drei beiseite. Sie gingen und zerrten die widerstrebende Weide mit.

Questor blieb störrisch. »Ich kann Euch helfen, Hoheit. Ich habe jetzt die Kontrolle über die Magie, und ich...«

Ben packte ihn an den Schultern und riß ihn herum, während er sich gegen einen heftigen Windstoß stämmen mußte. »Nein, Questor! Niemand steht mir diesmal bei! Verlaßt sofort die Estrade!«

Er stieß den Zauberer mit Wucht vorwärts und winkte ihm, er solle weitergehen. Der Zauberer sah ihn an, erkannte die Entschlossenheit in Bens Blick und fügte sich.

Ben stand allein auf der Estrade. Die Grünlandbarone mit ihren Rittern und der Flußherr mit seinen Elfen kauerten im Waldschatten und hielten sich schützend die Arme vors Gesicht. Questor und die anderen hockten neben der Estrade. Flaggen wehten und flatterten im Wind, die Fackelständer wackelten und bogen sich. Der Donner grollte immer drohender.

Schatten und Nebel wirbelten durcheinander und sammelten sich am gegenüberliegenden Rand der Lichtung zwischen Menschen und Elfen. Der Donner röhrte wie bei einer Explosion.

Da erschienen die Dämonen, eine Horde finsterer, häßlicher Gestalten, die von Unsichtbarkeit zu Wirklichkeit wurden. Reptilienähnliche Reittiere scharrten und stampften den Boden, Waffen und Rüstungen klirrten wie Knochen. Die Masse wuchs und breitete sich über die Lichtung aus, rückte, die Sitzbänke und Hocker zertrampelnd, auf die Estrade zu.

Donner und Wind erstarben, und in der plötzlichen Stille war nur ein Schnaufen und Röcheln zu hören. Die Dämonen füllten fast das ganze Herz. Ben Holiday und seine Freunde waren eine kleine Insel in einem Meer finsterer Gestalten.

Eine Gasse öffnete sich in der Mitte der Horde, und eine massige, schwarze, geflügelte Kreatur tauchte daraus hervor, halb Schlange, halb Wolf. Darauf ritt ein bewaffneter Alptraum. Ben holte tief Luft und richtete sich entschlossen auf.

Der Eiserne Markus war gekommen.

Medaillon

Es war der entsetzlichste Augenblick in Ben Holidays Leben.

Der Eiserne Markus näherte sich auf seinem Schlangenwolf durch die Reihen der Dämonen und kam auf die Estrade zu. Die schwarze Rüstung war verbeult und zerkratzt, doch sie glänzte bösartig im Zwielicht. An einem Gürtel ragten Waffen aus ihren Schäften – Schwerter, Schlachtäxte, Dolche und noch andere. Gliedmaßen und Rücken der Rüstung waren mit Sägestacheln gespickt und glitzerten wie von einem Stachelschwein. Das Visier des Totenkopfhelmes war geschlossen, doch durch die Sehschlitze schimmerten glutrote Augen.

Es war Ben vorher nie aufgefallen, wie groß der Markus tatsächlich war. Er maß wenigstens zweieinhalb Meter. Er war riesig.

Der Schlangenwolf hob seinen gepanzerten Schädel, fletschte die Zähne und zischte. Es klang wie Dampf, der unter enormem Druck abgelassen wird. Dabei züngelte seine gespaltene Zunge in Bens Richtung.

Ben war plötzlich paralysiert. Er war während seiner kurzen Zeit in Landover schon öfter von panischer Angst ergriffen gewesen vor den Dingen, denen er begegnet war, und vor den Gefahren, in denen er sich befunden hatte – doch so noch nie. Er hatte geglaubt, daß er der Konfrontation gewachsen sein könnte, doch er war es nicht. Der Markus würde ihn töten, und er wußte nicht, wie er das verhindern sollte. Er war von seiner Angst gefangen, erstarrt wie ein Tier, das seinem schlimmsten Feind am Ende zum Opfer zu fallen im Begriff war. Er wäre davongerannt, wenn er sich dazu hätte aufraffen können, doch er konnte nicht. Er konnte nur dastehen und zuschauen, wie der Dämon langsam auf ihn zukam, um ihn zu vernichten.

Es kostete ihn gewaltige Anstrengung, in sein Hemd zu greifen und das Medaillon fest zu umschließen.

Das Relief mit Inselburg, Sonnenaufgang und Ritter drückte sich in seine Handfläche. Das Medaillon war seine einzige Hoffnung, und er klammerte sich daran wie ein Ertrinkender.

Hilf mir, betete er.

Ein erwartungsvolles Raunen ging durch die Reihen der Dämonen. Der Markus ließ seinen Schlangenwolf langsamer werden und der Totenkopfhelm hob sich beobachtend.

Es ist nicht zu spät – ich habe noch immer die Chance zu entkommen, schrie Ben in der Stille seines Bewußtseins! Ich kann noch immer das Medaillon benutzen, um meine Haut zu retten!

Da zupfte etwas an seiner Erinnerung – etwas Undefinierbares. Angst hat viele Masken, hatten die Elfen gewarnt. Du mußt lernen, sie zu entlarven. Es waren nur Worte, doch sie lösten die eiserne Fessel seiner Angst und ließen ihn wieder klar denken. Der Damm brach. Fetzen und Bruchstücke von Gesprächen und Ereignissen, die das Medaillon betrafen, jagten ihm durch den Kopf. Sie wirbelten herum wie Splitter auf einer plötzlichen Flutwelle, und er griff verzweifelt nach ihnen.

Weides warme Stimme klang ihm im Ohr: Die Antworten, die du brauchst, stehen bereit.

Aber er konnte sie nicht finden!

Dann kam ihm ein winziges Detail in den Sinn, das er in dem Durcheinander der vergangenen Tage und Wochen völlig vergessen hatte, und er stürzte sich darauf. Es stammte ausgerechnet von Meeks und war in dem Brief enthalten, der das Medaillon begleitet hatte.

Niemand kann Ihnen das Medaillon fortnehmen, hatte in dem Brief gestanden.

Er wiederholte die Worte im Geiste und spürte etwas Wichtiges dahinter verborgen, ohne zu verstehen, was es hieß. Das Medaillon war der Schlüssel. Das hatte er immer gewußt. Er hatte seinen Eid darauf geschworen. Es war das Symbol seiner Regentschaft. Es wurde von allen als das Zeichen seines Königtums angesehen. Es war der Schlüssel nach Landover zu reisen, und auch, es wieder zu verlassen. Es stellte die Verbindung dar zwischen Landovers König und dem Paladin.

Der Markus trat dem Schlangenwolf die Sporen in den schuppigen Leib, und das Biest machte wutschnaubend einen Satz vorwärts. Das Dämonenheer rückte auf.

Er kann mir das Medaillon nicht wegnehmen, sagte sich Ben. Der Markus braucht das Medaillon, doch er kann es mir nicht rauben. Ich weiß, daß es so ist. Er rechnet darauf, daß ich es benutze, um Landover für immer den Rücken zu kehren. Das ist, was er erwartet. Das ist, was er will!

Meeks hatte das auch gewollt. Alle seine Feinde hatten das gewollt!

Und das war Grund genug, es nicht dazu kommen zu lassen.

Er holte das Medaillon unter dem Hemd hervor und ließ es, für alle sichtbar, über seinem Hemd hängen. Er würde es nicht ablegen. Er würde es nicht für die Flucht benutzen. Er würde Landover nicht verlassen, nachdem er so hart gekämpft hatte, um hierzubleiben. Hier gehörte er her, tot oder lebendig. Hier war er zu Hause.

Das war seine Entscheidung.

Er dachte wieder an den Paladin.

Der Markus kam immer näher, eine Lanze mit Widerhaken auf Bens Brust richtend. Ben wartete. Er fühlte die Angst nicht mehr. Er empfand nichts anderes mehr, als eine neue störrische Entschlossenheit.

Sie reichte aus.

Am anderen Ende der Lichtung blitzte ein Licht auf, leuchtend und hell. Der Markus schnellte herum, und ein leises Fauchen ging durch die Reihen der Dämonen.

Aus dem Licht erschien der Paladin.

Ben erschauderte. Etwas tief in ihm zog ihn fast physisch zu der Erscheinung hin – zog ihn, wie ein unsichtbarer Magnet. Es war, als greife der Geist nach ihm.

Der Paladin ritt bis zum Waldrand und blieb stehen. Das Licht erlosch. Doch diesmal verschwand der Paladin nicht mit dem Licht wie sonst. Diesmal blieb er.

Ben war innerlich zerrissen, spaltete sich von seinem Sein, wie er es nicht für möglich gehalten hatte. Er wollte schreien. Was war das? Sein Bewußtsein wirbelte herum. Die Dämonen gerieten in Panik, kreischten und rannten durcheinander, als hätten sie die Orientierung verloren. Der Markus ritt durch ihre Mitte, sein Schlangenwolf zertrampelte, was ihm unter die Füße kam. Ben hörte Questor rufen, er hörte Weide – und er vernahm den Klang seiner eigenen Stimme, ihnen etwas antworten.

Inmitten dieser Konfusion und schrecklichen Gefahr erkannte

er: Der Paladin war kein Geist mehr. Er war wirklich!

Das Medaillon leuchtete auf seiner Brust mit gleißendem Silberschein. Erst wurde es eiskalt, dann glühend heiß, und schließlich etwas, das weder das eine noch das andere war. Dann wurde er gewahr, wie es einen Strahl über das Herz zu dem wartenden Paladin warf.

Und er sah, daß er ihn mit sich trug.

Er hatte gerade noch genug Zeit für eine einzige, verblüffende Erkenntnis. *Eine* Frage hatte er nie gestellt – keiner von ihnen hatte sie gestellt: *Wer* war der Paladin? Jetzt wußte er es.

Er war's.

Das einzige, was er zu tun gehabt hatte, um das zu begreifen, war, sich diesem magischen Land mit Haut und Haaren zu verschreiben, als das wirklich etwas bedeutete. Alles, was er hatte tun müssen, damit der Paladin wiederkam, war, die Möglichkeit des Entkommens zu verwerfen und sich endgültig und unwiderruflich zum Bleiben zu entscheiden.

Er saß rittlings auf dem Streitroß des Paladin. Die Silberrüstung schloß sich um ihn und verpackte ihn in eine Metallschale. Klammern und Verschlüsse schnappten zu, Krammen und Schrauben zogen sich fest, und die Welt wurde eine Welle von Erinnerungen. Er wurde von diesen Erinnerungen überschwemmt wie ein Schwimmer, der auftaucht, um Luft zu holen. Er verlor sich in ihrem Strom. Er verwandelte sich und wurde neu geboren. Er stammte aus tausend anderen Zeiten und Orten, und er hatte Tausende anderer Leben gelebt. Die Erinnerungen waren jetzt die seinen. Er war ein Krieger, dessen Geschicklichkeit und Kampferfahrung von niemandem erreicht wurden. Er war der Kämpe, der nie unterlag.

Ben Holiday gab es nicht mehr. Ben Holiday war der Paladin.

Einen Augenblick war er sich des neuen Königs von Landover bewußt, der wie eine Statue auf der Estrade in der Mitte des Herzens stand. Zeit und Bewegung schienen zum Stillstand gekommen zu sein. Dann gab er seinem Pferd die Sporen und vergaß alles, außer dem monströsen, schwarzen Herausforderer, der ihm entgegenkam.

Sie prallten mit einem wilden Krachen von Waffen und Rüstungen aufeinander. Die mit Widerhaken besetzte Lanze des Markus und seine eigene aus weißer Eiche zersplitterten. Ihre Reittiere schrien und erzitterten unter der Wucht des Aufpralls, dann rasten sie aneinander vorbei und wendeten in fliegendem Galopp. Kettenbehandschuhte Finger hielten die Hefte von Streitäxten und hoben sie in die Luft.

Sie gingen wieder aufeinander los. Der Markus war ein schwarzes Monster, das die zerbeulte Gestalt des Silberritters wie einen Zwerg erscheinen ließ. Die Ungleichheit war offensichtlich. Sie donnerten aufeinander zu und kollidierten mit dröhnendem Krachen. Äxte schlugen tiefe Kerben ins Metall. Beide Reiter verloren das Gleichgewicht und strampelten wild auf ihren Rössern, noch immer mit den Äxten aufeinander loshämmernd. Der Paladin wurde mit Wucht zurückgeworfen und von seinem Pferd gerissen. Er stürzte und klammerte sich an die Sattelriemen des Schlangenwolfes.

Das schien sein Ende zu sein. Der Schlangenwolf schlug um sich und schnappte nach ihm. Doch er war knapp außerhalb seiner Reichweite. Der Markus hielt seine Streitaxt mit beiden Händen und drosch auf seinen Feind ein, um ihm den Helm zu zertrümmern.

Der Paladin baumelte an dem Sattelriemen und schwang sich hin und her, um den entsetzlichen Schlägen auszuweichen. Er konnte nicht loslassen. Wenn er auf den Rücken fiele, käme er unter dem Gewicht der Rüstung nicht wieder auf die Füße und würde zu Tode getrampelt werden. Blindlings griff er nach seinem Gegner und bekam schließlich den Waffengürtel zu fassen, den der Dämon um die Hüften trug.

Seine Finger schlossen sich um einen vierkantigen Dolch. Er riß die Waffe los und grub sie in das Knie des Markus, wo die metallenen Gelenkteile eine Öffnung ließen. Der Markus bebte, und die Streitaxt entfiel seiner Hand. Der Paladin rang mit dem Dämonen und versuchte, ihn aus dem Gleichgewicht zu bringen, bemüht, ihn aus dem Sattel zu stoßen. Der Schlangenwolf sprang wild herum, als er spürte, daß sein Reiter drohte, den Halt zu verlieren. Der Markus klammerte sich verzweifelt an die Riemen und Sattelgurte und trat nach dem Paladin. Knieplatten und Armschoner klirrten. Dann riß der Paladin plötzlich den Vierkantdolch aus dem gepanzerten Knie des Markus und jagte es dem Schlangenwolf zwischen zwei Panzerschuppen in die Schulter. Das Monster brüllte, bäumte sich auf und warf die beiden Kämpfer krachend zu Boden.

Der Paladin landete auf allen vieren und kämpfte um sein Gleichgewicht. Ein Schwindelgefühl wogte durch ihn hindurch. Der Markus lag ein paar Meter weiter auf der Erde, doch er kam trotz des Gewichtes seiner Rüstung schwankend auf die Füße. Mit beiden Händen packte er das riesige Breitschwert, das in der Scheide an seinem Gürtel hing.

Der Paladin richtete sich auf und hatte sein eigenes Breitschwert gepackt, als der Markus ihn erreichte. Schwerter prallten mit entsetzlichem Dröhnen aufeinander. Der Paladin wurde durch das Übergewicht des Markus zurückgedrängt, doch er blieb auf den Beinen. Wieder und wieder gingen sie aufeinander los, trieben sich gegenseitig kreuz und quer durch die Lichtung.

Der Paladin erlebte plötzlich ein völlig unbekanntes Gefühl. Er war dabei, den Kampf zu verlieren.

Dann entschloß sich der Markus zu einer Finte und verdrehte den Schwung seines Schwertes, so daß er den Paladin am Bein traf. Der Schlag streifte ihn zwar nur und prallte von der Rüstung ab, doch er überraschte den Ritter und warf ihn seitwärts um. Er stürzte schwer, und seine Waffe flog ihm aus der Hand. Der Markus war sofort über ihm und sein gewaltiges Breitschwert landete auf der Schulter des Paladin und blieb zwischen zwei Gelenkplatten eingeklemmt. Hätte der Markus das Schwert losgelassen, wäre es das sichere Ende des Paladin gewesen, doch der Dämon hielt die Waffe fest und versuchte, sie loszureißen. Das gab dem Paladin die letzte Chance. Er griff verzweifelt nach der Rüstung seines Gegners, bekam ein zweites Mal den Waffengürtel zu fassen.

Er fand eine eisenbeschlagene Keule.

Der Paladin zog sich hoch, eine Hand an den Markus geklammert, mit der anderen hob er die Keule und ließ sie auf den Totenkopfhelm niedersausen. Der Markus erbebte. Der Paladin hob die Waffe zum zweitenmal und legte seine ganze Kraft in den Schlag. Das Metallvisier zersplitterte, und das Gesicht dahinter war ein Alptraum aus Blut und verzerrten Zügen. Silbernes Licht reflektierte von des Paladins Rüstung. Ein drittesmal schwang er die Keule hoch und ließ sie niederkrachen, und der Totenkopfhelm zersplitterte.

Der Eiserne Markus stürzte zu Boden, ein unförmiger Klumpen schwarzen Metalls. Der Paladin trat zur Seite.

Grausige Stille herrschte im Herzen. Dann erhob sich aufheulend der Sturm, Donner ließ den Boden zittern, die Luft verdunkelte sich unter wirbelnden Schatten, und das Tor nach Abaddon öffnete sich plötzlich direkt über den Dämonen. Kreischend und jaulend verschwanden sie darin.

Die Lichtung war wieder leer. Schatten und Finsternis hatten sich aufgelöst. Die Morgensonne schien auf den Paladin, der sein Pferd bestieg. Sie spiegelte sich in der Rüstung, die nicht mehr verbeult und oxydiert war, sondern glänzte wie neu. Das Licht flakkerte und warf einen Strahl auf das Medaillon am Hals des Königs, der allein am vorderen Rande der Estrade stand.

Dann verblaßte das Licht, und der Paladin war fort.

Ben Holiday atmete die Morgenluft und fühlte die Wärme des Sonnenlichts. Er kam sich schwerelos vor in den leichten Gewändern von Landovers König, frei von der Rüstung des Paladin. Zeit und Bewegung hatten wieder ihr normales Tempo.

Er war wieder er selber. Der Traum oder der Alptraum, was immer es war, das er überlebt hatte, war vorüber.

Gestalten kamen aus dem Waldschatten hervorgekrochen, Menschen und Elfenwesen, Barone und Ritter aus dem Grünland und der Flußherr mit seinen Seenlandbewohnern bahnten sich vorsichtig den Weg zwischen den Trümmern hindurch. Bens Freunde erschienen benommen aus ihrem Versteck unter der Estrade. Weide lächelte.

»Hoheit...« setzte Questor hilflos an und verstummte. Dann ließ er sich vor dem Podium langsam auf die Knie sinken. »Hoheit«, flüsterte er.

Weide, Abernathy und die Kobolde knieten sich neben ihn. Fillip und Sot tauchten wie herbeigezaubert auf und gesellten sich dazu. Alle, die gekommen waren, über die ganze Lichtung, die Männer aus dem Grünland, der Flußherr, Kallendbor, Strehan, die anderen Barone, die Elfen, alle ließen sich auf ein Knie nieder.

»Hoheit«, riefen sie ihm zu.

»Hoheit«, flüsterte er zurück.

König

Danach war dann alles ziemlich einfach. Selbst ein frischgebackener König wie Ben hatte keine großen Schwierigkeiten, sich auszudenken, was er mit all diesen staunenden Untertanen anfangen sollte. Er bat sie, wieder aufzustehen, und lud sie alle nach Silber Sterling zu einer Siegesfeier ein. Bis heute mochten die Dinge hart gewesen sein, und ab morgen würden sie es vielleicht wieder, doch für den Rest des Tages sah es wenigstens aus, als gäbe es keine Probleme mehr.

Er schaffte seine Freunde, den Flußherrn mit seiner engsten Familie sowie die Grünlandbarone im Seegleiter auf die Insel und ließ die Soldaten und sonstigen Begleiter am Seeufer campieren. Sie mußten mehrere Fahrten machen, um alle eingeladenen Gäste hinüberzubringen und Ben nahm sich vor, vor der nächsten Zusammenkunft eine Brücke bauen zu lassen.

»In alter Zeit gab es einmal eine Brücke, Hoheit«, flüsterte Questor ahnungsvoll, als habe er seine Gedanken gelesen, »doch nachdem der alte König starb, kamen nicht mehr viele Leute in die Burg, das Heer löste sich auf, und der Verkehr brach schließlich völlig ab. Die Brücke verfiel, die Bretter verrotteten, Verbindungen brachen, Nägel rosteten – ein großer Schandfleck, der den traurigen Zustand des gesamten Königreiches widerspiegelte. Ich versuchte, sie mit Magie zu retten, Hoheit, doch die Dinge liefen nicht so, wie ich es geplant hatte…« Er hörte auf zu schwatzen und verlor sich in seinen Gedanken.

Ben hob die Brauen. »Dinge?«

Questor beugte sich an sein Ohr. Sie waren auf halbem Wege bei der letzten Überfahrt. »Ich habe die Brücke leider versenkt, Hoheit.«

Er starrte unglücklich über die Reling des Seegleiters. Ben tat es ihm gleich. Es fiel ihm nicht leicht, das Grinsen zu unterdrücken, aber es gelang ihm.

Ben versammelte seine Gäste im großen Saal und setzte sie um mehrere zusammengeschobene Refektoriumstische herum. Etwas verspätet kam ihm der Gedanke, daß Silber Sterling vielleicht nicht genug Nahrung aufbringen konnte, um sie alle zu sättigen, doch diese Sorge erwies sich überraschenderweise als unbegründet. Die Burg reproduzierte Vorräte in ihren Speisekammern mit neuer Kraft und Entschlossenheit – als ob sie den errungenen Sieg fühlen könnte – und es gab genug zu essen und zu trinken für jedermann in der Burg und am Seeufer.

Es war ein gelungenes Fest – eine Feier, bei der alle auf ihre Kosten kamen. Essen und Trinken wurden reichlich genossen, Toasts ausgebracht, Abenteuer erzählt. Es herrschte ein Gemeinschaftsgefühl, das den unterschwelligen Skeptizismus sich nicht ausbreiten ließ; man hatte wieder Hoffnung auf die Zukunft. Einer nach dem anderen erhob sich und sprach Landovers König noch einmal seine Loyalität und bedingungslose Unterstützung aus.

»Lang lebe unsere Hoheit, König Ben Holiday«, rief der Flußherr aus. »Mögen alle Eure zukünftigen Erfolge sich mit dem heutigen messen können!«

»Möge die Magie Euch erhalten bleiben, auf daß Ihr sie klug und gerecht einsetzet«, toastete Kallendbor. Der warnende Unterton in seiner Stimme war nicht zu überhören.

»Stärke und Urteilsfähigkeit, Hoheit«, wünschte ihm Strehan, in dessen Gesicht noch immer eine Mischung aus Staunen und Zweifel stand.

»Große Hoheit!« schrie Fillip.

»Mächtige Hoheit!« echote Sot.

Ach ja, es war ein bunt zusammengewürfelter Haufen, doch sie waren ihm alle willkommen. Einer nach dem anderen versprachen ihm ihre Loyalität und wünschten ihm alles Gute, und Ben dankte jedem höflich. Sie hatten Grund, optimistisch zu sein, gleich, wie schwierig der morgige Tag werden würde. Der Paladin war wieder da – zurückgekehrt von wo ihn niemand vermutet hatte, befreit aus dem Gefängnis in Bens eigenem Herzen. Die Magie war wieder ins Tal gekommen, und Landover würde sich wieder in jenes glückliche Land verwandeln, das es einst war. Die Veränderungen würden Zeit brauchen, doch sie kamen bestimmt. Dunst und Nebel würden sich auflösen und das Sonnenlicht konnte wieder eindringen. Der Belag würde verblassen; Silber Sterling sähe bald nicht mehr wie Burg Düsterstein aus. Der Befall der Blaubonnies würde heilen. Wälder, Wiesen und Hügel würden gesunden. Die Gewässer würden wieder sauber werden, die Natur, alles, würde sich erneuern.

Eines Tages, eines fernen Tages in der Zukunft, vielleicht erst nach der Zeit, die er zu leben hatte, würde die goldene Vision vom Leben im Tal, die ihm die Elfen gezeigt hatten, wieder Wirklichkeit werden.

Es ist möglich, sagte er zu sich selbst. Ich muß nur daran glauben. Ich muß nur wahrhaft sein. Ich muß nur weiter dafür arbeiten.

Als sie geendet hatten, erhob er sich. »Ich bin Euer Diener, Eurer und der des Landes«, gelobte er ihnen mit ruhiger Stimme. Die Geräusche verstummten und sie schauten ihn an. »Das bin ich für Euch, und ich bitte Euch, das gleiche füreinander zu sein. Wir haben gemeinsam viel zu leisten. Es gibt Dinge, die sofort in Angriff genommen werden müssen. Wir müssen aufhören, die Gewässer und Wälder unserer Nachbarn zu verschmutzen und zu verschandeln. Wir müssen zusammenarbeiten und einander lehren, wie wir das Land schützen und heilen können. Wir müssen Abkommen treffen, die den freien Handel zwischen allen unseren Völkern erleichtern. Wir müssen Programme für die öffentliche Arbeit an Straßen und Wasserwegen aufstellen. Wir müssen Botschafter austauschen, hier und mit allen Völkern des Tales – und wir müssen uns regelmäßig in Silber Sterling zusammenfinden und unsere Kümmernisse und Klagen auf freundliche und friedliche Weise regeln.«

Er machte eine Pause. »Wir müssen einen Weg finden, Freunde zu sein.«

Sie toasteten ihm zu – mehr für die Idee an sich, als für deren Verwirklichung, das war ihm klar. Doch es war ein Anfang. Auch andere Gedanken würde er ihnen nahebringen müssen: Ein funktionierendes Steuersystem, ein einheitliches Geldwesen … er hatte viele Pläne, die er noch nicht sorgfältig genug durchdacht hatte, um sie überhaupt vorschlagen zu können. Eins nach dem anderen. Er würde das schon hinkriegen.

Er ging den Tisch entlang und blieb bei Kallendbor und dem Flußherrn stehen. »Ich verlasse mich vor allem auf Euch und daß Ihr Eure Versprechen einhaltet. Jeder muß dem anderen helfen, wie Ihr geschworen habt. Wir sind jetzt Verbündete.«

Sie nickten feierlich und murmelten ihre Zustimmung. Doch ein Schimmer von Zweifel blieb in ihren Augen. Keiner war durch und durch überzeugt, daß Ben der Mann war, der ihre Feinde in Schach halten könnte. Keiner war sich uneingeschränkt sicher, daß er der König war, den sie brauchten. Sein Sieg über den Markus war eindrucksvoll gewesen, doch es war nur ein einzelner Sieg. Sie würden abwarten.

Ben akzeptierte das. Immerhin hatte er ihren Loyalitätseid. Er würde auch ihr Vertrauen gewinnen.

Er dachte an den Kampf zwischen dem Paladin und dem Markus zurück. Er hatte niemandem verraten, was er über die Verbindung zwischen dem Ritter und sich selbst erfahren hatte. Und er war nicht sicher, ob er das je täte. Er fragte sich, ob er den Paladin wieder herbeirufen könnte, wenn es nötig wäre. Er glaubte, ja. Doch ein Frösteln lief ihm über den Rücken, als er an die Verwandlung dachte, die er in jener metallenen Rüstung durchgemacht hatte – die Gefühle und Emotionen, die er mit seinem Kämpen teilte, die Erinnerungen an Kämpfe und Tode über so viele Jahre. Er schüttelte den Kopf. Es müßte schon einen triftigen Grund geben, daß er den Paladin wieder herbeiriefe...

Einer der Barone brachte einen neuen Toast auf ihn aus – auf seine Gesundheit. Er nickte ihm zu und trank. Verlaß dich drauf, versprach er im stillen.

Dann wechselte er das Thema. Als erstes mußte mit der Wiederherstellung des Herzens begonnen werden. Beim Kampf mit dem Markus war es arg zugerichtet worden. Der Boden war aufgewühlt, die weißen Kniehocker und Bänke waren zertrümmert und die Fahnenstangen und die großen Eckpfosten zersplittert. Das Herz mußte wieder repariert werden. Es hatte eine ganz spezielle Bedeutung für sie alle, doch ganz besonders für ihn.

»Ben.« Weide war aufgestanden und hatte sich zu ihm gesellt. Sie hob ihr Glas. »Auf dein Glück, Hoheit«, prostete sie ihm mit sanfter Stimme zu.

Er lächelte. »Ich glaube, das Glück habe ich gefunden, Weide. Du und die anderen, ihr habt mir geholfen, es zu finden.«

»Ist das wahr?« Sie sah ihn an. »Und der Kummer über das, was du in deinem alten Leben verloren hast, plagt dich nicht mehr?«

Sie sprach von Annie. Das Bild seiner toten Frau erschien und verblaßte wieder. Sein altes Leben war vorüber. Er würde nicht mehr zurückkehren. Er wußte, daß er das jetzt akzeptieren konnte. Er würde Annie nie vergessen, doch er konnte ein neues Leben leben.

»Er plagt mich nicht mehr«, antwortete er.

Ihre grünen Augen schauten tief in die seinen. »Vielleicht erlaubst du mir dann, daß ich bei dir bleibe, um sicher zu sein, Ben Holiday?«

Er nickte. »Ich möchte, daß du bei mir bleibst.«

Sie küßte seine Stirn, seine Wangen und seine Lippen. Das Fest um sie herum war für eine Weile vergessen.

Mitternacht war vorüber, als die Gäste sich in die Gemächer zu begeben begannen, die für sie bereitet worden waren. Ben hatte allen Gutenacht gesagt und wollte sich gerade auch zurückziehen, als Questor herbeikam. Er sah ein wenig besorgt drein.

»Hoheit«, setzte er an und stockte. »Hoheit, es tut mir leid, Euch mit so einem kleinen Problem um diese späte Stunde zu behelligen, doch es kann nicht warten, und ich glaube, Ihr seid derjenige, der es am besten regeln kann.« Er räusperte sich. »Einer der Barone hat seinen Hund mit nach Silber Sterling gebracht – ein Tier, das seinem Herrn sehr nahesteht, wurde mir bedeutet – und jetzt ist es verschwunden.«

Ben zog die Brauen hoch. »Ein Hund?«

Questor nickte. »Ich habe Abernathy nichts davon gesagt...«

»Ich verstehe.« Ben schaute sich um. Fillip und Sot waren nirgendwo zu sehen. »Und Ihr meint...?«

»Nur so eine Vermutung, Hoheit.«

Ben seufzte. Die Probleme von morgen hatten schon begonnen. Aber es war ja auch schon morgen. Er mußte grinsen. »Was hieltet Ihr davon, Questor, wenn wir mal nachschauen gingen, ob die Gnome einen Mitternachtsimbiß geplant haben?«

Seine Hoheit, Ben Holiday, König von Landover, begann den neuen Tag um einiges früher, als er eigentlich vorgehabt hatte.

GOLDMANN FANTASY
Die größte Fantasy-Reihe in deutscher Sprache
FANTASY-ROMAN
DER WANDERNDE WALD
WOLFGANG E. HOHLBEIN
Goldmann
FANTASY AUS DEUTSCHLAND
23827